MON DESTIN

Anna Zaires

♠ Mozaika Publications ♠

Copyright © 2018 Anna Zaires
https://www.annazaires.com/book-series/francais/

Tous droits réservés.

Publié par Mozaika Publications, une mention légale de Mozaika LLC.
www.mozaikallc.com

Couverture: Najla Qamber Designs
najlaqamberdesigns.com

Sous la direction de Valérie Dubar
Traduction : Laure Valentin

e-ISBN: 978-1-63142-366-6
Print ISBN: 978-1-63142-367-3

PARTIE 1

CHAPITRE 1
SARA

Des lèvres chaudes se posent sur ma joue, le baiser est plein de tendresse et doux malgré la barbe d'un jour qui effleure ma mâchoire.

— Réveille-toi, ptichka, murmure à mon oreille une voix à l'accent familier tandis que je proteste faiblement, à moitié assoupie, en enfouissant mon nez dans l'oreiller. C'est l'heure de partir.

— Hmm-mm.

Je garde les yeux fermés, réticente à l'idée d'abandonner mon rêve. Pour une fois, il était agréable, avec un lac ensoleillé, deux chiens tout fous et Peter en train de jouer aux échecs avec mon père. Les détails s'effacent déjà dans mon souvenir, mais le sentiment de légèreté et d'euphorie s'attarde, en dépit de la réalité qui s'insinue et du constat amer que ce rêve est irréel.

— Allez, mon amour.

Il dépose un tendre baiser sur la peau sensible sous mon oreille et d'agréables frissons se propagent dans mon corps.

— L'avion nous attend. Tu pourras dormir pendant le trajet du retour.

La fin du rêve s'estompe et je roule sur le dos, réprimant une grimace en éprouvant un reste de douleur dans l'épaule gauche. J'ouvre les yeux et rencontre le regard chaud et argenté de mon ravisseur. Il est penché sur moi, un sourire affectueux dessiné sur ses lèvres finement sculptées, et pendant un instant, l'exaltation légère que je ressentais se renforce.

Nous sommes en vie, et il est ici, avec moi. Je peux le toucher, l'embrasser, sentir sa présence. Son visage s'est affiné, creusé par la tension nerveuse et le manque de sommeil, mais sa perte de poids ne fait que mettre en valeur sa beauté virile saisissante. Elle accentue l'angle de ses pommettes à la forme exotique et souligne sa mâchoire carrée.

Il est splendide, cet assassin amoureux de moi.

Le meurtrier de mon mari qui ne me rendra jamais ma liberté.

J'ai le cœur serré, ma joie tempérée par l'oppression familière de la culpabilité et du dégoût de soi. Un jour viendra peut-être où mes sentiments ne seront plus aussi contradictoires, où je ne serai plus déchirée par le besoin que m'inspire cet homme qui m'a donné son cœur, mais pour l'heure, je ne peux pas oublier ce qu'il est ni ce qu'il a fait.

Je ne peux me défaire de la honte que j'éprouve à l'idée de tomber amoureuse de mon tourmenteur.

Peter perd son sourire et je sais qu'il comprend mes pensées, qu'il lit la culpabilité et la tension sur mon visage. Ces deux dernières semaines, depuis que je me suis réveillée ici, à la clinique, j'ai évité de penser à l'avenir et de m'attarder sur les circonstances de mon accident. J'avais trop besoin de Peter pour le repousser, et il avait besoin de moi. Pourtant, ce matin, nous retournons dans sa planque, au Japon, et je ne peux pas me cacher la tête dans le sable plus longtemps.

Je ne peux pas faire semblant que l'homme auquel je me raccroche comme à une bouée de sauvetage n'a pas l'intention de me garder captive pour le restant de mes jours.

— Non, Sara.

Sa voix est grave et douce à la fois, même si la chaleur argentée de son regard se change en acier glacial.

— Ne pense pas à ça.

Je cligne des paupières et mon visage se radoucit. Il a raison, ce n'est pas le moment. Je me hisse sur mon coude droit et réponds d'un ton neutre :

— Je devrais m'habiller. Si tu veux bien m'excuser…

Il se redresse, me laissant la place de m'asseoir. Contente de porter une blouse d'hôpital, je me glisse hors du lit et me précipite dans la salle de bain avant qu'il change d'avis et décide, tout compte fait, d'avoir cette conversation. Nous devons parler de ce qui s'est passé – d'ailleurs, la confrontation aurait dû avoir lieu depuis longtemps déjà –, mais je ne suis pas encore prête. Ces deux dernières semaines, nous avons été plus proches que jamais, et je n'ai pas envie de tourner la page.

Je ne veux pas considérer Peter comme mon adversaire, une fois de plus.

Tout en me brossant les dents, j'examine la cicatrice qui me barre le front, à l'endroit où un éclat de verre a laissé une longue plaie effilée. Les chirurgiens esthétiques ont fait un travail impeccable, car la balafre aurait pu me défigurer. Maintenant que les points de suture sont tombés, la cicatrice est beaucoup moins flagrante. Dans quelques semaines, ce ne sera plus qu'une fine ligne blanche, et dans deux ans, elle passera presque inaperçue, comme les restes d'hématomes qui apparaissent encore sur mon visage.

Quand l'enfant que Peter cherche absolument à me faire porter aura l'âge de poser des questions, il ne devrait plus rester aucune trace de ma désastreuse tentative d'évasion.

À cette pensée, je retiens mon souffle et pose une main sur mon ventre, comptant les jours avec effroi. Ça fait deux semaines et demie que nous avons couché ensemble sans protection dans une période potentiellement fertile, ce qui signifie que mes règles auraient dû commencer depuis quelques jours. Entre les opérations et les médicaments, je n'ai pas vraiment prêté attention au calendrier, mais en faisant le calcul à tête reposée, je me rends compte que j'ai du retard. Pas au point de céder à la panique, mais suffisamment pour m'en inquiéter sérieusement.

Je pourrais déjà être enceinte.

Mon premier réflexe, c'est de sortir en courant, trouver la première infirmière et lui demander un test sanguin. Je suis pratiquement certaine qu'ils m'ont fait un test de grossesse il y a deux semaines, quand on m'a amenée à la clinique après l'accident, mais les premières traces de hCG dans mon système sanguin n'ont pu apparaître que sept à douze jours après la conception. Le premier résultat étant négatif, ils n'avaient aucune raison de pratiquer un nouveau test.

Aucune raison, sauf que maintenant, mes règles ont du retard.

J'ai déjà la main sur la poignée de la porte quand je suspends mon geste. Dès l'instant où l'on me fera ce test, Peter sera au courant. Il aura accès aux résultats avant moi et cette idée me fait frémir. Jusqu'à présent, je n'ai pas eu le moindre choix, pas le moindre contrôle sur quoi que ce soit dans notre relation, et j'ai besoin de sentir que je maîtrise quelque chose, même si ce n'est qu'une seule fois.

S'il y a un enfant, c'est dans *mon* corps qu'il grandit, et je veux décider du moment où j'annoncerai la nouvelle.

Ce n'est pas une décision rationnelle, je le sais. Peter n'est pas bête. Lui aussi est capable de compter les jours. S'il ne s'est pas encore rendu compte que mes règles tardaient à venir, il le constatera bien assez tôt, et il saura qu'il a gagné, que pour le meilleur ou pour le pire, nous sommes liés l'un à l'autre par l'amas de cellules qui se développe peut-être déjà dans mon ventre.

Par le futur enfant d'un tueur traqué par les autorités du monde entier et de sa captive, l'objet de son obsession.

Une douleur sourde m'élance derrière l'œil gauche. La migraine est soudaine et fulgurante. Je ne peux plus éviter de penser à l'avenir, je ne peux plus me permettre d'aborder chaque jour comme il vient en me contentant d'espérer.

Je dois protéger ce bébé, mais j'ignore comment.

Je ne peux pas m'échapper et Peter ne me libèrera jamais.

CHAPITRE 2
PETER

Sara est plus calme que d'habitude quand nous quittons la clinique. Ses doigts fins sont froids dans ma main et je sais qu'elle nourrit des doutes à notre sujet. Son esprit en surchauffe énumère toutes les raisons qui rendent notre relation malsaine et inconcevable.

J'aimerais pouvoir la rassurer, lui exposer ma nouvelle idée et lui conseiller d'être patiente, mais je ne veux pas lui faire de promesses que je ne pourrai peut-être pas tenir. Mon plan élaboré comporte de nombreuses inconnues, et les risques d'échec sont plus grands que les chances de succès.

Si j'accepte la proposition que m'a faite Danilo Novak d'éliminer Julian Esguerra pour cent millions d'euros, mon équipe et moi aurons affaire à l'homme le plus dangereux que je connaisse.

En d'autres circonstances, je ne l'envisagerais même pas. Esguerra a juré de me tuer parce que j'avais mis sa femme en danger afin de le sauver, mais auparavant, j'ai travaillé un an pour lui en tant que consultant en sécurité afin d'obtenir la liste des personnes impliquées dans le massacre de ma famille. Je connais le trafiquant d'armes colombien, je sais qu'il est violent et impitoyable. Son organisation a balayé du revers de la main l'un des groupes terroristes les plus redoutables de l'histoire, et il a infligé des atrocités sans nom à ses autres ennemis. Avec son incommensurable richesse et ses contacts dans les gouvernements du monde entier, Esguerra est presque intouchable. Le complexe où il vit dans la jungle amazonienne est une véritable forteresse militaire. C'est justement pour ça que Novak m'offre une telle somme : parce qu'aucune personne saine d'esprit ne s'en prendrait à quelqu'un d'aussi puissant et implacable.

La seule raison pour laquelle j'envisage de mettre mon plan à exécution, c'est Sara.

Je dois me racheter pour l'accident qui a failli la tuer.

Je dois faire tout ce qui est en mon pouvoir pour lui offrir la vie qu'elle mérite.

Anton est déjà à bord de l'avion quand les jumeaux et moi arrivons avec Sara. Dès qu'elle est bien installée, nous décollons. Le vol jusqu'au Japon dure quatorze heures. Une fois que nous sommes dans les airs, je retire les baskets de Sara et lui enroule une couverture autour des pieds en espérant que ce sera assez confortable pour lui permettre de faire une sieste.

Moi-même, je n'ai pas beaucoup dormi depuis l'accident, mais je tiens à ce qu'elle se repose et guérisse au plus vite.

Elle me dévisage de ses grands yeux noisette lorsque je tends le bras vers mon ordinateur portable, et je demande :

— Tu as faim, mon amour ?

Nous avons pris le petit déjeuner avant de quitter la clinique, mais elle n'a presque rien avalé et j'ai pris soin d'emporter des sandwiches supplémentaires pour le trajet.

Elle secoue la tête.

— Non, ça va. Merci.

Sa voix est mélodieuse et un peu rauque – une voix de chanteuse, je l'ai toujours dit. J'aimerais l'écouter toute ma vie, qu'elle parle ou qu'elle chante à pleins poumons l'une des chansons qu'elle aime tant. Mais surtout, j'aimerais l'entendre susurrer une berceuse à notre bébé, afin que l'enfant sache qu'il ou elle est protégé et aimé par ses parents.

Je m'efforce d'écarter cette image attrayante. Je n'imagine pas fonder une famille avec Sara maintenant... pas avec la mission si dangereuse qui m'attend.

Au fond, c'est une bonne chose qu'elle ne soit pas encore enceinte. Et tant que nous n'aurons pas franchi cet obstacle, je ferai en sorte que la situation ne change pas.

CHAPITRE 3
PETER

— Tu as fait *quoi* ?

Anton me regarde comme si j'avais perdu la boule, son menton barbu crispé par la stupeur. Comme moi, les gars se sont levés tôt malgré notre arrivée tardive hier soir, et j'ai décidé de leur annoncer notre prochaine mission avant le réveil de Sara.

— J'ai programmé une réunion avec Novak... je répète en cassant un œuf dans un bol avant d'y ajouter un peu de lait. Nous partirons à Belgrade au milieu du mois de décembre. Ce foutu Serbe est trop parano. Il a dit qu'il nous communiquerait en personne les détails sur les atouts qu'il possède au sein de l'organisation d'Esguerra. Il refuse de le faire par email ou par téléphone.

Yan, en costume élégant, est accoudé au plan de travail. Ses yeux verts expriment un léger amusement quand il croise les chevilles.

— Pourquoi la mi-décembre ? On est au début du mois de novembre.

Je hausse les épaules.

— Nous ne sommes pas pressés, et lui non plus.

Pourtant, ce n'est pas tout à fait exact. Novak souhaitait me rencontrer la semaine prochaine, mais c'est moi qui ai reporté le rendez-vous au mois suivant. Une fois que le mouvement sera lancé, nous ne pourrons plus l'arrêter et je ne suis pas encore prêt.

J'ai envie – non, j'ai *besoin* – de passer du temps avec Sara avant d'embarquer dans cette mission. Et puis, nos hackers sont sur la piste de Wally Henderson et ils pourraient le retrouver très bientôt. C'est le dernier nom de ma liste, et de loin le plus insaisissable. C'est aussi le général qui était responsable de l'opération de Daryevo – ce qui en fait donc la personne la plus directement coupable du massacre de ma femme et de mon fils. Sans l'accident de Sara, nous l'aurions pincé en Nouvelle-Zélande quand la photo de son épouse est apparue sur Instagram, postée par un insouciant propriétaire de cave à vin fier de sa clientèle. Malheureusement, le temps que je fasse un détour par la clinique suisse et que je me remette de mes émotions, alors que j'étais prêt à envoyer mes hommes capturer Henderson, il avait encore réussi à s'évanouir dans la nature. Mais cette fois, sa piste est encore fraîche et nos hackers savent exactement où chercher.

Nous allons retrouver Walter Henderson III et je pourrai mettre en pièces ce *sookin syn*, un membre après l'autre.

Ilya fronce les sourcils, et les tatouages de son crâne luisent dans la lumière du matin quand il s'assied sur un tabouret.

— Tu en es sûr, mec ? Cent millions, c'est alléchant, mais on parle d'Esguerra, là. Kent sera impliqué et…

— Kent peut aller se faire foutre.

Je casse l'œuf suivant avec une telle violence qu'il gicle sur le côté du bol.

— Cet enfoiré le mérite. Il a merdé avec Sara.

— Mais Esguerra ? dit Anton, une fois le choc initial passé. Ce type a toute une armée à sa botte, et ce bastion dans la jungle… Tu as dit toi-même qu'il était imprenable. Bon sang, mais comment veux-tu que…

— C'est pour ça qu'on a rendez-vous avec Novak, pour découvrir ce qu'il a en réserve.

Je commence à perdre patience.

— Je ne suis pas suicidaire, merde. On n'acceptera que si l'on a une chance d'en réchapper vivants.

— Vraiment ? fait Yan en traversant la cuisine pour aller s'asseoir sur un tabouret de bar à côté de son frère. Tu en es sûr ? Parce que Sara s'est blessée sous la surveillance de Kent.

Sa voix est mielleuse, mais je sais reconnaître un défi quand il se présente.

Je m'efforce de garder mon calme et rejoins l'évier pour laver les éclats d'œuf sur mes mains. Anton, qui me connaît le mieux, s'éloigne prudemment, mais les jumeaux Ivanov restent vissés sur leurs sièges. Ils dardent sur moi leurs regards verts identiques lorsque je contourne le bar d'un pas nonchalant pour m'approcher de Yan.

— Alors, comme ça, tu penses que je raisonne avec ma bite ? dis-je d'une voix aussi doucereuse que la sienne. Tu penses que je suis prêt à tous nous envoyer à la mort pour punir Kent d'être responsable de l'accident de Sara ?

Yan fait pivoter son tabouret vers moi.

— Je ne sais pas, répond-il d'un air légèrement amusé en dépit de ses yeux froids et impassibles. C'est ce que tu comptes faire ?

Mes lèvres ébauchent un sourire sinistre tandis que ma main droite se referme autour du couteau à cran d'arrêt dans ma poche.

— Et si c'était le cas ? je demande.

Yan soutient mon regard pendant quelques secondes tendues. La provocation plombe l'atmosphère de la pièce. J'apprécie Yan, mais je ne peux pas laisser passer son insoumission. Il savait à quoi il s'engageait quand il a rejoint cette équipe et il était parfaitement conscient que, pour participer à l'entreprise lucrative que je mettais sur pied, il allait devoir m'aider dans mes affaires personnelles. Tel était notre accord, et j'ai bien l'intention de persévérer dans cette voie, même si aujourd'hui c'est Sara qui motive mes actes et non plus ma femme et mon fils décédés.

— Yan.

La voix d'Ilya est sereine lorsqu'il se lève pour aller poser une main imposante sur l'épaule de son frère.

— Peter sait ce qu'il fait.

Yan garde le silence encore un moment, puis il incline la tête avec un sourire sévère.

— Oui, je n'en doute pas. Après tout, c'est *lui* le chef de cette équipe.

Ses paroles sont peut-être conciliantes, mais je ne suis pas dupe. Avec cette mission, je vais devoir marcher sur des œufs.

Et Yan pourrait vite me causer des complications.

CHAPITRE 4
SARA

*N*ous sommes attablés tous les cinq autour du petit déjeuner, et je ne peux m'empêcher de remarquer une certaine tension. J'ignore s'il s'est passé quelque chose avant que je descende, ou si tout le monde subit le décalage horaire comme moi, mais l'esprit de camaraderie que j'ai pu observer entre Peter et ses hommes ne semble pas de mise ce matin.

Au lieu d'échanger des plaisanteries et de me régaler par des anecdotes sur la Russie, les coéquipiers de Peter dévorent leurs omelettes en silence avant de se disperser promptement. Anton part faire des courses en hélicoptère, tandis que les jumeaux disparaissent dans les bois pour une session d'entraînement.

— Que se passe-t-il ? je demande à Peter une fois que nous restons seuls dans la cuisine. Vous vous êtes disputés ou quoi ?

— Ou quoi.

Il se lève pour débarrasser les assiettes vides.

— Disons simplement que tout le monde n'approuve pas la ligne de conduite que j'adopte.

— Quelle ligne de conduite ?

— J'envisage d'accepter une autre proposition – particulièrement payante.

Je me renfrogne et me lève pour l'aider à ranger les assiettes dans le lave-vaisselle.

— C'est dangereux ?

Son sourire est dénué d'humour quand il me répond :

— Notre vie est dangereuse, ptichka. Le travail que nous faisons n'en représente qu'une partie.

— Alors, pourquoi les gars ne sont-ils pas d'accord ?

Je pose l'assiette que je rinçais pour me tourner vers Peter en m'essuyant les mains sur un torchon.

— Ce boulot serait pire que vos expéditions habituelles à la *Mission Impossible* ?

Il sent que je suis inquiète et son regard d'acier se réchauffe.

— Tu n'as aucun souci à te faire, mon amour – ou du moins, pas pour le moment. On ne rencontre notre client potentiel qu'à la mi-décembre, et cette réunion nous permettra de décider si on accepte la mission ou non.

— Oh.

Si mes craintes sont apaisées, il a éveillé ma curiosité.

— Vous rencontrez ce client en personne ?

Comme Peter hoche la tête, je demande :

— Pourquoi ? En général, vous ne le faites pas, si ?

— Non, mais cette fois nous allons faire une exception.

Il n'a pas l'air de vouloir m'en dire plus et je décide de ne pas insister pour l'instant. Il reste encore plusieurs semaines avant la mi-décembre et il m'en parlera quand il sera prêt – et sans s'être disputé avec ses coéquipiers juste avant.

Nous terminons le débarrassage dans un silence agréable. Je n'en reviens pas que tout me paraisse si naturel : manger avec Peter et ses hommes, faire la vaisselle, parler de son travail. Peu importe que nous soyons au sommet d'une montagne inaccessible au Japon, avec trente centimètres de neige sur le sol au-dehors, et que le travail en question consiste en assassinats sanglants. Mon séjour loin d'ici – les quelques jours passés à Chypre avec les Kent, suivis par les deux semaines dans la clinique suisse – n'est déjà plus qu'un mauvais souvenir, une parenthèse éprouvante dans ma nouvelle vie.

Une vie qui devient plus douce et plus réelle à chaque jour qui passe, dans cet endroit reculé où je commence à me sentir chez moi.

J'attends la morsure douloureuse de la culpabilité et de la honte, mais je ne ressens qu'une lassitude résignée. J'en ai assez de me battre, contre moi et contre ces sentiments troublants, j'en ai assez de résister en faisant comme si l'homme qui me regarde avec ces yeux couleur métal n'était rien de plus que mon ravisseur – comme si je ne m'étais pas accrochée à lui, à la clinique, tel un bébé koala à sa mère. En me réveillant ce matin, seule dans un lit vide, j'ai eu envie de pleurer – et ça n'avait rien à voir avec l'absence prolongée de mes règles.

Je choisis de fermer la porte à cette pensée avant de me remettre à paniquer. Oui, maintenant, j'ai plusieurs jours de retard, mais il y a d'autres explications possibles. Le stress, par exemple, à la fois physique et émotionnel. Sans test de grossesse, et tant que je ne présente pas d'autres symptômes, il est encore trop tôt pour savoir s'il s'agit du contrecoup de l'accident ou des conséquences d'un rapport non protégé. Pour l'instant, comme je ne suis pas prête à aborder ce sujet avec Peter, je préfère ne pas y penser en espérant que tout s'arrange.

Si je suis enceinte, nous le saurons bien assez tôt, tous les deux.

— Ça va ? demande Peter.

Ses sourcils noirs sont froncés et je comprends que, sans m'en rendre compte, j'ai fait la grimace, comme si je souffrais.

— C'est juste le décalage horaire, dis-je pour dissiper ses inquiétudes, en lui adressant un sourire rayonnant. Tu sais, la durée du vol et tout ça.

— Ah.

Il lève sa grande main pour effleurer avec délicatesse la cicatrice qui guérit lentement sur mon front.

— Tu devrais te ménager pendant quelques jours. Tu n'es pas encore complètement remise, me dit-il avec une mine encore plus renfrognée. On aurait peut-être dû rester à la clinique plus longtemps.

J'éclate de rire en secouant la tête.

— Oh, non. Je trouve même qu'on y est restés une semaine de trop. Je vais bien. Je suis juste un peu fatiguée, c'est tout.

— D'accord.

Il n'a pas l'air convaincu et, sur un coup de tête, je me hisse sur la pointe des pieds pour embrasser la ligne pincée de sa bouche sensuelle.

Ce n'est qu'un baiser furtif et espiègle, mais il nous fait l'effet d'un coup de poing. Je ne sais pas pourquoi je l'ai fait, pourquoi l'embrasser pour le rassurer m'a paru la chose la plus naturelle du monde. Ce n'est pas une impulsion sexuelle, même si cet aspect-là me manque – il ne m'a pas prise depuis Chypre et mon corps a envie de caresses. Non, c'était une simple impulsion, un geste qui m'a semblé normal.

Peter est le premier à se ressaisir. Un sourire langoureux et enjôleur recourbe ses lèvres sculpturales et il passe un bras autour de ma taille pour m'attirer à lui. Son autre main se referme tout doucement sur le côté de mon visage, caressant ma joue de son pouce calleux.

— Sara…

Sa voix est grave et rauque, aussi ardente que la lueur dans son regard.

— Ma belle ptichka… Je t'aime tellement.

Mon cœur se serre et mes poumons peinent à trouver de l'air. Il m'a déjà dit qu'il m'aimait, mais jamais comme ça… jamais avec des sentiments aussi profonds. Tout mon corps en est ébranlé, car pour la première fois, je le crois.

Je le crois, et j'ai envie de pouvoir le lui dire en retour.

Cette prise de conscience est comme un coup de marteau sur mon crâne. Je me suis tellement battue pour éviter ça, j'ai fait tout ce que j'ai pu pour ne pas tomber amoureuse de cet homme, pour lui échapper. Et pourtant, même si je cherchais à le fuir, je savais que c'était aussi moi-même que je fuyais, cette part d'ombre en moi qui désire abdiquer devant l'assassin de mon mari, céder au fantasme d'une vie heureuse aux côtés du meurtrier qui m'a arrachée à tous ceux que j'aime. J'ai résisté, je me suis enfuie et malgré tout, en cours de route, c'est quand même arrivé.

Je suis tombée amoureuse de lui.

Je suis tombée amoureuse de l'homme que je devrais haïr, un monstre dont je porte peut-être l'enfant.

Il soutient mon regard, et dans ses yeux je retrouve les mêmes attentes fiévreuses que je m'efforce d'étouffer chez moi. Il a besoin de moi, ce dangereux ravisseur, un tel besoin qu'il est prêt à tout pour m'avoir. Et pour une raison quelconque, cette idée ne me terrifie plus autant qu'avant.

Je ne sais pas si c'est de la transmission de pensées, ou si l'abstinence de ces deux dernières semaines et demie a été aussi difficile pour Peter que pour moi, mais le feu qui brûle dans son regard est plus vif, et le bras qui m'enserre la taille plus vigoureux, m'attirant contre son corps…

… Son corps ferme et très excité.

Mon propre corps se tend vers lui, mu par un désir animal, et mes mains se posent sur son large torse. J'ai envie de lui, tout comme j'avais envie de lui pendant toutes ces nuits à la clinique, où je dormais sagement pelotonnée dans ses bras. Il refusait de me toucher, à ce moment-là, à cause de mes blessures, mais je ne souffre plus – en tout cas, pas de l'accident.

Il penche la tête et j'accueille son baiser avide et inflexible. C'est exactement ce que je veux : être possédée par cet homme, connaître la violence de sa passion. Il n'est pas tendre et je ne le lui demande pas. Je le désire comme ça : brutal et presque incontrôlable. Je veux qu'il me consume par son envie, qu'il m'enflamme par sa convoitise débordante.

Sans que je m'en rende compte, mes mains se retrouvent dans ses cheveux noirs et j'agrippe ses mèches épaisses et soyeuses tout en lui rendant son baiser avec la même sauvagerie. Nos langues se défient tandis que nos corps se pressent l'un contre l'autre derrière la barrière de nos vêtements. À présent, j'ai le souffle court, tout comme lui lorsqu'il me soulève contre le plan de travail avant de retirer mon pantalon de yoga et mon string d'un coup sec. Puis il baisse la fermeture de son pantalon et sa queue épaisse s'enfonce en moi avec vigueur. La brutalité de la sensation m'arrache un cri. Si je n'étais pas déjà aussi humide, il m'aurait déchirée, mais le désir m'a rendue moite et quand il commence à aller et venir en moi, je referme les jambes autour de ses hanches pour mieux le recevoir, pour accepter tout ce qu'il me donne.

Mon corps ne met pas longtemps à se contracter, puis à monter en flèche vers l'apogée du plaisir, à un rythme étourdissant. Ses coups de reins prennent de la vitesse et ce rythme sauvage nous entraîne au bord de la folie.

— Oh, oui ! lâche-t-il en rejetant la tête en arrière quand l'orgasme l'ébranle.

Je hurle à mon tour, frissonnant d'un plaisir insoutenable, lorsque mes muscles internes se resserrent autour de sa queue saisie de spasmes. Son sperme chaud gicle en moi et mon corps accueille le plaisir interminable qui déferle en vagues successives.

Enfin, tout cesse et je prends conscience de la surface dure et lisse du plan de travail en quartz sous mes fesses, et du corps lourd de Peter qui pèse sur moi. Nous haletons tous les deux, et malgré son tee-shirt, je peux sentir la sueur de son dos sous mes doigts.

Nous venons juste de baiser sur le plan de travail de la cuisine, où n'importe qui aurait pu nous surprendre.

Nous nous sommes jetés l'un sur l'autre comme des animaux, comme si ça faisait des années et non des semaines que nous n'avions pas couché ensemble.

Un rire hystérique m'échappe, au moment même où Peter pousse un juron en se retirant. Devant sa mine sombre et orageuse alors qu'il remonte la fermeture de son jean, je repars de plus belle. Prise d'un fou rire spontané, je me laisse glisser du plan de travail sur mes jambes tremblantes, et aperçois mon pantalon et mon string sous le lave-vaisselle.

J'ai le bas du corps intégralement nu.

J'avais les fesses sur le plan de travail, comme une dinde prête à être fourrée.

Mon hilarité atteint des sommets et je me plie en deux, les larmes aux yeux. Peter me regarde comme si j'étais devenue folle, ce qui n'arrange rien. Je suis consciente du spectacle que j'offre, les fesses nues en train de m'esclaffer comme une idiote.

Au bout de quelques minutes, je finis par me calmer et j'envisage enfin de récupérer mes habits, mais Peter m'attrape par les épaules avant que je puisse me mettre à quatre pattes. Devant son visage renfrogné, je pars d'un nouvel éclat de rire.

— Tu… tu vas devoir le désinfecter, dis-je entre deux hoquets incontrôlables. Comme tu… tu cuisines ici…

Le rire m'empêche de parler, mais il a dû saisir l'essentiel, parce que ses yeux trahissent un amusement involontaire et ses lèvres frémissent. Bientôt, lui aussi rit aux éclats. Il y a toujours de la vaisselle sale partout, nous venons de baiser à la vue de tous, et son sperme coule le long de mes cuisses jusque sur le carrelage.

Nous nous calmons enfin et récupérons mon pantalon et mon string sous le lave-vaisselle. À force de rire, j'ai la gorge en feu et mal aux abdominaux, mais je me sens libérée, vidée de toute mon amertume et mon ressentiment. Pourtant, l'expression de Peter est toujours à l'orage lorsqu'il me conduit à l'étage pour une douche. Je demande :

— Qu'y a-t-il ?

Il ne répond pas tout de suite. Quand nous arrivons dans la salle de bain, il ouvre le robinet et entreprend de nous déshabiller. J'attends patiemment. Lorsque nous avançons sous le jet d'eau et qu'il commence à me laver le dos, il murmure enfin :

— Je t'ai fait mal ?

Je cligne des yeux et me retourne pour le regarder. C'est ce qui l'inquiète ? D'avoir été trop brutal ? Mon épaule gauche, déboîtée lors de l'accident, est encore endolorie, mais je suis certaine que notre échange vigoureux ne m'a pas fait le moindre mal.

— Non, bien sûr que non. Je te l'ai dit, tout va très bien.

Il me regarde sans conviction, puis il soupire en me serrant contre lui. Je ferme les yeux pour me protéger de l'eau qui ruissèle et referme les bras autour de son torse aux muscles fermes. Nous demeurons ainsi sans parler, l'un contre l'autre, et je me sens bien malgré l'inconvenance de notre relation.

J'ai l'impression que nous sommes à notre place, comme si c'était écrit.

CHAPITRE 5
PETER

*L*e lendemain matin, je me réveille avant Sara, comme j'en ai pris l'habitude dernièrement. Je la regarde dormir pendant quelques minutes avant de me forcer à sortir du lit.

J'ignore si je prends mes rêves pour des réalités, mais hier, c'était différent. J'ai eu l'impression que la trêve que nous avons tenté d'établir à la clinique durait encore. En général, après l'amour, je sens que Sara s'empresse de dresser des barrières en s'auto-flagellant, mais pas hier. Hier, je n'ai perçu aucun conflit intérieur chez elle. Après m'être assuré que je ne lui avais pas fait mal, j'ai cessé de me reprocher ma perte de contrôle – et l'oubli du préservatif, une fois de plus, malgré mes résolutions.

Maintenant, jouir en elle sans protection est devenu un réflexe et cet instinct refuse de se plier à la raison et d'attendre que la question d'Esguerra soit réglée.

Quoi qu'il en soit, je doute que nous ayons pris un risque hier soir. Sara doit approcher de la fin de son cycle, étant donné la date de ses dernières règles. Quand était-ce, déjà ? Il y a trois ou quatre semaines ? Je fronce les sourcils devant le miroir de la salle de bain tout en raclant le reste de mousse à raser, puis je pose le rasoir. Non, ça ne colle pas. Notre absence a duré près de trois semaines, et avant cela, elle n'a pas saigné pendant au moins…

Des coups sur la porte interrompent mes calculs.

— Peter ?

La voix de Sara, enrouée par le sommeil, est étrangement tendue.

— Yan aimerait te parler.

Merde. Je me passe une serviette sur le visage pour effacer tout résidu de mousse à raser avant de sortir précipitamment de la salle de bain. Sara est debout près du lit, enveloppée dans un peignoir épais qu'elle a dû enfiler à la hâte avant de répondre à Yan.

— Il te demande de descendre le plus tôt possible, dit-elle, le front creusé par une ride soucieuse. C'est urgent.

Je hoche la tête en enfilant mon jean. Je m'en doutais, car mes hommes n'ont pas pour habitude de frapper à la porte de notre chambre. Il a dû se passer quelque chose, mais je n'ai aucune idée de ce dont il s'agit. Impossible que les autorités aient retrouvé notre trace, pas plus que l'un de nos ennemis, et je ne vois pas quelle autre urgence pourrait susciter un tel empressement.

— Habille-toi, dis-je à Sara en rejoignant la porte. Il va peut-être falloir partir en vitesse.

Quand elle comprend, elle ouvre de grands yeux apeurés et se précipite vers sa garde-robe tandis que je dévale l'escalier.

Mes trois coéquipiers sont déjà là et se pressent autour de Yan, penché sur son ordinateur portable. Anton est en train d'écrire sur son téléphone.

— Qu'y a-t-il ? je demande sèchement.

Les jumeaux se tournent vers moi, la mine sombre.

— Sara est toujours en haut, n'est-ce pas ? fait Yan en jetant un œil indéchiffrable en direction des marches.

Je hoche la tête tout en franchissant la courte distance qui nous sépare en quelques enjambées.

— Que se passe-t-il ?

— Regarde, dit-il en tournant l'écran vers moi.

D'abord, je ne vois que la cuisine des parents de Sara, vieillotte et chaleureuse, avec ses appareils usagés et les herbes aromatiques sur le rebord de la fenêtre. Le vieux père de Sara, vêtu d'un peignoir, traîne des pieds dans la cuisine avec son déambulateur. Il se verse un café et sort un yaourt du réfrigérateur. Il a presque atteint la table de la cuisine avec son petit déjeuner quand la sonnerie d'un téléphone interrompt ce qui semblait être un matin paisible.

Avec précaution, Charles Chuck Weisman pose sa tasse à café sur le plan de travail et sort un portable de sa poche.

— Lorna ?

Sa voix est forte et assurée en dépit de son grand âge.

— Tu as oublié de vérifier…

Brusquement, il se tait. Malgré le grain de l'image, je peux le voir blêmir. Sous le choc, sa bouche s'ouvre et se referme sans prononcer un mot.

Il tend la main sur le côté dans un geste convulsif, mais rate la barre de son déambulateur. Je retiens mon souffle en le voyant tituber. À mon grand soulagement, il parvient à se rattraper au bord du plan de travail. Avec sa constitution fragile, une chute aurait pu le tuer.

— Où ça ? demande-t-il après une minute d'écoute attentive.

Enfin, il glisse de nouveau le téléphone dans sa poche et reste un moment debout, le menton tremblant, avant de se ressaisir et de se diriger péniblement vers la chambre pour s'habiller.

— Ça fait environ dix heures que la séquence a été enregistrée, dit Yan quand je lève les yeux de l'écran, prêt à le bombarder de questions furieuses. On vient de finir d'écouter l'intégralité de l'appel. Apparemment, la mère de Sara a eu un accident de voiture – un accident grave. Ils n'étaient pas sûrs qu'elle s'en sorte. Nos hackers accèdent aux fichiers de l'hôpital en ce moment même, mais les médecins des urgences sont connus pour leur lenteur à saisir leurs notes dans le système. La bonne nouvelle, c'est que le père de Sara est encore à l'hôpital – ou en tout cas, il n'est pas rentré chez lui.

— Je viens de contacter l'équipe américaine, dit Anton en écartant son téléphone. Ils sont en chemin vers l'hôpital. Nous en saurons plus dans quelque temps. Je leur ai recommandé d'être très prudents, je suis sûr que les fédéraux surveillent les lieux, au cas où Sara reviendrait.

Merde. Je ferme les yeux et me frotte les tempes pour désamorcer un début de migraine. Le pire cauchemar de Sara est devenu réalité : l'un de ses parents est blessé et elle n'est pas avec eux. Elle a toujours craint qu'il s'agisse de son père, à cause de ses problèmes cardiaques, et pourtant c'est sa mère, relativement jeune et en bonne santé (pour ses soixante-dix-huit ans). Sara sera dévastée, et tous les progrès que nous avons faits dans notre relation ces deux dernières semaines seront anéantis.

Elle ne me pardonnera jamais de l'avoir tenue à l'écart du lit de mort de sa mère. Cet événement va créer une faille entre nous, peut-être encore plus difficile à surmonter que la mort de son mari.

J'ouvre les yeux. Une douleur abyssale me tord les entrailles. Mes hommes m'observent avec un mélange de curiosité et de pitié, et je sais qu'ils comprennent. Ces derniers mois, ils ont appris à connaître Sara et ils l'apprécient. Ils ont vu à quel point elle était attachée à ses parents âgés, dont elle demandait des nouvelles tous les jours, regardant religieusement les vidéos que nous lui donnions.

Ils savent qu'elle sera détruite.

Elle s'en voudra autant qu'elle m'en voudra.

— Tenez-moi au courant dès que les Américains vous donnent des nouvelles ! j'ordonne d'une voix rauque avant de monter à l'étage.

Je dois intercepter Sara avant qu'elle descende.

Elle ne doit pas l'apprendre tant qu'on n'en saura pas plus.

CHAPITRE 6
SARA

J'expédie les préparatifs du matin, ne mettant que cinq minutes à me doucher et à me brosser les dents. Il me faut trois minutes supplémentaires pour m'habiller, puis je me demande quoi faire. Dois-je descendre pour savoir ce qui se passe ? Ou faire ma valise, au cas où il nous faudrait partir en catastrophe ?

Le pragmatisme l'emporte sur la curiosité et, dans le placard, je trouve un sac à dos que je commence à remplir avec les affaires nécessaires : trois ensembles de sous-vêtements propres, à la fois pour Peter et moi, puis des chaussettes, des jeans, des hauts et des pulls, pour tous les deux. Je suis sûre que Peter et ses hommes nous dégoteront de nouveaux habits si nous devons tout abandonner pour évacuer les lieux et rejoindre une planque différente, mais ce sera toujours utile d'avoir de quoi tenir quelques jours pour pouvoir se concentrer sur autre chose. Je n'ai toujours pas oublié le trajet en avion qui m'a amenée ici, quand ma seule option vestimentaire était la couverture dans laquelle Peter m'a enlevée et des habits d'homme extra-larges.

Si je pouvais éviter de nager dans le survêtement de Peter, ça m'arrangerait.

Une fois cette question écartée, je passe aux articles de toilette et glisse nos brosses à dents ainsi que le dentifrice dans un sachet en plastique refermable que je trouve sous le lavabo. Je suis en train de tout boucler, avec le rasoir de Peter et un tube de crème hydratante, lorsque je prends conscience de ma sérénité. Mes paumes sont moites et mon cœur bat la chamade, mais je ne suis pas plus stressée que si j'étais en retard pour prendre l'avion. Sans doute est-ce parce qu'au fond, je m'attendais à ce que cela arrive. Aussi doués que soient Peter et ses hommes pour échapper aux autorités, tôt ou tard, ils finiront par se faire prendre. Si ce n'est pas par le FBI ou par Interpol, alors ce sera par un criminel en quête de vengeance pour l'une ou l'autre de leurs cibles précédentes.

Même les barons de la drogue et les banquiers corrompus ont des proches qui les aiment.

Je retourne dans la chambre à la recherche d'une ceinture pour le jean de Peter quand il entre, la mine grave.

— Que s'est-il passé ?

Je laisse tomber le sac à dos sur le lit pour me ruer vers lui.

— Est-ce qu'on doit… ?

Il prend mon visage entre ses paumes calleuses et plaque ses lèvres sur les miennes. Son baiser vigoureux et avide en est presque violent. Nous n'avons pas fait l'amour après l'épisode de la cuisine – j'ai sombré tôt hier soir, à cause du décalage horaire, et Peter m'a gentiment laissé dormir –, mais je sens le désir contenu que trahit son baiser, ce feu sombre qui nous consume en permanence.

Après m'avoir allongée sur le lit, Peter arrache mes vêtements, puis les siens. Sans plus de préliminaires, il me pénètre de toute son épaisseur et me laboure avec vigueur. J'étouffe un cri, sous le choc, mais il ne s'arrête pas, ne ralentit pas. Ses yeux étincellent sauvagement quand il lève mes bras au-dessus de ma tête, emprisonnant mes poignets dans ses mains. Je me rends compte qu'aujourd'hui, il n'est pas uniquement animé par le désir. Il y a quelque chose en lui de féroce et de désespéré.

La réaction de mon corps ne tarde pas à se manifester, comme de l'huile qui prend feu. Après avoir serré les dents sous ses coups de reins impitoyables, je me sens basculer. L'instant d'après, je crie de plaisir en me désintégrant dans une extase inattendue. Il n'y a aucun soulagement dans l'orgasme, seul l'apaisement d'une tension impossible – et encore, c'est de courte durée. Une deuxième vague lui succède, aussi fulgurante que la première, et je me laisse aller aux spasmes insoutenables. Le plaisir m'ébranle tandis qu'il va et vient en moi sans relâche, m'entraînant vers la jouissance – et bien au-delà.

J'ignore combien de temps Peter me baise ainsi, mais quand il jouit, laissant gicler son sperme brûlant dans mon corps, j'ai la gorge à vif à force de hurler et j'ai perdu le compte du nombre d'orgasmes qu'il a réussi à arracher à mon corps fourbu. Les muscles fermes de son torse luisent de sueur quand il se retire, et je reste allongée là, pantelante, trop éblouie et épuisée pour bouger.

Il sort avant de revenir quelques instants plus tard avec une serviette humide, dont il se sert pour essuyer la substance entre mes jambes.

— Sara…

Sa voix est rauque, chargée d'émotion, lorsqu'il se penche vers moi et écarte une mèche de cheveux sur mon front moite.

— Ptichka, je…

Des coups contre la porte nous font sursauter en même temps.

— Peter.

C'est Yan, la voix aussi tendue que tout à l'heure.

— Il faut que tu entendes ça. Tout de suite.

Pestant tout bas, Peter se lève d'un bond et récupère son jean sur le sol, sur le tas de vêtements. Il l'enfile sans prendre la peine de mettre un caleçon. Le regard qu'il me lance par-dessus son épaule est bestial, presque noir, mais il sort de la chambre sans dire un mot.

Je m'assieds et grimace en sentant la douleur entre mes cuisses. Je me force à me lever et je me rince en vitesse avant de me rhabiller.

Sans savoir ce qui se passe, je commence à avoir un terrible pressentiment.

CHAPITRE 7
PETER

L'heure est grave. La preuve, c'est qu'aucun sourire suggestif ne m'accueille quand j'entre dans la cuisine, pieds et torse nus, avec une odeur de sexe qui me colle à la peau comme une eau de toilette primitive.

— Ça s'annonce mal, déclare Yan sans aucun préambule à mon approche. Un chauffard ivre l'a percutée sur le côté à une intersection et la voiture a fait trois tonneaux avant d'atterrir sur le toit. Elle a plus d'une dizaine d'os brisés et une hémorragie interne. Ils viennent de l'emmener au bloc pour une deuxième opération, mais c'est très grave. Étant donné son âge et l'étendue de ses blessures, ils craignent qu'elle ne survive pas.

Chaque mot qu'il prononce est un coup de poignard dans mon ventre.

— Et le père de Sara ? je demande, l'esprit en ébullition. Est-il…

— Jusqu'à présent, il tient le choc, mais sa pression sanguine est dangereusement haute.

Anton a le regard sombre.

— Ils ont essayé de l'envoyer se reposer chez lui, mais il refuse d'y aller. Quelques amis l'ont rejoint pour le soutenir, même s'ils ne peuvent pas faire grand-chose.

— Bien.

Je regarde mes coéquipiers. Dans leurs yeux, je trouve la certitude sans fard de ce qu'il me reste à faire.

Des bruits de pas légers dans l'escalier attirent mon attention et je me tourne pour voir Sara accourir au bas des marches, son visage en forme de cœur blême d'inquiétude.

— Que se passe-t-il ?

En chaussettes, elle s'avance sur le carrelage de la cuisine et s'arrête devant nous. Son regard noisette alterne entre mes coéquipiers et moi.

— Il est arrivé quelque chose ?

— Donnez-nous une minute, dis-je à mes gars.

Immédiatement, ils se séparent. Les jumeaux montent à l'étage tandis qu'Anton se dirige vers le placard de l'entrée.

— Tu veux que je prépare l'hélico ? demande-t-il en russe quand il passe près de moi.

Je hoche la tête sans quitter Sara des yeux. Elle semble de plus en plus soucieuse chaque seconde.

— Que s'est-il passé ? répète-t-elle en me rejoignant.

Je sais que je ne peux plus gagner du temps. Je m'approche et prends sa main délicate entre mes paumes. Aussi doucement que possible, je lui rapporte ce que je viens d'apprendre.

Son visage a perdu toutes ses couleurs quand j'ai fini mon discours et ses doigts sont froids comme de la glace entre les miens. Ses yeux sont encore secs, mais je sais que seule la stupéfaction la retient de s'effondrer. Mon bel oiseau vient de recevoir un coup violent, et si je ne réagis pas tout de suite, elle ne s'en remettra jamais.

Je vais la perdre.

Je le sais.

Je le sens.

C'est la chose la plus difficile que j'aie jamais faite, mais je finis par dire d'une voix atone :

— Je t'ai vue préparer tes affaires tout à l'heure. Tu es prête à partir ?

Elle cligne des yeux sans comprendre.

— Quoi ?

Elle a parlé d'une voix hébétée, mais son regard se concentre brusquement sur moi avec un espoir éperdu.

— Où ça ?

— Chez toi, dis-je.

La douleur accablante s'intensifie au creux de mon ventre, et une sensation de vide se propage jusqu'à mon cœur pour l'aspirer tout entier.

— Je te ramène, mon amour, avant qu'il soit trop tard.

CHAPITRE 8
SARA

*P*ar le hublot de l'avion, je regarde les nuages en contre-bas, mes pensées dispersées et mon cœur serré dans un étau douloureux. C'est peut-être le choc, mais tout s'est déroulé si vite que je n'arrive pas à le digérer. Ce qui s'est passé m'échappe, et un mélange d'émotions m'étouffe de l'intérieur.

Maman a eu un accident de voiture. Elle pourrait mourir.

Peter me ramène chez moi.

J'ai le souffle court. Chaque fois que j'inspire, ça me fait mal, comme si l'air dans la cabine était trop chargé. J'ai l'impression qu'il ne nous a fallu que quelques minutes pour sortir, pour monter dans l'hélicoptère et nous envoler, comme si c'était prévu, comme si nous en avions discuté avant de décréter que le moment était venu.

Le moment pour moi de rentrer.

Le moment pour maman de mourir.

Ma respiration est suspendue. Je peine à inspirer et je dois faire un effort pour remplir mes poumons, pour aspirer l'oxygène. Ma trachée me semble réduite à une tête d'épingle.

Le problème, c'est que nous n'en avons pas parlé. Pas du tout. Peter m'a appris la nouvelle, et rien de plus. Ensuite, nous nous sommes empressés de nous préparer, d'emporter ce dont nous avions besoin avant de monter dans l'hélicoptère. Une fois à l'intérieur, il a pris son téléphone pour régler quelques affaires, beaucoup en russe et un peu en anglais. J'ai perçu des bribes de conversation, mais j'étais trop déphasée pour les comprendre. Pour comprendre quoi que ce soit, en réalité. Comment peut-il me ramener alors qu'ils sont recherchés ? En sachant que, dès l'instant où je me montrerai, je serai peut-être emmenée dans un endroit où il ne me retrouvera jamais ?

Comment peut-il me laisser partir alors qu'il a juré de ne jamais le faire ?

J'ai envie de poser cette question à Peter, ainsi que beaucoup d'autres, mais il n'est pas à côté de moi. Il est sur la banquette, penché sur un ordinateur portable avec les jumeaux. Une salve de mots en russe me parvient, au débit rapide. Ils désignent quelque chose sur l'écran. Je sais qu'ils sont en train de prévoir la logistique de cette opération imprévue, de chercher un moyen de me déposer au nez et à la barbe des autorités.

Je pourrais me lever et exiger des réponses, mais je risquerais de les déstabiliser et de leur faire rater un élément crucial. La différence est ténue entre la vie et la mort, ou du moins entre une capture et la liberté. Je me contente de rester assise en regardant par le hublot, concentrée sur la tâche éreintante que me demande ma respiration.

Inspirer, expirer. Lentement, avec régularité. Dans l'atmosphère lourde de la cabine, je laisse dériver mes yeux sur les nuages cotonneux à l'extérieur. Leur quiétude m'aide à supporter l'idée que loin là-bas, à des milliers de kilomètres, maman passe sous le scalpel d'un chirurgien. Son corps frêle est ouvert, il saigne. J'ai vu des centaines d'interventions, j'ai moi-même réalisé des dizaines de césariennes et je sais ce que c'est. Sur la table d'opération, la chair humaine ressemble à de la viande que le docteur découpe, entaille et recoud. Il cherche à sauver une vie, et pourtant ce n'est pas une personne qu'il opère, mais un corps. Pour lui, il s'agit d'une mission, d'un défi à accomplir.

Mon ventre se noue, mon cœur se comprime et j'essuie ce qui me chatouille la joue. Ma main est humide.

Je ne savais pas que je pleurais, mais maintenant, je tente de me ressaisir et de me concentrer sur autre chose. Je chasse l'image mentale du corps de ma mère sur une table d'opération, le ventre ouvert. Et celle de papa dans la salle d'attente de l'hôpital, épuisé et en manque de sommeil, son cœur déjà fragile submergé et en surchauffe.

Pourquoi Peter fait-il cela ? J'essaie d'y réfléchir. C'est toujours mieux que les images qui se bousculent dans ma tête. Me laisse-t-il partir pour de bon, ou a-t-il l'intention de revenir me chercher ? Si tel est le cas, il doit prendre conscience que ce ne sera pas aussi facile de m'enlever une seconde fois. Il prend un risque énorme en me ramenant. Pourquoi ?

Est-ce possible qu'il se soit lassé de moi ?

Non. Je referme la porte à cette idée aussi pathétique que nocive. Peter a de nombreux défauts, mais l'inconstance n'en fait pas partie. Une fois qu'il a pris une décision, il ne dévie pas de sa trajectoire, qu'il s'agisse de venger sa famille ou de s'immiscer dans ma vie. Hier, il m'a dit qu'il m'aimait, et je l'ai cru. Je le crois encore.

Il ne me ramène pas pour se débarrasser de moi.

Il le fait pour moi. Parce qu'il m'aime.

Il m'aime suffisamment pour prendre le risque de me perdre.

———————

Nous atterrissons sur une piste privée non loin de Chicago au moment où le soleil se couche. J'ignore les relations que Peter a dû faire jouer pour se passer de contrôle aérien, mais l'avion se pose sur le tarmac sans aucune interférence. Une berline neutre nous attend à notre descente de l'avion et Peter m'y escorte, me retenant le coude entre ses doigts puissants.

Son visage est en granite, plus dur et distant que jamais. Nous n'avons pas eu l'occasion de parler durant le vol, et j'ignore ce qu'il pense. Pendant la majeure partie du voyage, il était au téléphone ou discutait de l'organisation avec ses hommes, tandis que j'alternais entre des siestes agitées et des sanglots silencieux. Il y a quelques heures, nous avons appris que maman était sortie du bloc opératoire, malgré des signes vitaux encore fluctuants.

Ce n'est pas bon signe.

Nous nous arrêtons devant la voiture et j'aperçois un homme à la place du conducteur.

Je lève les yeux vers le visage fermé de Peter.

— Est-ce que tu vas…

— Il te déposera à l'hôpital, m'annonce-t-il d'une voix sèche et monocorde. Je ne t'accompagne pas.

C'est bien ce que je pensais, et pourtant ses paroles me lacèrent le cœur.

— Quand… fis-je avant de déglutir pour ravaler la boule qui me noue la gorge. Quand reviendras-tu me chercher ?

Il me dévisage et son masque dénué d'émotions se fendille.

— Dès que je le pourrai, ptichka, dit-il d'une voix vibrante. Putain ! Dès que je le pourrai.

Le nœud dans ma gorge prend de l'ampleur et des larmes me piquent de nouveau les yeux.

— Alors, je vais rester jusqu'à ce que maman guérisse ?

— Oui, et jusqu'à ce que j'en aie fini avec…

Il s'interrompt et prend une profonde inspiration.

— Peu importe. Tu en as déjà gros sur le cœur. Mais sache que je reviendrai te chercher.

Il plonge son regard dans le mien et prend mon visage entre ses grandes paumes.

— Tu m'entends, Sara ? Quoi qu'il arrive, tant qu'il me restera le moindre souffle, je reviendrai te chercher. Tu m'appartiens, ptichka. Tant que nous vivrons.

Je referme les mains autour de ses poignets vigoureux et des larmes brûlantes dévalent mes joues. Je soutiens son regard. Autrefois, ces paroles m'auraient terrorisée, mais à présent elles apaisent la douleur qui me comprime la poitrine. Je pourrai m'y raccrocher quand il partira et que mon nouveau monde – celui qui tourne exclusivement autour de lui – tombera en ruines.

Pendant de nombreux mois, j'ai cherché à rentrer chez moi, mais aujourd'hui je n'éprouve aucune joie, rien qu'un vide insoutenable dans le cœur, là où Peter s'est creusé une place sans pitié.

Il se penche et dépose un baiser sur mes joues baignées de larmes.

— Vas-y, mon amour.

Enfin, il me libère et recule.

— Tu n'as pas de temps à perdre.

Avant que je puisse lui répondre – lui dire ce que je ressens –, il tourne les talons et retourne vers l'avion, me laissant à côté de la voiture.

Me laissant rentrer chez moi, toute seule.

CHAPITRE 9
PETER

Je devrais me réjouir que nous ayons berné les autorités américaines et que cette petite opération se soit déroulée sans aucun accroc, mais la douleur dans ma poitrine est trop dévastatrice, trop violente. Je sais que ce n'est que temporaire, mais j'ai l'impression que l'on m'a ouvert le corps pour m'arracher le cœur encore palpitant.

Ma ptichka pleurait quand je suis parti. Je m'enflamme peut-être, mais j'ai cru sentir qu'elle était malheureuse de rentrer chez elle – et pas uniquement à cause des circonstances. Elle m'a demandé quand je reviendrais la chercher – *quand*, pas *si* – avec une telle émotion dans ses yeux noisette…

C'est tout ce que j'ai toujours souhaité, et pourtant je n'ai pas d'autre choix que de lui tourner le dos. De lui rendre sa liberté alors que mes instincts égoïstes me hurlent de la retenir, de l'enchaîner à moi pour ne jamais la laisser partir.

Par-dessus tout, il y a cette peur irrationnelle pour sa sécurité, cette paranoïa terrible qui me fait redouter qu'il lui arrive des ennuis pendant mon absence. J'ai beau savoir que cette crainte date de son accident, impossible de la faire taire.

Bien sûr, je vais faire surveiller Sara, mais je serai loin et ça me rend malade.

— Tu es sûr de ce que tu fais ? demande Ilya en bouclant sa ceinture sur le siège à côté de moi au moment où notre jet décolle, repliant ses roues dans un crissement. Il n'est pas trop tard. On peut toujours faire demi-tour et…

— Non.

Je ferme les yeux et m'efforce de respirer calmement.

— C'est fait.

J'aurais tout donné pour garder Sara avec moi, mais c'est impossible – pas sans la détruire, elle et toutes nos chances d'avenir commun.

Quoi qu'il en soit, mieux vaut peut-être qu'elle ne soit pas avec moi quand je ferai le nécessaire pour nous assurer cet avenir.

Je retournerai la chercher, mais d'abord, je dois régler cette affaire avec Novak et Esguerra.

CHAPITRE 10
SARA

Le trajet jusqu'à l'hôpital dure près de deux heures – nous rencontrons des ralentissements en chemin – et j'ai les nerfs en pelote quand le chauffeur me dépose devant l'entrée avant de disparaître. Il n'a répondu à aucune de mes questions, et j'ignore qui c'est ou quelles sont ses relations avec Peter et son équipe. Peut-être est-ce mieux ainsi. Je ne doute pas que le FBI m'interrogera dès mon arrivée.

J'espère juste avoir le temps de voir maman et papa.

Réfrénant mon angoisse, je me précipite dans les couloirs familiers. Je n'ai pas besoin de panneaux pour me diriger vers l'unité des soins intensifs. C'est dans cet hôpital que j'ai fait ma résidence et j'y ai travaillé pendant de nombreuses années. J'y suis chez moi, encore plus que la maison dans laquelle je vivais.

— Lorna Weisman ? je demande en arrivant au bureau d'accueil du service.

Je hurle intérieurement, en attendant que la réceptionniste entre deux âges, aux cheveux permanentés d'un roux criard, cherche sans se presser le nom dans son système.

Je vois le moment précis où elle découvre les notes spéciales du FBI sans doute associées au dossier. Elle lève vivement la tête, les yeux écarquillés derrière ses lunettes à monture verte, et bredouille :

— Une... une minute, s'il vous plaît.

J'agrippe le bord du comptoir.

— Où est-elle ?

Je me penche en avant et imite le ton le plus menaçant de Peter :

— Dites-le-moi *tout de suite*.

— Elle... elle est en chirurgie.

La femme se recroqueville, autant que sa corpulence le lui permet. Ses doigts cerclés de bagues cherchent maladroitement le téléphone sur la table.

— Ils... ils l'ont emmenée il y a une heure.

— Encore ?

Tout en hochant frénétiquement la tête, elle appuie sur le bouton d'urgence de son téléphone.

— Il y a eu une autre hémorragie interne et...

Je ne reste pas pour connaître les détails. Dans quelques minutes, la sécurité – et peut-être même le FBI – sera là, et je dois d'abord retrouver papa. D'après les informations de Peter, il n'est toujours pas rentré à la maison. Étant donné ce que je viens d'apprendre, il est forcément ici, à attendre de savoir si maman va s'en sortir.

Il y a une grande salle d'attente dans le service des soins intensifs, mais je ne le vois nulle part. Il est possible qu'il soit descendu manger un morceau à la cafétéria, à moins qu'il soit aux toilettes. Dans tous les cas, je n'ai pas le temps de m'attarder et je détale vers la petite salle d'attente adjacente. Certaines familles préfèrent avoir plus d'intimité et il y a une petite chance que papa…

— Sara ?

Je pivote sur la droite. En entendant cette voix familière, mon cœur s'emballe.

C'est mon amie Marsha. Elle porte sa blouse d'infirmière et me regarde comme si je venais de surgir de sous son lit. Derrière elle, je découvre un autre visage ébahi et tout aussi familier : Isaac Levinson, l'un des plus proches amis de mon père. Il est assis avec sa femme, Agnès, dans un coin de la petite salle d'attente où je viens de passer la tête. Et à côté d'eux, il y a…

— Papa !

Je me précipite, manquant de trébucher sur une chaise. Les larmes brouillent ma vision et me nouent la gorge.

— Sara !

Les bras de papa se referment autour de moi. Ils me paraissent bien plus frêles et faibles que dans mes souvenirs et je me rends compte qu'il pleure, lui aussi. Son corps fragile est secoué par les sanglots. Enfin, il s'écarte et me regarde avec un mélange d'incrédulité et de joie timide. Sa bouche frémit quand il me serre les mains.

— Tu es venue. Tu es vraiment ici.

— Je suis ici, papa.

À mon tour, je serre ses mains tremblantes entre les miennes et recule d'un pas, essuyant mes larmes avant de répéter d'une voix plus assurée :

— Je suis ici, maintenant. Dis-moi… Comment va maman ?

Son visage s'affaisse.

— L'hémorragie continue. Ils pensaient l'avoir maîtrisée, mais ils ont dû rater quelque chose, à moins que les points de suture aient sauté après qu'ils l'ont recousue. Sa pression sanguine a encore chuté et ils l'ont de nouveau emmenée…

— Docteur Cobakis.

Mes muscles se figent lorsque je me retourne en direction de cette voix inconnue.

C'est un agent de sécurité, accompagné d'un policier au visage poupin. Ils ont l'air méfiants, mais déterminés, et la main droite du policier est suspendue au-dessus de son arme, comme s'il prévoyait un échange de coups de feu.

— Docteur Cobakis, vous devez nous suivre, déclare l'agent de sécurité.

Son bouc blond me dit vaguement quelque chose. J'ai déjà dû le voir dans ce même hôpital. Peu importe. Son visage moucheté de taches de rousseur exprime une détermination sans faille et je ne peux pas attendre de l'aide ni de la compassion de sa part – ni de celle du jeune policier qui me regarde comme si je portais une ceinture d'explosifs à la place de mon jean et de mon pull.

— Attendez une minute… s'exclame mon père avec indignation.

— Il n'est pas là ! je l'interromps en levant les mains au-dessus de ma tête pour leur montrer que je ne suis pas armée.

Je comprends leur suspicion et j'ai l'intention de faire ce qu'il faut pour la désamorcer.

— Je suis toute seule, je vous le promets.

Remise de sa stupeur, Marsha s'avance et fronce les sourcils. Elle demande à l'agent de sécurité :

— Qu'est-ce que tu fais, Bob ? C'est mon amie Sara. Elle est…

— On sait très bien qui c'est.

La voix du jeune policier chevrote légèrement quand il referme les doigts autour de la crosse de son pistolet. Il se rapproche avec précaution.

— Nous ne cherchons pas les ennuis, mais…

— Oh, pour l'amour du ciel, la mère de cette fille est au bloc opératoire !

Agnès Levinson joue des coudes pour passer devant son mari et mon père. Du haut de son mètre cinquante, elle fusille du regard les représentants des forces de l'ordre. Ses cheveux poivre et sel forment comme un halo autour de son petit visage quand elle se campe devant moi, les mains sur les hanches. Elle prend une pose menaçante et s'écrie :

— Mon mari et mon fils sont tous les deux avocats, et je peux vous assurer que nous porterons plainte pour harcèlement. Laissez d'abord cette fille parler à son père, puis votre tour viendra.

Elle se tourne vers moi et ses yeux marron se radoucissent.

— Sara, ma chère, est-ce que tu vas bien ?

Je cligne des paupières et baisse lentement les mains devant l'absence de réaction du dénommé Bob et du policier.

— Je… je vais bien. Merci.

L'amitié des Levinson avec mes parents remonte à près de deux décennies. On m'a toujours dit qu'Agnès et Isaac me considéraient comme la fille qu'ils n'ont jamais eue. Jusqu'à présent, j'étais convaincue que c'était une exagération. À mes yeux, ce n'était qu'un couple de personnes âgées proches de mes parents. Mais Agnès vient de prendre ma défense comme si je faisais partie de sa famille et je suis profondément touchée, d'autant plus qu'Isaac s'avance et commence à débiter tout son jargon juridique devant les agents venus pour m'arrêter. Ça laisse le temps à mon père de m'attraper par le bras pour m'attirer à lui.

— Vite, ma chérie, parle-moi.

La voix de mon père est grave et empressée. Son regard me détaille avant de s'attarder avec inquiétude sur la cicatrice à moitié guérie qui me barre le front.

— Que s'est-il passé ? Qu'est-ce qu'il t'a fait ? Comment t'es-tu enfuie ?

Avant que je puisse répondre, il se penche et murmure :

— On doit tout de suite t'emmener voir un avocat. Je sais qu'on te forçait à dire tout ça au téléphone, mais la police refuse de me croire. Je les ai entendus parler et ils comptent invoquer la Loi sur la sécurité intérieure, à cause de ses liens avec le terrorisme. Nous devons te trouver un bon avocat, sinon…

— Sara ! Bon sang, ma belle, mais où étais-tu passée ?

Marsha nous rejoint et me prend le bras comme si j'étais sur le point de m'évanouir dans les airs. Ses boucles à la Marilyn Monroe rebondissent avec animation quand elle me retourne vers elle.

— Que t'est-il arrivé ? Où étais-tu ?

Ses yeux bleus se posent sur ma cicatrice et elle étouffe un cri.

— Qu'est-il arrivé à ton visage ?

Je me sens submergée et je recule d'un pas.

— Marsha, s'il te plaît…

— Sara Cobakis.

Le policier au visage d'enfant a réussi à franchir la barrière des Levinson et il écarte Marsha, la main sur la crosse de son arme.

— Vous devez venir avec moi *tout de suite*.

Une fois de plus, je lève les deux mains.

— Aucun problème. Je vous en prie, je vais coopérer, je vous le promets.

À présent, c'est mon père qui s'avance d'un air agressif.

— Elle n'ira nulle part tant qu'elle n'aura pas d'avocat et…

— Que personne ne bouge !

Bouche bée, nous voyons les membres d'un commando d'élite faire irruption dans la pièce, visières baissées et armes au poing.

CHAPITRE 11
SARA

— Je vous l'ai déjà dit, je ne sais pas où il est ! je répète pour la quatrième fois. J'ignore comment il a pu entrer et sortir du pays sans se faire repérer, et je ne connais pas l'homme qui m'a conduite ici depuis l'aéroport. Je ne l'avais jamais vu. Je suis désolée, mais je ne peux vraiment pas vous aider.

L'agent Ryson me regarde fixement. Ses yeux sont froids sur son visage tanné.

— Vous devriez peut-être mieux réfléchir, docteur Cobakis. Les accusations qui pèsent contre vous sont très sérieuses, et à moins de coopérer, vous allez au-devant de graves ennuis.

— Je coopère intégralement.

Mes ongles s'enfoncent dans mes paumes sous la table, mais je garde un ton calme.

— Je vous ai dit tout ce que je savais. On m'a enlevée et on m'a emmenée sur une montagne reculée au Japon, où j'ai passé les cinq derniers mois, à l'exception d'un bref séjour à Chypre. Ensuite, ma tentative d'évasion ratée m'a valu de passer deux semaines dans une clinique en Suisse.

Ryson se penche et son haleine au café atteint mes narines. Il a dû en boire une sacrée quantité pour rester aussi alerte à cette heure tardive.

— Vous nous prenez pour des idiots, docteur Cobakis ? Plus personne n'est dupe de votre petit jeu. C'est l'une des sociétés-écrans de Sokolov qui possède votre maison, et ce, depuis des mois. Nous avons des témoins oculaires de votre rendez-vous dans un Starbucks, ainsi que dans un club du centre-ville, quelques semaines avant votre soi-disant enlèvement – sans parler des enregistrements de tous vos appels téléphoniques à vos parents.

— Je vous ai déjà tout expliqué.

Ma sérénité ne tient plus qu'à un fil.

— Ce que j'ai dit à mes parents au téléphone, c'était pour essayer de les tranquilliser à mon sujet, rien de plus. Quant à ces rencontres, oui, elles ont eu lieu. Après être entré par effraction chez moi – quand il m'a droguée et martyrisée, vous vous en souvenez ? – il a disparu pendant plusieurs mois, puis il est revenu et il a commencé à me harceler. À ce moment-là, je vous ai contactés pour vous dire que je me sentais surveillée. Je vous ai demandé s'il pouvait être de retour et vous m'avez assuré que je ne craignais rien. Mais c'était faux. Il était là, à épier mes moindres faits et gestes, et vous n'en saviez rien. Vous avez échoué à me protéger, tout comme vous aviez échoué à protéger

George alors, ne faites pas comme si je n'avais aucune raison de penser qu'il était parfaitement inutile de faire appel
à vous.

L'agent pince les lèvres et il se penche en arrière.

— Alors, quoi ? Vous avez décidé de vous charger toute
seule de ce psychopathe quand il a débarqué ? Vous croyez
vraiment que nous allons vous croire ?

La dérision dans sa voix me fait perdre patience.

— Avec du recul, ce n'était pas une bonne décision,
mais sur le moment, je n'ai pas vu d'autre option. Il m'a dit
qu'il me retrouverait toujours, où que vous me cachiez. Je
ne voulais pas que d'autres personnes soient blessées et je
l'ai cru. Comme je ne savais pas quoi faire, je lui ai obéi. J'ai
décidé de survivre, au jour le jour, en attendant de trouver
une meilleure solution.

— Ah, vraiment ? Et que voulait-il, au juste ?

Je renvoie à Ryson son regard accusateur.

— À votre avis ?

C'est le premier à cligner des paupières et à détourner
le regard. Avec un profond soupir, il se frotte le front dans
un geste las. Pendant un moment, j'éprouve presque de
la pitié pour lui. S'il accepte le fait que je suis innocente,
il devra également accepter d'avoir échoué dans sa mission – d'avoir laissé un monstre envahir ma vie et m'enlever
juste sous leur nez. Ce serait tellement plus facile si j'étais
la méchante dans cette histoire, s'ils parvenaient à prouver
que je complote contre eux depuis le début. Sauf que les
faits suggèrent le contraire, et ils le savent pertinemment.

Ça fait plus d'une heure que je suis ici, et malgré leurs menaces et leurs gesticulations, ils ne m'ont toujours pas accusée officiellement.

On frappe à la porte et une policière blonde passe la tête par l'entrebâillement.

— Agent Ryson ? On a besoin de vous pendant une seconde.

Il la suit à l'extérieur, me laissant toute seule dans la petite salle d'interrogatoire. Épuisée, je m'effondre sur ma chaise métallique inconfortable. Puis je me rappelle que je suis probablement surveillée et je me redresse en essayant d'éviter mon visage blême aux traits tirés dans le grand miroir sur le mur. Je suis tellement stressée que je suis à deux doigts de craquer, mais je ne veux pas qu'ils le sachent. L'interrogatoire, combiné aux effets incontournables du décalage horaire et au souci que je me fais pour ma mère, commence à me fatiguer. Si je le pouvais, je m'affalerais pour dormir pendant les dix-huit prochaines heures. Malheureusement, je dois rester alerte et l'esprit affûté.

Je dois les convaincre de mon innocence pour pouvoir retourner auprès de mes parents.

Après l'intervention de l'unité d'élite à l'hôpital et mon arrestation musclée, j'ai décidé que la meilleure carte à jouer était encore de répondre aux questions des agents avec la plus grande honnêteté, n'omettant que des informations invérifiables. Comme Peter ne m'a donné aucune consigne à cet égard, il doit s'attendre à ce que je révèle tout et je suppose qu'il a pris les mesures nécessaires pour limiter la casse – déplacer l'équipe dans une nouvelle planque, par exemple. Quant aux Kent, je suis presque certaine qu'ils sont intouchables avec leur richesse et leurs relations, mais je préfère jouer la sécurité et je ne mentionne pas leurs noms. Les fédéraux n'ont aucune raison de penser que l'on confierait de telles informations à une simple prisonnière.

Cependant, j'ai bien l'intention de leur cacher l'essentiel, à savoir l'état actuel de ma relation avec Peter et le fait qu'il viendra bientôt me chercher.

— Des nouvelles de ma mère ? je demande à l'agent Ryson quand il revient dans la pièce quelques minutes plus tard.

Il hoche la tête en reprenant sa place en face de moi.

— L'opération s'est bien passée, dit-il.

Un gros nœud de tension se délie entre mes omoplates.

— Ils ont trouvé la source de l'hémorragie et l'ont soignée, poursuit-il. Il est encore trop tôt pour se prononcer sur son état, mais c'est plus encourageant.

Malgré ma détermination à rester stoïque, je dois cligner des yeux à plusieurs reprises pour retenir un afflux de larmes.

— Merci, dis-je d'une voix chargée par l'émotion à peine contenue. J'apprécie beaucoup.

Il se trémousse sur son siège, mal à l'aise.

— C'est naturel, dit-il d'un ton bourru. Nous ne sommes pas des monstres ici, vous savez. Ce qui nous amène à ma question suivante, docteur Cobakis.

Il croise les bras sur sa poitrine et pose de nouveau sur moi son regard froid.

— Si ce que vous dites est vrai, si Sokolov vous a harcelée, menacée et enlevée, s'il vous a gardée captive pendant de longs mois, pourquoi vous ramènerait-il maintenant ?

Je chasse mes préoccupations au sujet de ma mère et me concentre sur l'interrogatoire. Plus tôt je répondrai aux questions de Ryson, plus tôt je pourrai la voir.

— Sokolov s'est lassé de moi, dis-je sans sourciller.

Pendant le trajet, j'ai répété mentalement cette fausse excuse.

— Il a essayé de gagner mon affection, en m'autorisant à appeler ma famille et en me traitant convenablement, mais comme je repoussais constamment ses avances, il a fini par en avoir assez. Je le soupçonne d'avoir reporté son obsession sur une autre malheureuse, mais ce n'est qu'une hypothèse.

— C'est ça, dit l'agent sur un ton sarcastique. Il s'est « lassé » de vous juste au moment où vos parents avaient le plus besoin de soutien.

— Non, il avait déjà commencé à se désintéresser quand ceci est arrivé, dis-je en montrant la cicatrice sur mon front. Par la suite, il n'a même pas pu se résoudre à me toucher. Et pourtant, il m'a gardée avec lui jusqu'à ce que l'accident de maman lui fournisse une excuse pour se débarrasser de moi.

Ryson hausse d'un air moqueur ses sourcils en broussaille.

— Il avait besoin d'une excuse ?

— Est-ce que tous les monstres ne se prennent pas pour des anges ? dis-je en le fixant des yeux. Même les pires criminels se considèrent comme des personnes justes, mais incomprises – vous êtes bien placé pour le savoir. Et Sokolov n'est pas différent, je peux vous l'assurer. Il s'est convaincu qu'il tenait à moi, et quand il s'est lassé de son nouveau jouet, il a attendu une excuse pour le jeter. C'est ce que lui a procuré l'accident de ma mère, et me voilà à peine un peu abîmée.

Une fois de plus, j'effleure ma cicatrice, comme si j'étais amère d'être ainsi défigurée.

— Hmm, hmm.

Ryson me regarde sans ajouter un mot et je me rends compte qu'il attend que je parle pour remplir le silence de plus en plus gênant.

Comme je me contente de le dévisager calmement, il se lève et m'adresse un sourire crispé.

— Très bien, docteur Cobakis. Ma collègue m'a informé tout à l'heure que l'avocat engagé par votre famille est déjà là, en train d'aboyer devant notre porte. Comme nous ne vous avons pas encore officiellement accusée, vous êtes libre de partir... pour le moment. Nous vérifierons votre version des faits et s'il s'avère que vous nous avez menti – sur quelque point que ce soit – aucun avocat hors de prix ne pourra vous sauver.

— Je comprends.

Je m'efforce de cacher mon soulagement en le suivant hors de la salle. Comme je l'espérais, mon semblant de coopération a payé. En arrivant, j'ai envisagé de prendre un avocat, mais j'ai décidé qu'il valait mieux agir comme quelqu'un qui n'a rien à cacher, même si je risquais de me compromettre par accident en répondant toute seule aux questions. Cette stratégie se retournera peut-être contre moi, mais pour l'instant, je suis libre de faire ce pour quoi je suis venue : passer du temps avec mes parents.

Un homme de grande taille aux cheveux blond roux vient à notre rencontre dès que nous sortons du couloir des interrogatoires. À ma stupéfaction, je le reconnais.

C'est Joe Levinson, le fils d'Agnès et d'Isaac – et apparemment, mon avocat.

Je garde un visage impassible et lui serre la main en le remerciant d'être venu. Il sourit poliment à Ryson et promet que je ne quitterai pas la ville sans les en informer, puis il me dirige calmement vers l'ascenseur. Ce n'est que lorsque nous sommes sortis du bâtiment et montés dans un taxi que je laisse libre cours à mon étonnement.

— Je croyais que tu faisais du droit des sociétés, dis-je en regardant l'homme qui, à défaut d'être un ami d'enfance, fait partie de mes connaissances proches. Comment…

— Je buvais un verre avec des clients en ville quand mon père m'a appelé, explique Joe en souriant. Naturellement, j'ai accouru dès que j'ai pu. Tu ne t'en souviens peut-être pas, mais juste après l'école de droit, j'ai passé deux ans dans une association pour les droits de l'homme, à défendre le droit des terroristes présumés à avoir un procès équitable, ce genre de choses… C'était très mal payé et, honnêtement, beaucoup de clients me terrifiaient, si bien que je suis passé au droit des sociétés. Mais je n'ai rien perdu de mes compétences et du jargon, alors si tu es accusée d'aider et d'encourager un terroriste présumé, et si tu as besoin d'un avocat à la dernière minute, je suis ton homme.

Peter est un assassin, pas un terroriste, mais je n'objecte pas sur ce point.

— Tu as raison, dis-je en souriant. Je m'en souviens maintenant. Tes parents se faisaient du souci pour toi quand tu travaillais là-bas.

— Oui, répond-il avec un grand sourire.

Il retrouve tout son sérieux et ajoute d'un ton calme :

— Je suis désolé pour ta mère. C'est une femme merveilleuse et j'espère qu'elle s'en tirera.

— Merci, moi aussi.

Ma gorge se serre et je dois cligner des yeux.

Joe a la prévenance de me laisser contempler les rues obscures de l'autre côté de la vitre, le temps de retrouver le contrôle de mes émotions. Il ajoute alors :

— Sara… De toute évidence, je ne suis pas vraiment ton avocat – ton père trouvera quelqu'un de bien plus qualifié pour te défendre –, mais je veux que tu saches que tu peux toujours me parler si tu veux. J'ignore ce qui t'est arrivé, et si tu n'as pas envie de me le dire, ça ne me dérange pas. Mais sache que je suis là pour toi, d'accord ?

Je le regarde et en voyant son regard bleu si franc, je regrette pour la première fois de ne pas avoir fait un choix différent à l'époque de l'université. Au lieu de sauter à pieds joints dans une relation de couple avec George alors que j'avais à peine dix-huit ans, j'aurais dû prendre mon temps et prêter attention au fils des amis de mes parents… le garçon gentil et sans histoire qui a toujours évolué à la périphérie de ma vie. Certes, il ne m'avait jamais excitée, mais l'attirance serait peut-être venue avec le temps – si je lui avais donné une chance.

En grandissant, j'ai beaucoup entendu parler de Joe, de ses succès scolaires et de la fierté qu'il suscitait chez ses parents, mais je n'y avais jamais vraiment songé. Il a sept ans de plus que moi et une telle différence d'âge me semblait insurmontable quand j'étais adolescente. Une fois dans la vingtaine, cela n'avait plus vraiment d'importance; or à ce moment-là, j'étais déjà mariée.

Nous n'avons jamais eu l'occasion d'explorer ce qui aurait pu exister entre nous, et ce n'est pas maintenant que nous allons le faire – pas avec l'assassin russe qui domine ma vie et mon cœur.

— Merci, Joe. J'apprécie beaucoup.

Je garde un ton léger, comme si sa proposition ne signifiait rien, comme s'il ne venait pas de m'annoncer qu'il souhaitait s'impliquer dans l'imbroglio terrifiant qu'est ma vie en ce moment. J'ignore ce qu'ont dit mes parents aux Levinson, mais entre le commentaire sur le « terroriste présumé » et le fait d'être venu me chercher au centre-ville dans le bâtiment du FBI, Joe doit bien savoir à quoi il s'expose.

Il comprend la signification de mon refus et garde le silence. Pendant le reste du trajet jusqu'à l'hôpital, nous ne parlons pas, et c'est très bien ainsi.

Il n'y a aucune place pour Joe dans ma vie, et il ne serait pas raisonnable de lui laisser croire le contraire.

CHAPITRE 12
PETER

Nous ne retournons pas au Japon – avec Sara aux mains du FBI, c'est trop risqué. Au lieu de ça, nous nous rendons directement à Prague, où nous avons une planque dans un petit village à une vingtaine de kilomètres de la ville. Il a neigé pendant la nuit et c'est un vrai paysage de carte postale, avec les toits et les branches d'arbre couverts d'une couche d'un blanc immaculé.

— On n'aurait pas pu trouver un endroit chaud ? grommelle Anton en sortant de la voiture sur un tas de neige. Sérieusement, cette planque en Inde me donne franchement envie, là maintenant.

Si je n'avais pas laissé partir la femme de ma vie, sa mine dégoûtée m'aurait fait rire. Mais je ne suis pas d'humeur à supporter les bêtises d'Anton et je réponds d'un ton sec :

— Nous devons nous installer en Europe de l'Est.

Inutile de préciser pourquoi, il connaît aussi bien que moi la raison de notre présence ici. Pendant le vol, j'ai déplacé le rendez-vous avec Novak pour l'avancer à la semaine prochaine.

Henderson est toujours hors des radars, et si je ne peux pas passer du temps avec Sara, je ne vois aucune raison de retarder cette réunion.

— Moi, ça me plaît, déclare Ilya en regardant le paysage enneigé.

La maison n'est pas aussi isolée qu'au Japon, mais elle est suffisamment éloignée des voisins pour nous donner au moins l'illusion de bénéficier d'une retraite d'hiver très intime.

— C'est joli.

— Je suis d'accord avec Anton sur ce point. J'en ai assez du froid, déclare Yan en se dirigeant vers la maison. Enfin, on sera bientôt au chaud. Il paraît que le complexe d'Esguerra dans la jungle est agréable et qu'il y fait une chaleur torride.

Il jette un œil vers moi, mais je ne mords pas à l'hameçon.

Pour l'instant, personne n'est obligé de savoir quelles sont réellement mes intentions.

C'est plus sûr pour tout le monde.

Je dois attendre d'avoir déballé mes affaires et de m'être installé dans la nouvelle maison pour m'autoriser à penser à Sara. Je ressens aussitôt le vide insoutenable que son absence laisse dans ma vie. Ça ne fait qu'une journée, mais elle me manque déjà atrocement. Je voudrais tellement l'avoir près de moi que mon cœur se déchire. Les Américains la surveillent et j'obtiendrai des rapports quotidiens, mais ça ne suffit pas. Je la veux ici, à mes côtés. Je veux la tenir dans mes bras, voir son sourire et l'entendre rire. La baiser jusqu'à ce que sa voix soit trop rauque pour crier mon nom, jusqu'à ce que s'apaise l'ardeur torride dans mes veines.

Bientôt, je me promets en sortant pour explorer le secteur et installer des alarmes sur tout le périmètre. Je retrouverai bientôt ma ptichka.

Pour l'instant, elle peut profiter de son ancienne vie.

CHAPITRE 13
SARA

— Maman !

Je me penche sur son lit en souriant à travers mes larmes. Ses yeux sont voilés à cause des antidouleurs, mais ils sont ouverts. Quand je replie délicatement les doigts autour de sa main droite indemne, ses lèvres gercées frémissent.

— S… Sara ?

— C'est moi, maman.

Les larmes coulent librement sur mon visage et je ne cherche même pas à les essuyer. Je suis trop soulagée, folle de joie.

Après avoir passé la nuit entre la vie et la mort, maman s'est réveillée.

— Tiens, bois.

Je porte à ses lèvres une tasse avec une paille et elle parvient à boire une gorgée avant de refermer les yeux.

Je lui serre la main et me tourne vers papa, qui s'est levé derrière moi. Ses joues sont humides lorsqu'il regarde sa femme.

— Ça va aller maintenant, n'est-ce pas ? demande-t-il.

Ses yeux sont cernés de rouge, mais pleins d'espoir lorsqu'il me regarde, et je hoche la tête sans cacher mon exaltation.

— Ses signes vitaux sont stables depuis trois heures. Tant qu'elle n'a pas d'infection, tout va bien.

Les doigts de maman se contractent dans ma main et je la regarde. Elle a rouvert les paupières.

— Sara, es-tu vraiment… ?

Elle cligne des yeux en essayant de me voir à travers le brouillard résiduel de l'anesthésie.

— Ma chérie, c'est vraiment toi ? Je rêve ?

— Je suis vraiment là, maman, dis-je d'une voix cassée. Je suis rentrée.

— Elle est revenue, Lorna.

Mon père passe un bras autour de ma taille. Son sourire est à la voix timide et triomphant.

— Notre petite Sara est rentrée.

— Que…

Elle commence à tousser et je m'empresse de lui donner une autre gorgée d'eau.

— Que s'est-il passé ?

Son regard troublé me quitte pour aller se poser sur les poulies qui maintiennent les plâtres de ses jambes et de son bras gauche, avant de revenir sur moi.

Papa se laisse tomber sur une chaise à son chevet tandis que j'essuie les larmes sur mon visage et réponds d'une voix aussi assurée que possible :

— Tu as été percutée par un chauffard saoul en rentrant du supermarché. Tu as des côtes fêlées, tes jambes sont cassées à plusieurs endroits et ton bras gauche est quasiment broyé. Comme tu avais aussi des lésions internes, il a fallu trois opérations successives pour tout arranger.

J'aurais pu enjoliver les choses, mais maman a horreur d'être maternée en ce qui concerne les questions médicales importantes. Elle veut toujours connaître l'étendue d'un problème avec le maximum de détails. Je n'oublierai jamais avec quel acharnement elle a poursuivi les médecins de mon père lors de sa crise cardiaque il y a quelques années.

Quand papa est sorti de l'hôpital, elle en savait plus sur son état de santé et ses options de traitement que la plupart des cardiologues.

Ses lèvres sèches se remettent à bouger.

— Non, je voulais dire…

Elle peine à trouver les mots.

— Tu es ici. Comment as-tu… ?

— C'est Peter qui m'a ramenée, maman, dis-je d'une voix douce en lui serrant la main. Dès que nous avons appris l'accident, il m'a ramenée à la maison.

C'est un jeu dangereux auquel je joue – en persistant devant mes parents dans le mensonge (devenu maintenant réalité) selon lequel je suis amoureuse de Peter, tout en le niant devant le FBI. Mais je ne vois aucun autre moyen de gérer la situation. Peter reviendra me chercher, et je ne veux pas que mes parents le prennent pour un monstre quand il m'emmènera. Aussi risqué que ce soit, ils doivent croire que nous sommes amoureux. Et en même temps, le FBI doit croire que je suis la victime de Peter. Je me demande bien comment je vais me tirer de ce terrain glissant, mais je ferai de mon mieux.

De toute façon, mon père ne me croit pas. Pendant que nous attendions le réveil de maman, il m'a fait subir un interrogatoire qui ferait pâlir le FBI en comparaison. Son objectif était de déceler les points faibles du conte de fées que je leur raconte depuis des mois, et malgré tous mes efforts, il a trouvé quelques incohérences.

Non, je ne savais pas que Peter était un homme recherché quand nous nous sommes rencontrés et avons commencé à sortir ensemble, ai-je expliqué à papa, répétant ce que je lui avais déjà dit : je croyais qu'il travaillait sous contrat pour de nombreuses sociétés aux États-Unis et à l'étranger. Non, je ne savais pas qu'il avait maille à partir avec la loi quand j'ai quitté le pays avec lui, même si je commençais à avoir quelques soupçons. Non, il n'est pas aussi dangereux qu'on le dit, tout cela n'est qu'un malentendu. En réalité, c'est bel et bien un indépendant qui travaille en tant que consultant spécialisé en sécurité. Disons simplement que certains de ses clients ne sont pas vraiment respectueux des lois et c'est ce qui lui vaut ses problèmes avec les autorités. Oui, nous nous sommes rencontrés pour la première fois dans un club de Chicago et nous nous sommes fréquentés en secret pendant plusieurs semaines. Oui, il a acheté ma maison par l'intermédiaire d'une société-écran, comme l'a dit le FBI. Pourquoi ? Parce qu'il pensait que je regretterais de l'avoir vendue sur un coup de tête.

Certaines questions sont plus délicates. Je sais ce qu'a dit le FBI à mes parents à propos des crimes supposés de Peter : presque rien, en raison du statut confidentiel de son affaire. Pourtant, mes parents ne sont pas bêtes et ils ont mené leur petite enquête. Quand mon père parle de « terroriste suspecté » et de « personnes tuées », il reprend ce qu'il a entendu de la bouche des agents. Mais il a aussi fait le lien entre mon enlèvement et une course-poursuite sur l'I-294, au cours de laquelle un hélicoptère de la police a explosé, entraînant un carambolage monstrueux et remettant le sujet de la violence des gangs de Chicago au cœur de l'actualité.

— C'est arrivé le soir où tu as disparu et les nouvelles n'ont parlé que de ça pendant des semaines, m'a dit papa. Le FBI ne l'a pas avoué, mais je sais que c'était lui. C'était forcé. Sinon pourquoi auraient-ils envoyé toute une unité d'élite pour te chercher ? Cet homme est dangereux et les fédéraux le savent. J'ignore s'il est impliqué dans la drogue, le terrorisme ou je ne sais quoi, mais ce n'est pas un enfant de chœur.

J'ai beau essayer de convaincre papa que les délits supposés de Peter relèvent plutôt de la criminalité en col blanc, et que je ne sais rien de cet incident sur l'autoroute (ce qui est vrai, car j'étais sous somnifères lors de mon enlèvement), il refuse de me croire.

— Parle-moi de Marsha et des Levinson, ai-je dit pour tenter désespérément de changer de sujet. Pourquoi étaient-ils avec vous ?

Heureusement, ça a fonctionné et pendant plusieurs heures, nous avons discuté de la vie de mes parents pendant mon absence et de l'aide que les Levinson ont apportée à mes parents sous divers aspects pour les aider à traverser cette crise. Marsha aussi – apparemment, elle a pris l'habitude d'appeler mes parents chaque semaine pour prendre de leurs nouvelles et des miennes.

— Dès qu'elle a appris que Lorna était aux urgences, elle est intervenue. Elle lui a envoyé les meilleurs médecins et nous a aidés à remplir les formalités administratives, a dit papa, les yeux brillants de larmes. Sans elle, je ne sais pas si ta mère aurait…

Sa voix s'est brisée et il a pris une grande inspiration. Je l'ai serré dans mes bras, assaillie par la culpabilité et la honte, mon dégoût de moi-même se mêlant à une colère ravivée envers Peter.

Certes, mon tourmenteur m'a ramenée, mais d'abord, il m'a enlevée. Pendant des mois, il m'a tenue à l'écart de ma famille. Je ne peux pas l'oublier. C'est *moi* qui aurais dû être présente pour mes parents, pas Marsha et leurs amis. C'est *moi* qui aurais dû m'assurer que maman reçoive les meilleurs soins. Au lieu de ça, j'étais au Japon, et je tombais amoureuse du meurtrier de mon mari… je le laissais s'imposer dans mon cœur et mon esprit tandis que je mentais à mes parents, encore et encore.

J'ai envie de haïr Peter – pour tout, absolument tout –, mais en réalité, c'est moi que je déteste. Je déteste sentir qu'il me manque déjà. Retrouver mon chez-moi n'a pas réussi à atténuer ma nostalgie tenace. J'ai un tel besoin de lui que la douleur est presque physique. Ma peau me fait mal quand je me remémore ses caresses.

Bientôt, me dis-je en me penchant pour embrasser maman, qui vient de refermer les yeux. Je connais Peter – il ne restera pas longtemps loin de moi. Je devrais profiter de ces moments en famille au lieu de me languir de l'homme qui m'arrachera à eux.

Je suis une horrible fille, mais ils ne sont pas obligés de le savoir tout de suite.

Ils le découvriront bien assez tôt.

CHAPITRE 14
SARA

Vers midi, je parviens à convaincre papa de rentrer chez lui pour se reposer, et je reste à l'hôpital avec maman, alternant entre une veille silencieuse et des siestes sur un lit de camp que les infirmières ont apporté dans sa chambre. Chaque fois que je sors prendre un café ou quelque chose à manger, plusieurs hommes à l'allure suspicieuse me suivent. Des agents du FBI, vraisemblablement, à moins que ce ne soient des policiers en civil – j'ignore comment fonctionnent leurs juridictions. De toute évidence, je ne suis pas blanchie, mais pour l'heure ils me laissent mener ma vie et je leur en suis reconnaissante.

Je n'ai pas envie de passer en prison le peu de temps dont je dispose.

Marsha passe dans la chambre à la fin de son service. Après m'être assurée que maman dort à poings fermés, je me laisse convaincre d'aller au Patty's pour bavarder un peu.

— Alors, dit-elle une fois que nous sommes installées à une table d'angle. Tu es rentrée.

— Je suis rentrée… je confirme avant de faire signe au serveur.

Je manque atrocement de sommeil et je meurs d'envie d'un repas gras et mauvais pour la santé. Dans l'ensemble, j'ai l'impression de me désagréger. J'ai mal partout à cause de la fatigue et mes reins me font souffrir le martyre depuis ma nuit passée sur le lit de fortune de l'hôpital.

— Un hamburger avec frites, supplément fromage et cornichons, dis-je au serveur quand il s'approche. Et faites vite, s'il vous plaît. Je meurs de faim.

Marsha hausse les sourcils, mais ne fait aucun commentaire sur l'orgie de graisse que j'envisage. Au lieu de ça, elle commande une salade grecque ainsi que deux bières, une pour chacune.

— Pour fêter le retour de la fille prodigue, dit-elle.

J'essaie de lui sourire, mais une fois de plus, la culpabilité m'assaille.

— Merci d'avoir pris soin de mes parents pendant mon absence, dis-je quand le serveur s'est éloigné. Papa m'a dit que tu avais fait beaucoup de choses pour maman et je te remercie mille fois. Si je peux faire quoi que ce soit pour toi…

Elle repousse mes remerciements d'un geste de sa main parfaitement manucurée.

— Oh, je t'en prie. C'était bien naturel. J'aime ta famille et je suis vraiment désolée pour ce qui est arrivé à ta mère. J'espère qu'elle guérira vite.

— Moi aussi, dis-je avant de tenter un autre sourire. Alors, dis-moi… Comment vas-tu ? Et Andy et Tonya ? Est-ce qu'Andy est toujours avec…

— Oh, non, pitié.

Marsha croise ses avant-bras sur la table et se penche en avant, me transperçant de son regard.

— Nous ne parlerons de rien de tout ça tant que tu ne m'auras pas expliqué où tu étais passée, qui est cet homme avec qui tu t'es enfuie et pourquoi je n'ai jamais entendu parler de lui avant que tu disparaisses de la surface de la Terre à son bras.

— Je n'ai pas disparu. J'ai appelé mes parents régulièrement et…

Elle m'interrompt par un geste évasif.

— C'est de la rhétorique, tout ça. Tu es *partie*. Sans en parler à personne, sans prévenir ton boulot, en abandonnant toutes tes patientes – y compris cette fille qui attendait une césarienne le lendemain, je te rappelle. Oh, et le FBI ne nous a pas lâchés pendant des semaines. Si ce n'est pas une disparition, je ne sais pas…

— D'accord, d'accord, très bien. Tu as gagné.

Je prends ma bière quand le serveur revient à notre table, mais je me contente d'y tremper les lèvres. Non seulement je suis encore en plein décalage horaire et en manque de sommeil, mais il se pourrait bien que je sois enceinte.

Je repose le verre et contemple le liquide ambré à l'intérieur, chassant de mes pensées l'éventualité d'une grossesse pour pouvoir me concentrer. Je ne sais pas quelle version donner à Marsha : celle que je réserve au FBI, dans laquelle je suis une victime absolue de Peter, ou celle que je raconte à mes parents, selon laquelle je suis amoureuse d'un homme certes mêlé à des affaires louches, mais injustement persécuté par les autorités.

— Tu essaies de gagner du temps, dit Marsha.

Je soupire et lève les yeux de mon verre.

— Tu as raison, j'ai disparu.

Je commence lentement, car je n'ai pas encore déterminé quelle histoire serait la plus appropriée pour Marsha.

— Tu as parlé avec mes parents, n'est-ce pas ? Ils ont dû te dire ce qui s'est passé.

— Ce qu'ils savaient, c'est-à-dire, pas grand-chose, répond-elle en prenant sa bière. De toute façon, avec les agents du FBI qui nous reniflaient en permanence comme des chiens détecteurs d'explosifs, ça n'avait pas vraiment de sens.

— Hmm, hmm.

Instinctivement, je tourne la tête en direction des deux hommes qui me suivent partout dans l'hôpital. Ils sont attablés de l'autre côté du bar. Trois tables plus loin, je découvre deux autres de mes persécuteurs, et je suis presque certaine d'avoir déjà vu ce type assis au bar.

Eh bien, voilà qui est réglé. Les « chiens détecteurs d'explosifs » sont de sortie et il ne fait aucun doute que Marsha sera interrogée peu de temps après notre conversation.

En réalité, je n'ai même aucune garantie qu'elle ne travaille pas pour eux en ce moment.

Dès que cette pensée me vient, j'ai l'impression d'être une très mauvaise amie, mais ce n'est pas pour autant que mes soupçons disparaissent. C'est bien trop évident. Nous nous connaissons depuis plusieurs années – j'ai rencontré Marsha au début de ma résidence dans ce même hôpital –, mais nous n'avons jamais été que de bonnes collègues de travail. D'abord, Marsha a toujours été célibataire et fêtarde, alors que j'étais mariée et travaillais quatre-vingts heures par semaine. Je ne l'accompagnais pas à ses soirées entre filles, et elle trouvait ennuyeuses les activités tranquilles comme les dîners en famille, si bien que notre amitié tournait autour de l'hôpital et que nos conversations dépassaient rarement le stade du superficiel. Elle s'est montrée prévenante et solidaire après l'accident de George, me prêtant toujours une oreille attentive lors des pauses café, mais elle n'était jamais allée jusqu'à s'impliquer dans les aspects plus troubles de ma vie.

Marsha est une bonne amie, une collègue sympathique, mais pas du genre à prendre l'habitude d'appeler mes parents toutes les semaines – pas sans y être incitée, du moins.

Une incitation qui pourrait aisément venir du FBI.

Bien sûr, il est également possible que je sois trop fatiguée pour bien réfléchir – à moins que fréquenter Peter m'ait rendue trop parano. Pourtant, je pars du principe que mes soupçons sont peut-être fondés – ou du moins, et c'est bien plus raisonnable que je ne peux pas exiger de Marsha qu'elle mente au FBI – et je décide de soutenir la version de victime.

Malheureusement, cela me demande de reprendre du début et de tout lui expliquer au sujet de George. Comme je suis presque certaine que le FBI ne souhaite pas que je révèle des informations classifiées, je dois me montrer créative.

J'ai mal à la tête rien qu'en pensant à toutes les semi-vérités et les mensonges que je vais devoir avancer.

Dès que je commence mon histoire, Marsha ouvre des yeux encore plus ronds que le hamburger que je dévore.

— George était sur la liste de cet assassin russe ? Pourquoi ? Qu'est-ce qu'il…

— Je n'ai jamais connu tous les détails, mais c'était lié à une histoire de mafia sur laquelle travaillait George.

Je décide d'utiliser le mensonge du FBI pour justifier les actes de Peter.

— Quoi qu'il en soit, il est entré dans ma maison par effraction, m'a torturée et m'a droguée pour savoir où était George – puis il l'a tué.

Je laisse Marsha digérer ce que je viens de lui apprendre tout en fourrant deux frites dans ma bouche. Je meurs de faim. Quand je vois qu'elle s'apprête à me poser d'autres questions, je dis :

— Eh oui, voilà comment nous nous sommes rencontrés. Tu comprends pourquoi je ne pouvais pas le raconter à mes parents, n'est-ce pas ?

Elle hoche la tête, le visage blême sous son fond de teint, délaissant complètement sa salade. Je reprends :

— Il m'a fallu un moment pour m'en remettre, et puis tu m'as invitée à sortir avec Andy et Tonya. Nous sommes allés dans ce club en ville, tu te souviens ? Celui avec le barman charmant qui a posé des questions sur moi ?

Une fois de plus, Marsha hoche la tête, toujours muette.

— C'est là qu'il m'a approchée de nouveau, lui dis-je. Là-bas, au club. C'est pour ça qu'Andy a trouvé mon comportement bizarre quand je suis partie : je venais d'être abordée par le meurtrier de mon mari qui m'ordonnait de le retrouver le lendemain au Starbucks. Tout a empiré à partir de ce moment-là. Il a fait installer des caméras dans toute ma maison, m'a suivie partout où j'allais, et quand j'ai essayé de trouver refuge dans un hôtel, il a débarqué dans ma chambre et… bref, peu importe.

Je laisse Marsha tirer ses propres conclusions qui, d'après sa mine horrifiée, sont encore pires que la réalité.

Je m'en veux. Instinctivement, j'ai envie de protéger mon amie du désordre dangereux qui règne dans ma vie, tout comme j'ai protégé mes parents, mais c'est ce que j'ai raconté au FBI et je dois m'y tenir. Et puis, tout est vrai, d'un point de vue factuel du moins. Le seul élément que je passe sous silence, c'est mon propre trouble à ce sujet – l'attirance contre mon gré envers l'homme que j'aurais dû haïr et mépriser.

Une attirance qui est devenue bien plus que cela.

— Oh, mon Dieu, Sara…

On dirait que Marsha va vomir le peu de salade qu'elle a avalée.

— Je suis tellement, tellement désolée, ma belle. Je l'ignorais. Et ce… ce *monstre* – il t'a enlevée ?

— Oui, après quelques semaines, quand le FBI s'est rendu compte qu'il était dans la région. Avant, il me laissait vivre ma vie, et il se contentait… d'en faire partie.

Je fais signe au serveur pour qu'il m'apporte de l'eau, étant donné que je ne peux pas boire de bière. J'ai soif et, curieusement, j'ai la tête qui tourne comme si je venais de consommer de l'alcool.

Dans l'ensemble, je ne me sens pas bien. La douleur dans mes reins s'intensifie au point de devenir insupportable et le repas trop riche m'a barbouillé l'estomac. Et puis, j'ai trop chaud et j'ai envie de pleurer – ce doit être le stress qui me rattrape.

— Je ne comprends pas, dit Marsha tandis que je prends une profonde inspiration en essayant de m'éclaircir les idées. Pourquoi a-t-il fait ça ? Pourquoi toi ? C'est son truc, de kidnapper les femmes ? Est-ce qu'il a tout un harem de victimes à… et d'abord, où t'a-t-il emmenée ?

— Au Japon, et la réponse est non. À ce que je sache, je suis la seule qu'il ait enlevée. Quant à savoir pourquoi, eh bien, va comprendre comment fonctionnent certains hommes.

Je parviens à ébaucher un sourire.

— Je crois qu'il a développé une obsession envers moi. En tout cas, il a fini par se lasser, c'est pour ça que je suis ici.

Marsha regarde la cicatrice sur mon front.

— C'est lui qui t'a fait ça ?

Elle effleure son propre front et ajoute d'une voix blanche :

— Il t'a fait du mal ?

— Non, cette cicatrice me vient d'un accident de voiture, alors que j'essayais de m'échapper. En règle générale, il ne me faisait aucun mal. À part l'enlèvement et le meurtre de George, il me traitait plutôt bien.

— Tant mieux. C'est… c'est sans doute une bonne chose.

La voix de Marsha chevrote quand elle prend sa bière. Je remarque que sa main tremble et la culpabilité me noue le ventre. J'aimerais pouvoir tout lui dire, lui faire comprendre à quel point Peter est complexe, comme il peut être à la fois cruel et tendre. Je voudrais lui expliquer qu'être avec lui est aussi merveilleux que terrifiant, comme si j'étais sur des montagnes russes sans freins.

J'aimerais pouvoir lui raconter toute la vérité, aussi nébuleuse qu'elle soit, mais comme j'en suis incapable, je me contente d'afficher un grand sourire avant de m'excuser pour m'éclipser aux toilettes. Mon ventre est tellement retourné qu'il commence à me donner des crampes et je transpire en dépit de l'air froid qui s'engouffre par la porte ouverte du bar.

Alors que j'entre dans les petites toilettes miteuses, la sensation de crampe s'intensifie et un doute s'impose subitement à moi, me coupant le souffle.

Est-ce possible ? C'est enfin arrivé ?

Évidemment, quand je vérifie, je découvre une tache de sang dans ma culotte. Mes règles – en retard de plus d'une semaine – ont enfin débuté. C'est pour ça que je suis endolorie : c'est le premier jour et tous les symptômes sont là, depuis le mal de dos et les bouffées de chaleur jusqu'aux sautes d'humeur et aux crampes.

C'est officiel.

Je ne suis pas enceinte.

Peter et moi, nous n'allons pas avoir de bébé.

J'aurais dû éprouver du soulagement, mais alors que je regarde fixement cette tache d'un rouge brunâtre, j'ai l'impression qu'elle grandit jusqu'à colorer tout mon monde de cette même teinte sanguine. En tremblant, je plaque le poing contre ma bouche, mais je ne parviens pas à réprimer le sanglot qui monte dans ma gorge, pas plus que le suivant. Aussi insensé que ce soit, j'ai l'impression d'avoir perdu quelque chose, comme si par une quelconque perversité, je m'étais non seulement réconciliée avec la possibilité d'un enfant, mais je l'attendais avec impatience.

Ce bébé – celui que j'étais pourtant certaine de ne pas désirer – n'a jamais existé en dehors de mes craintes, et pourtant je ressens sa perte aussi cruellement que s'il s'agissait d'une fausse couche.

— Tout va bien ? demande Marsha quand j'émerge des toilettes vingt minutes plus tard.

Je hoche la tête sans chercher à cacher mes yeux gonflés et mon visage bouffi.

Je bois ma bière tiède. Je sais ce qu'elle pense : que le récit de mon enlèvement a été éprouvant d'un point de vue émotionnel, remuant le traumatisme que j'ai traversé. Je la laisse croire ce qu'elle veut. C'est toujours mieux que la réalité.

Je ne veux pas qu'elle sache que malgré ce qu'a fait Peter – malgré les crimes odieux qu'il a commis, contre moi et contre les autres – je suis tout aussi obsédée par lui qu'il l'est par moi.

Aussi malsain que ce soit, je lui appartiens désormais, corps, âme et cœur.

CHAPITRE 15
PETER

La semaine précédant la rencontre avec Novak est l'une des plus longues de ma vie. Nous faisons le plein de matériel, nous nous procurons des armes et mettons en place un entraînement quotidien, nous poussant jusqu'à l'épuisement total, et pourtant ça ne fait pas défiler les heures plus vite. Chaque jour me fait l'effet d'un mois, chaque nuit me demande une lutte interminable pour réussir à dormir sans Sara à mes côtés. Sans les comptes-rendus quotidiens des hommes que j'ai engagés pour la surveiller, je serais déjà à bord de l'avion pour retourner la chercher aux États-Unis, au mépris de ses parents et de mes propres projets.

Malheureusement, les rapports ne sont pas très approfondis. Le FBI est sur le dos de Sara et la suit partout, et mes hommes doivent garder leurs distances et veiller à ne pas attirer l'attention. Au-delà du danger que cela représenterait pour eux, ce ne serait pas bon pour Sara si le FBI savait que je m'intéresse toujours à elle. Grâce à l'accès de nos hackers aux dossiers de Ryson, je sais ce que Sara leur a dit, et je n'ai pas envie de saper un quelconque aspect de son histoire. Il faut que les agents croient que je me suis lassé d'elle et que je suis parti pour de bon, sinon ils la cacheront et l'accuseront de complicité. S'ils ne l'ont pas encore fait, c'est uniquement parce que sa famille a le bras long. Entre les contacts qu'avait son défunt mari dans les médias et les relations à Washington des amis avocats de ses parents, cette affaire a tout le potentiel pour faire les gros titres des journaux – ce qu'un grand nombre d'individus haut placés, dont Henderson, cherchent désespérément à éviter.

Pour l'heure, Sara est à l'abri, mais elle ne le restera pas si on la surprend en train de mentir.

Quoi qu'il en soit, pendant son absence, le FBI a découvert toutes les caméras et les dispositifs d'écoute que j'avais placés chez elle. Depuis qu'elle est réapparue comme par hasard après l'accident de sa mère, ils ont eu la brillante idée de procéder à une fouille minutieuse de la maison de ses parents. Désormais, il ne me reste plus que les notes du FBI que m'envoient nos hackers et un point sur ses déplacements par les hommes que j'ai postés en filature. Ça ne me suffit pas et ce manque d'informations me ronge. J'ai besoin de savoir ce qu'elle fait, comment elle se sent, ce qu'elle pense.

Si j'étais obsédé par cette femme auparavant, maintenant que nous avons vécu de nombreux mois ensemble, j'ai dépassé le stade de la simple addiction physique.

— Mais retourne la chercher, bordel ! grogne Anton en essuyant le sang sur sa lèvre, après le coup que je lui ai asséné, trop violent pour une session d'entraînement. Ou prends un calmant. Sérieux, tu ne peux pas passer quelques jours sans t'envoyer en l'air, merde ?

J'écrase mon poing contre son plexus solaire et, tandis qu'il se plie en deux et hoquette pour chercher sa respiration comme un poisson hors de l'eau, je saisis un sac lesté de poids et pars faire mon jogging pour éviter de le tuer sur place. Je sais que mon ami a raison – je bous intérieurement et je m'en prends aux gars –, mais ça ne calme pas ma colère et ma frustration. Je n'ai pas fait une nuit complète depuis… eh bien, depuis l'accident de Sara, à bien y penser. Les cauchemars sur la mort de ma famille – ceux qui avaient pratiquement disparu grâce à elle – sont de retour, si ce n'est qu'ils s'accompagnent maintenant d'un rêve encore plus terrifiant, un rêve où je la perds.

Telle est la réalité de mes nuits. Chaque fois que je me réveille, en nage, je m'empare du dernier rapport à son sujet pour le lire et le relire afin de me rassurer, de me persuader que ce n'était qu'un cauchemar et que ma ptichka est en vie et se porte bien en mon absence.

Étant donné ce que je m'apprête à faire, elle est bien plus en sécurité chez elle qu'à mes côtés.

C'est cette dernière pensée qui me permet de continuer, de résister à l'impulsion de faire exactement ce que me conseille Anton et de l'enlever de nouveau au nez et à la barbe des fédéraux. J'en suis capable – leurs agents ne font pas le poids contre mon équipe –, mais sa mère est loin d'être guérie et Sara me détesterait si je l'arrachais si tôt à sa famille. Et puis, j'ai un tout autre objectif en tête, et pour l'atteindre, je dois suivre cette voie, aussi difficile qu'elle soit.

Je dois me convaincre qu'au bout du compte, tout cela en vaut la peine.

CHAPITRE 16
SARA

*U*ne semaine sans Peter.

Ça me semble irréel, comme un rêve dont j'attends de me réveiller. À moins que ce soit le manque de sommeil qui donne à mes journées cette étrange évanescence. J'ai comme l'impression d'être entrée dans une machine à remonter le temps. Une fois de plus, je me trouve dans un hôpital, à attendre qu'un être cher se remette d'un grave accident de voiture. Sauf qu'à l'époque, le patient c'était George, et qu'il n'est jamais sorti du coma.

Le pronostic de ma mère est bien meilleur. Les médecins ont fait un excellent travail et ses blessures ne se sont pas infectées. Elle est encore immobilisée par les plâtres et elle ne retrouvera peut-être jamais l'usage complet de son bras gauche – trop de nerfs et de tendons ont été abîmés –, mais une fois que ses jambes cassées seront guéries, avec une bonne rééducation, elle devrait pouvoir marcher de nouveau.

Papa est aux anges : ma mère va mieux et je suis de retour. Chaque fois qu'il entre dans sa chambre et me trouve assise à son chevet, sa bouche tremble comme s'il s'apprêtait à pleurer, mais au contraire, il sourit de bonheur.

— J'ai toujours peur que tu disparaisses, m'avoue-t-il quand nous nous asseyons pour dîner dans la cafétéria de l'hôpital. Si je me détourne pendant une seconde, tu pourrais t'évanouir dans les airs, *pouf*, comme ça.

D'un geste du poignet, il imite un magicien.

— Disparue, en un instant !

— Oh, papa…

Je fais la grimace et baisse les yeux sur mes pâtes, que je repousse de la pointe de ma fourchette en plastique. La culpabilité me ronge vivante, parce que c'est exactement ce qui va se produire dans un avenir proche – dès que Peter estimera que ma mère va mieux. Au prix d'un gros effort, je parviens à lever les yeux et à lui sourire.

— S'il te plaît, ne t'inquiète pas. Tout va bien, d'accord ? Je suis là, et tout se passe bien.

Je sais que ma réponse est évasive – c'est un reproche que papa m'a fait toute la semaine –, mais c'est difficile d'être convaincante tout en jonglant avec tous ces mensonges, ces demi-vérités et ces différentes versions que je donne à chacun. Pour mes parents et leurs amis, Peter est mon amant et il m'a ramenée à la maison malgré le « malentendu » qui l'oppose au FBI, car il m'aime et souhaite que je sois présente pour ma mère. Cela implique qu'un jour, quand les ennuis juridiques de Peter seront résolus, nous pourrons vivre heureux ensemble.

Par contraste, l'image que je dépeins au FBI et à tous les autres, c'est celle d'un monstre qui m'a enlevée sur un coup de tête et a fini par me libérer une fois qu'il s'est lassé de moi. Si je parviens à maintenir ces deux versions, c'est uniquement parce que les fédéraux ne souhaitent pas que mes parents – ni personne d'autre, d'ailleurs – connaissent le rôle de George dans cette affaire. Sans parler des événements qui ont lancé Peter sur le chemin de la vengeance. Après ma discussion avec Marsha au bar, ce jour-là, Ryson m'a ramenée dans leur bureau du centre-ville et m'a ordonné sans la moindre subtilité de tenir ma langue, confirmant ainsi mes soupçons sur l'implication de Marsha avec le FBI.

Comme le bar était trop bruyant afin que les agents entendent notre conversation, s'ils savent exactement ce que je lui ai dit, c'est forcément parce qu'elle leur en a parlé – ou peut-être parce qu'elle avait un micro.

Naturellement, j'ai joué la contrition et je lui ai promis d'être plus discrète. En échange, j'ai obtenu la promesse qu'en présence de mes parents, les fédéraux ne diraient rien qui risque de discréditer la version moins inquiétante que j'ai créée spécialement pour eux.

— Comme vous le savez, mon père est fragile du cœur et je ne veux pas qu'il apprenne que l'on m'a forcée à lui mentir pendant des mois, ai-je dit à Ryson, qui a acquiescé avec joie.

Sans doute Marsha aussi a-t-elle fait vœu de silence, car lorsque je croise Andy à l'hôpital, elle n'en sait pas plus que les bruits de couloir.

— Que s'est-il passé ? demande-t-elle en me dévisageant avec une curiosité et une perplexité mal contenues. Tu as disparu du jour au lendemain. Le FBI était partout ici, à interroger tout le monde. On raconte que tu es sortie avec un criminel ?

— C'est une longue histoire, dis-je en lui adressant un sourire gêné. On pourrait se revoir un de ces jours, histoire de rattraper le temps perdu. Pour l'instant, je dois y aller, ma mère m'attend…

— Oh, bien sûr.

Elle a du mal à cacher sa déception.

— Marsha m'a raconté ce qui est arrivé à ta mère. Je suis vraiment désolée. Je lui souhaite une bonne convalescence.

— Oui, merci. On se voit bientôt.

Je la salue d'un geste de la main avant de passer mon chemin dans le couloir.

Je ne me sens plus du tout à ma place ici, dans cet hôpital qui était autrefois ma deuxième maison. Je suis si perdue et seule sans Peter.

Bientôt, me dis-je. *Il reviendra bientôt me chercher. Il suffit d'attendre.*

Repoussant la culpabilité qui accompagne cette pensée, j'affiche un grand sourire et entre dans la chambre de maman.

CHAPITRE 17
PETER

Nous retrouvons Danilo Novak dans un café de Belgrade, un établissement moderne et raffiné entièrement sous contrôle du trafiquant d'armes serbe. À l'exception des deux jeunes barmaids derrière le comptoir blanc luisant, tout le monde dans ce café est armé jusqu'aux dents – et pour autant que je sache, les jolies adolescentes qui tiennent le bar le sont peut-être elles aussi.

Anton se tient prêt en renfort – une simple précaution au cas où ça tournerait mal –, mais les jumeaux sont avec moi.

Après être entrés, nous prenons le temps d'évaluer la situation.

Novak est assis à une petite table ronde au milieu du café. C'est un emplacement choisi pour nous mettre mal à l'aise – nous serons cernés de tous côtés –, mais j'adresse un sourire détendu au trafiquant d'armes tandis que nous le rejoignons.

— Bel endroit, dis-je en russe, partant du principe qu'il parle ma langue maternelle plus couramment que l'anglais. C'est à vous ?

Les lèvres fines de Novak esquissent un sourire.

— Oui. Ravi que ça te plaise.

Malgré un accent prononcé, il parle russe avec aisance. Bien sûr, je pourrais lui parler en serbe – je maîtrise la plupart des langues d'Europe de l'Est, ainsi que l'arabe et quelques autres –, mais je préfère ne pas révéler que je comprends sa langue maternelle.

Avec des hommes comme Novak, le moindre avantage compte.

Il se carre dans son siège et me dévisage avec désinvolture. Âgé d'une quarantaine d'années, le crâne dégarni et d'épaisses lunettes sur le nez, cet homme grand et mince ressemble à un comptable ou un professeur de mathématiques. Seuls ses yeux trahissent sa vraie nature – clairs et dénués d'expression, on dirait ceux d'un lézard… ou d'un tueur de sang-froid.

Curieusement, nos hackers n'ont pas trouvé grand-chose sur cet homme. Il est apparu dix ans plus tôt, surgissant de nulle part, et depuis il s'est bâti un empire dans le commerce illégal des armes en Europe de l'Est, éliminant ses rivaux avec une rapidité et une cruauté que je n'ai connues qu'une seule fois avant lui – chez Julian Esguerra, l'homme que Novak nous demande d'abattre.

Le seul trafiquant d'armes encore en vie dont l'entreprise surpasse celle de Novak.

— Alors, commence ce dernier quand je lui renvoie un regard aussi impassible que le sien. C'est toi, Sokolov ?

Je hoche froidement la tête sans rien laisser transparaître. Je sais que les jumeaux sont tout aussi calmes que moi. Ses manières ne nous déstabiliseront pas, et j'aime autant qu'il le comprenne tout de suite.

— Assieds-toi, fait-il en désignant les deux autres chaises vides à sa table.

Je ne bouge pas, Yan et Ilya non plus. C'est encore un petit test, un moyen de savoir quel membre de l'équipe est le moins important, celui qui a le moins de valeur. Nous sommes trois, il y a deux chaises – le calcul n'est pas à notre avantage et il le sait. Quelqu'un devra rester debout, jouer le rôle d'intrus, et je refuse.

Il ne sèmera pas la graine de la discorde entre nous. Je ne le laisserai pas faire.

Il m'observe sans sourciller pendant un long moment, puis il fait signe à l'un des gros bras assis à l'autre table.

— Victor. Une autre chaise pour nos invités, s'il te plaît.

J'attends que le dénommé Victor nous ait apporté la chaise, puis je m'assieds. Les jumeaux suivent mon exemple. Ilya reste de marbre, mais Yan a l'air amusé. Il comprend l'importance de ces petits jeux de domination et il sait qu'il convient de donner le ton dès le départ.

Les jeunes barmaids viennent prendre notre commande, mais je décline. Ilya et Yan en font de même.

— Nous n'avons pas soif, dis-je calmement.

Une fois de plus, Novak affiche un rictus.

— Je n'ai aucune raison de vous empoisonner, dit-il.

Je hausse les épaules. Ses garanties ne valent rien. Il peut utiliser toutes sortes de substances, depuis les drogues psychotropes jusqu'aux poisons à diffusion si lente que les symptômes mettent des semaines ou des mois à se manifester. Il pourrait facilement glisser quelque chose de mortel dans mon verre, et je continuerais comme si de rien n'était, sans en avoir conscience jusqu'à ce que ma mission soit remplie.

Jusqu'à ce que je ne lui sois plus d'aucune utilité.

— Alors, fait Novak quand il comprend que je ne changerai pas d'avis. Esguerra.

Je croise les bras devant ma poitrine et le regarde. Enfin, nous en arrivons au but de cette rencontre.

— Tu as travaillé pour lui, continue Novak tandis qu'une barmaid lui rapporte son verre – un scotch de première qualité, à en juger par son odeur et sa couleur.

— Oui… je confirme.

Je m'attendais à ce qu'il le sache, et c'est bien le cas. De toute évidence, il s'est renseigné à mon sujet.

— Ça pose un problème ?

— Je ne sais pas. À toi de me le dire, répond-il en plantant ses yeux clairs dans les miens.

— On ne s'est pas quittés en très bons termes. À vrai dire, il a juré de me tuer si je croisais à nouveau son chemin. Mais vous le savez déjà, non ? dis-je avec un sourire froid. N'est-ce pas pour cette raison que vous m'avez contacté ? Parce que j'ai l'insigne honneur d'avoir autrefois fait partie du cercle d'intimes d'Esguerra ?

Novak me regarde toujours sans émotion.

— Oui. Est-ce une erreur de ma part ? Ton équipe est-elle capable d'accomplir ce que je demande ?

— Tout dépend.

Je décroise les bras et me penche en avant.

— Quels sont les atouts que vous avez mentionnés ? Ceux qui sont censés nous aider dans notre mission ?

— À part le fait que tu es familier avec le complexe où vit Esguerra ?

Les yeux de Novak pétillent quand il jette un œil aux jumeaux. Jusqu'à présent, ils sont restés stoïques.

— Je suppose que tes hommes sont fiables ?

Je le regarde sans prendre la peine de le gratifier d'une réponse. Une fois de plus, un sourire étire ses lèvres fines.

— Très bien. J'ai peut-être quelqu'un à l'intérieur. Tu n'as pas encore à savoir qui c'est. Disons simplement que certaines choses pourraient se produire au bon moment, afin de te permettre de mener à bien ta mission.

La colère me saisit. Ce qu'il me dit, je m'en doutais déjà. Sans réagir, la mine imperturbable, je me lève.

— Dans ce cas, je vous invite à trouver une autre équipe, dis-je tandis que Yan et Ilya m'imitent.

Je me tourne pour rejoindre la sortie, mais les gorilles de Novak me barrent le passage. Ils ont dégainé leurs armes et n'ont franchement pas l'air commodes.

— Pas si vite, reprend Novak d'une voix mielleuse. La discussion est loin d'être terminée.

Je me retourne pour le regarder sans prêter attention à l'artillerie dans mon dos.

— Nous n'avons pas à discuter… je déclare d'un ton neutre. Je ne mettrai pas mon équipe en danger contre une vague assurance que des sources inconnues nous viendront en aide. Si nous voulons accepter cette mission, nous devons tout savoir, jusqu'aux plus infimes détails logistiques. C'est ainsi que nous opérons, et c'est la raison de notre succès. Si vous souhaitez faire appel à nos services, vous devez tout nous dire – sinon nous partons, et vous devrez trouver quelqu'un d'autre.

Son visage dénué d'expression se crispe légèrement.

— Tu commets une erreur, Sokolov. Il ne faut pas chercher à me baiser.

Je montre les dents dans un sourire sans joie.

— Esguerra non plus, et pourtant c'est ce qu'on fait.

Il me dévisage attentivement, avant de faire un mouvement de tête.

— Laissez-les passer, ordonne-t-il.

Quand je me retourne, les gorilles qui nous barraient la route se séparent. Leurs armes sont baissées, mais ils restent sur le qui-vive. Novak ne souhaite pas que ça dégénère et je m'en réjouis. Le fusil de précision d'Anton aurait pu abattre trois ou quatre hommes, et à nous trois, nous aurions pu en supprimer sept ou huit sans problème, mais les coups de feu, ce n'est jamais très bon. Les gilets pare-balles ultrafins que nous portons sous nos vêtements ne nous protègeraient pas contre une balle dans la tête, et aussi doués que nous soyons, nous ne sommes pas immunisés contre le plomb.

— Tu fais une erreur, lance Novak d'une voix forte tandis que nous regagnons la sortie. Écoute-moi bien, Sokolov. Tu fais une énorme erreur.

Je ne réponds pas et nous sortons dans la rue animée pour nous mêler aux piétons et rejoindre notre point de rendez-vous.

———————————

— Il ne changera pas d'avis, déclare Anton lorsque nous lui rapportons notre échange autour du dîner, dans un restaurant local. On a perdu notre temps. Les atouts qu'il a chez Esguerra doivent être précieux s'il les protège si soigneusement. Il ne nous dira pas ce que c'est, autant l'oublier tout de suite. Tu as vu les autres propositions qu'on nous a faites récemment ? Elles ne sont pas négligeables. Il nous suffit de quelques boulots pour atteindre les cent millions. Pas besoin de Novak et de ses cachotteries.

Je hoche la tête en découpant mon steak.

— Je suis d'accord. Concentrons-nous sur d'autres missions.

Yan hausse les sourcils.

— Vraiment ? Aussi simple que ça ?

Je croise son regard.

— Nous n'allons pas le faire à l'aveuglette. Et Novak ne changera pas d'avis, alors c'est réglé. Ça pose problème ? Parce que j'avais l'impression que tu n'étais pas chaud quand je me suis intéressé à cette mission.

Yan me dévisage et je lui renvoie son regard avec un calme olympien. Je sens bien la tension qui persiste entre nous, mais je ne peux pas me permettre de jouer à ce jeu-là.

Si je veux vivre avec Sara, il n'y a qu'une seule solution et c'est encore la meilleure.

— Je crois que Peter et Anton ont raison, intervient Ilya, mettant un terme au silence désagréable. On n'a pas besoin de ce boulot. C'est trop risqué. Il suffit de le remplacer par de plus petites missions.

Je porte un morceau de steak à ma bouche et le mâchonne avant d'avaler.

— Dans ce cas, c'est décidé, dis-je en prenant mon verre d'eau. On n'a plus rien à faire ici. Demain matin, on prend l'avion pour rentrer.

Je reste allongé, les yeux ouverts. J'écoute, aux aguets, et vers quatre heures du matin je finis par l'entendre.

Le léger déclic du verrou de ma chambre d'hôtel et le grincement des gonds quand la porte commence à bouger.

Je réagis instantanément. Mon corps bondit comme un ressort qui se détend. En un clin d'œil, j'ai mis l'intrus à genoux et je l'ai immobilisé dans une prise d'étranglement. Je m'accroupis derrière lui et braque un pistolet sur sa tempe.

Il suffoque et se débat en essayant de s'échapper, mais il n'a pas le recul suffisant pour me frapper ni me déstabiliser, et chacun de ses gestes ne fait que réduire ses réserves d'oxygène.

— Qui t'envoie ? je demande quand ses mouvements frénétiques commencent à faiblir. Que fais-tu ici ?

Je relâche ma prise juste assez pour lui permettre de respirer, mais comme il reprend sa lutte, je resserre mon bras autour de lui, privant ses poumons d'air. Cette fois, il ne tient que quelques secondes et je détends mes muscles avant qu'il ne perde connaissance.

— Qui t'envoie ? je répète.

Enfin, il a la sagesse de coopérer.

— N… Novak, fait-il d'une voix étranglée.

— Pourquoi ? j'insiste sans le libérer.

Je sais déjà ce qu'il va dire, mais je veux tout de même l'entendre.

— Il… il veut te voir, ânonne l'homme de main. Rien que toi, personne d'autre.

Je resserre ma prise, comme si j'étais fâché, mais je finis par le libérer en me levant. Aussitôt, je le pousse en avant et il s'étale face contre terre. Tandis qu'il reprend péniblement sa respiration et se hisse à quatre pattes, j'allume la lampe et enfile mes bottes ainsi que mon manteau d'hiver. Je n'ai pas pris la peine de quitter mes vêtements, car je m'attendais précisément à cette visite.

— Tu as gagné, dis-je à la petite frappe qui me regarde haineusement en se frottant la gorge, avant de se relever sur ses jambes hésitantes. Conduis-moi à lui.

J'ai eu raison de séjourner dans un hôtel de Belgrade encore une nuit. Il est temps de savoir quels atouts Novak cache dans sa manche.

CHAPITRE 18
PETER

Une limousine noire nous attend devant l'entrée de l'hôtel. Dès que j'y entre, je découvre Novak.

— Ce n'était pas un accueil très chaleureux, dit-il lorsque son homme de main monte derrière moi en se frottant la gorge et en me regardant comme s'il voulait m'incendier sur place. Victor ne faisait que transmettre mon invitation courtoise.

— En entrant par effraction dans ma chambre en pleine nuit ?

Le trafiquant d'armes hausse les épaules.

— Il ne voulait pas frapper et risquer de réveiller tes collègues dans les chambres voisines.

— Je vois, dis-je avec un sourire glacial. C'est très prévenant de la part de Victor.

Le sourire avec lequel me répond Novak est identique au mien.

— Je suis certain que ça ne t'a pas vraiment décontenancé, étant donné ta profession. Et maintenant, si nous laissions de côté la forme qu'a prise mon invitation pour nous concentrer sur la question qui nous occupe ?

— Je vous en prie.

Je m'adosse contre la banquette et tends les jambes, que je croise aux chevilles.

— Commencez.

Novak m'examine pendant un long moment avant de dire, de but en blanc :

— Je ne fais pas confiance à tes hommes. Je sais que toi, tu as un passé avec Esguerra, mais eux n'ont aucune raison de le contrarier.

— À part les cent millions d'euros, vous voulez dire ?

— Ça représente beaucoup d'argent, admet-il. Mais d'après ce que j'ai entendu dire, ton équipe n'est pas dans le besoin. Qu'est-ce que tu as dit, déjà ? Quelques boulots supplémentaires et vous aurez vos cent millions ?

Ses yeux de lézard luisent dans la lumière du lampadaire.

Je garde un visage impassible, ne trahissant ni surprise ni désarroi. C'est facile, car je ne ressens rien de tout cela. Je savais que nous risquions d'être espionnés au restaurant, hier soir, et j'ai joué ma chance en choisissant méticuleusement mes mots pour obtenir ce résultat précis.

— Dans ce cas, pourquoi suis-je ici ? je demande tandis que Novak se contente de me regarder fixement. Si vous ne nous faites pas confiance et si vous mettez en doute nos motivations, pourquoi nous contacter… et pourquoi me faire sortir de mon lit en pleine nuit ?

— Je n'ai pas dit que je mettais *tes* motivations en doute.

Ses lèvres fines se recourbent en un rictus machiavélique.

— Je connais tout de la période que tu as passée auprès d'Esguerra. Tu travaillais bien – à vrai dire, tu lui as même sauvé la vie – et c'est pour cette raison que tu as fini sur sa liste noire. Je suis sûr que ce ne doit pas être très agréable. Et maintenant, tu as la chance de renverser la vapeur et de te faire un peu d'argent du même coup.

Je laisse mes épaules se détendre un peu, comme si j'étais soulagé.

— C'est très perspicace de votre part.

L'expression de Novak ne change pas, mais je perçois une certaine satisfaction. Il doit se targuer d'être un excellent juge de la nature humaine, et pour le moment, il se félicite de s'être renseigné et d'en avoir tiré les bonnes conclusions. Il est peut-être même au courant de mon altercation avec Kent après l'accident de Sara. Sans doute a-t-il soudoyé quelqu'un à la clinique suisse pour lui rapporter les échanges au sein de mon équipe pendant notre séjour. Voilà qui expliquerait cette offre au moment propice.

Il a sauté sur l'occasion dès qu'il a appris que mon dernier lien avec l'organisation d'Esguerra avait été rompu.

Bien sûr, si ses renseignements sont aussi précis, il connaît l'existence de Sara. Ça m'inquiète, mais j'espère qu'il croit la version qu'elle donne au FBI, à savoir que je me suis lassé d'elle, que la cicatrice sur son front la rendait moins attirante à mes yeux. Évidemment, ce que j'ai fait – la laisser partir quitte à prendre le risque de ne plus jamais la revoir – ne ressemble pas à ce que ferait un homme de notre trempe s'il était toujours intéressé par la femme qu'il a enlevée.

Ma relation avec Sara, sous la contrainte, n'est pas exceptionnelle dans le milieu de Novak, mais ce qui l'est davantage, en revanche, c'est que je la libère alors que je la désire toujours. Voilà pourquoi il vaut mieux qu'elle soit chez elle en ce moment.

Si Novak savait ce que je ressentais vraiment pour Sara, il se servirait d'elle comme moyen de pression, et je ne peux pas le permettre.

— Bon, dit-il alors que le silence gênant s'éternise. Je crois comprendre que ce boulot t'intéresse.

Je penche la tête.

— Oui, mais ce qui m'intéresse n'a aucune importance. Je ne ferai rien à l'aveugle. Ce n'est pas ma façon d'opérer et même si je souhaite la mort d'Esguerra, je ne suis pas prêt à me suicider pour ça.

Novak me dévisage pendant une longue minute avant de déclarer :

— Très bien. Je vais te dire quelque chose. La taupe dont je dispose sur place ne peut pas encore être activée. Il me faudra environ huit mois pour prendre les arrangements appropriés. Je dois d'abord régler quelques petites choses.

— Huit mois ?

Seul mon entraînement me permet de garder un visage impassible alors que mes entrailles se tordent sous le choc de ses paroles.

Huit mois avant de résoudre cette affaire.

Huit longs mois de souffrance sans Sara.

Novak acquiesce.

— Ce sera peut-être moins, mais je ne peux pas le garantir. Quoi qu'il en soit, ça te laisse tout le temps d'élaborer un plan d'action avec ton équipe.

Je ravale la rage qui bouillonne dans ma gorge.

— Il n'y aura pas de plan si nous ignorons les détails de ce que nous devons organiser, dis-je posément. Où est votre taupe ? Dans le complexe d'Esguerra ou ailleurs ? Qu'attendez-vous de notre part que votre homme ne soit pas capable d'accomplir lui-même ? Si c'est quelqu'un à l'intérieur, pourquoi ne se charge-t-il pas du boulot ? Je suppose qu'il a accès à Esguerra.

— Pas encore, mais *elle* ne saurait tarder.

Je cligne involontairement des yeux et Novak remarque ma réaction avec un plaisir évident.

— Oui, c'est un autre renseignement que j'accepte de te donner : ma taupe est une femme. Elle aura bientôt accès à Esguerra, mais elle n'a ni le talent ni le désir d'accomplir elle-même cette tâche. Toutefois, elle peut être au bon endroit au bon moment, et offrir ainsi une diversion, tout en désactivant certaines mesures de sécurité, par exemple. Les précisions devront attendre qu'elle soit en place et en mesure d'évaluer la situation, mais sois assuré que tu auras bien quelqu'un à l'intérieur.

Je le regarde, en proie au doute. Ces informations sont toujours insuffisantes, mais j'ai le pressentiment que cette fois, si je recule, Novak ne cherchera plus à me joindre. Et puis, étant donné ce qu'il vient de me révéler, ce sera sans doute une balle qui me trouvera la prochaine fois, et non l'un de ses hommes. Cette éventualité ne m'inquiète pas trop – j'ai l'habitude d'être pris pour cible –, mais Sara est vulnérable et je ne peux pas prendre le risque que Novak s'en prenne à elle pour m'atteindre.

C'est peu probable, grâce au scénario « il s'est lassé de moi » qu'elle a donné au FBI, mais je préfère ne pas prendre un tel risque.

— Alors, que les choses soient bien claires, dis-je en me penchant en avant. Vous aurez une femme à l'intérieur, mais pas avant huit mois. Elle n'est pas capable de se salir les mains, mais elle pourra nous aider et nous faciliter la tâche.

Il hoche la tête et je demande :

— Vous ne pouvez pas l'envoyer là-bas plus tôt ? Qu'est-ce qui va changer au cours de ces huit mois ?

— Tu vas devoir attendre pour le découvrir, dit Novak. Pour le moment, il est toujours possible que la taupe n'accède pas à Esguerra comme prévu. Si les choses ne se déroulent pas comme elles le devraient, il nous faudra attendre une autre opportunité – à moins que ton équipe se lance sans filet.

Il me regarde avec espoir, mais je secoue la tête.

— Non. Hors de question. Esguerra est bardé de protections dans son complexe. Je le sais, parce que c'est moi qui l'ai aidé à les installer. Et même si je les connais, je suis incapable de les franchir. Elles sont conçues pour être impénétrables. Le seul moyen, c'est d'avoir de l'aide de l'autre côté, et si vous ne pouvez pas nous l'assurer…

Je hausse les épaules en montrant mes paumes vides. Novak acquiesce.

— Très bien. Je m'en doutais. Alors, tu comprends la valeur de cette taupe. Une fois qu'elle sera en place, Esguerra aura une brèche dans sa sécurité. Mais ça prendra un certain temps.

— Il n'y a pas moyen d'accélérer le processus ?

Je connais la réponse, mais ça ne coûte rien de le demander.

— Non. J'ai essayé de contacter d'autres personnes à l'intérieur, mais elles sont trop loyales – ou elles ont trop peur d'Esguerra. Celle-ci, c'est la seule qui me semble prometteuse. Mais le timing est ce qu'il est.

Je digère cette information pendant un moment, avant de demander :

— Alors, pourquoi m'avoir contacté maintenant ? Pourquoi ne pas attendre d'avoir cet atout sur place ?

— Parce que si tu n'embarques pas avec nous, je vais devoir m'organiser autrement – il faut du temps pour trouver une équipe compétente et la soumettre à une enquête approfondie. Et en l'occurrence, avec la réputation d'Esguerra… Enfin, tu sais ce que c'est.

— En effet.

Même avec la perspective de gagner cent millions d'euros, peu de gens seraient prêts à s'en prendre à un criminel aussi dangereux que Julian Esguerra. Tout le monde a quelque chose à perdre, et Esguerra n'a aucune pitié envers ses ennemis. Je le sais parce que je l'ai aidé à décimer ceux qui le mettaient en rogne, allant jusqu'à rayer des communautés entières de la carte. Le trafiquant d'armes colombien ne fait aucune distinction entre les innocents et les coupables. Tous ceux qui sont connectés de près ou de loin à ses ennemis doivent payer.

— Alors…

Novak se penche en avant, son regard clair rivé sur mon visage.

— Je peux compter sur ton aide et celle de ton équipe quand le moment viendra ?

Je réfléchis un moment avant de hocher la tête.

— Oui, vous pouvez compter sur nous.

Mon intonation est monocorde, mais au fond de moi, je suis tiraillé. Ma séparation d'avec Sara ne devait durer que quelques semaines – deux mois, tout au plus. Pas aussi longtemps ! Bien sûr, il se peut que les choses commencent à bouger avant huit mois, mais pour l'instant, ça me paraît peu probable.

Novak ne divulguera pas l'identité de son contact plus tôt que nécessaire.

— Bien.

Le sourire que dessinent ses deux lèvres fines déborde de satisfaction.

— J'espérais avoir trouvé l'homme qu'il me fallait et il semblerait que ce soit le cas. Encore une chose…

J'arque un sourcil.

— Oui ?

— J'espère que tu comprends que l'information que je viens de partager avec toi aujourd'hui est extrêmement sensible et que nous sommes les seuls à la détenir. Tu ne dois en parler à aucun membre de ton équipe.

Je m'y attendais après un tel préambule, et je me contente de hocher la tête.

— Compris. De notre côté, nous exigeons un dépôt. En temps normal, il s'agit de la moitié de la somme, mais étant donné les délais étendus, nous acceptons vingt-cinq millions pour commencer, et vingt-cinq de plus en approchant de la date de la mission.

Novak répond sans sourciller :

— Tu auras l'argent sur ton compte dès demain.

Nous échangeons une poignée de main. J'essaie d'ignorer le vide insoutenable qui se creuse dans ma poitrine à la perspective des mois à venir. Maintenant que je me suis engagé sur cette voie, je n'ai plus le choix, ou du moins pas vraiment.

Je dois le faire. C'est le seul moyen d'avancer.

Si je veux Sara sur le long terme, je dois pouvoir lui offrir la vie qu'elle mérite.

PARTIE II

CHAPITRE 19
SARA

Le reste du mois de novembre s'écoule dans un brouillard, entre les visites, les interrogatoires inopinés du FBI et l'attente. Une attente interminable. J'ai l'impression d'être constamment sur les nerfs, à attendre que Peter revienne. Chaque fois que je traverse le parking de l'hôpital, que je marche dans la rue ou m'endors dans mon ancienne chambre chez mes parents (ma maison a été saisie par le gouvernement parce qu'elle appartient à un criminel recherché), je m'attends à être enlevée et emmenée loin d'ici – si ce n'est par Peter, du moins par l'un des hommes qu'il a engagés pour me surveiller.

Et ils me surveillent. Je le sais. Je le sens. C'est la même sensation qu'avant, la même impression paranoïaque que des yeux cachés m'épient. Je la dois parfois aux agents du FBI qui suivent mes moindres mouvements, mais pas entièrement. Je suis devenue plutôt douée pour repérer les

fédéraux. C'est toujours une voiture banalisée de l'autre
côté de la route, un piéton qui ne semble pas vraiment à sa
place, une femme ou un homme seul au bar.

Les hommes de Peter sont différents. Je ne les vois jamais, mais je sens leur présence. Ce sont des ombres au
coin de la rue, des bruits de pas sur le parking, une démangeaison entre mes omoplates. Ils sont tout le temps là, mais
jamais suffisamment proches pour que je les aperçoive – ni
moi ni le FBI, d'ailleurs.

Bien sûr, il est possible que je sois vraiment parano
cette fois, mais je ne pense pas. Je connais Peter. Il ne me
laisserait pas ici sans me surveiller. Du moins, c'est ce dont
je me persuade alors que les semaines s'écoulent sans nouvelles de sa part… sans le moindre indice qu'il reviendra
me chercher.

J'essaie de me concentrer sur le temps que je peux ainsi
passer avec mes parents, et j'en suis heureuse. Sincèrement.
Papa semble avoir retrouvé un second souffle depuis mon
retour, il fait de la natation et réalise les exercices conseillés
par son médecin avec vigueur et dévouement. Quant à maman, son état s'améliore de jour en jour. Ses os guérissent
à la vitesse d'une femme deux fois plus jeune. Elle est toujours clouée au lit – ce qui la rend folle –, mais les docteurs
lui promettent qu'elle pourra commencer la rééducation
dès que son corps le supportera, vraisemblablement à la
mi-janvier.

Décembre succède à novembre, et l'attente interminable se poursuit. J'ai l'impression d'évoluer dans des
limbes, entre mon ancienne vie et celle que j'ai commencé
à bâtir avec Peter. Je vis dans la maison de mon enfance,

entourée de ma famille et de mes amis, et pourtant j'ai l'impression tenace de n'être qu'une invitée, en visite dans un lieu où je n'ai plus ma place.

Je crois que mes parents le sentent, eux aussi. Alors que le mois de décembre s'étire, ils commencent à me demander pourquoi je ne fais pas certaines choses, comme trouver un nouvel emploi ou une nouvelle maison, par exemple. J'élude leurs questions en prétextant que je souhaite me concentrer sur maman pour l'instant, mais à présent que sa santé s'améliore, cette excuse sonne de plus en plus creux.

— Sara, ma chérie… Tu n'es pas obligée d'être ici tout le temps, dit maman quand je lui rends visite par une froide matinée de décembre. Ton père est largement capable de me tenir compagnie, et je sais que tu repousses certaines choses à cause de tout ça.

De sa main indemne, elle désigne les plâtres de ses jambes qui l'empêchent de bouger. Je secoue la tête en souriant.

— Tout le reste peut attendre, maman. Grâce à la vente de la maison, j'ai de l'argent sur mon compte bancaire et j'aime vivre avec papa. À moins qu'il en ait assez de m'avoir dans ses pattes ?

— Bien sûr que non, répond-elle aussitôt comme je m'y attendais. Il adore t'avoir à la maison. Tu n'as pas idée du soulagement que ton retour nous apporte. Si tu veux vivre avec nous pour toujours, tu es la bienvenue. Mais je sais que tu as toujours été indépendante et je ne veux pas que tu te sentes obligée de prendre soin de nous au lieu de remettre ta vie sur les rails.

Remettre ma vie sur les rails. Je me mords la langue pour réprimer l'envie de lui dire que je ne sais même plus ce que cela signifie. Il n'y a plus de « rails » pour moi, aucun chemin tout tracé. Mon avenir, autrefois si évident et linéaire, est désormais plongé dans les ténèbres, plein de tours et de détours que je devine à peine.

— Ne t'inquiète pas, maman, dis-je en chassant cette sombre pensée. Je suis heureuse d'être ici avec papa et toi.

Et, en souriant, je change subtilement·de sujet.

Pour ne plus penser à cet avenir que je suis incapable de prévoir.

Nous fêtons Hanoukka chez les Levinson, puis Noël et le Nouvel An à l'hôpital avec maman. À chaque fête, je souris et je ris en échangeant des cadeaux, comme si j'étais de retour pour de bon. Je promets à papa de chercher bientôt un nouveau travail et je discute avec Joe Levinson de l'achat éventuel d'une maison. Il me recommande un bon agent immobilier et je note son nom, comme si ça m'intéressait.

Comme si tout cela avait une quelconque importance, alors que je pourrais disparaître d'un moment à l'autre.

Quand arrive la mi-janvier, je commence à souffrir de l'attente et des faux-semblants, des demi-vérités et des mensonges avec lesquels je jongle constamment. L'absence de Peter me ronge le cœur et j'ai beau essayer de me concentrer sur ma famille et mes amis, il me manque constamment. Je ne pense à rien d'autre pendant mes longues journées. Je sais que c'est pathétique et je m'en veux, mais j'ai pris l'habitude d'étouffer ma culpabilité et ça me paraît moins terrible qu'autrefois.

Le désir que j'éprouve pour mon tourmenteur n'est plus vraiment une trahison à mes yeux.

Je n'oublie pas que Peter a tué George et qu'il m'a retenue captive pendant des mois, ni qu'il assassine pour gagner sa vie, mais quand je pense à lui, ce sont les moments de tendresse qui me viennent à l'esprit et les petites attentions qui me prouvaient au quotidien à quel point il tenait à moi. Je me surprends à rêver de ses massages des pieds et des petits déjeuners qu'il m'apportait au lit, de la manière dont il prenait soin de moi quand je ne me sentais pas bien.

De chaque soir, quand je m'endormais dans ses bras au lieu de ce lit vide et froid.

Les nuits sont les plus difficiles. C'est à ce moment-là qu'il me manque le plus, que mon besoin devient physique. Chaque soir, je tourne et me retourne pour tenter de trouver le sommeil, alors que mon corps se consume pour un homme qui est à des milliers de kilomètres. J'essaie d'utiliser des jouets, de lire des histoires érotiques, et même de regarder du porno, mais rien n'apaise ce vide douloureux. Cette séparation est encore pire que lorsque Peter est parti en mission au Mexique, parce qu'à l'époque, au tout début de notre étrange relation, c'était encore un inconnu qui me terrifiait. Or maintenant, il fait partie de moi. Il s'est trouvé une place dans mon cœur et la vie sans lui me paraît aussi vide que mon lit.

C'est si insupportable que j'envisage de céder à la demande de mes parents et de chercher un nouvel emploi. En attendant, je décide de reprendre le bénévolat à la clinique pour femmes.

À mon grand soulagement, ils sont ravis de me retrouver.

— Tu nous as tellement manqué, me dit Lydia, la réceptionniste. C'est quand tu es partie qu'on s'est rendu compte à quel point on avait besoin de toi. Tout va bien, maintenant ? Le FBI est venu. Ils nous ont posé un tas de questions, et…

— Oui, tout va bien. Ce n'était qu'un malentendu au sujet du type avec qui je suis partie en vacances, dis-je.

Je n'ai aucune envie de me lancer dans d'autres explications.

— Tout est rentré dans l'ordre maintenant, ne t'inquiète pas.

Je vois bien que Lydia meurt de curiosité, mais elle semble avoir senti mes réticences et elle n'insiste pas. J'ignore quelles rumeurs ont circulé dans le service, mais heureusement, le personnel de la clinique et les bénévoles sont constamment confrontés à des situations sensibles et ils savent quand persévérer et quand passer à autre chose. Après une salve de « qu'est-il arrivé » et de « où étais-tu passée », tout le monde retourne à ses occupations et me laisse avec mes patientes – auxquelles je me consacre à temps plein.

C'est-à-dire, chaque fois que je ne suis pas avec mes parents.

— Bon sang, mais comment fais-tu pour te surmener alors que tu es sans emploi ? se plaint Marsha un mois plus tard quand je l'appelle pour décliner son invitation, une fois de plus, épuisée après un service de nuit à la clinique. Sérieusement, ma belle. Ça fait des semaines que je ne t'ai pas vue en dehors des couloirs de l'hôpital. D'abord, c'était ta mère qui avait besoin de toi vingt-quatre heures sur vingt-quatre, et maintenant, tout ça. On n'a plus rien fait toutes les deux depuis ce repas au Patty's.

— Je sais, je sais.

Je pousse un soupir au téléphone et me pince l'arête du nez.

— Je suis désolée, Marsha. La semaine prochaine, ce sera peut-être plus facile.

C'est faux – je suis de garde à la clinique plus de soixante heures la semaine prochaine, dont deux nuits –, mais je trouverai un moment à consacrer à Marsha. Je l'évite depuis que j'ai appris qu'elle était impliquée avec le FBI, et je commence à culpabiliser. J'ai l'impression d'avoir été trahie, mais ce n'est pas une réaction rationnelle. Elle a sans doute fait ce qui lui semblait le plus judicieux, peut-être même a-t-elle pensé que cela m'aiderait. Après tout, coopérer avec les fédéraux est souvent la meilleure stratégie à adopter pour un citoyen lambda respectueux des lois – ce que je ne suis plus.

Depuis que je cache mes véritables sentiments pour un tueur en cavale.

Je crois que l'agent Ryson sent que je ne lui dis pas toute la vérité, parce qu'il ne cesse de me convoquer dans les bureaux du FBI au centre-ville. J'ai subi au moins une dizaine d'interrogatoires, et chaque fois, je me suis tenue à la même version, racontant aux agents ce que j'ai divulgué lors de notre premier entretien, et rien de plus. Chaque fois qu'ils insistent, mon rythme cardiaque s'accélère et mon corps subit une vraie crise de panique.

C'est tout à mon avantage. On dirait un syndrome post-traumatique ou, en tout cas, une angoisse causée par Peter.

— Êtes-vous suivie par un psychologue, docteur Cobakis ? demande Ryson après avoir fait appel à Karen, leur agent formé au secourisme, pour me calmer après un interrogatoire particulièrement pointilleux. Si ce n'est pas le cas, je peux vous recommander quelqu'un.

J'ai toujours du mal à respirer après mon attaque de panique, mais je parviens à secouer la tête.

— Je vois quelqu'un, merci.

Depuis mon retour, je n'ai pas mis les pieds chez mon psychologue, le docteur Evans, mais il est très qualifié. Il m'a déjà aidée auparavant, quand je luttais contre les cauchemars et l'anxiété après l'agression de Peter dans ma cuisine. Je devrais le consulter, mais je ne peux me résoudre à entrer dans son cabinet pour lui servir le même imbroglio douteux de vérités et de mensonges que je régurgite devant le FBI.

J'aime mieux gérer mes problèmes toute seule en attendant Peter.

Il va revenir me chercher d'un jour à l'autre.

CHAPITRE 20
PETER

Je compte les jours sur un calendrier comme un homme qui attend de sortir de prison. Comme je ne peux qu'estimer le jour de ma libération – le jour où Sara et moi serons réunis –, j'ai choisi une date huit mois exactement après mon rendez-vous avec Novak et j'ai entamé le décompte. En savoir plus sur la taupe de Novak, c'est la première étape vers mon plan pour m'assurer un véritable avenir aux côtés de Sara.

Notre planque au Japon étant peut-être compromise, nous alternons entre différentes cachettes sans jamais rester plus de deux semaines au même endroit. Pendant ce temps, nous effectuons diverses missions, certaines plus délicates que d'autres, mais aucune aussi complexe ni dangereuse que celle commanditée par Novak.

Mes coéquipiers – même Yan – ont accepté ma décision de relever le défi Esguerra, malgré les informations qui ne nous seront révélées qu'au dernier moment. Comme je l'ai promis à Novak, je ne leur ai pas donné plus de détails. En partie parce qu'il n'y a pas grand-chose à dire, mais surtout parce que je tiens à la confiance qu'il m'accorde. Mes gars peuvent jouer la comédie aussi bien que n'importe quel acteur d'Hollywood, mais quand on a affaire à un homme aussi influent que Novak, on ne sait jamais qui écoute ni quand. Nos planques sont sécurisées, mais nous nous aventurons parfois à l'extérieur et les micros paraboliques fonctionnent à des distances ahurissantes.

C'est la raison pour laquelle Sara est un sujet de conversation à proscrire. Pour les membres de mon équipe, elle pourrait aussi bien ne pas exister.

— Je ne veux pas entendre son nom, ni même le pronom *elle*, leur ai-je ordonné. Ne me parlez pas d'elle, et n'en discutez pas entre vous. Elle n'est plus là, un point c'est tout. Compris ?

Ils ont tous acquiescé en comprenant ma préoccupation et j'ai renforcé la sécurité de mes communications avec les hackers et les hommes que nous avons engagés pour surveiller Sara aux États-Unis. Je ne peux pas *ne pas* surveiller ma ptichka, mais pour sa sécurité, personne ne doit savoir que je suis toujours obsédé par cette femme.

Et c'est une véritable obsession. C'est une maladie que son absence ne fait que décupler. Je rêve de Sara toutes les nuits. Parfois, c'est aussi innocent que la serrer dans mes bras en caressant sa chevelure soyeuse, mais bien souvent, les rêves sont violents et sombres. Il m'arrive de la perdre, ou d'être à l'origine de son chagrin. Notre première rencontre, quand je l'ai droguée et brutalisée, me hante depuis des semaines. Les souvenirs envahissent mon esprit dans leurs détails les plus délicieusement crus. Le pire, quand je rêve que je lui fais du mal, c'est que je me réveille avec la queue rigide et douloureuse. Même si elle me manque – même si je l'aime de tout mon cœur –, je sais que mes sentiments pour Sara ne seront jamais simples ni tendres, à cause de la souillure causée par notre passé obscur.

Par tout ce que je lui ai infligé… et ce que je pourrais bien lui refaire.

Si les nuits sont difficiles, les journées le sont encore plus. La première chose que je fais chaque matin, c'est d'aller consulter les comptes-rendus au sujet de Sara, envoyés par les hackers et les Américains qui la surveillent. C'est ainsi que j'ai appris qu'elle avait repris le bénévolat à la clinique et que sa mère avait entamé la rééducation. De temps à autre, les Américains parviennent à réaliser une vidéo à distance de Sara et, ces jours-là, je regarde les séquences à plusieurs reprises avant le petit déjeuner, et encore une dizaine de fois le soir, juste avant de m'endormir. Entretemps, je m'entraîne avec mon équipe et gère mes affaires, mais le cœur n'y est pas.

Il est avec elle.

Ma belle ptichka, qui me manque comme un membre que j'aurais perdu.

J'envisage constamment de l'enlever. Comme Sara a affirmé aux fédéraux que je m'étais lassé d'elle, ils n'ont pas essayé de la cacher pour la protéger. Ils la surveillent toujours au cas où je reviendrais, mais ils n'ont pas jugé nécessaire de l'intégrer au programme de protection des témoins ni rien de ce genre. Au fond, je crois qu'ils *espèrent* que je viendrai la chercher.

C'est un appât, même s'ils ne l'avouent pas.

Et je suis tenté. Putain, je suis très tenté. Maintenant que ses parents n'ont plus autant besoin d'elle, je m'imagine tous les jours aller la récupérer, à tel point que l'opération est même gravée dans mon esprit. Je sais exactement comment outrepasser les contrôles aériens, où atterrir, comment créer une diversion pour éloigner les fédéraux de Sara et comment laisser une fausse piste pour les détourner pendant l'évasion.

On pourrait le faire dès demain, si tel était notre souhait.

En moins de vingt heures, je pourrais retrouver Sara.

La plupart du temps, je parviens à chasser ce rêve en me rappelant les raisons de mon inaction, en me persuadant qu'elle est plus en sécurité là où elle est. Or certains jours, ce fantasme est tel qu'il occupe toutes mes pensées et je me ressaisis de justesse pour ne pas céder et ordonner à Anton de préparer l'avion.

Pour éviter d'y perdre ma santé mentale, j'accentue les recherches autour de Henderson, la dernière personne de ma liste et la plus insaisissable. Si nous ne l'avons toujours pas trouvé, lui et sa famille, ça confirme les rumeurs concernant son passé au sein de la CIA. Cet enfoiré est doué à ce petit jeu – aussi doué que s'il exerçait dans la même branche que moi.

Il est temps de passer à la vitesse supérieure.

— Nous partons en Caroline du Nord ! j'annonce à la table du petit déjeuner le matin suivant. Il faut chercher du côté d'Asheville, voir si on peut débusquer ce connard de la manière forte.

Mes coéquipiers lèvent les yeux de leurs assiettes avec la même expression blasée. Depuis le début, c'est le plan B. On préférerait ne pas impliquer des innocents – les amis de Henderson et les membres de sa famille éloignée qui n'ont rien à voir avec le massacre de Daryevo –, mais étant donné la discrétion de notre cible, c'est la seule option qu'il nous reste.

— Il s'attend à nous voir, dit Anton en repoussant son assiette. C'est presque un guet-apens.

Je souris froidement.

— Je le sais.

J'attends avec impatience cette opération délicate. Non seulement devrons-nous entrer et sortir du pays sans nous faire repérer, mais il ne fait aucun doute que Henderson fait surveiller toutes ses relations par les fédéraux. D'un point de vue logistique, cela reviendra à récupérer Sara, si ce n'est qu'au lieu d'enlever une femme, nous interrogerons une demi-douzaine de personnes, vraisemblablement surveillées par les potes de Henderson au FBI, et peut-être même à la CIA.

— Ça devrait être sympa, déclare Yan, ses yeux verts pétillant d'amusement. Toujours mieux que de rester dans le coin.

D'un geste de la main, il désigne le chalet rustique où nous séjournons depuis une semaine – notre planque dans l'est de la Pologne.

Ilya lui décoche un regard noir avant de se pencher sur son assiette. Ça fait une semaine qu'il est en froid avec son frère, depuis qu'Yan s'est tapé une serveuse à Budapest qu'Ilya convoitait aussi. Ce n'est pas la première fois que ce genre de situation se produit – les jumeaux ont les mêmes goûts en matière de femmes –, mais dans le passé ils partageaient généreusement, soit en baisant la fille à deux, soit en se succédant dans son lit. J'ignore ce qu'il y avait de différent chez cette serveuse, mais Ilya est fâché contre Yan depuis notre arrivée.

Comme je ne compte pas intervenir dans cette dispute, je fais mine de ne pas avoir remarqué la tension qui règne autour de la table.

— Préparez-vous, dis-je à mes gars. Je veux être à Asheville avant la fin de la semaine. Il nous faut un plan qui tienne la route avant demain.

Sur ce, je me lève pour aller écrire à mes contacts américains.

CHAPITRE 21
SARA

Je retrouve Marsha dans un club du quartier West Loop, à Chicago. Il est nouveau, tendance, et le volume y est si fort que la musique des haut-parleurs me fait vibrer les tympans. Marsha est déjà sur la piste de danse, collée contre deux types aux allures de banquiers, et je me dirige vers le bar pour me commander un gin-tonic. J'espère que l'alcool apaisera le nœud de tension qui ne quitte jamais mon estomac.

D'un jour à l'autre, maintenant. D'un jour à l'autre. C'est ce que je me répète depuis des semaines, et pourtant je suis toujours là, coincée dans ces limbes troublants. Il y a cinq jours, maman a réussi à marcher de son lit jusqu'à la salle de bain avec ses béquilles, sans aide extérieure, et pourtant je suis toujours ici, logée chez mes parents sans savoir quand – ni si – Peter viendra me chercher.

Serait-ce possible ? Mes mensonges au FBI pour-raient-ils être devenus réalité ? Peut-être que mon assassin russe s'est réellement lassé de moi. Peut-être a-t-il perdu son intérêt en me voyant aussi collante à la clinique. Je sais qu'il tire son plaisir du danger et des défis de toute sorte, et c'est peut-être tout ce que je représentais à ses yeux : un défi. Après tout, quelle plus grande réussite que de gagner l'affection de la veuve de son ennemi, une femme qui a toutes les raisons de vous haïr ?

Cette idée ne cesse de me tarauder et je la repousse in-lassablement en me remémorant le visage de Peter quand il a juré de revenir me chercher. « Tant qu'il me restera le moindre souffle », a-t-il dit. Et je n'en ai pas douté un seul instant – pas après tous les moyens qu'il a déployés pour me faire sienne.

Je ne doute toujours pas – pas vraiment –, ce qui ne peut signifier qu'une seule chose.

Si Peter n'est pas revenu, c'est qu'il ne le peut pas.

Parce qu'il est arrivé quelque chose.

Je me suis efforcée de ne pas y penser, de chasser cette terrible possibilité de mon esprit, mais je ne peux plus l'ignorer. La vie de Peter est telle qu'il évolue comme un soldat en zone de guerre. Entre les autorités qui le traquent dans le monde entier et les criminels puissants auxquels il a affaire en permanence, sa survie est un pied de nez constant au destin. Et quand ses « missions » s'ajoutent à l'équation, les risques qu'il se fasse blesser – ou pire – sont bien réels.

En fait, ils sont si élevés que ces temps-ci, j'ai toujours une boule au ventre.

La seule chose qui m'apporte du réconfort, c'est de savoir que je suis toujours sous surveillance, par le FBI et les hommes de l'ombre de Peter. Cette sensation désagréable entre mes omoplates ne me laisse aucun répit quand je suis en public. À vrai dire, en ce moment même, je suis certaine d'avoir au moins deux gardiens dans ce club – l'agent en civil du FBI qui m'a suivie et a commandé une bière de l'autre côté du bar, ainsi que quelqu'un d'autre que je suis incapable d'identifier, mais dont je sens la présence.

Si Peter était mort ou captif, le FBI le saurait et cesserait de me faire suivre. Même chose pour les personnes engagées par Peter.

Ce n'est pas vraiment un soulagement – il pourrait être gravement blessé quelque part –, mais c'est mieux que rien.

C'est ce qui me permet de me lever chaque matin et de venir à bout de mes journées malgré l'angoisse qui me noue le ventre.

— Te voilà ! s'exclame Marsha en faisant irruption à côté de moi.

Elle irradie d'un éclat unique que seule la danse sous alcool peut générer.

— Je commençais à croire que tu ne viendrais pas.

— Je suis là… je lui assure tandis que le barman me tend mon verre. J'ai été retardée à la clinique – tu sais ce que c'est.

Elle hoche la tête et lance au barman :

— Une Corona, s'il vous plaît.

Il lui tend la bouteille et elle la fait tinter contre mon verre.

— Buvons à ta première sortie, dit-elle.

J'éclate de rire et mon amie boit une longue gorgée.

— Alors, dit-elle. Comment vas-tu ? Je n'en reviens pas qu'on soit déjà en mars et qu'on ne soit pas sorties une seule fois ensemble depuis la semaine de ton retour.

— Hmm, je sais, dis-je avec une grimace. Désolée. Disons qu'avec ma mère et tout le reste…

Marsha m'interrompt en agitant sa bière.

— C'est bon. Je comprends, ne t'inquiète pas. Dis-moi juste une chose…

Elle jette un regard circulaire avant de se pencher vers moi, une main sur mon avant-bras.

— Tu vas bien, ma belle ?

Sa voix est basse malgré la musique à plein volume et ses yeux s'attardent sur la cicatrice de mon front, à présent presque invisible.

— On n'a jamais vraiment parlé de… eh bien, de ce qui s'est passé.

Ma gorge se contracte.

— Je t'ai dit ce qui s'était passé.

Elle hoche gravement la tête.

— Je sais. Je ne parle pas de ça. Tu tiens le coup ?

— Je… – *suis stressée comme jamais, incapable de manger ni de dormir, et dans mes cauchemars Peter est blessé ou mort* – … vais bien.

— Hmm, hmm.

Marsha baisse les yeux sur mon bras, maigre et pâlichon sous ses doigts bronzés à la manucure impeccable.

— C'est pour ça que tu cherches à ressembler au squelette du labo d'anatomie ?

— Je suis au régime, dis-je en retirant mon bras.

Elle soupire en se redressant.

— Je vois.

Je sirote mon cocktail en regrettant de ne pas pouvoir lui dire la vérité : que je ne souffre d'aucun traumatisme psychologique, que l'homme qui m'a fait ça me manque et que j'attends qu'il revienne me chercher. Sauf que dire cela reviendrait à signer ma propre peine d'emprisonnement.

— Je vais bien ! je répète.

Puis, affichant un grand sourire, j'ajoute :

— Et si on arrêtait cette discussion déprimante pour aller danser ?

Marsha hésite avant de sourire.

— D'accord. Allons danser.

Je lui prends la main et nous rejoignons la piste de danse bondée. Le dernier tube de Nicki Minaj vient juste de commencer et j'éclate de rire en me rappelant avoir chanté à pleins poumons ma propre version de cette chanson devant les garçons au Japon.

Marsha rit, elle aussi, et penche la tête en arrière pour terminer sa bière, puis nous nous mettons à danser. Je chante en même temps, remplaçant certaines paroles par les miennes. Bientôt, nous nous amusons franchement. Le rythme vibre dans mes os et mes pieds bougent d'eux-mêmes. Je glousse quand le contenu de mon verre gicle sur ma main.

— Attends, dis-je à Marsha avant de vider le reste de mon gin-tonic pour éviter un autre accident.

Posant le verre vide sur la table la plus proche, je me fraie un chemin à travers la foule en direction du bar et commande une bouteille de bière – plus pratique sur une piste de danse. Quand je reviens, Marsha danse déjà avec deux nouveaux types. Je la rejoins et elle me prend la main pour m'attirer vers eux.

— Voici Bill et Rob, lance-t-elle par-dessus la musique.

Je souris avec gêne. Ce n'était pas ce que j'avais en tête quand j'ai accepté de sortir avec Marsha.

— Je vais aux toilettes, dis-je en me penchant pour parler à Marsha. Je reviens tout de suite.

— Attends, je t'accompagne.

Marsha abandonne ses compagnons sans un regard en arrière et me suit à travers la foule.

Il est encore tôt et la file d'attente devant les toilettes des dames n'est pas encore trop importante. En attendant, Marsha me raconte sa soirée du week-end dernier avec Tonya et me parle du gars canon qu'elle a rencontré dans un club. J'écoute et je souris en hochant la tête, tout en m'émerveillant de la différence entre ma vie et celle de mon amie, si facile et fluide. À quand remonte la dernière fois où ma préoccupation principale était de savoir si un gars allait me rappeler ? L'université, peut-être ? Quand j'ai rencontré George, ma vie de célibataire insouciante s'est arrêtée net et elle n'a jamais recommencé après sa mort.

Peter m'a accaparée avant que j'en aie l'occasion.

Nous parvenons enfin aux toilettes et nous nous séparons pendant un moment avant de retourner danser. À présent, la piste est plus chargée. On se fait bousculer et éclabousser, si bien qu'au bout d'une demi-heure, Marsha me crie à l'oreille :

— Viens, on s'en va.

Je la suis avec enthousiasme et nous rejoignons un bar lounge à quelques rues de là, où nous nous installons au bar pour écouter un groupe de musique jouer des chansons rock des années quatre-vingt entrecoupées de tubes récents.

— Tu chantes, n'est-ce pas ? demande Marsha après quelques shooters.

Je hoche la tête, étourdie par l'alcool.

— Très bien, fait-elle en souriant. J'ai une idée.

Elle descend du tabouret et m'attrape le poignet pour lever mon bras en l'air.

— Salut, tout le monde, crie-t-elle par-dessus la musique. Mon amie a une voix hors du commun. Vous voulez tous l'entendre ?

J'ai envie de m'enfoncer dans le sol, mais quelques personnes parmi la foule – essentiellement des gars un peu éméchés – acquiescent en chœur.

— Allez, dit Marsha en me poussant sur la scène, où les membres du groupe n'ont pas l'air ravis de se retrouver avec une amatrice.

En temps normal, je me défilerais avec la ferme intention d'enguirlander Marsha, mais entre l'alcool qui me désinhibe et mes représentations devant Peter et ses hommes au Japon, je trouve le courage de rester sur la scène.

— Vous connaissez *Karma* d'Alicia Keys ? je demande au guitariste en espérant que ma voix soit suffisamment assurée.

Le musicien, un type aux joues rouges et au crâne dégarni, me lance un regard méfiant.

— Peut-être. Tu chantes et on t'accompagne ?

— Ça ne vous dérange pas ? dis-je avec mon plus beau sourire. Rien qu'une chanson et je vous libère.

Il échange un regard avec les autres et me glisse un micro entre les mains avant de dire :

— Oh, et puis tant pis. Vas-y, ma belle. Montre-nous ce que tu sais faire.

Ils jouent les premières notes et je me tourne vers la foule. Mon cœur s'emballe quand je me rends compte de ce que je suis en train de faire. La dernière fois que j'ai joué devant un public si nombreux, c'était au collège, quand j'ai obtenu un rôle majeur dans une comédie musicale. Soudain, j'ai des papillons dans le ventre et j'éprouve un élan d'excitation.

Utilise cette émotion, me dis-je en prenant une grande inspiration. Puis je commence à chanter, laissant mes propres mots se mêler aux paroles familières. Malgré tout ce que j'ai bu, ma voix est nette et posée, si forte que j'en ressens les vibrations. Les autres bruits se taisent dans le bar et je remarque la surprise et l'émerveillement sur les visages tournés vers moi – y compris celui de l'agent fédéral en civil qui m'a suivie depuis le club et sirote un verre dans un coin.

Marsha aussi a l'air abasourdie et je me rends compte qu'elle ne m'a jamais vraiment entendue chanter toute seule. Nous avons entonné « Joyeux Anniversaire » en groupe pour une ou deux infirmières, et elle m'a sans doute entendu chanter sur les morceaux choisis par le DJ quand on est sorties dans ce club il y a quelques mois, mais jamais comme ça.

Jamais sur une scène… surtout avec mes propres paroles.

Je manque de m'étrangler à cette pensée. Je n'ai jamais partagé mes compositions devant quelqu'un d'autre que Peter et son équipe. Mais je parviens à continuer et, alors que j'entame ma version du refrain, je constate que quelques personnes dans le public chantent elles aussi, tapant en rythme leurs paumes sur les tables et leurs pieds sur le sol. Les papillons prennent leur envol et remplissent bientôt chaque parcelle de ma poitrine, jusqu'à me donner l'impression que je suis capable de m'élever sur leurs ailes frémissantes. Je continue de chanter tandis que mon corps suit la musique, ma formation de danseuse reprenant le dessus.

Ce n'est qu'à la fin de la chanson, suivie par un tonnerre d'applaudissements, que je prends conscience de cette sensation de légèreté. Je redescends de mon nuage et vois Marsha en train d'applaudir et de crier comme une folle devant la foule. Rayonnante, je me tourne vers le groupe pour le remercier. Eux aussi sont en train de m'applaudir. J'ai l'impression de vivre un rêve, une situation que j'imaginais souvent quand j'étais adolescente.

— C'était incroyable. Tu as d'autres chansons comme celle-là ? demande le guitariste.

Je fais oui de la tête tout en sentant les papillons se changer en colibris dans ma poitrine. Au Japon, j'ai composé et enregistré des dizaines de chansons, certaines sur des musiques déjà existantes, et d'autres de ma composition. J'avais pris l'habitude de les jouer devant mes ravisseurs, le soir, en guise de divertissement. Peter me disait toujours que j'étais douée, mais je considérais que ce n'était que des compliments pour me faire plaisir, d'autant plus que nous n'avions rien d'autre pour passer le temps. Or ces gens-là sont de parfaits inconnus. Ils n'ont aucune raison de me flatter.

Au contraire, les musiciens devraient me chasser de la scène pour pouvoir reprendre leur vraie musique.

— J'en ai une autre, dis-je au guitariste sans oser respirer en constatant que le rêve persiste. Vous connaissez l'air de *Just the Way You Are*, de Bruno Mars ?

Il sourit.

— Naturellement. D'accord, c'est parti… Comment tu t'appelles ?

— Sara, dis-je avant de le regretter aussitôt.

Mon prénom est complètement banal et cette soirée mérite autre chose. Quelque chose comme Madonna, Rihanna ou SZA…

— Applaudissez tous Sara ! s'écrie le guitariste.

Devant le public qui tape des mains et crie avec enthousiasme, j'en oublie mon prénom trop classique.

Le groupe commence à jouer *Just the Way You Are* et je prends une grande inspiration pour me préparer. Quand mon tour arrive, je chante mes propres paroles. En voyant la réaction du public, je sens l'exaltation revenir. Ils aiment ce que je fais. Purement et simplement.

La chanson se termine bien trop vite et je retombe sur terre, pour mieux m'envoler quand le public en réclame une autre, puis encore une autre, et ainsi de suite. J'interprète sept de mes meilleurs morceaux d'affilée avant que ma voix commence à donner des signes de faiblesse.

— Et voilà, dis-je au groupe avant de rendre le micro au guitariste. Merci beaucoup de m'avoir accordé ce plaisir.

— Ma belle, tu es la bienvenue quand tu veux, dit-il. En fait…

Il se tourne vers les autres musiciens pour les consulter du regard avant de m'annoncer :

— On joue ici tous les week-ends, et on adorerait que tu te joignes à nous.

— Oh, je…

— Bien sûr, on partagera la recette, dit-il comme si j'envisageais de refuser pour des questions pécuniaires. Ça paie plutôt bien ici.

— Elle est au-dessus de votre budget, déclare Marsha qui vient de monter sur la scène en oscillant des hanches. Elle est médecin, vous savez.

— Vraiment ? fait le guitariste en me toisant du regard. Talentueuse, jolie *et* intelligente ? Je vois.

Je rougis quand Marsha répond :

— Exactement. Alors si vous voulez la réserver, il faut d'abord me le demander. Tiens.

Elle prend le poignet du musicien et sort un stylo de sa poche pour inscrire son numéro sur son avant-bras, à côté d'un tatouage représentant un cœur transpercé d'une flèche. Elle ajoute avec un clin d'œil :

— Je suis disponible à tout moment.

J'éclate de rire en comprenant ce que fait Marsha et je l'entraîne au bas de la scène avant que mon amie commence à flirter plus ouvertement avec le musicien. D'après les rumeurs qui circulent à l'hôpital, elle a déjà fait pire quand elle a bu un coup de trop.

Nous traversons la foule qui applaudit encore en direction de la sortie. L'air froid de février parvient à peine à calmer notre excitation. Je suis portée par l'alcool et la performance scénique que je viens de livrer. Quant à Marsha, elle est tout aussi fébrile. Elle rit et parle du moment que nous venons de passer : selon elle, elle pourrait être mon agent et nous pourrions devenir riches si je réussissais à percer.

On s'amuse tellement que, pendant un moment, j'en oublie que rien de tout cela n'est réel, que ma vie n'est qu'une longue attente. Cependant, une fois dans le taxi qui me ramène chez moi, tout me revient et mon enthousiasme retombe sans laisser de trace.

Pendant que je chantais et que je me saoulais, une autre soirée s'écoulait lentement.

Un autre jour se terminait sans que Peter soit revenu.

CHAPITRE 22

PETER

J'envisage de contacter Sara dès que nous atterrissons sur le petit aéroport privé, dans les contreforts des Great Smoky Mountains, à une centaine de kilomètres d'Asheville et à quelques États seulement de Sara. La tentation est forte de décrocher le téléphone pour l'appeler, histoire d'entendre sa voix. Mais si je le faisais, les fédéraux – qui la surveillent encore et écoutent tous ses appels – remettraient sa parole en doute, une fois de plus, et ils lui feraient subir de nouveaux interrogatoires.

Ce n'est pas la première fois que je pense à la contacter. J'y pense constamment. Aussi méticuleux que soit le FBI, je pourrais toujours demander à l'un des hommes que j'ai engagés pour la surveiller de lui faire passer une lettre en toute discrétion. Ce serait risqué, mais pas impossible.

Ce qui m'en empêche, ce n'est pas une question logistique. J'ignore ce que je lui dirais – et quelle serait la

réaction de Sara si elle recevait un message de ma part.
J'aime croire que je lui manque autant qu'elle me manque,
mais je n'écarte pas la possibilité que l'accord fragile que
nous avons conclu vers la fin de sa captivité soit rompu
et que son retour l'ait à nouveau remplie de haine et de
crainte à mon égard.

Elle espère peut-être que je suis parti pour de bon, et
recevoir une lettre la bouleverserait.

Et puis, comment expliquer les raisons de mon éloi-
gnement ? Je ne peux rien dévoiler de l'affaire Novak/
Esguerra – trop dangereux si la lettre était interceptée. Je
devrais me contenter de lui faire savoir que je suis en vie et
que je compte toujours venir la chercher.

Mais si elle a retrouvé le bonheur chez elle, sans moi,
elle pourrait interpréter cela comme une menace.

Je vois bien que mes hommes meurent d'envie de dire
quelque chose au sujet de cette situation, mais l'interdiction
de parler de Sara reste de rigueur et ils savent qu'ils n'ont
pas intérêt à l'enfreindre. Alors ils tiennent leur langue et je
m'accommode de l'absence de Sara, soulageant mon obsession par les rapports quotidiens que je reçois.

Deux jours plus tôt, elle est sortie avec son amie Marsha
et a chanté dans un bar, interprétant l'une de ses chansons
en public. Mon cœur s'est rempli d'une douce chaleur
quand j'ai lu cette nouvelle et j'ai demandé aux Américains
de l'enregistrer la fois suivante, pour que je puisse l'écouter
et voir la réaction du public. Je me sens dérisoirement fier à
l'idée que mon petit oiseau se soit lancé, faisant taire ses in-
hibitions pour montrer tout le talent dont je la sais capable.

Bien sûr, la fierté n'est pas le seul sentiment que j'ai éprouvé à la lecture de ce rapport. L'idée qu'elle sorte là où d'autres hommes peuvent la draguer me fait l'effet d'un charbon ardent. Sara est à moi. La distance physique n'y change rien. Jusqu'à présent, les comptes-rendus ne font état d'aucun homme sérieusement intéressé, mais ça ne veut pas dire qu'il ne se passe rien. Comme le FBI piste Sara en permanence, mes hommes doivent être particulièrement prudents, et il arrive qu'ils ne puissent pas s'approcher suffisamment pour faire en sorte qu'aucun abruti ne lui demande son numéro de téléphone ou ne lui offre un café.

Si je pouvais placer un dispositif d'écoute sur Sara, je le ferais sans hésiter.

Je lui implanterais une puce dans le cerveau si c'était possible.

— Tu es prêt ? demande Yan.

Je me rends compte que je suis en train de nettoyer mon arme d'un air absent depuis une minute, au lieu de prendre mon sac et de descendre de l'avion.

— Oui, dis-je en remontant les pièces détachées de mon arme, que je glisse dans ma ceinture. En avant.

———————————

Lyle Bolton, le cousin germain de Wally Henderson, possède une petite épicerie bio à Asheville. D'après ses amis et ses voisins, c'est un homme tranquille et paisible, avec les 2,5 enfants de moyenne nationale – deux en maternelle et un bébé à naître. Sa femme enceinte est mère au foyer et, vus de l'extérieur, ils forment le parfait petit couple des faubourgs.

Dommage que personne ne sache ce que nos hackers ont découvert.

Nous l'attendons dans le chalet de montagne de la prostituée, notre 4x4 garé loin des regards, derrière la remise. Techniquement, la fille est une escort-girl, mais payer pour coucher, ça revient au même à mes yeux. Bolton passe ici tous les mardis et jeudis en rentrant des fermes locales où il achète des articles pour son magasin. Sa femme ne se doute de rien, tout comme les membres de sa communauté.

Personne n'imaginerait que le discret M. Bolton, fidèle paroissien et passionné par le bien-être animal et l'environnement, puisse payer une « escort-girl » à la limite de l'âge légal pour lui déféquer dessus deux fois par semaine – après l'avoir battue.

Comme Henderson fait surveiller la maison et le magasin de Bolton par ses amis, ce chalet est l'endroit idéal pour interroger ce fils de pute. Ses vilaines petites habitudes sont un secret bien gardé que même son cousin ignore. Grâce à toutes les précautions qu'il a prises pour justifier ce laps de temps, personne ne viendra le chercher avant de constater qu'il n'est toujours pas rentré à l'épicerie, quatre heures plus tard.

On peut faire beaucoup de choses en quatre heures.

Le chalet est vide à part nous. Yan a attiré la prostituée ce matin en prétendant être un client prêt à payer une forte somme. Une fois qu'elle est entrée dans la chambre d'hôtel, il l'a attachée et l'a abandonnée là. Si on a le temps, il la libèrera plus tard dans la journée, sinon l'équipe de ménage la retrouvera demain matin. Quoi qu'il en soit, la fille n'ira pas se plaindre à la police, surtout quand elle découvrira le montant que nous avons laissé sur la table de chevet.

Lyle Bolton est ponctuel, comme toujours, et il arrive à dix heures moins le quart. Sa camionnette fait crisser le gravier de l'allée et je fais signe aux gars de se tenir prêts.

Attraper notre proie est un jeu d'enfants. Il ne se doute pas de ce qui l'attend. Le connard entre avec un grand sourire de crétin sur son visage replet. Au même moment, Ilya surgit derrière la porte et lui décoche un coup de poing dans le ventre. Il reste délicat – aussi délicat que peut l'être un colosse pareil –, mais Bolton s'étale quand même de tout son long. Il hoquette et sa respiration est sifflante quand il essaie tant bien que mal de se relever.

Yan lui donne un dernier coup de pied dans les côtes, pour faire bonne mesure. Enfin, j'interviens et hisse le fils de pute par le dos de sa chemise tandis qu'il commence à bredouiller et à implorer notre pitié.

— Ton cousin, dis-je d'un ton calme en l'asseyant sur une chaise de la cuisine. Où est-il ?

Il nous regarde, bouche bée, et je remarque une crainte toute nouvelle dans ses yeux. Maintenant, il comprend que ce n'est pas une erreur, que nous ne sommes pas des cambrioleurs au mauvais endroit au mauvais moment.

— Je… je ne sais pas, bafouille-t-il.

Je soupire avant de sortir mon arme.

— Encore une chance, dis-je en collant le canon sur son front. Où est Wally, bordel de merde ?

Il se pisse dessus. Une tache sombre se propage à l'entrejambe de son pantalon en velours côtelé et je sens l'odeur âcre de l'urine. Ça m'énerve presque autant que les larmes et la morve qui coulent sur son visage.

— Je vous jure que je n'en sais rien ! gémit-il.

Je baisse le pistolet et appuie deux fois successivement sur la détente. Ses hurlements sont assourdissants quand il dégringole de la chaise et se roule en boule sur le sol. Je viens de lui planter deux balles – une dans chaque pied – et j'attends pendant une minute que les cris s'atténuent avant de répéter :

— Où est ton putain de cousin ?

— Je sais pas, je sais pas, je sais pas !

À présent, il est hystérique et tient à deux mains ses pieds ensanglantés.

— Pitié, je le jure, je n'en sais rien. Il a disparu il y a plus de deux ans et depuis, je suis sans nouvelles.

— Rien ? Pas de coups de fil, pas d'emails, pas de lettres ?

Je connais déjà la réponse à cette question grâce à nos hackers et je ne suis pas étonné quand ce triple idiot secoue la tête comme un jouet mécanique.

— Non, non, je le jure ! Rien ! Personne n'a entendu parler de lui depuis qu'il est parti.

Je me tourne vers Yan.

— Qu'est-ce que tu en penses ? je demande en russe. Tu crois ce sac à merde ?

Il le dévisage avant de hocher la tête.

— Oui, je crois bien. Henderson est trop prudent pour contacter ce type.

— Bon, d'accord. On se tire.

Je me penche pour prendre le téléphone de Bolton dans sa poche et je l'abandonne en train de bafouiller et de saigner sur le parquet. Nous sortons du chalet. Avant de partir, je mets son véhicule hors service pour m'assurer qu'il ne s'en ira pas avant un long moment.

Nous avons encore cinq enfoirés à interroger avant que quelqu'un découvre ce qui lui est arrivé.

CHAPITRE 23

Les deux personnes suivantes sur notre liste ne posent pas plus de difficultés que Bolton. Le premier, Ian Wyles, est un instituteur à la retraite, l'oncle de Henderson au deuxième degré. Avant la disparition de Henderson, ils s'échangeaient régulièrement des emails et il est possible que le fugitif ait trouvé un moyen de garder contact avec lui.

Nous pinçons le vieil homme sur la route, alors qu'il rentre du bureau de poste, mais il est évident qu'il ne sait rien. Il est tellement abasourdi et sidéré par nos questions qu'on ne prend même pas la peine de le rudoyer. On se contente de l'attacher et de le laisser dans son véhicule désactivé, au fond des bois, où il sera retrouvé dans quelques heures quand sa femme rentrera et se rendra compte de son absence.

La deuxième personne, Jennifer Lows, est l'amie de l'épouse Henderson. C'est une femme ronde d'un âge moyen, qui fait dans sa culotte quand on l'attrape devant la maison de retraite de ses vieux parents. Au bout d'une minute d'interrogatoire, on a compris qu'elle ne sait rien et on l'abandonne dans une ruelle, ligotée derrière une benne à ordures, bâillonnée et terrorisée, mais indemne.

— Trois pour rien, observe Anton lorsque nous quittons la ruelle.

Je hausse les épaules. C'était prévisible. Si Henderson avait gardé le contact avec ces gens-là, nous l'aurions déjà découvert. Et puis, ils seraient plus étroitement surveillés. La facilité avec laquelle nous les avons interceptés me prouve qu'ils ne sont pas dans le secret de Henderson.

Les personnes qui comptent pour lui – sa femme et ses enfants – sont aussi bien cachées qu'un trésor.

Quoi qu'il en soit, obtenir des informations sur l'endroit où se trouve Henderson n'est pas notre objectif principal. Il s'agit d'envoyer un message, de lui faire comprendre que personne dans sa vie – aussi éloignée que soit leur relation – n'est à l'abri.

Nous voulons le mettre en colère et lui faire peur, parce que les hommes effrayés commettent des erreurs quand ils sont sur les nerfs.

La prochaine personne sur notre liste est un agent de la police locale qui se trouve être un ami d'enfance de Henderson. Jimmy Gander, âgé de cinquante-cinq ans, est l'un des policiers les plus anciens du poste. Quand on l'attrape à la sortie de son bar favori, il parvient à frapper Anton au visage avant de se faire assommer.

— Putain, je vais le tuer, grommelle Anton alors que nous nous engageons dans la forêt où nous avons l'intention d'interroger notre captif. Ce fumier ne va pas s'en tirer comme ça.

— On ne tue pas, sauf en cas de nécessité ! je juge bon de lui rappeler. Nous allons juste le secouer un peu s'il refuse de coopérer.

Anton se renfrogne.

— On s'en fout de cette règle. Je vais avoir un œil au beurre noir.

— Tu n'aurais pas dû te laisser avoir par le papi, dit Yan en ricanant. Il devrait peut-être te remplacer dans l'équipe. Apparemment, il est plus doué que toi.

— Boucle-la, dis-je aux deux hommes tandis que notre 4x4 s'arrête dans une clairière. Tu régleras tes comptes avec lui plus tard.

Nous traînons le flic à l'extérieur et attendons qu'il revienne à lui avant de commencer à l'interroger. Comme les autres, il a l'air sincèrement étonné. Cependant, contrairement à nos autres cibles de la journée, il refuse tout net de répondre à nos questions. À la grande joie d'Anton, nous sommes forcés de le frapper à plusieurs reprises avant d'entendre l'éternel « je ne sais rien » et « je suis sans nouvelles de lui ». En d'autres circonstances, j'aurais admiré la loyauté de Gander pour son ami, mais étant donné qu'il nous reste moins de deux heures pour interroger les deux dernières personnes de notre liste, ce retard ne fait que me contrarier.

— Tire-lui une balle, dis-je à Anton lorsque le policier refuse de nous dire quand il a vu Henderson pour la dernière fois.

Anton se fait un plaisir de m'obéir et tire dans l'épaule droite de Gander.

Après quoi, il ne nous oppose plus aucun refus et se laisse aller à une véritable logorrhée verbale tout en nous suppliant de l'emmener à l'hôpital.

— On se barre, dis-je aux gars quand je comprends qu'on n'en tirera pas davantage. Attachez-le, on le laisse ici.

Alors que nous nous éloignons, je me promets d'appeler les urgences pour leur indiquer où il se trouve une fois que nous aurons décollé.

Ami de Henderson ou pas, ce flic n'a aucune raison de mourir.

À présent, nous manquons de temps. Nous expédions le reste de la liste en interrogeant nos deux dernières cibles ensemble. Nous les avons gardées pour la fin, car il s'agit de deux connaissances de Henderson encore plus éloignées – si nous n'avions pas pu les interroger pour une quelconque raison, ça n'aurait pas été une grande perte.

Le premier est l'ex-petit ami de la fille de Henderson, Bobby Carston. Il a vingt ans, trois ans de plus que la fille, et d'après nos fichiers, ils se sont séparés parce qu'il avait couché avec sa meilleure amie au bal de promo du lycée. Je ne supporte pas les types qui trompent leurs copines et je me fais un plaisir de le malmener un peu pendant notre interrogatoire – histoire de montrer à notre dernier captif, le professeur préféré du fils de Henderson, que nous ne plaisantons pas.

Tout compte fait, Sam Briars s'avère si loquace dans ses réponses à propos de Jimmy Henderson qu'il nous fournit des informations inattendues.

Une piste éventuelle.

— … et puis, ils sont partis en vacances en Thaïlande, il y a cinq ans. Jimmy ne cessait de dire à quel point ils adoraient la culture locale et tous les fruits qu'on trouve là-bas. Ils avaient même envie de s'y installer. Ils s'étaient liés d'amitié avec une famille de Phuket. Pas dans une région touristique, figurez-vous, mais dans une région reculée, loin de l'affluence. Jimmy en parlait à tous ses camarades de classe. Ensuite il y a eu Singapour, que sa mère aimait tant parce que tout y était très propre. Et l'Islande, où les parents de Jimmy comptaient partir pour leur anniversaire de mariage. Le Maryland, aussi, où sa sœur devait aller faire ses études, et je peux vous donner encore d'autres endroits si vous me laissez le temps…

Le professeur parle si vite qu'il bégaye presque et nous le laissons débiter ses souvenirs en prenant des notes pour vérifier plus tard les lieux qu'il mentionne. Nous nous sommes déjà penchés sur la majeure partie de ces pays, y compris la Thaïlande, mais les Henderson se déplacent souvent pour ne pas se faire repérer et nous n'avions pas connaissance de cette famille locale de Phuket.

C'est certainement une piste à explorer.

Dix minutes s'écoulent et le professeur ne semble pas à court d'idées. Sans doute son verbiage est-il encouragé par les gémissements plaintifs de l'ex-petit ami un peu amoché. Quand il commence à radoter, j'adresse un signe de tête à Ilya, qui lui donne un léger coup dans les côtes.

— Ça suffit… j'ordonne lorsque Briars se met à geindre comme s'il avait une côte cassée. Attachez-les, et allons-nous-en. Il faut partir.

Tandis que nous rejoignons notre avion, je guette les poursuites éventuelles, mais nous arrivons à destination sans incident.

L'opération est officiellement un succès : nous avons envoyé un message clair à Henderson et, ce faisant, nous avons récolté des pistes intéressantes.

Je devrais m'en réjouir, mais alors que les roues de l'avion quittent le sol, je ne peux m'empêcher de me dire que je suis encore loin d'obtenir ce que je souhaite réellement.

Plusieurs mois me séparent encore de mes retrouvailles avec Sara.

CHAPITRE 24
SARA

— Il a fait *quoi* ?

Je dévisage Ryson, les paumes moites de sueur. Mon cœur bat la chamade. Ma première réaction – la joie de savoir Peter vivant, sain et sauf – est vite remplacée par un nœud douloureux au creux du ventre.

— Il a agressé six personnes en Caroline du Nord, répète l'agent. Deux d'entre elles sont hospitalisées avec des blessures par balle, et les quatre autres présentent des hématomes et sont traumatisées par un interrogatoire violent. Tous sont des citoyens innocents. Avez-vous quelque chose à nous dire à propos de cet incident ?

— Je… quoi ?

Je secoue la tête pour chasser les images sinistres.

— Pourquoi aurait-il fait une chose pareille ?

— D'après les victimes, il voulait savoir où se trouvait l'une de leurs connaissances – un certain Walter Henderson

III. Cet homme a la malchance de figurer sur la même liste que votre défunt mari, explique Ryson en croisant ses bras volumineux. Il semblerait que Sokolov ait recours à des mesures extrêmes pour le retrouver. Pouvez-vous nous apprendre quelque chose ? À propos du but qu'il recherche ?

Je déglutis pour ravaler la bile qui remonte dans ma gorge. Ces deux derniers mois, j'ai réussi à oublier la réalité brutale de l'homme qui me manque, à fermer les yeux sur mes souvenirs les plus sombres.

— Vous ne savez rien ? je demande.

— Je vous l'ai dit, la majeure partie de son dossier est classifiée.

Ryson décroise les bras et se penche vers moi.

— Docteur Cobakis, vous savez aussi bien que moi que cet homme est dangereux. Nous devons l'arrêter avant qu'il fasse du mal à d'autres innocents. Il est important que vous nous disiez tout ce que vous savez à son sujet, pour que nous ayons une meilleure idée de l'endroit où il pourrait frapper la prochaine fois.

Je le dévisage. Mon corps est à la fois brûlant et glacial.

— Il… il ne m'a pas dit grand-chose.

C'est ce que j'ai toujours expliqué aux agents et je dois m'en tenir à cette version de l'histoire, quels que soient mes sentiments à l'égard du mal que Peter inflige à ces pauvres innocents dans sa quête de vengeance.

En tout cas, même si Ryson était au courant du massacre de la femme et du fils de Peter, ça ne changerait rien. Peter n'arrêtera pas avant de mettre la main sur Henderson et de le rayer de sa liste. Et comme il vient d'en faire la démonstration saisissante en Caroline du Nord, les fédéraux ne sont toujours pas à la hauteur.

Peter et ses hommes ont pénétré aux États-Unis sans se faire repérer et ont agressé six citoyens avant de mettre les voiles.

Il se trouvait dans le même pays que moi, et si Ryson n'avait pas décidé de m'interroger, je ne l'aurais jamais su.

Mon ventre se contracte et, à ma grande stupeur, je me rends compte que je ne suis pas seulement émue par la souffrance et les tourments qu'il a infligés à ces gens.

Je suis surtout vexée et furieuse que Peter ne soit pas venu me chercher.

Seuls quelques États nous séparaient, et il n'est pas venu.

— Docteur Cobakis, fait Ryson, son regard scrutateur posé sur moi. Est-ce que tout va bien ?

— Je… oui.

Je serre les poings sous la table, enfonçant mes ongles dans mes paumes. Ce semblant de douleur me tempère et je parviens à dire sur un ton presque normal :

— Je suis désolée. Ça fait beaucoup à encaisser.

C'est la vérité. Pour tout dire, c'est même trop. Jusqu'à présent, je n'avais pas vraiment saisi la gravité de la situation, à quel point ces mois passés auprès de Peter m'ont abîmée, déformant ma perception du bien et du mal. Et maintenant, alors que je viens d'apprendre que le tueur qui m'obsède a blessé six innocents, je suis bouleversée qu'il les ait choisis, eux et pas moi. Qu'il ne m'ait pas enlevée alors qu'il en avait manifestement l'occasion…

J'ai un problème.

À présent, ça me saute aux yeux – tout comme le fait que Peter ne reviendra peut-être jamais. Pendant tout ce temps, la vengeance a toujours été son véritable amour, son obsession, et ce qu'il a pu éprouver pour moi n'a pas duré… si tant est qu'il y ait vraiment eu quelque chose entre nous. J'ignore pourquoi je suis toujours sous surveillance ni même si je le suis – cette sensation tenace n'est peut-être que le fruit de ma paranoïa –, mais il est évident que je ne suis plus sa priorité.

Je réussis à tenir le coup pendant le reste de l'interrogatoire auquel me soumet Ryson et je réponds à ses questions en pilote automatique. Une fois chez moi, je décroche le téléphone et j'appelle le docteur Evans, le psychologue qui m'a aidée autrefois.

Il est temps de reconstruire ma vie en mille morceaux.

Il est temps d'accepter qu'entre Peter et moi, c'est peut-être terminé.

PARTIE III

CHAPITRE 25
PETER

*N*ous passons les deux mois qui suivent à remonter la piste de la Thaïlande – ce n'est pas facile de retrouver la famille avec laquelle les Henderson se sont liés d'amitié – et en constatant que cela ne nous mène nulle part, nous acceptons une mission en Russie. Un magnat du pétrole nous demande d'éliminer l'un de ses rivaux. Ce n'est pas aussi rémunérateur que certains jobs, mais le lieu nous plaît bien.

Ça fait des années que nous ne sommes pas rentrés dans notre pays d'origine.

— Ça vous fait aussi bizarre qu'à moi ? demande Anton alors que nous passons devant la Place Rouge.

Je hoche la tête, car je comprends exactement ce qu'il veut dire. Marcher dans ces rues et entendre parler russe tout autour de nous, c'est un peu comme un retour dans le temps. La dernière fois que j'étais à Moscou, c'était à l'époque où j'ai tué mon supérieur, Ivan Polonsky, qui avait

contribué à dissimuler le massacre de Daryevo – une éternité.

— Ça te manque ? je demande à Anton.

Il hausse les épaules.

— Non. Enfin, ce n'est pas drôle de toujours être un
étranger, mais je m'y suis habitué. Et grâce à Sara, mon anglais s'est amélioré, alors…

Il s'interrompt et me regarde avec méfiance quand il se
rend compte de ce qu'il vient de dire.

— Je veux dire, quand on était…

— Ça suffit.

Les muscles de mon cou sont crispés et mes poings
se contractent convulsivement, mais je répète d'une voix
calme et mesurée :

— Ça suffit.

Anton a la sagesse de se taire et nous terminons la
promenade en silence. Il sait qu'il n'a pas le droit de parler
d'elle, et ce n'est plus uniquement une question de sécurité.
Ces jours-ci, Sara est un sujet sensible et la seule mention
de son prénom me donne des envies de meurtre. La plaie
béante laissée par son absence ne guérit pas. Au contraire,
elle suppure.

J'en souffre chaque seconde de chaque jour et j'ai horreur de ça.

Les comptes-rendus quotidiens ne font qu'aggraver les
choses, parce qu'il semblerait qu'elle m'ait oublié. Le mois
dernier, elle a trouvé un travail au sein du cabinet de deux
obstétriciens-gynécologues plus âgés. Elle a quitté la maison de ses parents pour s'installer dans un nouvel appartement. Je m'en réjouis – je veux qu'elle soit heureuse –,

mais depuis six semaines, elle a commencé à sortir tous les week-ends, à boire et à danser avec ses amies. Pour couronner le tout, elle chante dans un groupe le vendredi soir – cette initiative m'a fait plaisir avant que je visionne un enregistrement de l'un de ses concerts, où elle porte une robe sexy qui fait baver d'envie tous les hommes de l'assistance.

Ils la regardent comme une meute de loups devant un lièvre appétissant.

Si j'étais avec elle, j'aurais pu empêcher cela – refaire quelques portraits, si besoin –, mais la moitié du monde nous sépare et ça me dévore vivant. Pire encore, ça me fait penser que Sara m'a peut-être oublié au point d'être capable de tomber amoureuse d'un autre… peut-être même l'un des abrutis qui viennent la voir après chaque concert pour s'extasier devant elle et quémander son numéro.

La seule chose qui me retient de mettre un contrat sur la tête de ces types, c'est que jusqu'à présent, elle n'est sortie avec aucun d'entre eux.

Mais ce n'est qu'une question de temps. Je le sais. Plus mon absence dure, plus cette possibilité s'impose. C'est pour ça qu'avant d'accepter cette mission, j'ai fini par lui faire envoyer un message.

Elle ne devrait pas tarder à le recevoir.

En attendant, nous avons un homme très riche – et corrompu jusqu'à la moelle – à liquider.

CHAPITRE 26
SARA

— Sara ! Sara ! Sara !

Mon prénom scandé par le public, combiné aux applaudissements assourdissants, me fait l'effet d'une injection d'héroïne dans les veines. Je suis si euphorique que j'ai l'impression de voler et je salue en riant, tandis que la clameur s'intensifie.

Mes musiciens – Phil, Simon et Rory – saluent eux aussi. Mais le public n'a d'yeux que pour moi. Sans doute parce que le mois dernier, sourds à mes protestations, les gars ont changé le nom du groupe, les *Rocker Boys*, en *Sara & et les Rocker Boys*. Phil a décrété que le groupe avait plus de valeur depuis que j'étais leur chanteuse, et désormais mon visage figure au premier plan sur toutes nos affiches, à côté de mon nom. La semaine dernière, une patiente de la clinique m'a reconnue comme « la fameuse Sara » et m'a demandé un autographe – un incident très gênant qui m'a valu d'être surnommée « la vedette » par le personnel de la clinique.

C'est la première fois que nous nous produisons dans une vraie salle de concert et je n'étais pas certaine d'assurer. Nous sommes au mois de mai et la météo est encore imprévisible. Deux jours plus tôt, nous ignorions encore s'il ferait dix degrés avec un temps pluvieux, ou vingt-cinq et un grand soleil. En fin de compte, le temps est mitigé – dix-huit degrés et quelques nuages –, mais le public est au rendez-vous. Nous avions pour objectif de vendre au moins une centaine de billets pour rembourser la location de la salle, et d'après le nombre de spectateurs enthousiastes qui applaudissent à tout rompre, je crois que nous avons vendu près de quatre fois plus d'entrées.

Après un dernier salut, nous revenons pour le rappel, puis nous quittons définitivement la scène. Comme toujours après un show réussi, c'est difficile de se détendre et nous allons fêter notre succès dans un bar du coin, histoire de décompresser un peu.

Comme pour moi, la musique n'est qu'un loisir pour les autres membres du groupe. Phil, notre guitariste, est professeur de maths. Simon, le batteur, est rédacteur indépendant. Quant à Rory, notre bassiste, il travaille dans un centre d'appels. Mais contrairement à moi, ils adoreraient faire de la musique leur carrière et, comme souvent après un concert couronné de succès, ils se mettent à parler tournée.

— On pourrait commencer à Seattle, puis on descendrait le long de la côte ouest, dit Phil en prenant sa bière.

Ses yeux bleus brillent avec ferveur sur son visage rouge.

— De là, on traverserait par le sud-ouest et…

— Oublie Seattle.

Rory avale son shooter de tequila et fait glisser le verre en direction du barman surmené.

— On part directement en Californie. San Francisco, puis Los Angeles. C'est l'idéal pour des artistes comme nous, sans parler du temps, de la culture et de la bouffe…

Il continue et fait de grands gestes tout en parlant. Je souris en remarquant le regard que lui lancent plusieurs clientes. Avec ses taches de rousseur, ses boucles rousses en bataille et son physique de culturiste, Rory est à mi-chemin entre Annie la petite orpheline et un mannequin d'Abercrombie sous stéroïdes. C'est un mélange qui n'aurait jamais dû fonctionner, et pourtant, ça le fait – le succès du groupe doit sans doute autant à sa belle gueule qu'à nos talents réunis.

Phil et Simon ne sont pas en reste. Simon, notamment, me fait penser à Denzel Washington en plus jeune, avec un côté rock. Phil est un peu plus quelconque. Son crâne a tendance à se dégarnir et il commence à accuser une légère bedaine de buveur de bière, mais sa personnalité avenante compense largement ses lacunes physiques. Mes trois musiciens sont attirants, chacun à sa manière, et ils m'ont tous plus ou moins fait comprendre que je les intéressais.

Dommage que tout ce que je suis capable de voir chez un homme, ces derniers temps, c'est le fait qu'il n'est pas Peter.

Bien sûr, les gars n'en savent rien. Ces bienheureux ignorent la confusion terrible que représente mon passé, ainsi que les agents du FBI qui me collent aux basques. Tout ce qu'ils savent, c'est que je suis veuve, et ils supposent que si je ne sors avec personne, c'est parce que je porte encore le deuil de mon mari.

— Ça fait combien de temps ? m'a demandé Phil avec compassion quand j'ai intégré le groupe au mois de février.

Je lui ai répondu que mon mari était décédé depuis un an et demi, qu'il était tombé dans le coma après un accident de voiture et qu'il ne s'était jamais réveillé. Phil m'a présenté ses condoléances et, depuis, Simon, Rory et lui ont eu le tact de ne plus aborder le sujet.

À vrai dire, après m'avoir discrètement fait comprendre que je leur plaisais, et après avoir été tout aussi discrètement éconduits, ils n'ont pas insisté et ont commencé à me traiter comme une sorte de figure de sainteté, une madone intouchable auréolée de mélancolie.

Ils ne sont pas loin du compte, si ce n'est que mes souffrances n'ont pas grand-chose à voir avec George, qui s'efface de ma mémoire chaque jour un peu plus. Maintenant, son accident remonte à plus de trois ans et notre amour a succombé sous le poids de ses addictions depuis plus longtemps encore. Désormais, chaque fois que je pense à lui, je ne peux m'empêcher de songer à ce que j'ai ressenti quand j'ai découvert sa double vie en tant qu'agent de la CIA… ainsi que les secrets et les mensonges qui ont amené Peter sur le pas de ma porte.

J'aimerais pouvoir l'oublier, lui aussi, mais c'est impossible. Ça fait presque six mois que mon ravisseur m'a raccompagnée chez moi, et pourtant je pense à lui tous les soirs en m'endormant. Parfois, je suis convaincue de pouvoir le sentir. Non pas à côté de moi, mais quelque part dans le monde, venu me tourmenter depuis d'autres continents, l'attraction qu'il exerce sur moi à la fois magnétique et dangereuse comme la force gravitationnelle du soleil.

Je rêve de lui, aussi. De la tendresse avec laquelle il me serrait dans ses bras quand je pleurais et de sa brutalité lorsqu'il me baisait – toutes les choses, grandes et petites, qui font toute la contradiction de Peter. Parfois, je me réveille de ces rêves à la fois excitée et frustrée, pour retrouver mon oreiller baigné de larmes et mes bras enroulés autour de ma couverture, comme si je cherchais à conjurer la solitude insoutenable qui me glace de l'intérieur.

Je dois tourner la page, je le sais. Et j'essaie. Je sors avec Marsha et les filles chaque week-end, et quand un homme plus charmant que les autres me demande mon numéro, je me fais un plaisir de le lui donner. Or je ne vais pas plus loin. Je suis incapable de franchir l'étape suivante et d'accepter un rendez-vous quand il m'appelle ou m'écrit.

— Pourquoi leur donner ton numéro, dans ce cas ? m'a demandé Marsha la semaine dernière, quand elle a appris que j'avais recommencé. Pourquoi ne pas leur dire non tout de suite ?

Je ne savais pas quoi répondre et j'ai haussé les épaules. Elle n'a pas insisté. À l'instar de mes connaissances ayant entendu la version de l'histoire que je donne au FBI, Marsha me traite comme si j'étais en cristal, comme si je risquais de me briser à la moindre pression. Je crois qu'elle pense – comme les autres à l'hôpital – que mon calvaire était encore pire que ce que j'ai avoué. Un jour, quand maman était encore hospitalisée, j'ai entendu deux infirmières discuter. Elles disaient que j'avais échappé à un « réseau d'esclavage sexuel » et que j'avais toujours du mal à gérer le contrecoup d'une « prostitution forcée ».

C'est exaspérant, mais le seul moyen de contrer ces rumeurs serait de dire la vérité, et je ne compte pas le faire.

Heureusement, mes nouveaux collègues de travail n'en savent pas plus que les membres du groupe. Les docteurs Wendy et Bill Otterman, le couple marié qui gère le petit cabinet d'obstétrique-gynécologie, étaient tellement impressionnés par mon CV et mes références universitaires qu'ils m'ont à peine interrogée sur la parenthèse de neuf mois dans mon parcours professionnel. Je leur ai dit que j'avais fait une pause pour faire le tour du monde et ils m'ont engagée sur-le-champ, sous réserve que je commence immédiatement pour leur permettre de faire cette croisière en Alaska, dont ils rêvaient depuis longtemps, à l'occasion de leur quarantième anniversaire de mariage.

J'aurais pu chercher un meilleur revenu, des opportunités plus prestigieuses, mais j'ai accepté l'offre immédiatement et j'ai débuté dès le lendemain. Comme maman venait de sortir de l'hôpital, je voulais un poste tranquille qui me permette de veiller sur papa et elle. Mais ce qui a achevé de me convaincre, c'est l'emplacement du cabinet – à un quart d'heure en voiture de chez mes parents et à distance de marche de mon nouvel appartement.

— La Terre à Rory.

Simon agite sa bouteille de bière sous le nez de Rory, interrompant son discours sur les merveilles de la Californie.

— Soyons réalistes, si tu veux bien. Sara, est-ce que tu viendrais en tournée avec nous ?

Je souris en secouant la tête.

— Non, je ne peux pas. Désolée. Le boulot ne me laissera pas prendre de telles vacances.

— Vous voyez ? s'exclame Simon en posant sur les musiciens un regard triomphant, comme s'il avait gagné un pari. Elle refuse de venir. Donc ça n'arrivera pas.

— Oh, allez.

Phil prend la bière des mains de Simon et la vide en deux gorgées avant de faire signe au barman d'en apporter d'autres. Puis il se tourne vers moi et me fait une démonstration du fameux charme à la Phil Hudson.

— Sara, ma chérie… fait-il d'une voix cajoleuse. Nous avons tous un boulot et d'autres responsabilités, mais ce genre d'occasions, ça n'arrive qu'une fois dans une vie. On casse la baraque, je le sens, et il faut en profiter tant que ça dure. *Tu* dois en profiter, car qui sait de quoi demain sera fait ?

Je secoue la tête en souriant. Je connais son sermon par cœur et il devient plus créatif à chaque fois.

— C'est vrai, qui ?

— Exactement.

Il agite son index comme un professeur.

— Personne ne le sait. La vie n'est qu'une série d'événements aléatoires. On pourrait penser qu'ils ont un sens, mais pas du tout. Tu crois peut-être savoir de quoi demain sera fait, mais il suffit d'un changement dans une seule variable pour que – *boum !* – tu prennes une tout autre direction.

— La direction d'une tournée, par exemple ? je rétorque, déclenchant l'hilarité de Rory et Simon.

— Une tournée, exactement. Ce serait une nouvelle variable, dit Phil sans se laisser décontenancer. Mais il faudrait qu'elle vienne de toi. La plupart du temps, la nouvelle variable surgit là où l'on s'y attend le moins et tous les plans minutieusement échafaudés se cassent la gueule.

— C'est un terme scientifique, ça ? Se casser la gueule ? Je me demande si je l'ai appris en cours de maths, observe Rory en se grattant le cuir chevelu.

Nous éclatons de rire et Phil lève les yeux au ciel en pestant tout bas, nous traitant d'ignares et de crétins avinés.

— Je dois y aller, dis-je en m'excusant lorsque les rires retombent. Je commence tôt demain matin.

— Ne t'inquiète pas, on le sait, fait Simon en me tapotant l'épaule. Fais ce que tu as à faire et laisse ces idiots rêver de gloire.

Je ris en secouant la tête, avant de quitter le bar pour rejoindre le parking de derrière. Si j'ai hésité avant d'intégrer le groupe, il s'avère que je n'ai jamais pris de meilleure décision. Non seulement j'ai l'impression d'être née pour ça chaque fois que je suis sur scène, mais les musiciens du groupe sont géniaux. Je préfère même sortir avec eux qu'avec Marsha et les filles – au fond, ça me met moins de pression.

Je suis en train d'ouvrir la portière de ma voiture quand je le remarque.

Un morceau d'une matière épaisse – du papier plié, peut-être ? – scotché à l'intérieur de la poignée.

Instinctivement, j'ai envie de le décrocher pour y jeter un œil, mais un sixième sens me retient. La démangeaison entre mes omoplates – cette sensation devenue si omniprésente que je n'y prête plus attention – est brusquement plus intense, et au lieu de tirer l'objet hors de sa cachette pour le regarder, je le détache discrètement et le garde dans mon poing serré en montant dans la voiture.

Maintenant, c'est évident, l'objet est un bout de papier. Je le glisse dans la poche de ma veste et sors du parking pour rentrer chez moi. Le véhicule banalisé du FBI me suit comme d'habitude. J'ai l'impression que le papier me brûle la poche.

Au prix d'un gros effort, je parviens à me garer devant mon immeuble et à traverser le hall d'entrée d'un pas nonchalant en direction des ascenseurs, sans me presser. Ce n'est peut-être qu'une publicité disposée bien curieusement, et pourtant je suis certaine que ce n'est pas le cas.

Une fois dans mon appartement, je ferme la porte à clé et jette un regard circulaire. Je ne pense pas qu'il y ait des caméras ni des micros chez moi. Après avoir découvert tous ces équipements high-tech dans mon ancienne maison et, quelques mois plus tard, chez mes parents, les fédéraux passent régulièrement mon appartement au peigne fin et ils auraient besoin d'un mandat pour effectuer eux-mêmes ce genre de surveillance intrusive. Cependant, pour plus de sûreté, je me débarrasse de mes chaussures et me dirige vers le placard de ma chambre sans me départir de mon calme.

Si quelqu'un m'observe, je ne veux lui donner aucune raison de me soupçonner.

Mon appartement de taille modeste n'a qu'une seule chambre. Il y a une petite cuisine et un salon exigu, mais l'avantage, c'est le dressing spacieux attenant à la chambre. J'y entre, comme pour me déshabiller tout naturellement, mais dès que je suis hors de vue des caméras éventuelles, je sors le papier de ma poche et le déplie dans mes mains tremblantes.

Il y a seulement deux phrases, griffonnées sur du papier épais dans une écriture masculine.

N'oublie pas, ptichka. Tant que nous vivrons.

CHAPITRE 27
PETER

La mission à Moscou se déroule sans encombre – nous éliminons notre cible en une petite semaine – et nous reprenons notre traque de Henderson tout en attendant des nouvelles de Novak. Le mois dernier, le trafiquant d'armes serbe a confirmé que le calendrier initial de huit mois serait respecté, mais il est resté muet quant à sa taupe au sein de l'organisation d'Esguerra – l'information centrale dont j'ai besoin pour mettre mon plan en œuvre.

Malheureusement, Henderson demeure aussi insaisissable que jamais, et alors que le mois de mai s'écoule lentement, nous secouons de nouveau certains de ses proches afin d'obtenir d'autres pistes. Cette fois, nous nous concentrons sur les relations de sa femme dans sa ville natale de Charleston, histoire d'accélérer le processus.

— Toujours rien, dit Ilya avec dégoût quand nous montons à bord de l'avion après avoir interrogé nos cinq cibles. Ces abrutis ne savaient rien du tout.

Je hausse les épaules en prenant place sur mon siège.

— C'était prévisible.

Je considère tout de même que l'opération est un succès. Nous nous en sommes tirés sans la moindre course-poursuite, et une fois de plus nous avons montré à Henderson que personne dans sa vie n'est à l'abri, même ses connaissances les plus éloignées. Tôt ou tard, ça portera ses fruits et il commettra une erreur. Sa femme s'inquiètera peut-être pour l'une de ses amies et elle essaiera de la contacter, à moins que ce soit leur fille adolescente qui panique et appelle son ex.

Quoi qu'il arrive, dès l'instant où ils se planteront, nous serons prêts. La mort de ma femme et de mon fils sera vengée.

C'est au début du mois de juin que ça se produit enfin.

Je reçois un email de Novak. Il veut me rencontrer mercredi prochain.

Uniquement toi, précise l'email. *Personne d'autre.*

Je réprime un élan de joie profonde et je commence aussitôt à prendre mes dispositions.

Ça fait deux semaines que nous vivons dans notre planque de Pologne en attendant que Novak prenne contact avec nous. Mercredi matin, je demande aux gars de me déposer à Belgrade avant de rallier leurs positions.

Ils ne seront pas avec moi, mais ils ne seront pas loin.

Je retrouve Novak dans le même café. En entrant, je remarque l'absence notoire de ses gorilles – tout comme celle des jolies barmaids. Novak est assis à la même table, au milieu de la salle, un classeur à reliure de cuir marron posé devant lui.

— Tout seul ? je demande en essayant de ne pas laisser transparaître ma surprise.

Les lèvres fines de Novak se recourbent quand il se lève et contourne la table pour venir me saluer.

— Je me suis dit qu'on pourrait se passer de toutes ces conneries.

Ses yeux clairs brillent quand il me serre la main.

— Nous avons besoin l'un de l'autre, et je crois qu'il est temps d'établir une certaine confiance entre nous.

Pour moi, la vraie connerie, c'est ce qu'il vient de dire – ses hommes sont sans doute placés stratégiquement, tout comme les miens –, mais je laisse mon visage impassible se détendre légèrement en lui lâchant la main.

— Je suis tout à fait d'accord.

— Bien.

Il se rassied à la table et me fait signe de prendre place.

— Je t'en prie.

Je m'installe sans exprimer la moindre émotion.

— Alors, la taupe est en place ?

Novak hoche la tête avec son éternel sourire satisfait.

— Elle est en train de rejoindre le complexe d'Esguerra au moment où nous parlons.

Mon pouls s'accélère. L'heure et la date de son arrivée – c'est déjà une information que je peux utiliser.

— Félicitations. C'est une grande réussite, dis-je d'un ton posé.

Novak accepte volontiers le compliment.

— Merci. Ça nous a demandé beaucoup de travail, mais j'ai réussi.

— Alors, parlez-moi d'elle, de ce mystérieux atout, lui dis-je.

Ses doigts pâles tambourinent sur la table pendant de longues secondes, puis il me demande :

— Es-tu familier avec la structure financière de l'organisation d'Esguerra ?

Je le regarde fixement.

— Non. Pas particulièrement. J'étais son consultant en sécurité, pas son conseiller financier.

Je ne m'attendais pas à ce que Novak aborde ce sujet. La taupe peut-elle avoir un rapport avec le gestionnaire de portefeuille d'Esguerra ? Je sais que ce type habite quelque part à Chicago, mais je ne vois pas…

— Alors tu ne sais pas que, d'un point de vue légal et pratique, la femme d'Esguerra est son associée d'affaires et doit hériter de sa fortune s'il venait à mourir ?

— Non, mais ça ne me surprend pas, dis-je lentement.

Même à l'époque, quand je travaillais toujours pour Esguerra, Nora, l'Américaine qu'il avait enlevée et épousée, faisait preuve d'une aptitude exceptionnelle pour gérer les affaires de son mari.

Novak sourit de nouveau et ouvre le classeur qui se trouve devant lui.

— Oui. Cette jeune Madame Esguerra, c'est quelque chose, n'est-ce pas ? Elle était major de sa promotion à Stanford.

Il sort une photo, qu'il pose devant moi. On y voit Nora, en toge ample, qui reçoit le diplôme que lui remet un agent officiel de son université. Son visage souriant apparaît de profil, car elle regarde ailleurs, mais malgré l'angle de la photo il est évident qu'elle est folle de joie.

— De quand date-t-elle ? je demande, perplexe.

Si les hommes de Novak étaient suffisamment proches pour prendre cette photo, ils ne devaient pas non plus être loin d'Esguerra.

Le trafiquant d'armes colombien ne perdrait pas sa femme de vue pendant plus d'une minute.

— Il y a deux mois, lors de la cérémonie de printemps des remises de diplômes, répond Novak. Elle est jolie, n'est-ce pas ? Si frêle, et pourtant si forte…

Sa voix est plus douce qu'à l'accoutumée quand il prononce cette phrase. Il récupère la photo d'un geste presque caressant avant de la ranger dans le classeur. Je hausse les sourcils en attendant de savoir où cette conversation nous conduira. Est-ce qu'il en pince pour le petit brin de femme qu'a épousé Esguerra ?

C'est curieux, mais après tout, on a déjà vu plus fantaisiste.

Il referme le dossier et lève les yeux vers moi.

— Je sais ce que tu penses, dit-il. Pourquoi je ne l'ai pas fait supprimer directement là-bas, lors de cette cérémonie ? Pourquoi prendre la peine de te contacter alors que j'aurais pu tenter le coup par moi-même ?

Je penche la tête.

— J'avoue que cette question m'a effleuré l'esprit, mais je suppose que la sécurité d'Esguerra était plus renforcée que ne l'indique cette photo en votre possession.

Novak pince les lèvres et esquisse un autre sourire.

— Tu as raison, la sécurité était impressionnante. Et pourtant, si je l'avais vraiment souhaité, j'aurais pu tenter quelque chose. J'aurais subi de lourdes pertes, mais j'avais une petite chance de réussir.

— Mais vous ne vouliez pas prendre un tel risque ?

— Oh, je l'aurais risqué… si seule la mort d'Esguerra comptait pour moi.

Enfin, nous en venions au cœur du sujet.

— Vous la voulez, elle aussi.

Je désigne le classeur d'un mouvement de tête.

— Ça fait partie du deal ?

Le regard clair de Novak se durcit.

— Oui… mais pas comme tu le penses. Vois-tu, Nora Esguerra n'est pas qu'un joli minois – elle détient les clés du royaume d'Esguerra. Si je le tue, c'est elle qui reprendra les rênes, et j'aurai un nouvel ennemi à affronter. Un ennemi avec des ressources pratiquement illimitées et des griefs très personnels contre moi.

Voilà qui devient intéressant.

— Alors, vous voulez qu'ils soient liquidés tous les deux ?

— C'était mon projet initial, mais finalement, non. Vois-tu, Esguerra est intelligent, bien plus que la plupart des gens dans notre métier. Tous les titres qu'il possède sont parfaitement légaux et tout est enfoui sous des couches et des couches de sociétés-écrans. Si les deux Esguerra sont tués, il me faudra des années pour démêler ce nœud de vipères, et alors même que je me serai débarrassé d'un rival, je n'aurai pas accès à ce que je désire vraiment.

— Les parts de ses entreprises.

— Oui. C'est tout à fait ça, dit-il en se penchant vers moi. Je ne cherche pas uniquement à ce qu'Esguerra disparaisse, je veux ce qu'il possède… y compris sa femme.

J'incline la tête.

— Alors, vous voulez faire tuer Julian Esguerra, mais faire enlever sa femme ?

— Oui, et pas uniquement sa femme, ajoute-t-il avec un sourire glaçant. Vois-tu, elle m'est inutile sans un moyen de pression.

— Un moyen de pression ? Comme un membre de sa famille, par exemple ?

— Oui, précisément. Et pas n'importe quel membre de sa famille. J'ai besoin de quelqu'un qu'elle serait prête à tout pour protéger… quitte à accepter le tueur de son mari.

Mon visage demeure impassible, mais mon sang ne fait qu'un tour. Est-ce une allusion subtile à ma propre obsession pour Sara ? Si tel est le cas, je le tuerai sur-le-champ. Tant pis pour ses gorilles. S'il ose la menacer, je l'écorcherai vif et…

— Vois-tu, reprend Novak sans se douter de la colère qui monte en moi. J'ai besoin de Nora et elle doit être entièrement soumise à mon contrôle. J'ai envisagé d'utiliser ses parents dans ce but, mais ça ne suffirait peut-être pas. Après tout, ce sont plutôt les parents qui se sacrifient pour leurs enfants, pas l'inverse.

Je suspends mes pensées meurtrières.

— Dans ce cas, à quoi pensez-vous ?

En fin de compte, il ne parle peut-être pas de Sara. En tout cas, il n'a pas intérêt. Partant du principe qu'il n'est pas assez stupide pour me menacer indirectement, je décide de prendre ses paroles au pied de la lettre et je dis :

— À ce que je sache, à part ses parents, Nora n'a pas…

— Oui, exactement. C'est ce que tu crois savoir.

Novak s'adosse dans son siège. De toute évidence, sa supériorité dans notre conversation l'amuse beaucoup.

— Toi, ainsi que le reste du monde, à l'exception de quelques personnes seulement.

Je le regarde fixement, jonglant avec mes pensées.

— Votre taupe, dis-je lentement. Le délai de huit mois… Êtes-vous en train de dire qu'Esguerra a un…

— Enfant ? Oui.

Son visage neutre s'anime et il ajoute :

— Une fille, pour être exact. Elle est née mardi dernier en Suisse, avec deux semaines d'avance. Elizabeth Esguerra – Lizzie, par son diminutif. Joli prénom, n'est-ce pas ?

— Oui, très… je parviens à dire.

Mon cœur menace de bondir hors de ma cage thoracique et, sous la table, je serre les poings.

Un bébé. Un putain de nouveau-né. Voilà quel est son plan, son atout. Il a raison, ce serait le moyen parfait de contrôler Nora. Une mère ferait tout pour son enfant. Elle abandonnerait un empire et sa propre vie s'il le fallait.

Ça ne devrait pas avoir la moindre importance à mes yeux – Esguerra n'est pas mon ami –, mais pour une raison quelconque, l'implication d'un nourrisson donne au plan de Novak un aspect plutôt glauque.

Je me réjouis d'avoir eu l'intention de trahir ce fils de pute dès le début.

Mais, un instant… Il a précisé que son atout serait en mesure de l'aider dans la manœuvre. Ça signifie donc qu'il ne s'agit pas de l'enfant. Cependant…

— C'est une nounou ? je demande d'une voix monocorde. Votre taupe est liée à l'enfant, n'est-ce pas ?

Novak hoche la tête tout en crispant les doigts sur la table devant lui.

— Oui, mais ce n'est pas une nounou, dit-il d'un air plus détendu. C'est une pédiatre, chaudement recommandée par les médecins de la clinique suisse qu'Esguerra porte en si haute estime.

Bien sûr. Je soupçonnais déjà Novak d'avoir des liens avec cet établissement.

— Vous avez soudoyé le personnel de la clinique ?

— J'ai essayé, mais malheureusement, non, dit-il en soupirant. Ils ont si peur de leurs patients qu'ils sont pratiquement incorruptibles. J'ai dû pirater leur système informatique.

— Je vois.

À présent, tout devient clair dans mon esprit.

— C'est ce qui vous a permis d'apprendre la grossesse de Nora dès le début.

— Esguerra l'a emmenée consulter quand elle n'a pas eu ses règles, dit-il en acquiesçant. Et dès qu'ils l'ont appris, je l'ai su – et je t'ai contacté.

Je réprime l'envie de bondir par-dessus la table pour lui briser le cou. C'est peut-être parce que je connais Nora, ou parce qu'en ce qui concerne les nouveau-nés, j'imagine mon fils à cet âge-là, toujours est-il que la perspective d'utiliser un nourrisson me rend malade.

Je déclare d'une voix impassible :

— Donc vous voulez que je tue Esguerra, que j'enlève Nora et son bébé, et que je vous les amène. De cette manière, vous éliminez votre principal rival et vous prenez le contrôle sur ses biens d'un seul et même coup.

Novak affiche un sourire tout en dents.

— Exactement.

— C'est très malin, dis-je en distillant un brin d'admiration dans ma voix. Si vous vous contentiez d'enlever Nora et l'enfant pour contrôler Esguerra, il trouverait un moyen de vous berner et réussirait à les récupérer – il l'a déjà fait par le passé. Mais sa femme – sa veuve, devrais-je dire – sera plus facile à appréhender, surtout avec un bébé pour garder la mainmise sur elle. Avez-vous l'intention d'officialiser cette union ?

— Oui, évidemment. Le mariage est le moyen le plus sûr de résoudre ces petits soucis de propriété. Et j'adopterai aussi la fille.

— Vous l'élèverez comme la vôtre ?

— Plus ou moins, fait-il en haussant les épaules. Les autres enfants que j'aurai avec Nora auront bien évidemment la priorité, mais tant que sa mère se comporte convenablement, je n'ai aucune intention de faire du mal à l'enfant.

— C'est très généreux de votre part.

Soit il ne perçoit pas le sarcasme dans ma voix, soit il choisit de l'ignorer.

— Oui. Je crois que tout le monde en profitera sur le long terme – et toi aussi. Cent millions, voilà qui t'aidera à mener ta petite vendetta personnelle.

Je ne suis pas étonné le moins du monde qu'il soit au courant.

— Oui, en effet, dis-je sans ciller.

— Bien. As-tu déjà une idée pour accéder au complexe d'Esguerra ?

— Oui, dis-je en le regardant droit dans les yeux. Je vais contacter Lucas Kent et lui demander de me conduire jusqu'à Esguerra. Je vais lui dire que je souhaite enterrer la hache de guerre – et que je suis prêt à révéler l'identité d'un traître pour le lui prouver.

CHAPITRE 28
SARA

Une fois de plus, je ne ferme pas l'œil de la nuit. Au petit matin, je suis épuisée et je me traîne jusqu'à la cuisine pour me faire un café. Si je devais aller travailler, je crois que je me ferais porter pâle. Pourtant, aujourd'hui, c'est une journée extrêmement rare.

Un samedi sans rien au programme.

Avant, à l'époque pré-MP (Mot de Peter), je me serais rendue à la clinique pendant quelques heures, histoire de me rendre utile, ou bien j'aurais fait une surprise à mes parents en passant prendre le petit déjeuner avec eux. Or nous sommes maintenant en période post-MP, et entre le manque de sommeil et l'attente angoissée permanente, je ne parviens qu'à me laisser tomber sur le canapé devant une émission de cuisine.

J'en regarde beaucoup ces derniers temps. Ça me fait penser à Peter.

Comme toujours, quand je pense à lui, mon esprit est en ébullition. Ça fait maintenant huit mois qu'il m'a ramenée à la maison – huit mois pendant lesquels les seules nouvelles que j'ai reçues de sa part se résument à ce petit mot. Deux mois plus tôt, en période pré-MP, j'étais presque convaincue que son obsession lui avait passé et qu'en dépit de sa promesse, il ne reviendrait peut-être plus. Mais à présent, je ne sais pas quoi penser.

S'il veut toujours de moi, pourquoi suis-je encore ici ?

Qu'est-ce qu'il attend ?

Maman est complètement guérie maintenant – ou du moins, aussi guérie qu'elle peut l'être. Son bras gauche est encore faible, mais elle est capable de bouger les doigts et elle peut se servir de sa main pour attraper des objets légers – une prouesse bien meilleure que les pronostics initiaux. Elle marche sans aucune aide et, depuis que la météo le permet, elle s'affaire au jardin. Papa est aux anges et ils attendent avec impatience leur anniversaire de mariage au mois de septembre pour partir en croisière – un cadeau que j'ai enfin pu leur offrir.

Depuis la convalescence de maman, et maintenant que l'euphorie de mon retour est retombée, mes visites quotidiennes sont devenues hebdomadaires. Mes parents sont toujours heureux de me voir, naturellement, mais ils aiment aussi leur indépendance. Mon père, en particulier, s'enorgueillit d'être très autonome et je ne veux pas le priver de sa solitude en les surveillant constamment comme une nourrice trop présente.

Mes parents m'aiment, mais ils n'ont pas besoin de moi autant que je le croyais autrefois – du moins, c'est ce dont je me persuade pour apaiser la culpabilité qui accompagne inexorablement ma nostalgie de Peter.

Mon souhait pervers, c'est qu'il vienne me chercher.

J'y ai si souvent pensé que je peux visualiser la scène comme un film dans ma tête. Je rentrerai chez moi un jour, et il sera là, grand et menaçant, plus dangereux et beau que jamais. Il sera là malgré les patrouilles de police à l'extérieur, malgré toutes les précautions des fédéraux.

Il sera là pour m'enlever, et tout ce que je dirai n'y changera rien.

C'est probablement ce dont j'ai le plus honte dans tous ces fantasmes : je n'ai pas le choix… et ça me plaît. J'ai envie que Peter m'enlève, qu'il vienne me prendre sans tenir compte de mes objections. Ce n'est que de cette manière que je serai capable de vivre en me disant que j'ai brusquement disparu de la vie des gens qui m'aiment et qui ont besoin de moi, que j'ai abandonné ma famille, mes patientes, les membres de mon groupe et tous mes amis.

Il faut que Peter soit un homme méchant afin que je puisse être quelque de bien.

Je dois le détester afin de l'aimer.

Je commence à comprendre cette contradiction en moi et à accepter la perversité qu'est la mienne, mais ce que je ne conçois pas, c'est que je sois encore ici s'il me désire toujours. Comme il ne peut plus être question de mes parents, il y a forcément autre chose – quelque chose que j'ignore.

Je me suis creusé la tête, mais la seule chose qui me vient, c'est une parole qu'il a dite alors que nous nous séparions. Je lui ai demandé si je resterais chez moi jusqu'à ce que ma mère guérisse, et il m'a répondu qu'il devait d'abord terminer quelque chose. Il ne m'a pas révélé ce dont il s'agissait ni combien de temps cela durerait. Seule sa vengeance me paraît suffisamment importante à ses yeux, mais j'ignore pourquoi cela nous empêche d'être ensemble.

Il traquait Henderson quand nous étions tous les deux, et d'après le FBI, c'est le but qu'il s'évertue à poursuivre.

Il y a deux mois, alors que je venais de recevoir le mot de Peter, Ryson m'a de nouveau convoquée dans les bureaux du centre-ville. J'ai failli faire une crise de panique en me disant que les fédéraux avaient appris l'existence du message, mais Ryson voulait simplement me poser quelques questions parce que Peter et ses hommes avaient encore frappé et « interrogé » cinq autres citoyens américains pour chercher à découvrir où se cachait Henderson.

— Ils habitaient tous à Charleston, en Caroline du Sud, m'a expliqué Ryson. Une fois de plus, Sokolov a réussi à entrer et à sortir du pays sans se faire repérer. Nous devons savoir comment il fait pour pouvoir l'empêcher de semer le chaos dans la vie de ces pauvres gens.

— Je suis désolée, je n'en ai aucune idée, ai-je dit en toute sincérité.

Peter ne parlait pas souvent de ses relations ni des astuces qui lui permettaient de réaliser ses exploits. Même si je me sens mal pour tous ceux qu'il a terrorisés et torturés, je n'ai absolument rien à dire aux fédéraux.

Si tant est que je souhaite les aider, évidemment. Certes, si Peter était incapable d'entrer aux États-Unis, il ne pourrait pas nuire à qui que ce soit sur notre sol, mais il ne pourrait pas non plus venir me chercher. Mon côté contradictoire et pervers – celui qui m'empêche de trouver le sommeil et songe à ce mot avec un mélange de joie et d'excitation – ne supporte pas cette possibilité.

J'ai besoin de lui.

Il me manque tellement que ça me fait mal.

Avant ce mot, j'étais capable de refouler ma douleur, d'être forte en me persuadant que c'était terminé, mais recevoir des nouvelles de Peter – savoir qu'il compte revenir – a ébranlé mes nouvelles défenses trop fragiles et j'ai replongé dans cette attente interminable.

— Reviens, je murmure en serrant un oreiller contre ma poitrine tout en regardant l'écran de télé. S'il te plaît, Peter, j'ai besoin de toi. Viens me chercher et ramène-moi à la maison.

CHAPITRE 29
PETER

—Tu, *quoi* ?

Yan me dévisage comme s'il m'avait poussé une paire de tentacules.

— J'ai contacté Lucas Kent pour organiser un rendez-vous avec Esguerra… je répète tout en remuant la sauce des pâtes. Donne-moi le basilic, tu veux bien ?

Comme Yan ne bouge pas, Ilya pousse vers moi le basilic haché, sans un mot. J'en saupoudre généreusement la sauce. Ce soir, je cuisine italien – un plat que mes hommes aiment modérément, mais dont Sara raffolait.

Pour toi, ptichka. Comme ça, j'ai l'impression que tu es avec moi.

C'est une habitude que j'ai prise cette semaine, je lui parle dans ma tête. Ce n'est sans doute pas très sain, mais je me sens plus proche d'elle, comme si elle était ici et non de l'autre côté de l'océan.

Peut-être est-ce la certitude de la revoir bientôt, mais elle me manque encore plus que d'habitude. Chaque jour sans elle est une satanée torture.

— Je croyais que tu voulais tuer Kent, observe Yan en fronçant les sourcils. À cause de l'accident de Sara.

— Et j'en ai toujours l'intention, mais pas cette fois.

Je plonge une longue cuillère dans la sauce et la goûte avant d'y ajouter une pincée de sel.

— J'ai besoin qu'il me fasse entrer dans le complexe d'Esguerra.

Anton vient se camper à côté de Yan.

— Alors, quel est le plan ? Tu veux que Kent te livre Esguerra sur un plateau d'argent ? Tu te rappelles que ce type a juré de te tuer, n'est-ce pas ?

Je le toise du regard.

— Il ne me tuera pas s'il veut connaître le nom de la taupe de Novak.

— Ah, fait Yan en comprenant. Alors, tu comptes faire semblant de trahir Novak pour avoir accès au complexe d'Esguerra.

— Précisément.

Et ensuite, je le trahirai vraiment, je pense sans le dire à haute voix. J'ai beau faire confiance à mes hommes, je dois partir du principe que Novak a des yeux et des oreilles sur nous en permanence. C'est hautement improbable étant donné la sécurité de notre planque, mais je ne peux pas me permettre ce risque.

J'ai déjà eu bien assez de mal à convaincre le Serbe du bien-fondé de mon plan.

— Tu veux faire quoi ? s'est-il exclamé en se levant, manquant de renverser la table dans son élan quand je lui ai fait part de mes intentions au café.

En un instant, ses sbires ont surgi de leur cachette dans l'arrière-salle, dressant un mur humain autour de lui, leurs M16 braqués sur moi.

— Instaurer la confiance, hein ? ai-je lancé sur un ton goguenard.

Novak m'a jeté un regard noir avant de leur ordonner de s'écarter.

Je me suis rassis et j'ai attendu qu'il en fasse de même avant de lui expliquer les tenants et aboutissants de mon plan. Il a fallu un certain temps, mais il a fini par comprendre pourquoi c'était la seule option… pourquoi, malgré l'atout dont il disposait sur place, il ne parviendrait jamais à pénétrer de force dans le complexe d'Esguerra.

— Même si votre pédiatre est un petit prodige des technologies capable de désactiver les drones et les barrières électriques qui protègent le complexe, nous serons toujours confrontés aux tours de guet. Ce qui ne serait pas un problème pour mon équipe, si ce n'est qu'Esguerra dispose de générateurs et de drones de rechange qui s'enclencheraient dès l'instant où les autres seraient hors service. Et pendant qu'on se chargerait des drones qui nous tireraient dessus, les renforts d'Esguerra – il y a plus d'une centaine de gardes – apparaîtraient pour nous abattre en un rien de temps. Le seul moyen de les franchir serait d'avoir une force supérieure – mettons deux cents mercenaires –, mais un groupe de cette taille ne pourrait jamais s'approcher du complexe sans se faire repérer. On ne pourrait même pas poser le pied en Colombie sans qu'Esguerra entende parler de nous et nous intercepte bien avant qu'on passe à l'attaque.

— Alors, tu as l'intention de sacrifier ma taupe pour gagner la confiance d'Esguerra ? a demandé Novak d'un air suspicieux.

J'ai hoché la tête, non sans préciser qu'une fois à l'intérieur, ce ne serait pas difficile d'approcher Nora – et une fois que je l'aurai prise en otage, j'aurai un moyen de pression contre Esguerra.

Il donnera sa vie pour la sauver.

— Mes hommes attendront hors du complexe. Une fois que j'aurai Nora et le bébé, je désactiverai moi-même les défenses du périmètre et je profiterai de la confusion suscitée par la mort d'Esguerra pour m'échapper, ai-je expliqué à Novak. Ce ne sera pas facile, mais c'est notre seule chance.

La sauce des pâtes est enfin prête et nous prenons place pour le dîner. J'entreprends alors de leur exposer le même plan.

— C'est impossible, bordel ! s'exclame Anton une fois que j'ai terminé. Otages ou pas, tu ne pourras jamais sortir vivant de ce complexe. C'est d'une mission suicide que tu parles.

— Pas forcément, objecte Yan d'une voix plus douce.

Il enroule des pâtes autour de sa fourchette. Ses yeux verts luisent d'une étrange lueur.

— Esguerra a une faiblesse maintenant : sa femme et sa fille. Et nous allons nous en servir. N'est-ce pas ?

— Oui, tout à fait, dis-je avant de me promettre de garder un œil sur Yan pendant cette mission.

L'équilibre est tellement instable que le plus infime imprévu – comme la trahison de l'un des miens – pourrait tout faire capoter.

CHAPITRE 30
PETER

La réponse de Lucas Kent est presque immédiate. Il accepte de me rencontrer, ce qui est déjà un premier pas vers Esguerra.

Il me propose le nouveau restaurant de sa femme à Londres comme point de rendez-vous. Ce n'est pas un terrain neutre, mais j'accepte. Je sais ce qu'il pense : que c'est peut-être un leurre pour le coincer et le punir, lui et sa femme, d'avoir échoué à protéger Sara.

En d'autres circonstances, il aurait eu raison. L'image de ma ptichka dans cet hôpital, son visage délicat livide et tuméfié, hante toujours mes cauchemars. Un jour, Kent paiera pour l'évasion qui a entraîné cet accident, mais pour l'heure, j'ai besoin de lui.

C'est ma meilleure chance d'atteindre Esguerra.

Bien sûr, au cas où il refuse, j'ai un plan de repli. Je connais l'adresse email de Nora pour avoir communiqué avec elle par le passé au sujet de ma liste. Cela dit, Esguerra n'est pas vraiment raisonnable en ce qui concerne sa petite femme et il pourrait mal le prendre si je renouais le contact avec elle après toutes ces années.

Mieux vaut passer par Kent – le cas échéant, Esguerra sera peut-être plus enclin à m'écouter.

———————

Je n'aperçois nulle part la femme de Kent, la belle Yulia, quand j'entre dans le restaurant haut de gamme. Je rejoins une banquette dans le coin, où la tête blonde de Kent dépasse du dossier.

Il se lève pour m'accueillir et tend la main d'un air méfiant.

— Sokolov.

Je lui serre la main, exerçant une pression à peine exagérée autour de ses doigts.

— Kent.

Il plisse les yeux, mais il me lâche la main sans insister.

— Je ne m'attendais pas à avoir de tes nouvelles, dit-il alors que nous nous asseyons et ouvrons les menus. Comment va ta Sara en ce moment ?

— Qui ? Oh, ça…

Je fais signe au serveur et lui demande de m'apporter une bouteille de Guinness sans l'ouvrir, avec un décapsuleur. Kent commande une tasse d'Earl Grey. J'attends que le serveur s'en aille avant de dire à Kent :

— Je ne sais pas comment elle va. Je l'ai laissé partir l'an dernier et, depuis, je ne l'ai pas revue.

Il arque un sourcil.

— Vraiment ?

— Que veux-tu que je te dise ? fais-je en haussant les épaules. Le temps était venu.

— Bon.

Il ne semble pas me croire, mais il reporte son attention sur le menu et l'étudie avant de lever les yeux.

— Tu sais ce que tu veux ?

— Je n'ai pas faim, merci.

Étant donné ce qui s'est passé avec Sara et ce que je m'apprête à lui dire, je ne fais plus confiance à Kent ni à la nourriture servie dans le restaurant de sa femme.

Il me sourit et dit sèchement :

— Je vois.

Refermant le menu, il attend que le serveur nous apporte nos boissons à table, puis il demande :

— Pourquoi veux-tu rencontrer Esguerra ? Il ne t'a toujours pas pardonné l'incident avec Nora, tu sais.

— Oui, j'en suis conscient.

J'ai utilisé sa femme comme appât, permettant qu'elle se fasse kidnapper afin de découvrir où se trouvait le groupe terroriste qui le détenait. À l'époque, je savais qu'il m'en voudrait d'avoir impliqué Nora, mais pour moi sa colère n'avait aucun sens – après tout, c'était le seul moyen de lui sauver la vie.

Pourtant, aujourd'hui, je comprends mieux sa réaction. Si quelqu'un mettait Sara en danger, je n'écouterais pas le raisonnement exposé pour justifier cet acte.

Ma vie contre la sienne ne serait jamais un marché acceptable.

— J'ai reçu une offre très lucrative, dis-je à Kent en décapsulant ma Guinness. Et j'ai appris quelques informations qui pourraient intéresser Esguerra.

Kent fronce les sourcils en prenant sa tasse de thé.

— Oh ? Et quelles sont ces informations ?

— Il y a un traître dans son complexe, dis-je avant de boire une longue gorgée sous le regard sombre de Kent. Un traître qui est censé m'aider dans ma mission.

Kent repose sa tasse.

— Quelqu'un t'a engagé pour supprimer Esguerra ?

Comme j'acquiesce, il demande d'un ton sec :

— Qui ?

J'ouvre la bouche pour le lui dire, mais il tire tout seul les conclusions qui s'imposent.

— Novak, lâche-t-il en repoussant sa tasse.

Sa mâchoire se contracte violemment.

— Bien sûr. Quel autre connard oserait un tel coup ?

Je bois une autre gorgée de bière.

— Son offre s'élève à cent millions d'euros, mais je suis prêt à accepter l'équivalent de la part d'Esguerra – si tu m'emmènes en Colombie pour lui parler. Je veux passer l'éponge. Et empocher cent millions d'euros au passage… précisé-je de peur qu'il pense que je cherche seulement à faire la paix.

Kent me regarde fixement en plissant les paupières.

— Tu sais qu'il n'acceptera peut-être pas, n'est-ce pas ? Maintenant que nous savons qu'il y a un traître, nous devinerons de qui il s'agit. Ce n'est qu'une question de temps.

— Bien sûr. Mais le temps, c'est primordial – surtout quand un nouveau-né vulnérable est dans la balance.

Le visage de Kent devient glacial.

— Putain, mais pourquoi tu me parles d'un nouveau-né ? fait-il d'une voix trop douce pour être fiable. Parce que si tu essaies de sous-entendre que…

— Que Lizzie est en danger ? Je ne le sous-entends pas, je l'affirme. Novak sait tout sur le nouveau membre de la famille Esguerra, et il a des projets pour elle.

Je prends un risque en révélant tout cela, mais je ne peux pas me permettre de tourner autour du pot.

Je dois parler à Esguerra.

Mon avenir avec Sara en dépend.

Le serveur s'approche pour prendre notre commande, mais Kent le chasse d'un geste de la main.

— Et si Esguerra te transfère les cent millions ? demande-t-il en reprenant son thé. Cent millions pour un nom, sans que tu prennes le moindre risque.

— Hors de question, dis-je avant de terminer ma bière. Je n'ai pas envie de passer le reste de ma vie à avoir peur de mon ombre, à attendre qu'Esguerra se venge. Soit il me reçoit en personne, soit j'accepte le boulot. À lui de décider.

Je me lève et sors du restaurant. Les délicieux effluves qui s'échappent de la cuisine font gronder mon estomac.

Si tout se passe bien, j'y mangerai un jour… avec Sara à mon bras.

CHAPITRE 31
PETER

Je n'attends pas longtemps avant de recevoir la réponse d'Esguerra. Son email se trouve dans ma boîte de réception dès que je rentre à l'hôtel.

Ce soir sept heures, annonce le message. *Lucas passera te chercher.*

C'est dans une demi-heure. Je préviens aussitôt mes hommes et m'apprête à sortir.

Kent arrive à mon hôtel à sept heures précises. Je ne suis pas étonné qu'il sache où je séjourne. J'ai su que j'étais suivi dès l'instant où j'ai quitté le restaurant.

On dirait que le visage de Kent est taillé dans le granite.
— Pas d'armes, déclare-t-il.

Je lève alors les bras et me laisse fouiller de la tête aux pieds.

Il découvre le couteau dans ma botte, les deux couteaux dans mes poches, et le petit revolver glissé dans la poche intérieure de ma veste en cuir. Cependant, il ne remarque pas la lame de rasoir dans l'ourlet de mon jean ni la longueur de câble cousue dans le col de ma veste.

Avec le Camp Larko, j'ai été à bonne école.

— Allons-y, dit-il après s'être assuré que je ne présentais aucune menace.

Je le suis hors de l'hôtel et nous montons dans une limousine blindée.

Le trajet jusqu'à l'aéroport se déroule en silence. Je m'attends à ce que Kent me dépose dans l'avion privé d'Esguerra et s'en aille, pourtant il m'accompagne.

— C'est toi qui pilotes ? je demande.

Il me répond avec un bref hochement de tête.

— Esguerra a exigé que je te conduise moi-même auprès de lui.

Il n'a pas l'air ravi et je souris en prenant place dans la cabine, sur le divan en cuir couleur crème. Que Kent soit furieux de bouleverser son planning est un avantage en ma faveur.

Je ne peux pas encore le tuer pour avoir permis que Sara ait un accident, mais je peux toujours me réjouir de voir ses projets tomber à l'eau.

———————

Je passe une partie des onze heures de vol à faire la sieste et à échanger des emails avec mon équipe. Eux aussi sont en chemin pour la Colombie. Ils m'attendront devant le complexe, conformément au plan établi avec Novak. Si tout se passe bien, je n'aurai pas besoin d'eux, mais si les choses tournent mal, ils pourraient m'aider à m'enfuir.

Si tant est que je sois encore en vie, s'entend.

La gigantesque propriété d'Esguerra s'étend au sud-est de la Colombie, à la lisière de la forêt tropicale d'Amazonie. Il fait nuit quand nous atterrissons sur le tarmac à l'intérieur du complexe. L'air humide est chaud et lourd lorsque nous descendons.

Je reconnais le chauffeur de la voiture qui nous attend. C'était un garde ici, quand j'étais au service d'Esguerra.

— Salut, Diego, dis-je en le saluant.

Il sourit, dévoilant ses dents blanches.

— Sokolov. Je n'aurais jamais cru te revoir un jour, vieux.

Son accent espagnol n'est plus aussi prononcé que dans mes souvenirs, mais on le distingue nettement.

— Qu'est-ce que tu deviens ? demande-t-il avant de remarquer l'homme blond à côté de moi. Salut, Lucas. Où est Yu…

— Roule, réplique sèchement Kent en entrant dans la voiture.

Je le suis. Apparemment, les mondanités ne sont pas au programme. Bon, d'accord.

Au lieu de nous conduire jusqu'au manoir où résident Esguerra et sa femme, Diego nous emmène vers un abri à l'extrême limite du complexe. Je reconnais cet endroit – c'est là où j'aidais autrefois Esguerra à interroger ses ennemis – et, malgré moi, un frisson me parcourt.

Rien n'empêche le trafiquant d'armes colombien de me ligoter pour m'extorquer le nom du traître par la torture.

Si ce n'est qu'Esguerra me connaît – et, avec un peu de chance, il sait que je ne craque pas facilement.

Il sort de l'abri au moment où Kent et moi émergeons de la voiture. Lorsque les phares illuminent son visage, je constate qu'il n'a rien perdu de son physique de star de cinéma, en dépit de l'œil artificiel qui remplace celui que ses ennemis lui ont arraché. Je ne l'ai pas revu depuis cette époque – comme je savais qu'il était mécontent de ma méthode de sauvetage, je suis parti avant qu'il puisse me tuer –, mais il est comme dans mes souvenirs.

Toujours aussi dangereux et dénué de la moindre empathie… sauf en ce qui concerne sa femme.

Et maintenant, sans doute, sa petite fille.

— Tu as des couilles, dit-il d'une voix grave en s'arrêtant devant moi.

Il parle l'anglais des États-Unis, sans accent espagnol. Je crois me rappeler que sa mère est américaine – un mannequin, il me semble.

— Je voulais te parler dans un endroit sûr, dis-je en soutenant sans sourciller son regard bleu perçant.

Je n'ai pas peur, mais j'ai peut-être tort. Julian Esguerra est l'un des hommes les plus cruels que je connaisse, un vrai sadique. Je l'ai déjà vu dépecer des hommes vivants avec un plaisir non dissimulé, et je me suis souvent demandé comment sa jeune épouse supportait cet aspect de sa personnalité.

Il l'aime, mais je doute fort qu'il l'épargne.

— Pourquoi ? demande-t-il de cette voix dangereusement désinvolte. Pourquoi souhaitais-tu venir ici ?

— Parce que je veux passer un marché avec toi, dis-je calmement tandis que Kent rejoint Esguerra. Et je suis certain qu'ici, Novak ne peut ni nous voir ni nous entendre.

Tout en parlant, je prends conscience que Diego est toujours assis dans la voiture et que le moteur tourne encore – sans doute pour faire assez de bruit et couvrir notre conversation.

Il semblerait que Kent soit la seule personne en qui mon ancien employeur ait parfaitement confiance.

— Tu crois que Novak ignore que tu as contacté Lucas ? demande Esguerra, la bouche tordue en un rictus moqueur. Que dès l'instant où mon avion a décollé avec toi à son bord, il n'en a pas été informé ?

— Oh, si, dis-je avec un sourire froid. En fait, il connaît mon plan depuis le début.

Kent et Esguerra restent de marbre, mais je perçois leur surprise.

— Il savait que tu allais le trahir ? demande Kent en fronçant les sourcils.

— Oui. Je le lui ai dit dès qu'il m'a donné le nom de sa taupe.

Esguerra contracte le muscle de sa mâchoire.

— Tu lui as dit que tu allais le trahir.

— Pas exactement. Je lui ai dit que j'allais faire semblant de le trahir afin d'accéder à ton complexe. Il est au courant pour le marché que j'ai évoqué avec Kent : la paix avec toi et cent millions d'euros contre le nom de la taupe de Novak.

Le front de Kent se plisse, mais Esguerra penche la tête pour me dévisager plus attentivement.

— Le marché que tu as évoqué avec Kent, dit-il lentement. Et je présume qu'il ne s'agit pas du véritable marché que tu souhaites conclure.

— Tout juste.

Je prends conscience de la tension douloureuse à laquelle mon cou et mes épaules sont soumis et je m'efforce de me détendre.

— En tout cas, ce n'est pas l'intégralité du marché.

Esguerra croise les bras sur son torse.

— Et peut-on savoir quel serait le marché dans son intégralité ?

— Je te donne la taupe de Novak … et je te livre Novak en personne, pour que tu n'aies plus jamais à te soucier de lui.

Esguerra plisse les paupières.

— En échange de quoi ?

— La paix, les cent millions que je viens de mentionner… et une autre petite chose.

— Quelle chose ? demande Kent sans masquer sa curiosité.

— L'amnistie, dis-je, mon regard alternant entre le trafiquant d'armes colombien et son associé. Je veux l'amnistie internationale pour les crimes dont on m'accuse, ainsi que l'immunité contre toute poursuite judiciaire. Je veux être rayé de toutes les listes de criminels recherchés – et je veux que tu me le promettes.

CHAPITRE 32
SARA

*C*ette nuit encore, je rêve de lui. Il vient me chercher comme un fantôme, m'enveloppe dans ses ténèbres et me serre contre son corps tandis que je pleure et me débats pour me libérer. J'ignore si je lutte contre lui ou contre mes propres désirs, mais je ne tarde pas à succomber.

Je me fonds en lui, je laisse ses ténèbres m'entourer, chassant la solitude et la lumière.

Puis, il me possède, s'enfonce en moi avec une ardeur punitive, et je m'abandonne, hurlant son nom tandis que mon corps convulse sous l'effet du plaisir torride, d'une volupté si insoutenable et si exquise qu'elle menace de me désintégrer. Nous faisons l'amour, encore et encore, jusqu'à ce que la fatigue et l'engourdissement me saisissent.

Jusqu'à ce que je n'aie plus rien à donner et qu'il finisse par s'en aller.

Il s'en va parce qu'il ne veut plus de moi.

Parce qu'il s'est lassé.

Quand je me réveille, mon oreiller est baigné de larmes et mon sexe humide palpite de désir. Je sais que le rêve n'était qu'une manifestation de mes craintes, que rien de tout cela n'était réel, mais je me sens anéantie, détruite par le rejet de Peter.

Par le retour de cette atroce solitude qui m'accompagne chaque nuit.

Je me lève et retrouve mon sac à main, d'où je sors le message que Peter m'a laissé. Il commence à s'abîmer sur les bords et je le lisse en l'ouvrant pour relire ses mots, me les répéter sans relâche.

N'oublie pas, ptichka. Tant que nous vivrons.

J'emporte le message avec moi et le glisse sous mon oreiller avant de me rendormir.

Peter va venir. Je dois le croire.

D'une manière ou d'une autre, il reviendra me chercher.

CHAPITRE 33
PETER

Esguerra me dévisage, comme s'il n'en croyait pas ses oreilles, puis il éclate d'un rire bref.

— L'amnistie et l'immunité ? Pour toi ?

À côté de lui, Kent garde le silence, mais je lis dans son regard qu'il a compris.

Il sait de quoi il retourne.

Yulia et lui m'ont vue avec Sara.

— Pour moi et mes hommes, dis-je à Esguerra. Ils ne sont pas aussi populaires auprès des forces de l'ordre, mais ils n'en sont pas moins sur leurs listes noires. Si tu demandes à tes amis de la CIA de nous rayer de ces listes, tu peux oublier Novak pour de bon.

— Vraiment ? dit-il en ricanant. Admettons que je sois capable de réaliser ce miracle, depuis quand ça te dérange d'être poursuivi ?

Kent pourrait répondre, mais à mon soulagement, il tient sa langue lorsque je dis :

— Ça ne te regarde pas. C'est le marché que je te propose. À prendre ou à laisser.

Le visage d'Esguerra a perdu toute trace d'humour.

— Et puis, merde ! Tu vas me dire qui est ce traître, et tu vas me le dire tout de suite.

C'est à mon tour de rire aux éclats.

— Et en échange, tu vas m'accorder une mort rapide et sans douleur ?

Le sourire d'Esguerra est tranchant comme une lame de rasoir.

— C'est le meilleur marché que tu obtiendras de moi. Tu sais que je t'arracherai le nom de la taupe de gré ou de force.

— Je sais que tu vas essayer... et tu pourrais même réussir. Mais ça te coûtera cher.

Il plisse les yeux et demande :

— C'est-à-dire ?

— Bien avant que je prononce son nom, dis-je à mi-voix, mon équipe préviendra la taupe. Ils réussiront peut-être la mission sans moi, peut-être pas, mais c'est un risque que tu prends. Quel âge a Lizzie maintenant ? Huit, dix jours ? Tu ne t'es peut-être pas encore vraiment attaché à elle, mais Novak a aussi des projets pour Nora. De grands projets...

Esguerra me saute dessus sans me laisser terminer ma phrase. Ses traits parfaits sont déformés par un masque de rage. Comme il s'entraîne souvent avec ses gardes, il est rapide et assassin, mais je m'y attendais. Au dernier moment, je pivote et son poing m'effleure la pommette au lieu de s'écraser sur mon nez. Malheureusement, je suis incapable d'éviter son autre poing, et le coup se répercute à travers mon plexus solaire, me coupant la respiration.

Sans entraînement, je serais plié en deux, le souffle court. Mais je sais supporter la douleur. Au lieu de chercher à retrouver l'air que réclament mes poumons, je me ferme aux sensations physiques et je reviens à la charge, lui tombant dessus avec toute une série de coups.

Nos gabarits sont similaires et il est doué – peut-être aussi doué que mes hommes. Pourtant, dans ce corps à corps, j'arrive à garder la tête froide. Chacun de mes coups est calculé pour parer et détourner les siens, alors qu'Esguerra agit par instinct, se laissant guider par la colère.

Si j'esquive la majeure partie de ses tentatives, le peu qui m'atteint ne me laisse pas indemne. Sourd à la douleur, je le roue de coups et, au bout d'une minute, je parviens à le déstabiliser. Mais cet enfoiré ne cède pas. Au lieu d'essayer de se relever, il m'attrape le pied et tire, me faisant basculer sur lui.

À la dernière seconde, je me tourne et mon coude atterrit sur sa cage thoracique. Une douleur lancinante irradie dans mon bras, mais il gémit et je comprends que je lui ai cassé une côte. L'instant d'après, je remarque un éclat lumineux dans ma vision périphérique et je réagis instantanément, lui attrapant le poignet pour tenir à distance la lame qui s'abat sur moi. Il profite que je sois déconcentré pour me décocher un coup de poing au visage, mais je ne quitte pas le couteau des yeux et lui tords le poignet, bien décidé à…

— Ça suffit.

Des mains puissantes me saisissent par-derrière, m'ar-rachant à Esguerra avant que je puisse lui casser le poignet. Les réflexes voudraient que je me défende contre ce nouvel agresseur, mais j'ai la présence d'esprit de me laisser faire.

Tuer Kent ou Esguerra serait contreproductif au vu de mes objectifs.

Esguerra est debout avant que Kent me relâche, mais il ne m'attaque pas. Au lieu de ça, il essuie le sang qui coule de son nez et dit d'une voix gutturale :

— Quels projets, bordel ?

Évidemment. Il veut connaître les détails de la menace qui pèse sur Nora.

— Novak veut se servir d'elle pour mettre la main sur tout ce que tu possèdes, dis-je alors que Kent me libère pour venir se camper à côté de son associé.

Mon visage et mon coude me font un mal de chien, et j'ai un goût de cuivre dans la bouche, mais je n'en fais pas cas.

Étant donné le couteau qu'Esguerra a sorti de nulle part, ça aurait pu être pire.

— Comment ? exige-t-il.

Je constate avec satisfaction que le côté de son visage commence déjà à enfler.

— Putain, comment compte-t-il s'y prendre ?

— En l'épousant. Qu'est-ce que tu crois ?

Je crache le sang accumulé sous ma langue.

— Il a attendu que ta fille naisse pour avoir un moyen de pression infaillible sur Nora. Il les veut toutes les deux, tu sais – ta femme pour lui, et ta fille comme outil pour contrôler ta femme. Qui sera devenue la sienne, mais tu saisis le tableau.

Pendant un moment, je suis persuadé qu'Esguerra va se jeter sur moi, mais cette fois, il se retient. De justesse. Et je ne peux pas lui en vouloir.

Si quelqu'un essayait de me prendre Sara, je lui découperais les couilles en petits morceaux et je les jetterais en pâture à la faune locale.

Je soupçonne fortement Esguerra d'être tenté de m'infliger le même sort et je dis :

— Je peux supprimer Novak, et je peux le faire rapidement. Je sais que tu es capable de lui régler son compte tout seul, mais il te faudra du temps pour le retrouver et contourner sa sécurité – tout comme ça te demandera du temps pour me faire avouer le nom de sa taupe… si tu y arrives. Pendant ce temps, ta femme et ta fille sont en danger. Si mon équipe échoue, Novak trouvera quelqu'un d'autre pour te traquer, un autre moyen d'atteindre Nora et le bébé. J'ai rencontré ce type, rien ne l'arrêtera. Il veut ce que tu as – tout ce que tu as, y compris Nora – et il persévèrera jusqu'à ce que tu le tues. Ou jusqu'à ce que je le fasse pour toi – et je peux le faire avant la fin de la semaine.

Esguerra est vibrant de colère, mais il doit reconnaître la sagesse de mes propos, parce qu'il reste immobile. Seuls ses poings se crispent convulsivement le long de son corps. Je peux sentir sa lutte intérieure, mais il finit par dire d'une voix sèche :

— Cinquante millions. Et je veux Novak vivant.

Mon pouls s'accélère, mais je réponds sur un ton impassible :

— Soixante-quinze. C'est le mieux que je peux faire.

En réalité, j'accepterais pour rien – le bonheur de Sara est la seule chose qui compte à mes yeux –, mais ainsi, je pourrai offrir à mes coéquipiers une compensation pour la dissolution de notre entreprise.

Une fois que je ne serai plus considéré comme un fugitif, nous n'accepterons plus aucune mission.

— Marché conclu, dit Esguerra en serrant les dents. Soixante-quinze millions, et je ferai de mon mieux pour t'assurer l'immunité, à toi et à tes hommes, en échange de Novak et du traître.

— Tu dois nous *obtenir* l'immunité ! je rectifie. Pas d'immunité, pas de marché.

— Vous assassinez dans le monde entier depuis des années. Je ne peux pas garantir…

— Si, c'est possible. Nos crimes ne sont pas pires que ceux que Kent et toi perpétrez tous les jours, dis-je en désignant d'un mouvement de tête l'homme blond qui observe nos tractations en silence. Et pourtant, personne ne vous touche. Fais-le pour nous, Julian. Fais appel à toutes tes relations s'il le faut, et je te livrerai Novak sur un plateau d'argent.

Esguerra me dévisage, les poings tout faits.

— Très bien, dit-il au bout d'un moment, d'une voix sensiblement plus calme. Marché conclu. Maintenant, dis-moi qui est le traître.

Je le jauge rapidement du regard avant de prendre ma décision.

— Conduis-moi à Nora et je te le dirai.

Sa mine se durcit et Kent se crispe à son tour, comme s'il s'apprêtait à le retenir.

— Pourquoi ? fait Esguerra en grinçant des dents. Putain, mais quel est le rapport avec elle ?

— Aucun… mais ça l'intéressera peut-être, dis-je d'un ton posé. Une fois qu'elle sera au courant, je pense qu'elle n'appréciera pas que tu veuilles me tuer malgré l'accord que nous venons de passer.

Ses narines frémissent.

— Tu me traites de menteur ?

— Tu ferais tout pour protéger ta famille, dis-je en haussant les épaules. Comme moi pour la mienne. En tout cas, je n'ai pas oublié que c'est ta femme qui m'a donné ma liste, pas toi. Emmène-moi jusqu'à Nora et je vous dirai ce que je sais. Je t'en donne ma parole.

Les muscles bandés, prêt à me battre, j'attends qu'Esguerra prenne sa décision.

CHAPITRE 34
PETER

Je suis fouillé de la tête aux pieds cinq fois de plus – deux par Kent et Diego, et une dernière fois par Esguerra lui-même. Lors du troisième passage, ils découvrent la lame de rasoir et le câble. À présent, je suis complètement désarmé, si l'on exclut mon corps et ses capacités.

Le trajet jusqu'au manoir d'Esguerra se déroule dans un silence explosif, et je sais qu'il suffirait de la plus infime étincelle pour mettre le feu aux poudres. Mon hôte est plus nerveux que jamais. La violence qui l'habite est sur le point d'éclater.

Un contingent d'une vingtaine de gardes vient à notre rencontre devant le manoir blanc d'architecture coloniale, et nous escorte dans le salon décoré avec goût. Esguerra me laisse avec Kent et ses hommes pour disparaître à l'étage – sans doute va-t-il réveiller sa femme, la jeune mère.

Avec un traître en liberté, il ne pouvait pas attendre jusqu'au matin.

Pendant quelques minutes, je n'entends que la respiration des soldats et les mouvements de leurs corps. Puis le cri d'un bébé transperce le silence. Ce bruit est si puissant, touchant et familier que mon cœur se serre dans ma poitrine.

Pasha hurlait ainsi quand il était encore nourrisson. C'était le cri de la faim – une exigence qui était toujours satisfaite dans les minutes qui suivaient.

Le chagrin qui me happe est aussi vif qu'au début, pendant ces journées noires où seule la rage me maintenait en vie. Pendant une seconde, je suis incapable de respirer. La douleur est insoutenable, comme une lame en travers de ma colonne vertébrale.

Mon fils. Mon petit garçon qui n'a jamais eu la chance de grandir, de troquer ses petites voitures pour les modèles supérieurs.

Si j'avais des scrupules quant à mes intentions, ils s'évaporent dès cet instant. Certes, je trahis un client, mais ça en vaut la peine. Même sans l'accord passé avec Esguerra, je ne ferais jamais de mal à cet innocent bébé.

Pas avec le visage de Pasha encore vivace dans mon esprit.

Au bout de deux minutes, les pleurs cessent, et une demi-heure s'écoule avant le retour d'Esguerra. Il a le bras passé autour d'une fille menue aux cheveux noirs, entièrement recouverte d'une épaisse robe de chambre en tissu éponge.

L'obsession d'Esguerra.

Nora, sa femme.

Son petit visage s'éclaire quand elle m'aperçoit. Contrairement à son mari, elle ne me porte aucune rancune pour le sauvetage qui l'a mise en danger – à juste titre, étant donné que c'était son idée.

— Peter !

Elle s'avance pour m'accueillir, mais la poigne possessive de son mari la retient. Elle s'arrête d'un air penaud et se contente d'un sourire.

— Comment vas-tu ?

— Très bien, merci.

Malgré les gardes qui nous encerclent et mon visage tuméfié après les coups de poing d'Esguerra, je ne peux m'empêcher de lui rendre son sourire. J'ai du mal à croire qu'une personne aussi jeune et délicate puisse être mère – et survivre à un homme aussi impitoyable qu'Esguerra.

— Félicitations pour votre petite famille.

Son sourire s'agrandit.

— Merci. Je ferais bien les présentations, mais tu sais…

Elle lève les yeux vers son mari, dont la mine orageuse est devenue encore plus menaçante pendant notre bref échange.

Il est évident qu'il a atteint les limites de sa patience. Attirant sa petite femme contre lui, il demande avec une douceur assassine :

— Tu comptes nous dire qui c'est, oui ou non ?

Et voilà. Il est temps pour moi d'abattre ma carte maîtresse. Malgré la présence de Nora et le marché que nous avons conclu, il peut toujours ordonner que je sois tué une fois qu'il connaîtra le nom.

Et puis, tant pis. Qui ne tente rien n'a rien.

Croisant le regard glacial d'Esguerra, je déclare avec assurance :

— Je ne connais pas son nom, mais il s'agit de votre pédiatre. C'est la taupe de Novak.

CHAPITRE 35
SARA

—Tu sais, Joe demande de tes nouvelles, me dit maman en tartinant sur une tranche de pain le miel que je lui ai rapporté du marché fermier. Ça fait un moment que tu ne lui as pas parlé, n'est-ce pas ?

— Maman, je t'en prie.

Je me retiens de lever les yeux au ciel comme une adolescente attardée. Pour une quelconque raison, le petit déjeuner du samedi matin nous ramène inévitablement à ce sujet.

— Il cherche juste à être poli, c'est tout. Il n'y a rien entre nous, je te le promets.

— Mais pourquoi, ma chérie ?

Des rides soucieuses creusent le front de ma mère tandis que papa soupire dans sa tasse de café.

— Tu es rentrée il y a presque neuf mois, et tu n'es toujours pas sortie avec un seul homme. Tu ne dois rien à ce criminel. Tu le sais, n'est-ce pas ? Manifestement, votre relation est terminée. Tu dois passer à autre chose. Il ne reviendra pas.

À en croire son message, il reviendra, mais je ne peux pas en parler à mes parents. En dépit de tous mes efforts pour les convaincre que j'étais avec mon ravisseur de mon plein gré et que la chasse à l'homme du FBI n'était qu'un énorme malentendu, Peter sera toujours « ce criminel » à leurs yeux. Je ne sais pas s'ils ont eu vent de ma version officielle auprès du FBI, ou si, comme n'importe quel citoyen respectueux des lois, ils se méfient de tous ceux que les autorités voient d'un mauvais œil, mais ils sont convaincus que Peter est un homme méchant et que les sentiments que j'éprouvais à son égard étaient une manifestation du Syndrome de Stockholm.

Ils n'ont pas tout à fait tort – ou du moins, ils n'auraient pas eu tort neuf mois plus tôt. Mon attirance envers Peter *était* contre nature et toxique, et je la repoussais de toutes mes forces. Je me suis battue jusqu'à la fin, quand j'ai failli mourir dans cet accident de voiture.

Non. Ce n'est pas parfaitement exact.

Je me suis battue jusqu'à ce qu'il fasse passer mes besoins avant les siens et me laisse partir. Ce geste a marqué un tournant pour moi, même si pendant longtemps je n'y ai pas vraiment réfléchi. Et pourtant, j'en suis venue à accepter les sentiments que m'inspire le tueur de mon mari, qui est désormais « Peter » à mes yeux, tout simplement.

L'homme qui m'aime, et non celui qui a assassiné George.

Mes parents ignorent cette dernière partie – du moins, je l'espère –, mais ils détestent Peter pour m'avoir gardée loin d'eux pendant si longtemps. Ils le croient aussi dangereux que le prétend le FBI, et ça me rend malade de penser qu'ils seront anéantis quand Peter m'arrachera de nouveau à eux.

Malgré tout, je ne peux m'empêcher de le vouloir.

De le vouloir, lui et tout ce qu'il représente.

— Je ne suis pas prête, maman, dis-je en me levant pour aller me resservir en café. Essaie de me comprendre. Je suis toujours amoureuse de Peter et quand tout sera résolu, il reviendra. Tu verras.

Sur ce, je change de sujet et me lance dans le récit de mes dernières prouesses sur scène avec mon groupe.

C'est toujours mieux que les mensonges. Rien ne sera jamais résolu, parce qu'il n'y a aucun malentendu.

Peter *est* un criminel, et quand il reviendra, ce sera pour m'emmener avec lui.

M'enlever pour de bon.

CHAPITRE 36
PETER

Je passe la nuit dans l'abri où Esguerra loge ses prisonniers, une cheville enchaînée à l'anneau métallique sur le sol.

— Ce n'est qu'une précaution, m'a expliqué Kent quand les gardes ont fermé la chaîne. Ça ne veut pas dire qu'on ne te fait pas confiance…

— C'est ça.

La chaîne mesure environ deux mètres, ce qui me permet de m'allonger sur le lit de camp que les gardes ont installé dans l'abri. Tout bien considéré, ce n'est pas si terrible. Je préfèrerais ne pas être enchaîné, mais en comparaison avec ce qu'Esguerra a infligé à la pédiatre, je ne me plains pas.

Il me faudra un moment pour oublier les hurlements de cette femme.

Elle a immédiatement craqué, dès que le couple Esguerra, accompagné par les gardes et par moi-même, est entré dans sa chambre. Je ne sais pas ce qu'elle imaginait – gagner un bon point pour son honnêteté ? –, mais elle a tout de suite avoué sa culpabilité, se répandant en excuses auprès d'Esguerra et de sa femme en jurant qu'elle ne leur voulait aucun mal et en arguant qu'elle ne les connaissait pas encore vraiment, ni eux ni Lizzie, quand elle a accepté d'être soudoyée.

Par ses aveux, on aurait dit qu'elle croyait que tout serait pardonné et oublié, qu'elle ne craignait rien de plus qu'un licenciement et une mauvaise réputation.

C'est peut-être parce que j'ai vu Esguerra étriper cette écervelée au premier sens du terme alors que Nora était sortie pour nourrir le bébé, ou parce que je touche enfin au but, mais mon sommeil est agité et rempli de cauchemars. À deux reprises, je rêve que je retrouve le corps de mon fils sur un tas de cadavres, et systématiquement il s'avère que ce corps appartient à Sara.

Au matin, j'ai les yeux gonflés, mais je suis d'un optimisme prudent. Le fait que je sois toujours vivant est encourageant, c'est un signe qu'Esguerra a peut-être l'intention d'honorer sa part du marché. Bien sûr, je n'ai aucune garantie, mais je soupçonne Nora d'avoir une influence toute particulière sur son mari en ce moment – et puis, il m'est redevable pour la pédiatre.

Quoi qu'il en soit, je ne suis pas étonné quand Esguerra et Kent viennent ensemble me détacher.

— Quel est ton plan ? demande Esguerra tandis que Kent déverrouille les fers autour de ma cheville. Comment comptes-tu l'avoir ? Dès que tu apparaîtras sans Nora et le bébé, tu te rends bien compte qu'il saura que tu l'as trahi.

Ou il pensera que tu as échoué – dans les deux cas, il ne sera pas content.

Je prends une grande inspiration. Ce que j'ai à lui proposer est plutôt délicat.

— Oui. J'y ai réfléchi. Et c'est pour cette raison que j'ai besoin d'emprunter ta femme pour cette partie de l'opération. Il ne lui arrivera…

— C'est hors de question.

Le muscle de sa mâchoire tressaute et il ajoute :

— Nora ne mettra pas un pied hors de ce complexe.

Décevant, mais prévisible.

— D'accord, alors crois-tu que tu pourrais trouver quelqu'un qui ressemble à Nora ? Au moins un petit peu ?

Esguerra se renfrogne, et je sens qu'il s'apprête à refuser lorsque Kent intervient :

— Il n'y a personne sur le domaine, mais je peux envoyer les gardes jeter un œil dans les villages alentour pour trouver une candidate potentielle. Ce ne devrait pas être très difficile de trouver une fille aux cheveux foncés de la taille de Nora. Son teint n'est pas inhabituel dans cette région du globe.

C'est vrai. Si nous avions besoin d'une doublure pour la femme de Kent, blonde aux yeux bleus, nous nous heurterions à des difficultés, mais Nora est en partie mexicaine. Elle a les yeux noirs et la peau mate.

— Pensez à chercher quelqu'un de très jeune, dis-je. Une lycéenne, peut-être, du même gabarit que Nora. Comme j'ai commencé à te le dire, elle ne risque aucun danger. Je veux juste que Novak sache que je suis descendu de l'avion avec une fille qui ressemble à Nora et un bébé.

Un poupon fera l'affaire. Il faut juste que la fille le serre contre elle.

Kent regarde Esguerra et hoche la tête.

— Vas-y. Et si possible, trouve un nourrisson aussi – il ne faudrait pas que le plan tombe à l'eau à cause d'un poupon.

J'ouvre la bouche pour objecter, mais je me ravise.

Je n'ai pas menti quant à la sécurité de « Nora » et rien ne nous empêche d'utiliser un véritable enfant.

Tant que Novak mord à l'hameçon, je pourrai nous en débarrasser pour de bon.

Huit heures plus tard, je quitte le complexe à pied, armé d'un M16 que j'ai « volé » à un garde, avec une adolescente de seize ans terrorisée et sa petite sœur âgée de deux mois dans les bras. La famille de la fille sera généreusement ré-compensée pour sa participation, mais même la perspec-tive de nouveaux vêtements et de la somme nécessaire à son inscription à l'université ne suffit pas à calmer l'adole-scente.

Elle est morte de peur. À vrai dire, c'est parfait.

La véritable Nora aussi serait terrifiée.

Les gardes de Kent ont trouvé une jeune fille dont la ressemblance avec Mme Esguerra est frappante – de dos, en tout cas. De face, le visage de la fille est plus rond, avec un nez plus épais et de petits yeux enfoncés. Nous l'avons maquillée pour créer l'illusion.

Grâce au fard à paupières, à la poudre, au rouge à lèvres et au fond de teint foncé savamment appliqués, le sosie de

Nora arbore à présent deux yeux au beurre noir, une lèvre fendue et plusieurs hématomes jaunâtres qui masquent la rondeur enfantine de ses joues.

Elle parle un peu anglais, mais son accent est très fort et nous lui ordonnons de ne rien dire, quelles que soient les circonstances.

— Tu peux soit pleurer, soit garder le silence, lui a expliqué Esguerra.

La fille a hoché la tête, le menton tremblant.

— Sí, señor. Je garde le silence.

Jusqu'à présent, elle a tenu parole. Nous piétinons dans la jungle depuis plus de deux heures. Pendant tout ce temps, elle tient sa petite sœur dans les bras, et le bébé hurle à pleins poumons. Elle ne s'est pas plainte une seule fois, même si les raisons ne manquent pas.

Il n'a pas encore plu aujourd'hui et la chaleur moite est étouffante. L'air est si lourd qu'on dirait une couverture humide sur la peau. Nous avons demandé à la fille d'enfiler l'une des tenues habituelles de Nora – une robe d'été blanche et une paire de sandales plates – et j'aperçois des marques douloureuses sur ses pieds, là où ils se sont posés sur une fourmilière quelques kilomètres plus tôt. Nous ruisselons de sueur et de minuscules moustiques bourdonnent autour de nous, piquant chaque centimètre carré de peau disponible.

C'est une véritable épreuve, et tant mieux.

Ainsi, ça paraît plus authentique.

Après une autre heure de torture, nous retrouvons mes hommes au point de rendez-vous. Je vois la stupeur sur leurs visages quand je pousse la fille en avant, le nourrisson en pleurs serré contre sa poitrine.

— Tu as réussi.

Le regard incrédule de Yan alterne entre mon otage et moi.

— Putain, tu as réussi !

— Oui. Ce n'était pas facile, mais nous sommes là.

La remplaçante de Nora garde le silence, imitant à la perfection la captive traumatisée et apeurée. Son maquillage waterproof a un peu coulé pendant le trajet, mais elle semble toujours contusionnée, comme si elle avait été battue. Son regard sombre est hébété par la déshydratation et l'épuisement. Comme aucun de mes gars n'a jamais vu la véritable Mme Esguerra, ils n'ont aucune raison de douter de son authenticité.

Les « hématomes » produisent leur effet.

Le bébé continue de pleurer et je me promets de lui donner le biberon de lait maternel que j'ai fait acheter à mes hommes, au cas où « Nora » aurait du mal à allaiter. Nous avons également des couches à bord de l'avion, ainsi que d'autres produits pour bébé.

— Il est mort ? demande Anton en russe.

Je hoche la tête et jette un œil en direction de la fille, comme si je me souciais de sa réaction.

— Oui, j'ai eu cet enfoiré. Elle ne le sait peut-être pas encore, alors soyez discrets. Elle s'est battue comme une tigresse pour protéger ce bébé.

Ilya a l'air un peu écœuré, mais il ne dit rien tandis que nous rejoignons l'avion. Il n'aime pas ce que je fais, et je ne peux pas le lui reprocher. Voler un nouveau-né et sa mère à peine sortie de la maternité, c'est abject, même pour des criminels sans remords tels que nous. Et c'est exactement ce que je recherche. La désapprobation subtile qui émane de mes hommes donnera à cette opération l'aspect authentique dont elle a besoin.

Je veux que Novak perçoive la discorde dans nos rangs.

Je veux qu'il sente la réticence de mes hommes à livrer une jeune femme traumatisée et son bébé entre ses mains cruelles et avides.

CHAPITRE 37

Je donne le lait artificiel à la fille dès que nous arrivons dans l'avion, et elle nourrit son bébé sans cesser de nous jeter des coups d'œil apeurés. Elle exagère peut-être un peu – la vraie Mme Esguerra ne montrerait pas sa peur –, mais comme mes hommes ne connaissent pas Nora ni tout ce qu'elle a traversé, ça fonctionne.

— Comment as-tu réussi ? demande Yan d'un ton serein quand le bébé s'endort enfin.

La fille s'est calmée et regarde par le hublot au lieu d'être tournée vers la banquette où je suis assis avec les jumeaux.

— Comment as-tu abattu Esguerra ?

— Je lui ai tiré dessus.

Ma réponse est brève et impassible, mais je n'ai pas envie d'inventer une histoire élaborée.

— Je lui ai grillé la cervelle.

— Tu as une preuve ? demande Ilya en fronçant les sourcils. Parce que Novak aura besoin de…

— Tiens.

Je sors un téléphone que j'ai également « volé » à un garde et lui montre la photo d'un homme aux cheveux noirs étalé par terre dans une mare de sang. La moitié de son crâne semble arrachée, mais il est indéniable que l'autre moitié appartient bien à Esguerra.

Il nous a fallu une heure pour obtenir une photo aussi bonne. Malgré ses allures de mannequin, mon ancien employeur n'est pas doué pour tenir la pose.

Yan me regarde, puis il observe la photo et lève de nouveau les yeux vers moi. Je soutiens son regard sans sourciller. Se rend-il compte que le « sang » n'est que du ketchup mêlé à de la terre, ou que la moitié du crâne a été effacée par les talents de Nora sur Photoshop ? Comme je sais que la photo est trafiquée, j'ai du mal à être objectif.

À mon soulagement, Yan me rend l'appareil sans dire un mot. Ilya se détourne pour se concentrer sur le transfert du pot-de-vin que nous versons sur le compte bancaire suisse privé du contrôleur aérien serbe. C'est ce qui nous permet d'entrer et de sortir de ce pays – et de nombreux autres, y compris les États-Unis.

Je suis tenté de parler à mes hommes et de leur révéler le véritable plan, mais je m'abstiens. Je ne peux pas prendre le risque qu'ils se rebellent à la dernière minute. Nous avons bâti une entreprise lucrative sur notre réputation solide, et ce que je m'apprête à faire – trahir un client qui nous paie bien – signe pratiquement la fin de nos offres d'emploi.

Un jour, nous avons parlé de prendre notre retraite, mais j'ignore s'ils sont prêts à ce que cela arrive aujourd'hui.

Quoi qu'il en soit, si tout se passe bien, mon équipe ne souffrira pas d'un point de vue financier. En plus des cent millions de Novak – dont la moitié se trouve déjà sur nos comptes bancaires –, nous aurons les soixante-quinze millions d'Esguerra. Même si nous n'obtenons pas l'autre moitié de Novak avant que je le pince, ce sera suffisant pour le restant de nos jours.

Il faut simplement tenir encore un peu.

Plus que quelques jours, et j'aurai Sara.

Je suis tellement impatient.

———————

Ilya et moi, nous retrouvons Novak dans son entrepôt à l'extérieur de Belgrade – sur sa demande. Comme d'habitude, il arrive avec toute une escouade de mercenaires et une puissance de feu suffisante pour raser un petit bâtiment.

— Où sont-elles ? demande-t-il dès qu'il nous voit. Tu as dit que tu les avais. Où sont-elles ?

— En sécurité avec mon équipe, dis-je en sortant le téléphone du garde pour lui montrer les photos que nous avons prises il y a une heure.

On peut y observer la Nora de substitution, fragile et couverte d'hématomes, avec son nourrisson et mes hommes.

Il m'arrache le téléphone des mains pour les étudier avec un désir non dissimulé avant de lever les yeux vers moi.

— Est-ce qu'Esguerra… ?

— Tenez.

Je récupère le téléphone et survole les photos de « Nora » pour retrouver celle qui représente Esguerra dans une flaque de ketchup.

— Je lui ai fait sauter le caisson.

Les yeux clairs de Novak scintillent.

— Bon boulot. Je savais que je pouvais compter sur toi. Maintenant, conduis-moi à Nora et à l'enfant.

Je croise les bras sur ma poitrine.

— Le paiement d'abord.

Ces cinquante millions ne sont peut-être pas nécessaires à proprement parler, mais je ne cracherai pas dessus.

Novak pince les lèvres, mais il finit par prendre son téléphone pour appeler son comptable.

— Procédez au transfert, ordonne-t-il en serbe.

J'attends, puis il m'adresse un signe de tête et je consulte le compte sur mon téléphone.

— C'est bon, lui dis-je avant de jeter un œil vers Ilya, dont la mine impassible trahit tout de même une légère désapprobation.

Novak a dû s'en rendre compte, lui aussi, parce qu'il sourit. Il aime nous savoir en froid les uns avec les autres. Ça nous rend vulnérables, plus faciles à contrôler.

— Allons-y, lui dis-je en feignant de ne pas sentir les tensions sous-jacentes. Je vous emmène voir Nora et le bébé.

Ilya et moi, nous nous empressons de rejoindre la sortie, et Novak se précipite pour nous rattraper. Ses gardes viennent former leur cercle protecteur habituel, mais nous sommes les premiers à sortir.

Nous ne les précédons que de quelques secondes, mais c'est tout le temps dont j'ai besoin.

J'attrape Novak par le bras et hurle :

— Attention !

Je plonge derrière une benne à ordures et pousse Ilya devant moi.

Nous percutons violemment le trottoir et glissons sur le ventre tandis que les hommes d'Esguerra ouvrent le feu, criblant l'entrepôt et les gardes de Novak de centaines de balles tirées par leurs mitrailleuses.

CHAPITRE 38
PETER

*L*e reste du massacre est rapide comme l'éclair. En quelques instants, nous sommes encerclés par trois douzaines d'hommes envoyés par Esguerra et je demande à un Ilya abasourdi de suivre mon exemple en lâchant ses armes. La tête de Novak heurte la benne et il reste étourdi. Je le hisse sur ses pieds tandis que nos ravisseurs lui passent les menottes et le fouillent minutieusement.

Je leur remets Novak tandis qu'Ilya se redresse à côté de moi. Son regard incrédule alterne entre moi et les hommes qui entraînent Novak.

— Est-ce que tu… ?

— Oui. Je t'expliquerai tout dans un moment. Pour l'instant, appelle Yan et dis-lui qu'on arrive. Assure-toi qu'Anton et lui restent en retrait, je ne veux pas de blessés.

Ilya hésite, manifestement partagé, mais il sort son téléphone. Je le laisse pour suivre Novak jusqu'à un 4x4 noir.

Le Serbe revient lentement de sa stupeur et commence à comprendre ce qui vient de se passer. Son regard s'illumine quand tout devient clair, et son visage se crispe dans une rage folle.

— Espèce de sale…

Le garde le plus proche lui frappe la bouche.

— La ferme, *pendejo*, lance-t-il en anglais avec un fort accent espagnol.

Je regarde attentivement le visage de l'homme à demi masqué.

— Diego ?

Il dodeline du casque.

— Salut, Peter. Comment vas-tu ?

Tout en parlant, il pousse Novak – de nouveau groggy – dans la voiture et claque la portière.

— Impec, se contente-t-il de répondre tandis qu'Ilya nous rejoint. Encore une bonne journée de boulot.

Mon coéquipier n'a pas l'air ravi – sans doute parce que nous sommes toujours désarmés, tous les deux.

— Ils attendent, me dit-il sèchement. Et ils n'interviendront pas.

— Très bien.

Je lui tape sur l'épaule et ajoute :

— Allons-y.

Yan et Anton se trouvent sur un chantier non loin de là. Ils surveillent la Nora de substitution et sa petite sœur. Ils ont baissé leurs armes lorsque nous approchons avec les gardes d'Esguerra, mais leurs yeux sont vifs et attentifs.

— Tu nous dois des explications, me dit Anton tandis que les gardes nous dépassent pour aller chercher « Nora » et le bébé. Beaucoup d'explications, à vrai dire.

— Je sais.

Ilya et moi, nous regardons les gardes emmener la fille – toujours pétrifiée de peur – en direction d'un autre 4x4 noir.

— Je vais tout vous expliquer.

— Qu'y a-t-il à expliquer ? dit Yan en s'approchant de nous.

Ses yeux verts et désinvoltes brillent d'une lueur moqueuse.

— Ce n'est pas la vraie Nora, n'est-ce pas ?

— Non, dis-je en rencontrant son regard. Esguerra ne mettrait jamais sa femme ni son enfant en danger – même si, en réalité, elles ne risquaient rien.

— Évidemment.

Yan a un sourire sans joie.

— Alors c'était le plan depuis le début ? Appâter Novak, découvrir l'identité de sa taupe et embarquer Esguerra dans l'histoire ?

Je penche la tête.

— Tu as compris.

Anton fronce ses sourcils noirs.

— Je ne comprends pas. Pourquoi as-tu fait ça – et pourquoi ne nous as-tu rien dit ?

— Parce qu'il ne nous fait pas vraiment confiance.

La voix douce d'Yan est trompeuse.

— C'est ça, Peter ? Pour la raison…

Je l'interromps avec un geste de la main.

— Je vous confierais ma vie, à tous les trois. Mais c'était une opération très délicate qui s'est développée au fil des mois. Je devais gagner la confiance de Novak, et pour ça, toutes nos réactions et nos interactions devaient être aussi naturelles que possible. Il n'est pas bête. S'il avait senti que quelque chose clochait – le moindre soupçon de trahison –, tout serait tombé à l'eau.

— C'est à cause d'elle, n'est-ce pas ?

Ilya vient de parler pour la première fois. J'ouvre la bouche, prêt à répondre, mais il ajoute :

— Peu importe. Évidemment que c'est elle. Qu'as-tu demandé à Esguerra ? Encore plus d'argent, afin de disparaître avec elle pour de bon ?

— Non, répond Yan à son frère. Ce n'est pas ça.

Il me regarde et demande :

— N'est-ce pas, Peter ?

— Non, en effet, même si le supplément financier est un net avantage, dis-je en les regardant tour à tour. Votre part est déposée sur vos comptes en ce moment même.

Je me tourne vers Anton.

— La tienne aussi.

— Allez, dis-nous, merde ! piaffe Anton. Sérieusement, assez de mystères. Qu'est-ce que t'a promis Esguerra en échange de ça ?

— Une vie, dis-je avant de jeter un œil aux 4x4 qui s'éloignent du trottoir. Le genre de vie à laquelle les gens comme nous n'ont pas droit.

— Ah, fait Anton.

Son visage se radoucit.

— L'amnistie.

— Et l'immunité contre toute poursuite judiciaire, dis-je en hochant la tête. Pour nous tous.

Le visage d'Ilya s'illumine, mais Yan croise les bras devant son torse.

— Qui a dit que ça nous intéressait ? Tu crois qu'on a quitté les Spetsnaz et formé cette équipe pour pouvoir devenir experts-comptables et enseignants ?

— Non, je crois que vous l'avez fait pour pouvoir devenir riches à millions, dis-je d'un ton tout aussi narquois. Ce que vous êtes maintenant, félicitations. Oh, et au cas où je ne l'aie pas encore précisé, le supplément versé par Esguerra est de soixante-quinze millions.

Anton siffle avec admiration.

— Ça alors.

— Une mission à cent soixante-quinze millions ? D'un coup ?

— Oui, et la liberté de faire ce que vous voulez. Si vous souhaitez continuer dans cette branche, libre à vous. Mais vous feriez mieux de recommencer sous une nouvelle identité, au cas où tout ça finisse par se savoir, dis-je en agitant l'index. Sinon, vous pouvez toujours vous racheter une conduite et ouvrir une société de sécurité ou quelque chose comme ça.

— Et toi ? demande Ilya en inclinant la tête. Qu'est-ce que tu vas faire, Peter ?

— Dès que j'aurai le feu vert, je retournerai aux États-Unis, dis-je en souriant devant leurs mines entendues. Oui, c'est exact, pour récupérer Sara. Cette fois, nous allons jouer à papa et maman pour de vrai.

CHAPITRE 39
PETER

Esguerra veut que je retourne le voir à son complexe. Après avoir fait le point avec mes hommes, je monte à bord de son Boeing C-17 et raccompagne Novak et les gardes en Colombie. Ilya, Yan et Anton s'y rendent séparément, dans notre avion. Je ne fais toujours pas entièrement confiance à mon ancien employeur, et mes coéquipiers ont accepté d'être présents en renfort au cas où ça tournerait mal à la dernière minute. Je ne m'attends pas à être trahi par Esguerra – d'abord, les soixante-quinze millions sont déjà sur nos comptes –, mais autant jouer la prudence.

J'ai également demandé à mon équipe de continuer à m'aider dans ma traque de Henderson. C'est le dernier nom de ma liste. Son compte n'est toujours pas réglé et j'ai la ferme intention de remplir mon objectif.

Mais avant tout, je dois récupérer Sara.

Elle est plus importante que tout le reste.

C'est Esguerra lui-même qui nous accueille quand nous atterrissons. Il a le visage grave et l'œil sévère quand il regarde ses hommes traîner Novak hors de l'avion. Le Serbe peut à peine marcher – ils n'ont pas pris la peine de le nourrir ni de soigner ses blessures durant le vol –, mais ça n'a aucune importance. Il n'en a plus pour longtemps sur cette terre.

Esguerra ne se contentera pas de le tuer – il le démembrera.

Lentement.

Petit à petit.

J'aurais presque pitié de cette ordure, mais il est seul responsable de son malheur. S'il s'était limité à quelques incursions dans les affaires d'Esguerra, il aurait vécu bien plus longtemps – ou du moins, une ou deux années de plus. Mais il s'en est pris à sa famille… à Nora et son enfant.

Esguerra et moi, on ne s'aime pas, mais j'apprécie Nora.

— Où est Kent ? je demande quand Esguerra vient me voir après avoir ordonné aux gardes d'emmener Novak jusqu'à l'abri. Il est retourné à Chypre ?

— Il est parti juste après toi, dit-il en hochant la tête.

Il n'entre pas dans les détails et je décide de ne pas insister. Je n'ai toujours pas pardonné à Kent ce qui est arrivé avec Sara, mais pour l'heure, j'ai d'autres chats à fouetter.

— Tu les as appelés ? dis-je en lui emboîtant le pas en direction de la limousine qui nous attend. Tes contacts à la CIA ?

Il me jette un regard en coin.

— Oui.

— Et ?

Je me campe devant lui, le forçant à s'arrêter.

— Ils sont d'accord ?

Sa mâchoire tressaute.

— On en discutera dans la voiture.

Merde. Ça s'annonce mal.

— Et si on en parlait tout de suite ?

Ses yeux brillent d'un air menaçant.

— Très bien. Voilà le marché. C'est le seul qu'ils acceptent de passer. Ton équipe et toi, vous obtiendrez l'amnistie pour vos crimes et l'immunité contre toute poursuite judiciaire, sous réserve qu'aucun autre crime ne soit commis. Si l'un d'entre vous fait la moindre erreur, il sera arrêté et poursuivi pour *tous* ses crimes, les anciens comme les actuels.

Je réfléchis et hoche la tête.

— Ça me va.

Je ne doute pas de pouvoir vivre en tant que citoyen respectueux des lois. Ou du moins, d'en donner l'apparence. Nous devrons faire attention à ne pas nous faire pincer quand nous mettrons enfin la main sur Henderson, mais je ne dois pas être le seul ennemi de l'ancien général. On peut aussi maquiller ça en accident. Il y a toutes sortes de moyens pour…

— Une dernière chose, dit Esguerra. Une condition non négociable.

— Quoi ? je demande, les poings tout faits et le ventre noué par une prémonition. J'espère que ce n'est pas…

— Ce général à la retraite, celui que vous traquez, dit Esguerra, confirmant mon soupçon. Tu dois laisser

ANNA ZAIRES

tomber. Pour de bon. Ton immunité est directement liée à son bien-être et sa santé. Si lui ou l'un de ses proches ne subit ne serait-ce qu'une intoxication alimentaire, le marché ne tient plus, et vous vous retrouverez de nouveau tous les quatre sur la liste des criminels les plus recherchés.

Fait chier. Merde, merde, merde !

J'aurais dû me douter que ce serait une possibilité, étant donné les relations de Henderson, mais j'en avais fait abstraction. J'étais tellement concentré sur le principal obstacle à éliminer pour pouvoir vivre avec Sara – mon statut de fugitif – que je n'ai même pas envisagé le prix qui accompagnerait cette liberté.

À l'exception de la dissolution de mon entreprise et du risque que je prenais en approchant Esguerra. Ce prix-là, je le connaissais et j'étais prêt à le payer. Mais celui-ci ? De toute ma liste, Henderson est la personne la plus directement responsable de la tragédie subie par ma femme et mon fils. C'est lui qui a donné les ordres entraînant le massacre de tout le village.

Si quelqu'un mérite de payer pour la mort de Tamila et de Pasha, c'est bien Henderson.

On ne peut pas l'autoriser à retrouver une vie normale et heureuse après tout ce qu'il a fait.

— Je ne peux pas accepter ce marché.

Ma voix est dure et gutturale.

— Tu le sais bien.

Pour la première fois, je décèle un semblant d'émotion humaine dans ses yeux d'un bleu de glace.

— Je sais, dit-il d'un ton calme. Je m'en doutais. Mais ils sont intraitables, Peter. J'ai essayé.

Je tourne les talons et rejoins la limousine. Une colère et un chagrin que je pensais avoir enterrés bouillonnent tel du magma en fusion dans ma gorge. J'inspire pour essayer de me calmer, mais au lieu de la végétation tropicale, c'est la mort et les cendres que je sens, la chair carbonisée et le sang éventé. J'ai un goût de métal sur la langue et, devant les yeux, une pile de cadavres haute de deux mètres.

Et cette petite main, refermée autour d'une voiture en jouet.

Je me souviens à peine des premiers jours qui ont suivi le massacre. Je sais que j'ai réussi à échapper aux soldats de la force opérationnelle qui m'ont emmené hors du village, mais je ne me rappelle pas comment ni quand – ni si j'ai blessé quelqu'un pour m'évader. Sans doute, car mon propre peuple s'est mis à me rechercher peu de temps après, avant même que je tue mes supérieurs pour les punir d'avoir bouclé l'enquête au bout de quelques semaines seulement.

La vengeance était mon seul moteur à cette époque-là, ainsi que pendant les mois et les années qui ont suivi. J'ai promis à mon fils et à ma femme décédés que leurs assassins le paieraient de leurs vies et j'ai tenu parole.

Je les ai tous tués à l'exception de Henderson.

— Tu pourrais la récupérer, me dit Esguerra en me rattrapant.

Je jette un œil vers lui, nullement étonné qu'il soit au courant pour Sara. Kent a dû lui en toucher un mot – à moins qu'il ait entendu parler de l'enlèvement par ses sources de la CIA. Une fois qu'il l'a appris, ça n'a pas dû être très compliqué de faire le lien.

Malgré tout, mon premier réflexe est de le menacer, lui et tout ce qui lui est cher, s'il ose s'intéresser à elle de près ou de loin. Mais s'il sait que Sara est ma faiblesse, alors il doit aussi savoir ce dont je suis capable si quelqu'un lui fait du mal.

C'est la même chose que ce qu'il ferait si l'on s'en prenait à Nora.

C'est-à-dire ce qu'il s'apprête à faire à Novak.

— Elle a une vie là-bas… je choisis de répondre. Des parents, une carrière, des amis.

Il hausse les épaules.

— Elle s'adapterait. Nora l'a fait.

Je monte à l'arrière de la limousine et il m'y rejoint, s'installant juste en face de moi.

— Sara n'est pas Nora, dis-je alors que la limousine démarre. Ses racines sont trop profondes. Elle ne sera pas heureuse comme ça.

J'ignore si j'essaie de convaincre Esguerra ou moi-même – ou encore cette partie sombre et insensible de mon âme qui attend cela depuis des mois.

Cette voix qui m'enjoint d'oublier ce plan de folie et de récupérer ce qui m'appartient.

— Et toi, tu seras heureux ? fait Esguerra en penchant la tête pour me dévisager avec une curiosité spéciale. Tu crois que tu aimeras cette demi-vie ? Tu t'épanouiras dans la cage de toutes ces règles et ces lois ?

Je hausse les épaules.

— Peut-être.

Ce n'est pas un souci pour l'instant, mais si cela devenait un problème, j'y remédierais en temps et en heure.

Une chose à la fois.

— Alors, que fais-tu maintenant ? demande Esguerra en constatant que je garde le silence. Tu comptes la laisser tomber définitivement ? Ou accepter le marché ?

— Je ne la laisserai pas tomber.

Ma réponse est instinctive, automatique. Une vie sans Sara, je ne l'envisage même pas. Ces huit derniers mois ont été un véritable enfer, presque aussi difficiles à leur manière que les semaines sombres après la mort de ma famille.

J'aimerais mieux mourir plutôt que d'abandonner ma ptichka définitivement.

Elle est à moi et elle le restera.

Esguerra esquisse un sourire moqueur.

— Eh bien, dans ce cas, dit-il d'une voix douce, on dirait que tu n'as pas vraiment le choix.

Ça me fait mal de l'avouer, mais il a raison.

Soit je prends Sara, soit je refuse le marché. C'est son bonheur ou ma vengeance.

Je ne peux pas avoir les deux.

PARTIE IV

CHAPITRE 40
SARA

Je sens que quelque chose a changé dès que je rentre chez moi, toute seule, après mon service du soir à la clinique.

Aucun véhicule banalisé ne me suit, et personne ne m'épie discrètement lorsque je gare ma voiture devant l'immeuble avant d'entrer.

Tout en me persuadant que je suis en train de devenir folle – que je suis fatiguée et que mon sens de l'observation est défaillant –, je prends une douche et me laisse tomber sur mon lit. Inutile de s'en alarmer. Même si ce n'est pas de la paranoïa, il est toujours possible que les fédéraux aient été contraints de prendre leur soirée – problème de garde d'enfants ou quelque chose comme ça. Ce n'est encore jamais arrivé depuis mon retour, mais ça ne veut pas dire que c'est impossible.

Les agents du FBI sont humains, après tout.

Pourtant, je tourne et me retourne, incapable de trouver le sommeil malgré mon épuisement. Je me demande si je me suis sentie observée aujourd'hui, mais rien ne me vient. Soit mes espions de l'ombre se sont améliorés, soit je me suis tellement habituée à leur présence que je ne la remarque même plus.

La dernière fois que j'ai véritablement senti cette étrange démangeaison, c'était quand j'ai reçu le mot de Peter, il y a deux mois.

Serait-ce possible ?

Se pourrait-il que je ne sois plus du tout surveillée ?

Mon ventre se contracte brutalement. Étant donné la teneur du message de Peter, une seule raison pourrait expliquer à la fois le désintérêt soudain des fédéraux et celui des hommes qu'il a engagés pour me suivre.

Non. Je claque la porte de cette idée terrifiante.

Peter n'est ni mort ni captif.

C'est impossible.

Je ferme les yeux et m'efforce de prendre de grandes et profondes respirations. Un soir, ce n'est pas suffisant pour en sauter aux conclusions, et quand je me réveillerai demain matin pour aller travailler – dans moins de cinq heures, maintenant – il y a de fortes chances que les fédéraux soient de retour dans mon quartier au volant de leur berline grise.

Je veux le croire.

Mais les fédéraux ne sont pas là quand je me rends au travail, et j'ai beau être attentive, je n'arrive pas à déterminer si je suis surveillée.

Je passe la journée dans un état de panique à peine contenue. Heureusement, je n'ai que des rendez-vous aujourd'hui, et comme nous sommes surbookés, je n'ai pas vraiment le temps de réfléchir. Je passe d'une patiente à l'autre et j'enchaîne les examens de routine, les prescriptions de contraception et les conseils en soins prénatals – tout en pensant à respirer, à rester calme et à ne pas songer à la disparition des fédéraux.

Ni au fait que, pour la première fois depuis mon retour, je suis toute seule.

Alors que je m'apprête à rentrer chez moi, Phil, notre guitariste, appelle pour me parler d'un prochain concert et je lui demande spontanément s'il a envie que le groupe se réunisse pour aller boire un verre. C'est mardi soir, et demain j'ai une journée chargée et un service à la clinique, mais je n'ai pas envie de me retrouver seule avec mes pensées.

À mon soulagement, Phil accepte et nous nous donnons rendez-vous dans un bar des quartiers résidentiels de Chicago. Seul Rory peut nous rejoindre – Simon assiste à une séance de dédicace dans une librairie. Après avoir commandé des bières, nous retrouvons la même dynamique familière que d'habitude et Phil se lance dans son discours hebdomadaire pour tenter de nous convaincre de partir en tournée.

— Vous n'avez jamais envie de tout plaquer ? dit-il en agitant sa bière. D'obtenir autre chose de la vie ? Quelque chose de nouveau et d'excitant ?

— On dirait une pub, vieux ! lui dit Rory.

Nous éclatons de rire. Il y a un accent désespéré dans ma voix, mais à mon soulagement, je suis la seule à m'en rendre compte. Mes amis musiciens ne se doutent pas du tourment qui monte en moi. Ils plaisantent et continuent comme si ce n'était pas la fin du monde.

Comme si c'était un mardi soir comme un autre.

Pour eux, c'est le cas – le genre de mardi soir normal et prévisible auquel Phil souhaite échapper. Le genre de soirée que je n'ai pas connu depuis longtemps, parce que dès l'instant où j'ai rencontré Peter, rien dans ma vie n'a plus jamais été normal ni prévisible.

Je me demande ce que penserait Phil s'il l'apprenait, s'il savait que le meurtrier de mon mari m'a forcée à « tout plaquer » en me gardant captive au Japon. Trouverait-il excitante mon histoire d'amour contrainte avec un assassin ? Nouvelle, dans un genre malsain ?

Cette sortie devait me changer les idées et me faire oublier mes pensées anxieuses, mais je ne peux pas m'empêcher de penser à Peter, et mon regard dérive d'une personne à l'autre. Je cherche un homme qui ne me semble pas à sa place… un indice me prouvant que j'intéresse toujours les fédéraux.

— Tu attends quelqu'un ? demande Rory en remarquant mes coups d'œil intempestifs.

Je me force à sourire et cesse de regarder autour de moi comme une idiote.

— Non, désolée. J'ai cru voir une vieille connaissance.

Aussitôt, Phil tend l'oreille.

— Oh, une vieille connaissance. Un homme ou une femme ? Parce que je dois dire que ton amie Marsha est vraiment *smack* !

Il s'embrasse le bout des doigts avec exagération et nous éclatons de rire.

Marsha, Andy et Tonya ont assisté à l'un de nos concerts il y a deux semaines et nous sommes sortis tous ensemble pour terminer la soirée. Naturellement, Marsha s'est bien entendue avec les membres du groupe, comme toujours avec les hommes.

Un de ces jours, j'adorerais faire la connaissance d'un type qui ne tombe pas éperdument amoureux de cette bombe sexuelle blonde – ou du moins, qui n'essaie pas tout de suite de finir dans son lit.

— Ta Tonya n'est pas mal non plus, dit Rory une fois que les rires sont un peu retombés. Elle est célibataire ?

Je souris.

— Oui, je crois bien.

Je ne connais pas la jeune infirmière tant que ça, mais je suis presque certaine qu'elle n'a pas de petit ami – ou si elle en a un, ça ne le dérange pas qu'elle fasse la fête avec Marsha du crépuscule jusqu'à l'aube.

— Mec, tu es sûr que tu ne préfères pas la rousse ? demande Phil avec sérieux. Imagine comme vos enfants seraient mignons. Des poils de carotte miniatures.

— Oh, la ferme. Tu es simplement jaloux que j'aie encore ça, rétorque Rory en agitant sa crinière imposante.

Je manque avaler de travers ma gorgée de bière lorsque Phil touche instinctivement son crâne dégarni avant de faire un doigt d'honneur à Rory.

— Ça suffit, les garçons, dis-je en hoquetant quand je parviens à calmer mon hilarité. D'abord, Andy est prise, et…

Je me fige, les mots coincés dans ma gorge quand j'aperçois l'homme qui s'approche derrière Phil.

Je cligne des paupières, incapable d'en croire mes yeux, mais l'apparition ne s'estompe pas.

Au lieu de ça, ses lèvres sculpturales ébauchent un sourire magnétique.

— Bonjour, Sara, dit-il de cette voix grave au léger accent qui hante mes rêves. Tu ne me présentes pas à tes amis ?

CHAPITRE 41
PETER

outes les couleurs disparaissent du visage en forme de cœur de Sara. On dirait bien qu'elle a perdu sa langue et je me tourne vers les deux hommes qui me regardent la bouche bée.

— Peter Garin, dis-je en employant ma nouvelle identité, la main tendue. Et vous êtes ?

Je le sais, évidemment, mais si je veux m'intégrer pour de bon dans la vie de Sara, je dois me comporter comme un citoyen normal, et non comme quelqu'un qui procède à une enquête approfondie sur toutes les personnes proches de ma ptichka. Ça signifie aussi que je ne peux pas leur mettre le couteau sous la gorge et l'enfoncer suffisamment pour les empêcher à tout jamais de la reluquer.

En tout cas, pas au milieu du bar.

C'est le musicien bedonnant qui se ressaisit en premier et il me serre la main.

— Bonjour, je suis Phil Hudson.

— Ravi de vous rencontrer, dis-je en réfrénant l'envie de broyer les os de cette paume ridiculement molle.

— Rory O'Rourke.

La poignée de main du rouquin est plus ferme. Sa main est aussi calleuse que la mienne – mais pas pour les mêmes raisons.

Il soulève des poids en salle de sport pour gagner des trophées, tandis que je m'entraîne pour rester en vie.

Je m'entraînais pour rester en vie, je rectifie. Si tout se déroule selon le plan, je n'aurai plus besoin de le faire.

Sara me touche le bras, attirant mon attention.

— Que…

Sa voix mélodieuse se brise.

— Qu'est-ce que tu fais ici, Peter ?

J'ai délibérément évité de la regarder dans les yeux, parce que c'est une véritable torture d'être aussi proche d'elle sans l'attraper pour la baiser sur-le-champ. Sa main sur mon bras, aussi douce qu'elle soit, me fait l'effet d'un coup de Taser. Tout mon corps vibre, en alerte, les sens affûtés. Elle est à cinquante centimètres de moi, et nous sommes tous deux habillés, et pourtant je la sens aussi intensément que si elle se plaquait nue contre mon corps.

En réalité, ma queue est convaincue que nous devrions être nus, et elle semble vouloir sortir de mon jean soudain trop étriqué.

J'aurais sans doute dû l'attendre à son appartement, où nous aurions été seuls tous les deux pour nos retrouvailles, mais j'étais trop impatient. Après un mois de paperasseries administratives, j'ai enfin obtenu le feu vert du gouvernement américain, ainsi qu'une nouvelle identité et des documents prouvant ma citoyenneté. J'ai sauté dans le premier avion, pour apprendre que tout compte fait, au lieu de rentrer chez elle, Sara avait décidé de sortir.

Avec deux hommes qui bavent constamment sur elle, rien de moins.

Je prends une grande inspiration en me rappelant que l'intégration fait partie du jeu. C'est pour cela que j'ai travaillé pendant des mois, c'est la raison pour laquelle j'ai accepté de laisser vivre cette ordure de Henderson – une promesse qui me fait toujours remonter la bile dans la gorge. Ce serait bête de tout gâcher parce que Sara me regarde avec ses yeux de biche. Leur beauté à couper le souffle me donne envie de la jeter sur mon épaule pour l'emporter dans ma tanière – après avoir d'abord arraché les couilles de tous les hommes qui osent poser les yeux sur elle.

— J'ai eu l'occasion de rentrer plus tôt, lui dis-je.

En dépit de mes efforts, ma voix est bien trop tendue pour un lieu public.

— En fait, j'ai démissionné.

— Tu… quoi ? fait-elle avec de grands yeux ébahis. Comment peux-tu…

— C'est une longue histoire, ptichka.

Je réprime l'envie de tendre les bras pour la serrer contre moi.

— Rentrons, je vais tout t'expliquer.

Le roux – Rory – se racle alors la gorge.

— Est-ce que vous… vous êtes ensemble ?

Phil et lui me dévisagent avec incrédulité – et une jalousie à peine contenue.

Ces abrutis ont de la chance que j'aie décidé de respecter la loi.

— Oui, leur dis-je.

Malgré tout, quelque chose dans mon intonation les fait blêmir.

— Nous sommes ensemble.

Je me tourne vers Sara.

— Tu es prête à rentrer, mon amour ? Nous avons beaucoup de choses à nous dire.

En saisissant brusquement sa petite main délicate, je l'entraîne vers l'extérieur, abandonnant dans le bar ses amis musiciens stupéfaits.

CHAPITRE 42
SARA

J'ai l'impression d'être dans un rêve. Ou peut-être un cau-chemar, je n'arrive pas à le déterminer. Peter et moi, nous marchons ensemble dans une rue bondée... et il n'a pas l'air de recourir au moindre subterfuge. Il est plus grand que dans mes souvenirs. Ses épaules larges tendent les cou-tures de son t-shirt noir et l'on devine les muscles de ses jambes sous son jean ajusté. Ses cheveux noirs sont plus longs qu'avant et ondulent légèrement dans la brise tiède du soir. Mes doigts ont une envie folle de se perdre dans cette masse épaisse et douce, de l'agripper à pleines mains tandis qu'il descendrait entre mes jambes, accomplissant des prouesses avec sa langue si agile.

À cette pensée, un élan d'excitation brûlante me tra-verse, accentuant la chaleur sous ma peau. Mon cœur cogne si violemment qu'il menace d'exploser, et je n'ai plus du tout froid. Je ne suis plus glacée de l'intérieur. Mon corps est revenu à la vie dès l'instant où Peter a parlé, et à présent il bourdonne de désir… malgré les doutes qui m'assaillent.

— Est-ce que tu vas m'enlever ?

Ma voix est ténue et bien trop aiguë, mais j'ai du mal à comprendre ce… je ne sais même pas ce que c'est. Comment peut-il surgir de nulle part, après plus de neuf mois, et se présenter à mon entourage comme un petit ami perdu de vue ? J'ai beau avoir imaginé mon second enlèvement de mille manières, ce scénario – qu'il entre tout simplement dans un bar et me prenne par la main – ne m'a jamais effleuré l'esprit. J'étais prête à ce qu'on m'enfonce une aiguille dans le cou, une capuche sur la tête – ou du moins, prête pour un réveil musclé en pleine nuit. Mais jamais une balade nocturne sur North Broadway, en plein Chicago. Comment peut-il se promener à découvert ? Il a utilisé un nom différent au bar, mais son visage n'a pas changé. Où sont les fédéraux ? Après des mois à épier mes moindres faits et gestes, ils ont brusquement…

— Je ne t'enlève pas. Je te ramène chez toi.

Sa main se resserre autour de la mienne, l'enveloppant de sa chaleur… Je sens sa volonté autour de moi, puissante et inflexible, aussi incontournable qu'une force de la nature.

Je secoue la tête pour tenter vainement de m'éclaircir les idées.

— Chez moi ?

Parle-t-il du Japon ? Parce que si tel est le cas, je dois lui dire que…

— À ton appartement.

Son regard de métal étincelle quand il croise le mien.

— Pour l'instant, en tout cas, puisque toutes tes affaires sont là-bas. Ensuite, on pourra retourner vivre à la maison, si tu veux, ou en trouver une autre plus proche de ton boulot.

J'ai l'impression d'être ivre ou complètement défoncée. Y avait-il quelque chose dans la bière que je viens de boire ?

— Mais de quoi parles-tu ?

Il s'arrête et je me rends compte que nous sommes devant ma voiture. Il me lâche la main et pose sa large paume à la peau dure contre ma joue, avant de dire tendrement :

— De nous, mon amour. Je parle de nous.

Sur ce, il prend mon sac à main, fouille son contenu, en sort la clé de la voiture et ouvre la portière.

CHAPITRE 43

Peter conduit, et je m'en réjouis. Je crois que je ne pourrais pas le faire moi-même – pas sans provoquer un accident, du moins.

Avec Peter, je n'ai pas ce souci. Il gère la voiture comme il gère tout le reste : avec une compétence calme et fatale. Alors que je le regarde quitter la place de parking, il m'apparaît que je ne l'ai encore jamais vu derrière un volant. Chaque fois que nous sommes montés ensemble dans un véhicule, c'était quelqu'un d'autre qui conduisait et Peter était sur la banquette arrière avec moi. Ce qui m'amène à une autre question : Où sont ses coéquipiers ? Pourquoi est-il tout seul ?

Et que voulait-il dire par « démissionner » ?

Mon esprit tourne à plein régime, au même rythme que mon pouls, mais je parviens à rassembler mes pensées embrouillées pour me concentrer sur une seule question à la fois.

— Qu'est-ce que tu entends par « nous » ? je demande en contemplant son profil bien dessiné.

À vrai dire, je le dévore du regard. J'avais oublié à quel point ses traits étaient saisissants de virilité, à quel point il était beau avec son magnétisme dangereux. Son visage est aussi mince que lorsque nous avons quitté la clinique – j'ignore à quoi il a employé son temps, mais ce n'était pas au repos ni à la relaxation – ses pommettes hautes sont semblables à des lames, son menton à la barbe naissante est si crispé qu'il semble presque sculpté dans le marbre.

J'aperçois son regard argenté et la cicatrice de son sourcil gauche quand il me jette un coup d'œil avant de reporter son attention sur la route.

— J'entends que je suis ici pour de bon, répond-il avec calme. J'ai obtenu l'amnistie complète et l'immunité – pour moi et le reste de mon équipe.

Mon souffle reste coincé dans mes poumons.

— L'amnistie et l'immunité ? Tu veux dire…

— Je veux dire que je ne suis plus un fugitif, en effet.

J'ai soudain l'impression de faire une chute vertigineuse. Il n'est plus recherché ?

— Comment ? Qu'est-ce que tu as fait ? Comment se fait-il que…

— C'est une longue histoire, mais disons que j'ai rendu service à un ancien employeur. Tu te souviens de Julian Esguerra, l'associé de Kent ?

Je prends une vive inspiration.

— Celui qui voulait te tuer pour avoir mis sa femme en danger ?

— Lui-même, confirme Peter en s'engageant sur l'autoroute avant de doubler un camion trop lent. En échange de ce service, Esguerra a fait jouer ses relations au sein de plusieurs gouvernements pour qu'on cesse de nous traquer.

Je le dévisage, sans voix. J'ignorais que les trafiquants d'armes illégaux avaient de tels pouvoirs, mais au fond, j'aurais pu m'en douter. Lucas Kent a même évoqué l'un de ses contacts à la CIA – John, Jeff Machin-chose ? – quand nous dînions chez lui, à Chypre.

— Waouh. Ce devait être un sacré service, dis-je enfin.

Peter hoche la tête sans détacher ses yeux de la route.

— Oui.

Il n'en dit pas plus, et je n'insiste pas. J'ai d'autres questions plus importantes à lui poser.

Plaquant mes paumes moites sur mes genoux, je demande sur le ton le plus désinvolte possible :

— Quand tu dis que tu es là pour de bon, qu'est-ce que tu veux dire exactement ?

Sa bouche s'étire pour former un léger sourire.

— D'après toi, mon amour ? Tu voulais un chien et une clôture blanche ? Des barbecues et des enfants au parc ? Eh bien, maintenant, je peux t'offrir tout ça – ou plutôt, Peter Garin peut te l'offrir.

Il revient sur la voie de droite pour emprunter la prochaine sortie.

— Ce monde différent que tu voulais, cette vie… Tu peux l'avoir, ptichka. Et moi aussi.

Mon cœur bondit dans ma poitrine.

— Tu veux sortir avec moi ? Ici ? Comme un couple normal ?

— Non, ptichka. Je ne veux pas sortir avec toi.

Il tourne sur la droite et s'arrête dans une station-service. C'est à ce moment que je me rends compte que le réservoir d'essence est pratiquement vide.

— Je reviens tout de suite, dit-il avant de couper le moteur.

Il sort et, d'un œil abasourdi, je le regarde recharger ma Toyota d'une main experte. Il paie directement à la pompe avec une élégante carte de crédit noire.

Mon assassin russe a une carte de crédit, et il s'en sert pour payer de l'essence.

Cette situation improbable – la présence de Peter, en train de faire une chose aussi banale – accroît l'impression irréelle qui m'étreint depuis que nous avons quitté le bar. Je n'arrive pas à me défaire du sentiment que je me trouve dans un rêve bizarre et que je peux me réveiller à tout moment, seule dans mon lit froid.

Et pourtant, non. La portière du côté conducteur s'ouvre de nouveau, laissant s'engouffrer l'air humide de l'été et une forte odeur de gasoil tandis que Peter remonte en voiture, repliant son corps imposant derrière le volant.

Si c'est un rêve, c'est le plus réaliste que j'aie jamais fait.

— Comment ça, tu ne veux pas sortir avec moi ? je demande quand nous quittons la station-service pour nous engager sur une route à deux voies. Dans ce cas, qu'est-ce que tu veux ?

Il s'arrête au feu rouge et me regarde.

— Je veux tout, Sara.

Sa voix grave est basse et profonde, ses yeux gris reflètent la lumière des lampadaires alentour.

— Je veux tes jours et tes nuits, tes heures et tes minutes. Je veux partager tes joies et tes peines, tes victoires et tes frustrations. Je veux m'endormir en te serrant dans mes bras tous les soirs, et me réveiller tous les matins en sentant le parfum de tes cheveux sur mon oreiller. Je te veux toi, ptichka – avec moi pour toujours, de toutes les manières.

Je le regarde fixement. À chacun de ses mots, mon cœur se serre un peu plus.

— Que…

Je déglutis pour humecter ma gorge sèche.

— Qu'est-ce que tu es en train de me dire, Peter ?

Le feu a dû passer au vert, parce qu'il reporte son attention sur la route et la voiture avance.

À mon grand étonnement, quelques instants plus tard, nous nous arrêtons de nouveau et je me rends compte qu'il s'est rangé sur le bas-côté. Avec sérénité, il passe au point mort, puis il se tourne vers moi.

Je cligne des yeux. Mon pouls s'accélère quand il détache sa ceinture et glisse la main dans la poche de son jean pour en sortir une petite boîte en velours.

— Voilà ce que je suis en train de te dire, annonce-t-il alors d'un ton posé.

Je retiens ma respiration lorsqu'il ouvre l'écrin pour révéler une bague sertie d'un diamant – un magnifique solitaire qui doit au moins compter plusieurs carats. Avec l'anneau délicat en or blanc ou en platine, c'est à la fois simple et somptueux – exactement ce que j'aurais choisi si j'avais cent mille dollars à dépenser.

Stupéfaite, je lève les yeux et rencontre son regard.

— Peter…

— Je veux que tu sois ma femme, Sara, dit-il d'une voix douce en se penchant pour prendre ma main gauche.

Ses doigts sont chauds et secs sur ma peau frissonnante, et dans la pénombre de l'habitacle son regard est presque noir. On dirait que nous sommes seuls dans l'obscurité. Le reste du monde cesse d'exister lorsqu'il glisse l'anneau à mon annulaire gauche. La sensation fraîche et métallique est semblable à celle d'une menotte autour de mon cœur.

Un souffle tremblant m'échappe.

Oh, mon Dieu. C'est en train de se passer.

C'est réellement en train de se passer.

Par réflexe, j'essaie de retirer ma main, mais il resserre sa poigne, refusant de me lâcher.

— Je veux te posséder, devant la loi et de toutes les façons possibles, poursuit-il.

Cette fois, je perçois l'acier derrière la douceur, je sens le piquant du barbelé drapé de soie.

— Tu m'appartiens déjà, ptichka, et je veux l'officialiser, ajoute-t-il, ses lèvres esquissant un sourire sombre. Je veux que tu m'épouses. Et vite.

CHAPITRE 44
SARA

Je passe le reste du trajet dans un état second. La bague à mon doigt est à la fois brûlante et glacée sur ma peau. Je n'ai pas répondu à la demande de Peter sur le bord du trottoir – j'en étais incapable – et heureusement, il n'a pas insisté.

Il s'est contenté de reprendre la route.

Nous nous garons devant mon immeuble et Peter vient m'ouvrir la portière. Il me prend la main et m'aide à sortir de la voiture. Son geste est attentionné et possessif, et son regard m'enveloppe avec un désir qui accélère mon rythme cardiaque et déclenche une alarme dans ma tête.

Il n'attendra pas plus longtemps pour me prendre.

Il sera sur moi – et en moi – dès que nous entrerons.

— Attends, dis-je dans une tentative désespérée pour calmer le jeu.

J'ai très envie de lui – il m'a beaucoup manqué sur le plan physique –, mais je ne suis pas encore prête. Ça fait trop longtemps et j'ai encore de nombreuses questions sans réponses.

Je dégage ma main et recule contre la voiture.

Sa mâchoire se contracte et il s'avance, plaquant les mains sur le toit pour m'emprisonner entre ses bras musclés.

— Tu crois que je n'ai pas attendu ?

Il se penche sur moi. Ses yeux argentés sont brillants, et même si on ne se touche pas, je sens la chaleur que dégage son corps puissant.

— Putain, tu crois que je n'ai pas été assez patient pendant ces longs mois ?

Mon sang ne fait qu'un tour devant la colère à peine contenue dans sa voix, et une fureur éclate brusquement en moi – je l'ai sentie monter progressivement pendant sa longue absence. Tous ces mois d'inquiétude, pendant lesquels j'attendais d'être enlevée sans savoir s'il était blessé ou captif, tous les mensonges, les semi-vérités et les nuits blanches, pour le voir débarquer dans un bar comme si de rien n'était ? Me passer la bague au doigt comme si, après la torture et le rapt, le mariage était la prochaine étape toute désignée ?

Je serre les dents et tends les mains, lui frappant les épaules du plat de mes paumes.

— Mais alors, où étais-tu passé ? je m'exclame.

Il a un mouvement de recul instinctif, surpris par ma réaction.

— Pourquoi as-tu été aussi long ? Moi aussi, j'ai attendu, putain… j'ai attendu, encore et encore…

Ses lèvres s'écrasent contre les miennes et ses mains se referment sur mes joues tandis qu'il me plaque contre la voiture. C'est moins un baiser qu'une conquête. Sa langue impitoyable envahit ma bouche avec fougue. Je sens le goût du sang, car mes dents ont fendillé ma lèvre, aussitôt remplacé par son goût familier, par la chaleur et la violence sombre de son désir.

J'aurais dû me sentir submergée, mais mon corps s'éveille avec une ardeur réactive, mes mains empoignent son t-shirt et je lui rends son baiser, aspirant sa langue intrusive, ripostant par ma propre invasion de ses sens. Ce que nous faisons là, j'en ai rêvé toutes les nuits et mon corps n'a eu de cesse de le désirer.

C'est pour ça que je n'ai jamais pu regarder un autre homme, et encore moins m'imaginer avec quelqu'un.

Au bout d'une minute, ses lèvres se radoucissent et ses mains libèrent mon visage pour s'aventurer sur le reste de mon corps. L'une de ses paumes me presse un sein tandis que l'autre se referme sur mes fesses. En dépit de la tendresse du baiser, ses gestes restent implacables, possessifs au-delà du raisonnable – on dirait un roi réclamant ce qui lui revient de droit. Je sens le renflement épais dans son jean, qui s'appuie contre mon ventre. Des vagues de chaleur déferlent dans mon corps tandis que sa bouche descend le long de mon cou, me marquant par des baisers chauds et mordants, en même temps que sa main abandonne mes fesses pour plonger dans mes cheveux.

— Tu es à moi, gronde-t-il à mon oreille, me tirant la tête en arrière.

J'ai la chair de poule lorsqu'il me mordille le lobe d'oreille et glisse son genou entre mes jambes. Je me retrouve à cheval sur sa cuisse aux muscles bandés. Malgré les couches formées par nos deux jeans, la pression de son sexe est brutale et intense. Il me presse à nouveau les seins, faisant frotter mon soutien-gorge contre mon téton durci. La chaleur se répercute par pulsations jusqu'à mon clitoris et je sens une tension familière monter aux tréfonds de mon être. À califourchon sur sa jambe sans pouvoir rien faire, j'ai une conscience viscérale de son odeur et de son goût si puissamment viril, de la taille et de la dureté impressionnantes de son corps, et de sa main qui se fraye un chemin sous mon haut, sa paume chaude et calleuse sur ma peau nue augmentant brutalement la tension du moment.

Je jouis avec un cri étranglé, libérant tout le désir accumulé d'un seul coup. Mon corps se contracte, saisi de spasmes tant l'extase est explosive. Mes orteils se recroquevillent dans mes chaussures. Je suis éblouie et vaguement consciente d'un ricanement lointain. Soudain, je me retrouve en position horizontale, soulevée dans ses bras d'une force incroyable.

Stupéfaite, j'ouvre les yeux et passe les bras autour du cou de Peter. Il marche vite et nous avons déjà traversé la moitié du parking, mais j'ai le temps de distinguer trois adolescents, de l'autre côté. Je me rends compte qu'ils ont dû nous voir et je rougis alors que le brouillard provoqué par l'orgasme se dissipe dans ma tête.

— Peter, ils…

— Je sais.

Sa mâchoire est crispée. Il traverse le parking à grandes enjambées, d'une démarche assurée, me transportant aussi aisément que si j'étais une enfant.

— Il faut rentrer.

Les sifflets et les plaisanteries des adolescents atteignent de nouveau mes oreilles, et je repousse ses épaules.

— Pose-moi. S'il te plaît, je suis capable de marcher.

La dernière chose dont j'ai besoin, c'est qu'on me porte dans le hall comme une mariée en tenue de ville.

À mon soulagement, Peter m'écoute et me dépose lorsque nous arrivons devant l'entrée de l'immeuble. C'était moins une. Nous n'avons pas de concierge, mais j'aperçois mes voisines – deux jeunes femmes habillées pour la soirée. Elles sortent au moment où nous entrons, et leurs regards intrigués passent de moi à Peter, qui maintient une main possessive autour de mon bras.

Je ne les connais pas très bien – nous avons simplement échangé des banalités à propos de la météo – et je leur adresse un sourire gêné en leur souhaitant une bonne soirée.

— À vous aussi, répond l'une des deux femmes, qui dévisage ouvertement Peter tandis que sa colocataire se met à glousser comme une écolière. Passez une très bonne soirée.

Je rougis encore plus et elles passent leur chemin en chuchotant et en pouffant, leurs têtes penchées l'une vers l'autre. Pour la première fois, je suis contente que les habitants de l'immeuble ne forment pas une communauté très soudée. Il y a de nombreux locataires comme moi, et avec le taux de renouvellement élevé, les gens ne prennent pas le temps de connaître leurs voisins – ni de colporter des rumeurs à leur sujet.

— Des amies à toi ? demande Peter en me libérant le bras pour appuyer sur le bouton de l'ascenseur.

Je secoue la tête.

— Pas vraiment, dis-je avant de lever les yeux, les sourcils froncés. Tu ne le sais pas ? Je croyais que tu me faisais suivre.

Un amusement sombre transparaît dans ses yeux gris.

— Bien sûr. Mais mes hommes ne pouvaient pas vraiment s'approcher, avec les fédéraux qui surveillaient tes moindres faits et gestes et cherchaient à savoir s'il y avait des micros.

— Oh.

C'est cohérent. Voilà qui explique pourquoi, la plupart du temps, je ne voyais que les agents du FBI.

Les portes de l'ascenseur coulissent et il m'invite à entrer. Sa main au bas de mon dos est chaude et délicate – mais inflexible comme de l'acier. Mon cœur rate un battement avant d'adopter un rythme plus soutenu.

Il m'escorte.

Il me guide manu militari vers l'appartement pour qu'on puisse baiser.

— Tu n'as pas vraiment cru que j'allais t'abandonner, si ? dit-il d'une voix douce alors que l'ascenseur se met en branle.

Je secoue de nouveau la tête, m'arrachant à son regard pénétrant. Je remarque la bosse considérable dans son jean, et la chaleur de mes joues s'intensifie.

Est-il en érection depuis le début ?

Ça expliquerait la bouffée d'œstrogènes chez mes voisines.

Je m'efforce de détourner les yeux, mais c'est encore pire. Il y a un miroir de chaque côté de l'ascenseur, et mon reflet me donne envie de m'enfoncer dans le sol. À cause de notre coup de folie sur le parking, non seulement j'ai la culotte mouillée, mais ma lèvre inférieure est gonflée, mes joues sont rose vif et mes cheveux se dressent sur le côté.

On dirait que je rentre à la maison après une orgie.

Désespérée, je tourne la tête et croise le regard de Peter.

— Au fait, tu ne m'as jamais dit… Pourquoi tu as mis si longtemps pour revenir me chercher ?

Sa mâchoire frémit.

— Parce que ce service que j'ai rendu à Esguerra… ça a duré longtemps. Je voulais revenir plus tôt, ptichka, crois-moi.

Il me regarde fixement.

— Je t'ai manqué ? Tu espérais que je reviendrais ?

Je déglutis et tourne la tête lorsque les portes de l'ascenseur s'ouvrent, m'évitant d'avoir à répondre. Je croyais m'être réconciliée avec mes sentiments contradictoires à l'égard de Peter, avoir fait la paix avec le fait que l'assassin de mon mari avait réussi à voler mon cœur, mais tout d'un coup, je n'en suis plus si sûre. Ce qui se passe – le retour de Peter dans ma vie de tous les jours – est trop inattendu, si réel que c'en est terrifiant. Je suis incapable de me faire à cette idée, de réfléchir aux complications qu'impliquerait une tentative de relation normale – *un mariage* – avec un ancien meurtrier qui m'a torturée et enlevée. Si tout cela

266

est bien réel, que vais-je dire à mes parents qui le considèrent toujours comme « un criminel » ? Ou à Marsha, qui
connaît la version officielle du FBI dépeignant Peter en tant
que monstre, mais qui sait aussi qu'il a tué George ? Et le
FBI nous laissera-t-il vraiment en paix ? Comment est-ce
possible, alors que l'homme qui se tient dans cet ascenseur
avec moi est probablement la personne la plus dangereuse
au monde ?

Chaque fois que je nous imaginais ensemble, c'était
ailleurs et je tenais le rôle de prisonnière consentante.
J'étais prête à accepter mon sort de captive, à reconnaître
que mon destin était auprès de mon tourmenteur, mais je
n'étais pas prête à ça.

La bague est froide et lourde à mon doigt lorsque nous
quittons l'ascenseur et que Peter me conduit dans le couloir en direction de l'appartement. Il n'est jamais venu dans
mon immeuble – ou du moins, je le suppose – et pourtant
il n'y a aucune hésitation dans ses gestes. Il ne semble pas
perdu ni incertain d'aucune manière. Il évolue dans ce couloir inconnu avec son assurance habituelle, et je ne peux
m'empêcher de l'envier.

Moi-même, je me sens désespérée, à la dérive, comme
un navire sans gouvernail en pleine tempête.

Nous rejoignons ma porte et je cherche maladroitement
les clés de l'appartement dans mon sac à main, consciente
du regard de Peter. Il n'a pas l'air impatient, mais je perçois
au fond de lui le besoin violent qu'il contient. Ma respiration s'accélère et mes paumes deviennent moites quand je
referme enfin les doigts autour du porte-clés récalcitrant.

— Attends, laisse-moi faire.

Il me prend les clés des mains et trouve avec une précision sans faille celle de l'appartement avant d'ouvrir du premier coup.

Nous entrons et il referme la porte pendant que j'allume la lampe du salon. J'entends le déclic du verrou et je me retourne pour le regarder, le cœur battant.

— Peter…

Il est sur moi avant que je puisse prononcer un mot. Ses grandes mains encadrent mon visage et il me pousse contre le canapé, sa bouche avide contre la mienne lorsque nous tombons sur les coussins moelleux dans un désordre de membres et de désirs déchaînés.

Tous mes doutes sont balayés, noyés sous une vague d'envies si intenses qu'elles déclenchent un incendie dans mes veines. L'orgasme dans le parking n'a fait qu'aiguiser mon appétit, laissant mon sexe sensible et gonflé, avide d'autre chose. Mes tétons sont durs à la limite du soutenable et je sens presque mon entrejambe palpiter quand il déchire mon haut et baisse ma fermeture éclair dans un geste brutal et impatient, avec cette même envie qui m'a tourmentée pendant des mois.

Je lui rends chacun de ses baisers. À mon tour je déchire son t-shirt, et il tire sur mon jean. Il pousse un grognement de frustration quand mon pantalon se coince autour de mes ballerines. Je parviens à me déchausser et à expédier le jean roulé en boule, tandis qu'il dégrafe mon soutien-gorge. Bientôt, je me retrouve nue sous son corps, étendue sur le canapé pendant qu'il se débarrasse de son propre pantalon.

Il n'y a pas de paroles tendres, pas de caresses attentionnées – rien que la sensation brute de son corps lorsqu'il me pénètre avec force, le visage crispé par le désir et
les yeux luisants. Il m'attrape les poignets pour les plaquer
au-dessus de ma tête. J'inspire vivement sous la brutalité de
son invasion. Mes muscles internes se contractent, peinant
à s'ajuster à son incroyable épaisseur, s'étirant du mieux
possible pour l'accueillir. J'ai l'impression que mon corps
a oublié ce domaine et que c'est notre toute première fois
ensemble, bien que la honte et la culpabilité ne soient plus
que des ombres légères dans mon esprit.

J'ai besoin de ça – j'ai besoin de *lui* – et je ne peux pas
le nier.

Après s'être enfoncé en moi, il marque une pause, m'ac-
cordant un moment pour m'habituer à sa présence. Je vois
bien qu'il a du mal à garder le contrôle, à retenir son côté
sauvage pour ne pas me blesser.

— C'est bon… je murmure en resserrant mes muscles
pelviens autour de sa queue rigide. C'est bon, Peter… je
vais m'y faire.

À vrai dire, j'ai très envie de m'y faire.

Ses pupilles se dilatent et, dans les profondeurs de ses
yeux métalliques, je vois le monstre affleurer à la surface.
Avec un grondement grave et guttural, il me pénètre encore plus profondément. Je pousse un cri, le dos cambré,
tandis qu'il imprime un rythme féroce.

Il me prend avec violence, me labourant sans pitié, et je
crie de plus en plus fort. La douleur se fond dans le plaisir
et mon esprit s'engourdit dans un bruit blanc qui fait taire
le bourdonnement incessant de mes pensées. Je n'ai plus de

place pour la culpabilité ni l'inquiétude, plus de place pour les doutes et les questions. Il n'y a que ça, il n'y a que nous, et lorsque la tension monte en flèche, je hurle son prénom. Je ne suis consciente de rien à l'exception des sensations insoutenables et de l'extase qui me font voler en éclats.

Il jouit en même temps que moi. Son cou puissant se contracte et il rejette la tête en arrière, ses hanches plaquées contre les miennes. La pression déclenche une vague secondaire et un autre cri m'échappe. Mes muscles internes se resserrent et se crispent, je ressens chaque centimètre ancré en moi, puis il gémit à son tour et m'inonde de sa semence.

J'ai dû perdre connaissance, ou du moins fermer les yeux, car l'instant d'après je sens qu'on me transporte, jusqu'à la salle de bain cette fois.

Je cligne des paupières, refermant instinctivement les bras autour du cou de Peter lorsqu'il entre dans la baignoire et me dépose sur mes pieds.

— Ça va ? murmure-t-il, m'aidant à garder l'équilibre lorsque je le lâche.

Je hoche la tête, encore trop éblouie pour parler.

— Tant mieux.

Il sort de la baignoire et retire les quelques vêtements qu'il portait encore. Je dévore des yeux son grand corps nu et admire les lignes de son physique puissant quand il revient dans la baignoire à côté de moi. Il tire le rideau et ouvre le robinet. Chaque muscle ciselé de son dos se contracte lorsqu'il bouge. Ses fesses sont fermes et rondes quand il se penche pour vérifier la température de l'eau. Ses bourses se balancent, lourdes entre ses jambes, avec sa queue encore à moitié dure. Je sens le rouge me monter aux joues en remarquant sur sa peau l'humidité luisante de nos fluides corporels combinés.

Une fois de plus, pas de préservatif. Pour une quelconque raison, ça ne me dérange pas – et je ne suis pas étonnée le moins du monde. Si Peter a vraiment l'intention de faire ça – de s'installer avec moi et de mener une vie normale –, alors les enfants ne sont pas une notion si incongrue. Étant donné qu'il souhaite me faire tomber enceinte, je ne dois pas m'attendre à retrouver l'usage des préservatifs. Nous sommes tous les deux en bonne santé, à moins que…

— Tu as couché avec quelqu'un ? je lâche de but en blanc, atterrée par cette éventualité qui se fait jour dans mon esprit. Pendant ton absence, je veux dire…

Je n'en reviens pas de ne pas y avoir pensé plus tôt. Peter est un homme en pleine force de l'âge, viril et très sexuel, avec un physique et des atouts fatals destinés à mouiller les petites culottes. La preuve, mes voisines – deux femmes d'une vingtaine d'années – en train de glousser comme des gamines en cours élémentaire. Je n'ai aucune raison de supposer qu'il m'est resté fidèle pendant tout ce temps. Neuf mois de célibat pour quelqu'un comme Peter, c'est…

— Quoi ?

Il pivote vers moi en fronçant ses sourcils noirs.

— Tu es sérieuse ?

Je hausse les épaules en essayant de paraître naturelle, même si l'idée qu'il puisse toucher une autre femme me donne envie de vomir.

— Neuf mois, c'est long, et on ne peut pas dire qu'on soit…

— Qu'on soit *quoi* ?

Sa voix est dangereusement mielleuse et il m'empoigne les bras.

— Qu'on soit quoi, Sara ?

Ma bouche se dessèche quand je vois le regard qu'il me lance.

— Tu sais… dis-je avant de déglutir. Engagés dans une relation.

— Es-tu en train de me dire que tu as couché avec quelqu'un d'autre ?

Ses doigts s'enfoncent dans ma peau et un nerf tressaute sur sa tempe.

— Que tu as laissé un autre…

— Non !

Comment peut-il avoir une idée pareille ?

— Bien sûr que non ! Et puis, je suis certaine que tes espions te l'auraient dit. Ils ne pouvaient peut-être pas m'approcher, mais ils n'auraient jamais laissé passer quelque chose comme ça.

Il relâche légèrement sa poigne de fer.

— Non, sans doute, acquiesce-t-il après un instant de réflexion.

Puis il me libère et se retourne pour enclencher le bouton qui dirige l'eau du robinet jusqu'au pommeau de douche, au-dessus de nos têtes.

Je cligne des yeux quand l'eau jaillit et je le regarde ajuster la puissance du jet. Enfin, il se tourne de nouveau vers moi. L'eau lui fouette le dos.

— Je n'ai rien baisé d'autre que mon poing depuis que je t'ai laissée, dit-il d'une voix monocorde. En fait, depuis notre rencontre, je n'ai même pas effleuré une seule femme dans une foule. Tu es la seule pour moi, ptichka – tout ce que je veux, maintenant et à jamais. Chaque nuit de ces neuf derniers mois, je me suis allongé dans mon lit avec la queue si dure qu'elle me faisait mal, et j'ai pensé à toi. Rien qu'à toi. Tu étais dans chacun de mes rêves érotiques, dans chacun de mes fantasmes. J'ai envie de te baiser en permanence, où que nous soyons, quoi que nous fassions. Même quand des océans nous séparent, tu es la seule que je désire – la seule que je désirerai jamais.

Ma gorge se noue, piégeant l'air dans mes poumons. Je le crois. Comment pourrait-il en être autrement ? Il ne m'a jamais menti, n'a jamais essayé de cacher ses sentiments. Depuis le tout début, j'ai connu la profondeur de son obsession envers moi. Même si cela me faisait peur, et aussi tordu que ce soit, c'était à la fois très rassurant.

Tant que nous vivrons.

Un déclic se fait, comme une ampoule qui s'allume, dissipant le brouillard et l'hébétude de nos ébats.

— Peter…

Ma voix chevrote quand je tends les mains pour prendre la sienne entre mes paumes.

— C'est pour moi que tu l'as fait ?

Il penche la tête. Ses yeux gris semblent perplexes.

— Fait quoi, ptichka ?

— Ce service que tu as rendu à Esguerra pour être rayé de la liste des criminels recherchés… cette chose qui t'a retenu si longtemps.

Je lui serre la main et la pose contre ma poitrine, où une pression singulière comprime mon cœur battant.

— J'en suis la raison ? Est-ce que tu l'as fait pour pouvoir être ici, avec moi ?

Il se renfrogne et enveloppe de son autre main nos paumes jointes.

— Bien sûr, ptichka. Ce n'est pas ce que tu voulais ? Une vie où je ne serais pas fugitif, où nous pourrions être ensemble sans que tu perdes ta famille et ta carrière ?

Je lève les yeux vers lui. Je prends enfin la mesure de ce qu'il a fait. C'est exactement ce que je voulais, ce à quoi j'aspirais au plus profond de mon cœur. C'est mon rêve le plus sombre et le plus inavoué – une vie normale avec mon tourmenteur – et il vient d'en faire une réalité.

Il a réalisé l'impossible, tiré Dieu sait combien de ficelles – tout ça pour moi.

La vapeur qui remplit la salle de bain me pique les yeux et l'étau se resserre un peu plus autour de mon cœur.

Peter m'aime.

Il m'aime vraiment, sincèrement.

Ce qu'il pourrait faire pour moi n'est plus théorique.

C'est réel. Il l'a fait.

— Ce n'est pas ce que tu voulais, Sara ? répète-t-il.

Son front se creuse et je hoche la tête telle une marionnette, incapable de retrouver l'usage de la parole.

— Bien.

Il extrait délicatement sa main de ma poigne et se tourne sur le côté pour me laisser la place sous le jet d'eau. Il s'empare du flacon de shampoing et s'en verse dans la paume, avant d'entreprendre un massage de mon cuir chevelu, comme si c'était tout naturel après ce genre de révélation.

Comme s'il n'y avait rien d'autre à ajouter.

Et c'est peut-être vrai. On devrait reprendre cette conversation plus tard, quand je serai moins abasourdie, moins submergée par son brusque retour et tout ce qui l'accompagne. Parce que je ne sais toujours pas quoi lui dire, comment expliquer ce que je ressens.

Comment lui dire que je suis folle de joie, et à la fois terrifiée par sa présence.

Il me lave soigneusement les cheveux, me massant le crâne et le cou de ses doigts énergiques, puis il applique l'après-shampoing et le laisse reposer pour s'occuper du reste de mon corps. Ses mains calleuses et savonneuses glissent sur toute la surface de ma peau, me cajolant et me caressant avec un parfait équilibre entre tendresse et fermeté.

C'est une sensation merveilleuse, comme le soin de thalasso le plus exquis, et lorsqu'il me rince enfin pour me débarrasser du savon, je prends le gel douche et lui rends la pareille. J'aime sentir sa peau douce sous la rugosité de ses poils quand mes mains glissent le long de son corps athlétique et solide.

Il a toujours pris soin de moi, me choyant comme une princesse, mais je me rends compte que je ne me suis jamais occupée de lui. J'ai toujours trouvé que rendre à mon tourmenteur l'affection qu'il me témoignait était une trahison envers George et tout ce qui comptait. Si au lit je ne pouvais pas me contrôler, je restais distante le reste du temps, acceptant les soins que Peter me prodiguait sans jamais les lui retourner.

J'éprouve toujours une certaine culpabilité, l'impression d'avoir tort, mais ce n'est plus cette pression étouffante que je ressentais autrefois. Au fil des mois, alors que le choc de la mort violente de George s'estompait, j'ai commencé à y réfléchir de manière plus rationnelle, à analyser les événements sous une perspective différente.

D'abord, George n'était plus vraiment vivant quand Peter lui a tiré une balle dans la tête. Il était dans le coma depuis dix-huit mois, et étant donné les dégâts de son cerveau, il n'avait presque aucune chance de s'en sortir. Tôt ou tard, j'aurais dû prendre la terrible décision d'arrêter l'assistance respiratoire – perspective à laquelle j'évitais de penser, d'autant plus que j'étais convaincue que l'accident de George était en partie ma faute.

Dans un sens, c'est Peter qui a endossé pour moi cette sinistre responsabilité – et je m'autorise à y penser depuis peu.

Il y a aussi le fait que George m'a trahie. L'alcoolisme qui a gâché notre mariage était grave, mais pendant tout ce temps, il a mené une double vie en suivant une carrière d'espion dont j'ignorais tout. Il m'a fallu longtemps pour le digérer totalement, mais à présent la trahison flagrante de George me saute aux yeux et l'amour que je pensais éprouver pour lui ne me paraît plus qu'une chimère.

Bien sûr, rien de tout cela ne justifie les actes de Peter – sous aucun prétexte. C'est toujours l'assassin amoral qui a tué plus de personnes que je ne peux l'appréhender, l'homme qui m'a torturée, harcelée et enlevée. Et maintenant, c'est l'homme qui m'aime, qui a prouvé sans la moindre équivoque à quel point je comptais à ses yeux.

Il est prêt à faire tout ce qu'il faudra, non seulement pour m'avoir, mais aussi pour me rendre heureuse.

Je finis de laver son torse et son ventre, puis je passe à ses aisselles et ses larges épaules, avant de masser, de mes mains couvertes de savon, les muscles épais et compacts de son dos. Il semble apprécier, réagissant comme un gros chat à mes caresses. Je pétris plus attentivement ses épaules avant de m'accroupir pour lui nettoyer les jambes. Ses cuisses sont en acier, ses muscles puissants dénués de toute élasticité, et il a les fesses aussi rondes et toniques que celles d'un culturiste. Incapable de me retenir, je presse ces muscles fermes et lève la tête, clignant des paupières sous le jet d'eau. Il a les yeux fermés et la tête renversée en arrière dans une béatitude purement virile.

Il aime ce que je suis en train de faire. À tel point que sa queue ne tarde pas à durcir.

Sur une impulsion, je referme mon poing savonneux autour de cette colonne épaisse et prends ses bourses entre mes doigts, avant de jeter un nouveau coup d'œil vers lui à travers le jet d'eau. À présent, il me regarde. Sur son visage, une envie de prédateur a succédé à la torpeur.

— Continue, dit-il d'une voix rauque en glissant sa main dans mes cheveux. Et mets-la dans ta bouche.

Refermant le poing entre mes mèches mouillées, il dirige mon visage vers son entrejambe et exerce une pression subtile, mais implacable.

J'obéis et ajuste mes lèvres autour de sa queue en pleine érection. Je sens l'eau et les résidus de savon sur ma langue. Je m'avance, à genoux. Malgré mes précédents orgasmes, la chaleur monte en moi et mon sexe recommence à palpiter. Cette fois, j'en suis peut-être à l'initiative, mais il prend rapidement le dessus, comme toujours. Sans prévenir, le souvenir de la période où il me punissait me revient à l'esprit et mes parois internes se resserrent dans un élan de désir. Les images dans ma tête sont plus érotiques que n'importe quel film pornographique.

À cette époque, il me baisait la bouche. Il m'attachait les mains dans le dos et me possédait sans pitié, contrôlant ma respiration, ma vie entière. C'était brutal, profondément humiliant, et pourtant j'éprouvais le même désir insoutenable, j'appelais les ténèbres à moi.

Je ne comprends pas vraiment pourquoi sa brutalité m'excite à ce point, pourquoi j'aime lui être soumise de la sorte. Avant de rencontrer Peter, mes fantasmes sexuels impliquaient rarement un tel élément de force ou de contrainte. Je restais dans ma zone de confort en choisissant la facilité, même en pensée. Est-ce possible que le traumatisme de notre première rencontre dans ma cuisine m'ait transformée d'une certaine manière ? Peut-être qu'après coup, des connexions se sont faites dans mon esprit, mêlant la violence subie entre ses mains à une forme de plaisir.

Quelles qu'en soient les raisons, je me consume lorsqu'il enfonce sa queue dans ma bouche, si loin que je manque suffoquer. Par réflexe, je m'agrippe à ses cuisses d'acier, mais je ne fais rien pour résister, pas même quand il commence à avancer les hanches, à aller et venir dans ma gorge avec une vigueur accrue. Je me contente de le regarder, clignant des paupières sous le jet d'eau, et quand l'élancement entre mes cuisses devient insupportable, j'y glisse la main pour me caresser le clitoris, laissant ses coups de reins rythmer les mouvements de mes doigts.

Il s'en aperçoit et ses traits taillés à la serpe se durcissent. Son regard de prédateur s'intensifie.

— Oui, c'est ça, ptichka.

Sa voix n'est qu'un grondement sourd et guttural. Ses coups redoublent dans ma bouche, me coupant la respiration.

— Continue comme ça. Je veux te voir jouir.

Les larmes aux yeux, je m'exécute et me frotte le clitoris encore plus rapidement sans le quitter du regard. Mon autre main lui cramponne la cuisse. Mon cœur bat plus fort quand le manque d'air se fait sentir.

Je ne respire pas.

Je ne respire pas, et j'ai de l'eau sur le visage.

Tout mon corps se crispe et je ferme vivement les yeux. Mes muscles sont tétanisés et mon esprit me ramène dans ma cuisine, aux tortures que j'y ai subies, quand j'ai failli me noyer dans l'évier. Ce souvenir me glace le sang, mais le feu qui me consume ne faiblit pas. Au fond, la terreur ne fait que le raviver, accentuant la tension. Même si je m'accroche à la cuisse de Peter, en proie à la panique, mon autre main n'interrompt pas les caresses frénétiques entre mes jambes.

Je jouis avec une telle puissance qu'une lumière explose derrière mes paupières closes. Les spasmes ébranlent tout mon corps et je pousse un hurlement. Ce n'est qu'en m'effondrant contre les jambes de Peter que je prends conscience que ma bouche est libre et que je respire.

Hébétée, je lève les yeux et constate qu'il a empoigné sa queue, avec une grimace bestiale. Enfin, il jouit dans un gémissement rocailleux, faisant gicler des traînées de sperme sur mon visage et dans mes cheveux. Je cligne des paupières en m'essuyant le front d'une main tremblante, puis il m'aide à me lever. Son geste est assuré, même s'il subit encore le contrecoup de son propre orgasme.

Je ne dis rien, et il me lave une nouvelle fois les cheveux sans prononcer un mot. Ce n'est qu'après être sorti de la douche et m'avoir entièrement séchée qu'il prend la parole.

— Tu ne m'as toujours pas donné ta réponse, tu sais.

Son intonation est calme, mais je remarque une certaine noirceur dans le gris clair de ses yeux lorsqu'il enroule la serviette autour de moi avant de se sécher.

Je cligne des paupières en retenant le bord de la serviette.

— Il y avait une question ?

Je sais de quoi il parle, évidemment – la bague me fait toujours un drôle d'effet –, mais je suis loin d'être prête pour cette discussion. Je ne pensais même pas qu'elle adviendrait un jour. Il ne m'a pas demandé de l'épouser, il me l'a simplement imposé. Alors, on ne peut pas dire que je suis censée…

— Non, Sara, fait-il en lâchant sa serviette pour s'avancer, me plaquant contre le lavabo. Ne joue pas avec moi.

Les muscles de sa mâchoire se contractent et, en se penchant, il agrippe la faïence lisse de part et d'autre de mon corps.

— Tu vas m'épouser ?

Je lève les yeux vers lui, pétrifiée, incapable de parler et de réfléchir. Je ne m'attendais pas à ce qu'il exige une réponse, ni même à ce qu'il en attende une. Depuis le début, c'est lui qui a pris toutes les décisions dans notre curieuse relation, et j'ai du mal à croire qu'il me laisse le choix.

Qu'il me laisse l'option de ne pas l'épouser.

— Et si…

Je déglutis et resserre la serviette.

— Et si je ne veux pas ?

Son visage se crispe.

— C'est un non ?

Oui. Non. Je ne sais pas. Comment puis-je lui répondre alors que mon cerveau est une bouillie sentimentale après son retour inattendu et tous les orgasmes qu'il a arrachés à mon corps ? J'ai envie de filer à l'anglaise, de me glisser sous les couvertures et de dormir tout mon saoul, pour me réveiller avec une lucidité magique. Pourtant, malgré mon état embrumé, je sais que ça n'arrivera jamais. Il n'y aura jamais un oui ni un non franc en ce qui concerne Peter. La décision ne sera jamais facile à prendre. Ce que nous partageons, c'est un fantasme de psychanalyste, et je pourrais dormir pendant une semaine non-stop sans avoir les idées plus claires sur le caractère malsain de notre relation.

Oui ou non. Vais-je épouser l'assassin qui m'a torturée ? Il m'aime, et je suis pratiquement certaine de l'aimer. « Pratiquement » parce qu'une petite partie de moi se recroqueville encore, apeurée et embourbée dans la culpabilité, le dégoût de soi et la honte. Même si je finis par lui pardonner la mort de George, je ne peux pas oublier que c'est un tueur – qu'au nom de la vengeance, il a infligé souffrances et chagrin.

Lui-même a souffert plus que je ne peux le concevoir.

Je soutiens son regard et sens la température de la salle de bain humide chuter au fur et à mesure que son regard dur et métallique s'assombrit.

— Oui. C'est un oui.

Ces paroles m'échappent de leur propre initiative, comme si un démon m'avait tirée par la langue. Pourtant, dès que je les ai prononcées, elles me semblent justifiées.

Comme si c'était écrit.

La tension agressive abandonne son visage, même si une certaine menace s'attarde.

— Bien, dit-il à voix basse avant de s'écarter du lavabo.

Il tourne les talons et sort de la salle de bain. Je m'effondre en prenant de grandes inspirations, espérant apaiser mon ventre noué.

J'ai dit oui.

J'ai accepté d'épouser mon tourmenteur.

Oh, mon Dieu. Qu'est-ce que j'ai fait ?

CHAPITRE 45
PETER

Je regarde ma belle fiancée dormir, alternant entre la joie et une obscure satisfaction. Son visage aux traits fins est particulièrement doux et délicat dans le sommeil. L'une de ses petites mains forme presque un poing sous sa joue et ses lèvres rebondies sont entrouvertes.

Je devrais sans doute éteindre la lampe de chevet et dormir, moi aussi, mais je raterais ce spectacle. J'ai la crainte irrationnelle que, si je ferme les yeux, tout n'aura été qu'un rêve, un fantasme comme ceux qui m'ont aidé à tenir pendant tous ces mois.

Ma Sara.

Enfin, elle est à moi.

Elle m'appartient, et bientôt, le monde entier le saura.

Elle était épuisée quand je l'ai enfin emmenée au lit, si fatiguée qu'elle a immédiatement sombré. Je l'ai câlinée pendant une heure sans prêter attention aux envies de mon corps, puis je me suis connecté sur son ordinateur portable pour entreprendre les dispositions nécessaires.

Elle a accepté de m'épouser. Le bonheur que je ressens à cette idée est presque violent. J'étais prêt à recourir à des mesures plus drastiques pour la convaincre, mais je n'ai pas eu à le faire.

Elle a dit oui.

Elle porte toujours ma bague à la main gauche, celle qui se trouve sous la couverture. Je suis tenté de retirer le drap pour pouvoir la regarder de nouveau, mais je risquerais de la réveiller et elle a besoin de repos.

Après tout, nous nous marions ce samedi.

Ce mois-ci, pendant que j'attendais que les bureaucrates procèdent aux démarches administratives, j'ai eu le temps de tout organiser et de verser les pots-de-vin de rigueur. À moins que Sara soit mécontente de mon choix, tout est prêt en matière d'emplacement, de tenue, de fleurs, de photographes et presque tout ce qu'exige un petit mariage intime. Il reste encore quelques décisions à prendre – qui officiera pendant la cérémonie –, mais je veux que Sara ait son mot à dire, ainsi que ses parents, je l'espère.

Le fait qu'elle soit d'accord me facilite la tâche.

Je prends une grande inspiration et monte dans le lit à côté d'elle. J'éteins la lumière et me blottis contre son dos. Elle murmure dans son sommeil et je la serre dans mes bras.

Ma ptichka.

Ce n'est plus un fantasme.

Tout cela est bien réel, et quand je me réveillerai, elle sera toujours là.

En tout cas, elle a intérêt.

CHAPITRE 46
SARA

C'est l'odeur alléchante des œufs et du bacon qui me réveille, avec des effluves de pâtisserie. Des pancakes ? Des biscuits, peut-être ?

Me suis-je de nouveau endormie chez mes parents ?

J'ouvre péniblement les paupières et je roule sur le dos, les yeux au plafond.

Le plafond blanc de mon appartement.

Aussitôt, les souvenirs me reviennent et je me redresse en étouffant un cri avant de rejeter ma couverture.

La soirée d'hier était réelle ? Peter est ici ?

Un éclat lumineux attire mon attention et je baisse les yeux sur ma main gauche, où un énorme diamant étincelle dans les faibles rayons du soleil qui filtrent à travers les stores baissés.

Oh, bon sang. C'est bien réel.

Peter est ici.

Je suis officiellement fiancée.

J'enfile une robe de chambre et me précipite dans la cuisine. Non seulement je sens, mais j'entends le bacon crépiter dans la poêle à frire.

Je m'arrête net devant le spectacle qui m'accueille.

Seulement vêtu d'un jean noir, Peter est debout devant la cuisinière et retourne son omelette avec un geste expert. Sur une autre poêle, des tranches de bacon sont en train de cuire, tandis que des pancakes attendent sur une assiette à côté du four. Les muscles de son large dos ondulent selon ses mouvements. Le jean tombe sur ses hanches étroites et je dois avaler ma salive lorsqu'il se retourne, révélant ses tablettes de chocolat et son torse bien bâti parsemé de poils noirs.

Les quelques kilos qu'il a perdus ne font que souligner son physique incroyable, lui donnant une apparence encore plus ferme, plus dangereuse.

— Bonjour, ptichka.

Sa voix grave évoque le ronronnement d'un tigre quand il me regarde, prenant le temps de me détailler, depuis mes orteils nus jusqu'à mes cheveux emmêlés par le sommeil. Les tatouages se plient sur son bras gauche quand il pose la spatule sur le plan de travail et s'approche de moi.

— Oh, euh… Bonjour.

Je recule, consciente que je n'ai même pas pris soin de me débarbouiller.

— Je reviens tout de suite.

Je détale dans la salle de bain avant qu'il puisse m'arrêter. Je m'empresse de me brosser les dents puis, je me glisse sous la douche pour me rincer en vitesse. Mon cœur cogne dans ma poitrine et j'ai le souffle court.

Peter est *ici*.

Dans ma cuisine, en train de cuisiner pour quinze.

Je devrais sans doute prendre un moment pour me calmer, mais je ne veux pas laisser ces délices refroidir.

Après tout, c'est mon *fiancé* qui les a cuisinés pour moi.

Mon ventre se noue et mon cœur bat plus fort. Je m'efforce de prendre de grandes inspirations en terminant de me sécher, puis j'enfile de nouveau ma robe de chambre.

Enfin, je redresse les épaules et retourne dans la cuisine.

CHAPITRE 47
SARA

— À quelle heure dois-tu être au travail ? demande Peter en me tendant une assiette sur laquelle sont présentés de manière artistique une omelette aux légumes, du bacon et quelques pancakes.

Je lève les yeux vers l'horloge murale.

— Dans une quarantaine de minutes.

J'ai de la chance de m'être réveillée, parce que j'ai complètement oublié de régler le réveil hier soir.

En ce moment, je dois sans doute avoir oublié ma tête. Si je suis calme en apparence, à l'intérieur je suis en hyperventilation, dans tous mes états.

Peter est *ici*.

Il est ici, et nous sommes *fiancés*.

— Je t'accompagnerai au boulot, dit-il en s'asseyant en face de moi devant sa propre assiette. À moins que tu y ailles en voiture ?

Je pique un morceau de pancake du bout de ma four-chette.

— J'avais l'intention d'enchaîner avec la clinique, donc oui…

Il répond sans sourciller.

— D'accord. Je monterai avec toi, puis j'irai faire les courses. Ton frigo est presque vide. Jusqu'à quelle heure restes-tu à la clinique ?

Il entame son omelette avec un appétit manifeste.

— Je suis censée rester jusqu'à vingt-deux heures, mais en cas d'urgence, ce sera peut-être plus tard, dis-je avec un regard méfiant.

Va-t-il protester ? Essayer de prendre les rênes de cette partie de ma vie ? George comprenait mes horaires à rallonge, et lui-même travaillait tard et voyageait beaucoup pour son travail, mais j'ignore ce qu'en pense Peter. Il ne m'a encore jamais vraiment empêchée de travailler, mais à l'époque, c'était différent.

Il jouait la montre avant de m'enlever.

— D'accord. Je passerai te chercher.

Il se lève et rejoint le plan de travail, où est posé mon sac à main. Il en sort mon téléphone et écrit quelque chose.

— Qu'est-ce que tu fais ? je demande, perplexe.

— Je te donne mon numéro.

Une fois qu'il a terminé, il range le téléphone dans mon sac et revient à table.

— Comme ça, tu pourras m'appeler avant de finir ton service à la clinique. Je n'aime pas que tu restes toute seule dans ce quartier la nuit.

— Tu ne me fais plus surveiller ?

— Si, mais mes hommes gardent leurs distances… et moi, je ne serai pas là.

Il découpe un morceau de bacon, puis il lève les yeux.

— C'est pour ta sécurité, ptichka.

Sa voix est à la fois douce et ferme, inflexible. Il n'acceptera aucun compromis, et pour une raison quelconque, ça ne me dérange pas. Au lieu de me donner l'impression d'être contrôlée et restreinte, son besoin pathologique de me protéger me remplit d'une sorte de chaleur effervescente. Je n'oublierai jamais ce que j'ai ressenti quand les deux junkies ont essayé de me dévaliser près de la clinique. Même si j'ai été traumatisée de voir Peter les tuer, avec du recul je suis contente qu'il ait été là. Et puis…

— Tu penses que j'aurai des ennuis ? je demande alors que cette image me vient à l'esprit. Je veux dire, tu dois bien avoir quelques ennemis, étant donné ton ancien boulot et tout ça…

Il pose sa fourchette et croise mon regard.

— C'est toujours une possibilité, ptichka, je ne peux pas te mentir. C'est pour cette raison que je ne veux pas encore renvoyer l'équipe de sécurité – et que je me suis créé une nouvelle identité avant de venir. Je ne voulais pas que les gens du milieu puissent faire le lien entre Peter Garin de la banlieue de Chicago et Peter Sokolov, l'assassin. En fait, selon l'accord que j'ai passé avec les autorités, Peter Sokolov n'existe plus. Il est inscrit comme décédé dans les fichiers du FBI, de la CIA et d'Interpol, tout comme Yan et Ilya Ivanov, et Anton Rezov. L'accord d'amnistie est hautement confidentiel, et seuls quelques individus haut placés au sein du FBI et de la CIA y ont accès. Les autres, comme l'agent Ryson par exemple, ont reçu l'ordre de se retirer de l'affaire et de la boucler. Bien sûr, Esguerra et Kent savent qui je suis et il y a toujours une chance que je sois repéré et identifié par un ancien client ou autre. Cela dit, à la différence de mon nom, mon visage n'était pas très connu et, dans tous les cas, les risques de croiser une personne de mon ancienne vie sont infimes – surtout dans cette partie du monde.

— Oh, waouh.

Jusqu'à présent, je n'avais pas pleinement pris conscience du marché improbable qu'il avait conclu.

— Comment as-tu obtenu ça ? Enfin, tu as dit qu'Esguerra avait le bras long, mais…

Je ne termine pas ma phrase en voyant la mine de Peter s'assombrir.

— Ton gouvernement a émis ses propres conditions, me dit-il d'un ton sec. Mais ça ne te concerne pas, ptichka. Disons simplement que l'armée américaine fait partie des principaux clients d'Esguerra, et ils souhaitent maintenir cette relation au beau fixe, non seulement parce qu'ils ont besoin des armes qu'il produit, mais aussi parce qu'ils veulent empêcher ces armes de tomber entre des mains ennemies.

— En les achetant eux-mêmes ?

Peter hoche la tête et continue de manger.

— Exactement.

Son expression est fermée et, même si je meurs d'envie d'en savoir plus, je sais qu'il ne faut pas insister. Tout en le regardant finir son repas, j'éprouve la sensation troublante qu'un animal sauvage a envahi ma cuisine exiguë, un prédateur dont la place serait plutôt dans la jungle. Je l'ai déjà vu dans un cadre quotidien, évidemment, mais cette fois c'est différent. Savoir qu'il est là pour de bon, que cet homme imposant et fatal va désormais faire partie de ma vie de tous les jours… et de ma famille.

Mon esprit est en ébullition et je repousse mon assiette presque vide.

— Peter… Comment allons-nous faire ?

Devant son regard interrogateur, je précise :

— Que vais-je dire à mes parents ? Le FBI leur a sans doute montré ta photo un jour ou l'autre. Même si je te présente sous le nom de Peter Garin, ils vont se douter de ton identité – d'autant plus que je n'ai pas cessé de leur répéter que tu reviendrais quand ton malentendu avec le FBI serait réglé.

Son visage s'illumine. J'ai l'impression qu'il trouve ça drôle.

— Eh bien, c'est parfait, non ?

Il se penche par-dessus la table et pose sa main sur la mienne.

— Tu n'as qu'à leur dire que le malentendu a enfin été résolu – et que j'ai obtenu un nouveau nom au passage.

— Hmm… Et leurs amis, qui ont entendu une autre version de cette même histoire ? Et *mes* amis, qui savent encore autre chose – à savoir que tu n'es rien de plus que mon ravisseur ? Que vont-ils penser quand je leur montrerai *ça* sans crier gare (je lève la main gauche pour révéler ma bague) et leur présenterai un fiancé russe qui s'appelle Peter et qui ressemble étrangement à une photo que les agents du FBI ont peut-être fait circuler pendant mon absence ?

Il me serre la main.

— Ne t'inquiète pas pour eux, ptichka. Leur opinion n'a aucune importance. Dis-leur que tu sors avec moi en secret depuis quelques mois, et laisse-les tirer leurs propres conclusions.

— Quelles conclusions ? Que je suis complètement siphonnée ? Ou que je fais une fixette sur tous les hommes russes qui ont la même beauté sombre que la tienne et qui répondent au prénom de Peter ?

Il sourit en se levant, emportant nos deux assiettes.

— L'un ou l'autre. Il te suffit de ne rien confirmer. Laisse-les croire que j'ai intégré une sorte de programme de protection des témoins et que tu n'as pas vraiment le droit d'en parler.

À vrai dire, ce n'est pas une mauvaise idée. Marsha et tous ceux qui soupçonnent la véritable identité de Peter me prendront pour une folle, mais tant que je ne leur donnerai aucune confirmation, le doute n'aura aucun fondement. Après tout, c'est de la pure folie que l'homme qui a assassiné George et qui m'a enlevée puisse obtenir l'amnistie totale et s'apprêter à m'épouser ! Mes amis pourraient penser que j'ai une tendance au masochisme et que j'ai décidé de fréquenter un homme qui ressemble trait pour trait à mon tourmenteur.

Il y a forcément une explication plus simple.

— Alors, on dit la vérité à mes parents, et pour tous les autres, on s'en tient à l'histoire de Peter Garin, dis-je en me levant pour l'aider à débarrasser la table.

— C'est ce qui me semble le plus cohérent, dit-il avant de jeter un œil à l'horloge. Tu devrais t'habiller et y aller, ptichka. Il ne faudrait pas que tu arrives en retard.

C'est vrai. À mon boulot. J'ai failli oublier.

— Attends, je vais t'aider, dis-je en commençant à entreposer les restes, mais il me chasse d'un geste de la main.

— Je m'en charge, ne t'inquiète pas. Va te préparer pour le travail.

Après avoir déposé un rapide baiser sur mon front, il entreprend de charger le lave-vaisselle.

CHAPITRE 48
PETER

Je conduis Sara jusqu'à son bureau et je lui laisse la voiture pour lui permettre de se rendre à la clinique après son travail, comme prévu. Il n'y a que dix minutes de marche entre son bureau et son immeuble, et le supermarché est sur la route. Je m'arrête pour acheter de quoi préparer le dîner du soir. Ce n'est pas grand-chose, seulement ce que je suis capable de porter dans une main – j'aime laisser libre ma main de tir. Je songe que nous aurions besoin d'une deuxième voiture, comme tous ceux qui vivent en périphérie des villes.

Ce n'est pas la seule chose dont nous aurons besoin. Le réfrigérateur dans la petite cuisine de Sara ne fait qu'un mètre de hauteur, et même la pièce est exiguë. J'ai passé ma jeunesse dans une cellule glaciale et délabrée en Sibérie, alors je ne suis pas exigeant en matière de logement, mais nous n'avons aucune raison de continuer à vivre dans un appartement manifestement conçu pour une seule personne.

Ce soir, quand Sara rentrera, nous discuterons de cette question, ainsi que de notre mariage samedi.

Évidemment, je sais pourquoi les voitures, les appartements et l'organisation du mariage occupent mes pensées. Ces dispositions m'évitent de m'appesantir sur l'envie folle d'attraper Sara et de l'enfermer dans ma chambre pour pouvoir la baiser toute la journée. Et toute la nuit. Et encore pendant une semaine.

En fait, j'aimerais l'enchaîner à mon lit et la garder constamment.

J'ignore à quoi je m'attendais en revenant, mais certainement pas à ça. Je ne m'attendais pas à ce qu'il soit si difficile pour moi de laisser Sara retourner à ses occupations quotidiennes, comme notre vie avant le Japon. À l'époque aussi, je voulais qu'elle reste tout le temps à côté de moi, mais quand elle partait travailler ce n'était pas un déchirement comme aujourd'hui, ça ne déclenchait pas un besoin ahurissant de l'emprisonner et de jeter la clé de sa cage. Ce matin, j'ai dû faire un gros effort pour me comporter normalement, pour l'embrasser sur le front et la déposer devant son bureau tel un futur époux dévoué, et non comme un barbare qui n'a qu'une seule envie, la boucler définitivement dans sa cave.

C'est la seule variable que je n'avais pas prise en compte dans mes prévisions.

Mon obsession grandissante envers Sara – la seule chose qui pourrait tout gâcher.

J'espère que c'est une situation temporaire, que je ressens cela parce que nous venons de passer neuf mois séparément et qu'elle m'a cruellement manqué. Avec le temps, quand le souvenir de ces mois infernaux s'estompera, j'espère que ces séparations de quelques heures seront plus faciles, plus supportables… mais pour l'instant, quelle torture !

L'autre possibilité est infiniment pire – l'éventualité qu'au Japon, je me sois habitué à vivre avec Sara vingt-quatre heures sur vingt-quatre et qu'il me soit impossible de me réadapter à notre ancienne vie. Si j'ai fait tout ça, c'est pour rendre Sara heureuse, pour lui donner la capacité de reprendre sa carrière, ses relations avec sa famille et ses amis. Lorsque j'étais fugitif, c'était impossible, mais maintenant je peux faire partie de sa vie sans la lui enlever.

Je peux tout lui donner – si seulement je suis capable de surmonter mon besoin égoïste de la garder pour moi.

CHAPITRE 49
SARA

Je passe la majeure partie de la journée entre une joie euphorique et des crises de panique.

Peter est en vie.

Il est de retour et nous sommes ensemble – sans enlèvement, rien que ça !

Malgré ce que m'a dit Peter au sujet de son accord, je m'attends toujours à ce que le FBI débarque et m'accuse de complicité. Mais personne ne vient. Tout est normal – en tout cas, aussi normal que ça puisse l'être quand on est fiancée à un ancien assassin.

Comme je ne suis pas prête à répondre aux questions de mes collègues, j'ai caché ma main dans ma poche et j'ai retiré la bague dès que j'ai eu un moment d'intimité. À présent, l'énorme diamant attend au fond de mon sac à main et je me sens obligée de le transporter partout.

Je ne sais pas combien coûte cette bague, mais je soupçonne un montant à six chiffres.

Peter l'a-t-il achetée ou volée ? Sans doute la première option – il est assez riche pour se le permettre –, mais je lui poserai la question pour en avoir le cœur net. Ça m'étonnerait qu'il se vexe, il a déjà fait bien pire, c'est certain.

En temps normal, le simple fait de se demander si mon fiancé millionnaire pourrait avoir volé ma bague de fiançailles me ferait hésiter. Mais je ne suis plus dans la vie « normale ». En comparaison avec le meurtre de mon mari, un vol de bijoux ne serait qu'une broutille que je peux aisément pardonner à Peter. Maintenant que je me suis remise du choc initial, les bouffées de panique que je ressens de temps à autre à l'idée de l'épouser sont moins intenses, presque raisonnables. Le soir venu, quand je monte en voiture pour rejoindre la clinique, je commence même à penser que nous devrions rendre visite à mes parents ce week-end. Selon leur réaction, nous pourrions leur annoncer notre mariage prochain.

Peut-être dès l'hiver.

Les battements de mon cœur s'accélèrent et je dois prendre de grandes inspirations avant de sortir de la voiture. Non, cet hiver, c'est encore trop tôt. Il y a tant de choses à prévoir dans un laps de temps si court. Le printemps prochain, ce serait mieux… peut-être même l'été.

Les mariages d'été, c'est toujours à la mode.

Oui, c'est décidé, me dis-je en entrant dans la clinique. Des fiançailles d'une année, voilà qui est parfait. Nous pourrons nous habituer l'un à l'autre, nous installer dans un mode de vie quotidienne. J'ignore si Peter est capable de vivre ainsi, sans l'adrénaline et le danger de ses missions. Il m'a avoué un jour qu'il aimait tuer, qu'il se délectait du pouvoir et du contrôle que l'on ressent en côtoyant la mort. Il a dit que c'était addictif, et j'ai compris qu'il n'abandonnerait jamais vraiment.

Que les ténèbres faisaient partie de lui, des ténèbres qu'il ne pouvait pas effacer.

Si ce n'est qu'il y a pourtant renoncé pour moi. Il m'a dit qu'il avait démissionné. Je n'ai pas eu l'occasion de l'interroger à ce sujet, mais il n'y a qu'un seul moyen d'interpréter ses paroles.

Il se range.

Pour moi.

Pour ne pas me contraindre à tout abandonner pour lui.

Les yeux me piquent et je dois me forcer à sourire en saluant Lydia avant de filer dans la pièce où m'attend déjà la patiente. C'est une jeune fille de seize ans, venue avec sa mère pour son premier frottis, et je mets mes émotions de côté pour me concentrer et accorder à la patiente toute l'attention qu'elle mérite.

Heureusement, son examen ne révèle rien de fâcheux, mais quand sa mère quitte la pièce la fille m'avoue qu'elle a une vie sexuelle active depuis un an. Je lui donne discrètement une boîte de préservatifs, et après le retour de sa mère, je recommande un stérilet – pour réguler les règles douloureuses de la jeune fille et la protéger contre les grossesses indésirables au cas où elle envisagerait des relations sexuelles à l'avenir.

— Ma fille n'est pas une traînée, déclare sèchement la mère avant de l'entraîner hors de la pièce.

Je suis contente de lui avoir au moins donné les préservatifs.

Ces parents-là sont souvent les pires ennemis de leurs propres enfants.

La patiente suivante est une femme enceinte d'une trentaine d'années. Elle a déjà fait plusieurs fausses couches et elle n'a aucune assurance maladie. Ensuite, je reçois une autre adolescente – il s'avère qu'elle souffre de chlamydia – avant ma dernière patiente.

Enfin.

Pour la première fois depuis une éternité, je suis impatiente de rentrer chez moi.

Je sors mon téléphone et cherche le nouveau numéro de Peter – *Peter Garin*, je lis dans mes contacts. Je lui envoie un texto pour lui annoncer que je serai prête à partir dans une vingtaine de minutes, s'il a envie de me retrouver à la clinique. Je ne sais pas vraiment comment il ferait, étant donné que c'est moi qui ai la voiture, mais connaissant Peter, il se débrouillera.

Je range mon téléphone et passe la tête par la porte de la salle d'examen pour annoncer à Lydia que je peux recevoir la prochaine patiente.

Je suis en train de griffonner quelques notes au sujet de la fille à la chlamydia quand la porte s'ouvre et que la dernière patiente entre.

Je lève les yeux et me fige, stupéfaite.

Je reconnais cette fille.

C'est Monica Jackson, la jeune fille de dix-sept ans que j'ai aidée après le viol commis par son beau-père.

Son petit visage rond est couvert d'hématomes violets et il y a du sang coagulé sur le coin de sa lèvre gonflée.

— Bonjour, docteur Cobakis, fait-elle d'une voix chevrotante.

Avant même que je puisse répondre, elle éclate en sanglots.

Il me faut bien quinze minutes pour la calmer et apprendre que le beau-père est sorti de prison la semaine dernière.

— Il devait y rester pendant sept… sept ans, me dit-elle en hoquetant. On s'en sortait si bien. Avec l'argent que vous nous avez donné, nous avons trouvé un nouvel appartement, j'ai obtenu mon diplôme et je travaille à temps plein. Bobby – c'est mon petit frère – a commencé l'école, une bonne école, où il y a des ordinateurs et tout ça. Et maman… elle allait mieux, elle ne buvait presque plus dès le matin. J'ai cru qu'on s'en était enfin tirés, et puis *il* est sorti pour une question de procédure et…

Elle se remet à pleurer et j'attends qu'elle se calme avant de demander avec précautions :

— C'est lui qui t'a fait ça ? Il t'a frappée ?

Elle hoche la tête en essuyant les larmes sur son visage avec son petit poing serré.

— Maman s'est saoulée dès qu'elle a appris qu'il était sorti, et quand je suis rentrée avant-hier, il était là, à la maison avec elle, en train de picoler comme avant. Je me suis disputée avec lui, et je lui ai dit de partir, et puis…

Elle s'effondre et ses épaules se remettent à trembler.

Comme l'exige ma formation, je dois m'efforcer de maintenir une distance professionnelle avec elle au lieu de la serrer dans mes bras.

— Tu as prévenu la police ? je demande doucement quand elle parvient à se ressaisir.

Elle secoue la tête en regardant fixement le sol.

— Il a dit qu'il ferait un procès à maman pour la garde de Bobby si je dis quelque chose, et maintenant il connaît des gens. C'est comme ça qu'il a réussi à sortir plus tôt. Il est ami avec un dealer qui a beaucoup d'influence.

— Même s'il entame un procès, ça ne veut pas dire qu'il le gagnera, dis-je.

Mais Monica secoue vivement la tête.

— Il ne gagnera peut-être pas, mais il la traînera dans la boue, dit-elle en levant les yeux pour rencontrer mon regard. Elle a des antécédents, elle aussi, pour ivresse sur la voie publique et prostitution. Les services d'aide à l'enfance interviendront forcément. Maintenant, j'ai dix-huit ans, alors je pourrais demander la garde, mais je touche le revenu minimum et je n'ai aucune garantie de gagner. Si je perds, Bobby sera envoyé en famille d'accueil.

Un instinct de protection farouche fait étinceler ses yeux marron.

— Je ne peux pas le permettre, docteur Cobakis. J'ai connu ça et je ne veux pas le faire subir à mon frère. C'est un enfant à problèmes, il sera broyé par le système. Je ne peux pas prendre ce risque, croyez-moi.

Une fois de plus, j'ai le cœur brisé par cette fille. J'ai la conviction qu'elle devrait parler à la police, mais je sais que je ne pourrai jamais la convaincre. Et cette fois, il ne suffira pas de signer un chèque pour tout arranger.

Cinq mille dollars ne règleraient rien. Je comprends soudain ce que c'est que de haïr quelqu'un au point de souhaiter sa mort.

Si une voiture renversait son ordure de beau-père demain, je serais la première à m'en réjouir.

Ravalant ma colère, je fais appel à tout mon professionnalisme pour garder la distance nécessaire.

— Bon, Monica, je comprends. Monte sur cette table, je vais vérifier que tu n'as aucune lésion interne.

Elle s'exécute en séchant ses larmes et je l'examine soigneusement. Même si l'agression a eu lieu deux jours plus tôt, il reste des traces d'hématomes vaginaux et de déchirement. Je m'empare d'un kit de viol, au cas où il resterait des preuves ADN et si elle changeait d'avis à propos de la police. Je lui donne également la pilule du lendemain et j'effectue un test MST quand elle admet que son agresseur n'a pas utilisé de préservatif.

— Vous pourriez me donner un de ces appareils en cuivre ? demande-t-elle une fois que j'ai terminé. Je n'ai absolument pas envie de tomber enceinte avant très longtemps.

— Bien sûr.

Comme elle a dix-huit ans, c'est facile. Je prévois l'implantation de son stérilet pour la semaine prochaine, afin de lui laisser le temps de guérir.

— Tu as un endroit où aller ? À part chez ta mère ? je demande alors qu'elle se prépare à partir.

Il vaut mieux qu'elle ne rentre pas chez elle, où habite également son beau-père.

— Je suis chez un copain en ce moment, dit-elle, à mon grand soulagement. Je dors sur son canapé.

— Et ton frère ?

Ses frêles épaules se crispent.

— Il n'y a pas de place pour Bobby chez mon ami. Je passe le chercher le matin pour l'emmener à l'école, puis je le ramène à la maison.

— Chez ta mère encore ivre ? Ton beau-père est là quand tu rentres avec Bobby ?

Elle détourne le regard.

— Je dois y aller, docteur Cobakis. Merci pour tout.

Avant que je puisse lui poser plus de questions, elle sort précipitamment de la pièce.

CHAPITRE 50
SARA

Je pensais avoir réussi à rectifier mon mascara étalé avant de quitter la clinique, mais dès que je sors et pose les yeux sur la silhouette de Peter, grande et large d'épaules, le sourire disparaît sur son visage aux traits ciselés.

— Qu'y a-t-il ? demande-t-il brusquement en s'avançant pour me prendre les mains. Quelqu'un t'a fait du mal ?

J'essaie de sourire.

— Non, bien sûr que non. Tout va bien.

Il plisse les yeux d'un air menaçant.

— Ne mens pas. Tu as pleuré.

Son regard se pose alors sur ma main gauche et il demande :

— Où est ta bague ?

— Je… ne voulais pas avoir à donner d'explications.

Malgré tous mes efforts, ma voix est tendue et je vois sa mine s'assombrir.

— Quelqu'un a dit quelque chose ?

Je secoue la tête en retirant mes mains avant de reculer.

— Non, ce n'est pas ça.

Je jette un regard circulaire, mais la rue est sombre et paisible, déserte à l'exception d'un 4x4 stationné au bord du trottoir, de l'autre côté de la chaussée. Son taxi, peut-être ? Je lève les yeux et rencontre le regard de Peter.

— J'ai été émue par une patiente, c'est tout.

Sa mine sévère se détend un peu.

— Je vois. Je suis désolé, ptichka. Quelqu'un a été blessé ?

Je déglutis pour chasser un nouvel assaut de larmes.

— C'est une longue histoire. Rentrons.

Je me dirige vers ma voiture, mais il me prend le bras.

— Je la ferai ramener à la maison, ne t'inquiète pas, dit-il avant de m'entraîner vers le véhicule stationné, un 4x4 Mercedes noir aux vitres teintées étrangement épaisses.

Le chauffeur baisse sa vitre à notre approche.

— Ramène sa voiture, ordonne Peter.

L'homme imposant, à l'air revêche, descend du véhicule et remet ses clés à Peter.

Je cligne des yeux lorsqu'il passe avec un bref hochement de tête.

— Est-ce…

— L'un des agents de sécurité que j'ai engagés pour te surveiller ? Oui.

Peter me conduit de l'autre côté de la voiture, du côté passager, et m'ouvre la portière. Il m'aide à monter avant de contourner le capot pour rejoindre le siège du conducteur.

— Au lieu d'acheter un autre véhicule, j'ai décidé que Danny serait ton chauffeur dorénavant, déclare-t-il.

La voiture démarre et s'éloigne du trottoir.

— Je passerai te chercher la plupart du temps, mais si je suis incapable d'arriver à l'heure ou si tu as une urgence, je saurai que tu es en sécurité.

J'ouvre la bouche pour objecter, mais je m'interromps. Je n'en ai pas l'énergie – j'ai le cœur en miettes à cause de la tragédie vécue par Monica.

Demain matin, elle passera chercher son frère et se retrouvera nez à nez avec son agresseur.

— Que s'est-il passé, ptichka ?

La grande paume chaude de Peter se pose sur ma cuisse, massant le muscle tendu pendant un instant avant de se retirer.

— Qu'est-ce qui te met dans un tel état ?

J'hésite une seconde avant de capituler. Après tout, Peter peut bien le savoir. Je lui raconte tout, de la visite de Monica à la clinique avant mon enlèvement jusqu'à ce qui s'est passé aujourd'hui.

Peter écoute patiemment jusqu'à la fin de mon récit. Puis il demande d'un air attentionné :

— Alors c'est à cause de cette fille que tu t'es fait agresser ce soir-là, dans cette ruelle ?

Je me redresse, saisie d'effroi.

— Ce n'est pas sa faute !

Je ne voudrais surtout pas que mon assassin surprotecteur rende Monica responsable des junkies qui ont essayé de me voler.

— Ce n'est pas ce que je dis.

Il sort de l'autoroute et s'arrête au feu rouge.

— Je veux juste être certain d'avoir toutes les données.

Mon cœur rate un battement. Ça ne prend pas la direction que j'imaginais.

— Pourquoi ? je demande en regardant son profil bien dessiné. En quoi ça t'intéresse ?

Il ne me regarde pas.

— Ne t'inquiète pas, mon amour. Tout va bien se passer pour ta patiente, je te le promets.

Ma bouche se dessèche. Est-il en train de dire ce que je pense ? Je ne lui ai pas donné le nom de Monica, mais connaissant Peter, il n'aurait aucun mal à mettre quelqu'un sur sa piste.

— Peter…

Le feu passe au vert et il appuie sur l'accélérateur sans me regarder.

Mon pouls monte dans les tours.

— Peter, je t'en prie, ne me dis pas que tu vas…

— Que je vais quoi ? fait-il en tournant dans ma rue. Je te l'ai dit, tu n'as aucun souci à te faire. Tout va bien se passer pour la fille que tu as aidée. Ne t'inquiète pas.

Tout va bien se passer pour *elle*… mais son beau-père ?

J'ai envie de lui poser la question, mais je ne peux me résoudre à prononcer ces mots. Si je le dis à haute voix, ça rendra les choses réelles, et je préfère qu'elles restent à l'état de possibilité terrifiante dans mon esprit.

Je ne veux pas être coupable.

Nous nous garons sur le parking de mon immeuble et je sors de la voiture sans laisser le temps à Peter de m'ouvrir la portière. Mon cœur cogne si fort que je peux presque l'entendre, et mes paumes sont moites, même si j'essaie de me convaincre que j'ai mal compris.

Peter cherche peut-être simplement à me calmer, en me disant quelque chose qu'il estime rassurant.

J'ai envie de le croire, et avec n'importe quel autre homme, je le croirais. Si c'était Joe Levinson ou n'importe lequel de mes amis musiciens, je l'interprèterais comme une formule vaine pour me rassurer, du genre : « là, là, tout va bien. » Mais il s'agit de Peter, et je ne peux pas me contenter de cette supposition.

Je dois…

— Quand allons-nous voir tes parents ? demande Peter.

Je lève les yeux, stupéfaite, pour le découvrir juste à côté de moi. Il tend la main, prend la mienne dans sa grande paume et me conduit vers l'immeuble en disant :

— Il faut qu'on discute avec eux des préparatifs pour samedi.

Je le dévisage, troublée. Je lui ai déjà parlé de mon intention de rendre visite à mes parents ce week-end ? Non, j'y ai simplement pensé au travail et…

— Ce samedi ?

Il hoche la tête et me regarde en souriant.

— J'ai tout réservé pour notre mariage à cette date. Il nous reste à discuter de quelques détails, et tout sera réglé.

Je m'arrête net.

— Quoi ?

Est-ce qu'il vient de dire *notre mariage* ?

Il me lâche la main et se tourne vers moi.

— Si tu peux les appeler ce soir, on pourra peut-être dîner avec eux demain. Comme ça, ils auront le temps d'inviter quelques amis. Et tu peux déjà en parler à tes collègues de travail et à qui tu en as envie. On doit rester en comité restreint, pour des raisons de sécurité, mais les lieux peuvent accueillir une centaine de personnes.

Ma langue reste collée à mon palais.

— Tu veux qu'on se marie ce samedi ? C'est-à-dire dans trois jours ?

Il penche la tête.

— Ça pose problème ? Je voulais le faire plus tôt, mais je me suis dit que le week-end c'était mieux qu'un soir de semaine si tu veux pouvoir inviter des amis.

Je reste bouche bée, comme si j'avais été renversée par un train de marchandises.

— L'année prochaine, ce serait mieux, dis-je enfin. Ce week-end, c'est… C'est impossible.

— Pourquoi ?

Il me prend de nouveau la main et se remet à marcher, comme si nous étions en train de discuter du menu de ce soir et non de notre mariage.

Un mariage qu'il veut faire dans *trois jours*.

— Parce que… parce qu'on ne peut pas.

Je cherche un moyen de le convaincre.

— Et les invitations ? On n'a pas le temps de les envoyer et…

— Il te suffit d'appeler les personnes que tu souhaites inviter. D'ailleurs, je trouve que c'est plus personnel.

— Et le repas ? Les photographes ? Et la robe ?

— Je me suis occupé de tout. J'ai embauché un excellent traiteur et un fleuriste chaudement recommandé. Le photographe est réservé pour toute la journée de samedi, ainsi que le vidéaste. Pour la robe, ils passeront à ton bureau demain et prendront tes mesures. Tu choisiras un modèle qui te plaît dans leur catalogue. Ils m'ont promis que ça ne durerait pas plus d'une demi-heure, j'ai pensé que tu pourrais le faire pendant ta pause déjeuner. Pour la coiffure et le maquillage, ils viendront à l'appartement samedi matin, et pour la musique j'ai réservé un groupe qui est en tournée à Chicago en ce moment – les C-Zone Boys, je crois qu'ils s'appellent. Il me semble t'avoir entendue chanter leurs chansons ?

Si ma mâchoire n'était pas accrochée, elle dégringolerait jusqu'à terre. Il a engagé les C-Zone Boys pour notre mariage impromptu ? Le groupe dont les chansons s'enchaînent au hit-parade depuis deux ans ?

— Et pourquoi pas Rihanna ou les Black-Eyed Peas ? je demande une fois que je retrouve l'usage de la parole.

Il me décoche un regard en coin lorsque nous entrons dans le hall.

— C'est ce que tu veux ? Je peux voir si on…

— Non ! Je…

Je secoue la tête, incapable de trouver les mots.

— Peu importe. C-Zone, c'est parfait. Où as-tu réservé ?

— Le country-club Silver Lake, à Orland Park. La météo sera parfaite, alors nous ferons la cérémonie et la réception dehors, au bord du lac. À moins que tu veuilles le faire à l'intérieur ? Il n'est pas trop tard pour changer.

— Non, c'est… Au bord du lac, c'est très bien.

Il me conduit dans l'ascenseur et j'appuie mollement sur le bouton de mon étage. J'ai l'impression que ce train de marchandises m'entraîne à une vitesse folle. Comment a-t-il pu tout organiser ? Quand ? Et pourquoi ne m'a-t-il pas consultée ?

Notre vie commune sera-t-elle toujours ainsi ?

Avant d'aborder cette question épineuse, j'ai encore un dernier argument rationnel à formuler.

— Et si personne ne vient ? je demande alors que nous sortons de l'ascenseur. C'est déjà mercredi. La plupart des gens ont prévu leur week-end et…

— Ils changeront leurs projets.

Il sort un nouveau jeu de clés de sa poche – il a dû les faire fabriquer aujourd'hui, car j'ai les miennes dans mon sac. Il ouvre et me fait entrer, puis il referme la porte derrière nous.

Je me débarrasse de mes sandales.

— Et s'ils ne peuvent pas ?

— Alors, ils rateront quelque chose.

Il enlève ses chaussures et se tourne vers moi.

— Est-ce vraiment important, ptichka ? Tes parents seront là, et puis toi et moi. De qui d'autre as-tu besoin ?

Personne – pas vraiment –, mais ce n'est pas la question.

— Peter… dis-je avant de prendre une grande inspiration. Je ne peux pas t'épouser ce week-end. C'est trop tôt.

Son regard se durcit.

— Pourquoi trop tôt ? Je te l'ai dit, toute la logistique est réglée.

— Ce n'est pas un problème de logistique !

Ma voix monte dans les aigus et j'inspire profondément pour tenter de retrouver le contrôle. Je reprends, en m'efforçant de rester calme :

— Je ne t'ai pas vu depuis plus de neuf mois, et auparavant nous n'avons pas vraiment eu ce qu'on peut appeler une relation normale.

— Et alors ? dit-il en plissant les yeux. Maintenant, c'est le cas.

— Que tu me forces la main pour m'épouser et que tu prennes toutes les décisions au sujet de ce mariage, ce n'est pas normal, Peter. Absolument pas.

Jusqu'à présent, je suis fière de lui tenir tête.

— Nous avons besoin de temps pour apprendre à nous connaître dans ce contexte-ci, pour voir si ça peut fonctionner…

Je ne termine pas ma phrase en voyant l'orage gronder dans le reflet argenté de ses yeux.

— Pourquoi ça ne fonctionnerait pas ?

Sa voix est dangereusement grave lorsqu'il s'avance.

— Ce n'est pas un galop d'essai, une histoire en dents de scie entre deux colocs de fac. Tu crois vraiment que si on se dispute pour les tâches ménagères, je te laisserai me quitter ?

Une fois de plus, mon pouls s'emballe. Bien sûr que non. Pas après tout ce qu'il a fait pour qu'on en arrive là. Mais il doit comprendre que m'épouser *ce week-end* – sans me laisser le choix –, ce n'est pas l'idéal après neuf mois d'absence précédés par une relation forcée impliquant meurtre, torture et enlèvement.

— Que dirais-tu d'un mariage cet hiver ? je propose, au désespoir. On pourrait le faire pendant les vacances de décembre, comme ça cette saison-là sera toujours très festive pour nous. On pourrait aussi prévoir un voyage de noces à ce moment-là. Je pourrai prendre une semaine ou deux, et…

— On peut partir en voyage de noces n'importe quand.

Il s'avance et glisse les mains sous mon chemisier, posant ses paumes chaudes contre mes flancs nus. Ses yeux de métal prennent une lueur torride tandis que ses pouces effleurent la peau sensible sous ma cage thoracique, la caressant dans un mouvement circulaire.

— Si tu ne peux pas, ou si tu ne veux pas prendre des congés la semaine prochaine, ce n'est pas obligatoire. Ça ne me dérange pas d'attendre l'hiver pour un voyage de noces.

— Dans ce cas, pourquoi pas le mariage ?

Je soutiens son regard en essayant de me concentrer sur le sujet qui nous occupe au lieu de prêter attention à la caresse lente et hypnotique de ses pouces qui me réchauffent la peau et me liquéfient de l'intérieur.

— Quel mal y aurait-il à se marier à ce moment-là ?

Sa bouche prend une courbure sensuelle et il penche la tête tout en inspirant, comme s'il humait mon parfum.

— Tu veux dire, à part le fait que mon organisation tomberait à l'eau ? murmure-t-il, ses lèvres frôlant le haut de mon oreille.

— Ou… oui.

Je ferme les yeux quand il m'attire contre lui et j'enfouis mon nez dans son cou, penchant instinctivement la tête en arrière pour lui accorder un meilleur accès. Ma respiration s'accélère et j'ai l'impression que mes os se ramollissent tandis que son érection se manifeste, rigide et ferme contre mon ventre, provoquant une sensation de vide à l'intérieur de moi.

— Eh bien…

Il me mordille le cou avant d'apaiser le picotement en léchant ma peau endolorie.

— D'abord, je veux que tu sois ma femme, et je le veux aujourd'hui, pas demain ni dans trois jours.

Son haleine mentholée est chaude sur ma peau et un léger courant électrique se propage le long de mon corps.

— Je veux que tu portes mon alliance tout le temps, partout, pour que tout le monde sache que tu m'appartiens.

Il me donne un autre coup de langue derrière l'oreille et sa voix est presque un grondement quand il murmure :

— Ce n'est pas rationnel, ptichka, mais j'en ai besoin – j'ai besoin de toi. Et je ne peux pas attendre. Pas après avoir été séparé de toi pendant si longtemps.

— Mais…

J'ai de plus en plus de mal à rassembler mes pensées alors qu'il continue à infliger ces petites morsures sensuelles dans mon cou et sur mon épaule. Avec un effort monumental, j'essaie de me concentrer.

— Et les enfants ? Où vivrons-nous ? Et…

J'étouffe un cri quand il baisse la fermeture de mon pantalon pour glisser la main dans ma culotte mouillée.

— Et…

Je commence à haleter lorsque ses doigts trouvent mon clitoris et se mettent à en jouer avec une habileté infaillible.

— … ton travail ?

— Je te l'ai dit, j'ai démissionné.

Son souffle est tout aussi effréné que le mien et il plonge un long doigt en moi avant de décrire des cercles sur mon clitoris en feu, grâce à la moiteur qui en résulte.

— C'est terminé.

— Mais… oh, Seigneur.

À présent, mes hanches ondulent pour suivre le mouvement de ce doigt insistant. La pression monte en flèche, si rapidement qu'elle annihile toutes mes pensées.

— Oh, mon Dieu, Peter, je vais…

Avec un cri étranglé, j'explose. Chaque muscle de mon corps se contracte en une vague violente de plaisir. L'orgasme est si fort que mon esprit s'engourdit, envahi par des sensations purement physiques. Je suis vaguement consciente qu'il me déplace, qu'il tire sur mon pantalon et mes sous-vêtements, le long de mes jambes, puis qu'il me penche sur le canapé avant de s'enfoncer en moi, sa queue épaisse me pénétrant profondément en un coup vigoureux.

Le choc m'ébranle jusqu'aux os et mes muscles encore frissonnants se contractent, crispés par un effort instinctif pour repousser l'invasion. Mais en vain. Il me semble encore plus volumineux et massif entre mes jambes et je halète de nouveau lorsqu'il m'agrippe les hanches pour imprimer un mouvement de va-et-vient, plaquant son bassin contre mes fesses à chaque coup impitoyable.

— Peter…

Je sens la vague se reformer, menaçant de m'inonder d'un délice brûlant.

— Peter, attends…

Il ne ralentit pas. Au contraire, le rythme de ses coups punitifs accélère.

— Jouis avec moi, m'ordonne-t-il d'une voix rauque. Je veux sentir ton plaisir autour de ma queue.

Avant même qu'il finisse sa phrase, j'y arrive. La vague déferle avec la force d'un tsunami. Le plaisir submerge mes sens, me dépouillant des dernières traces de résistance. J'ignore si je hurle ou si c'est le sang qui rugit dans mes oreilles, mais tous les autres bruits sont étouffés.

Tout ce que j'entends, tout ce que je ressens, tout ce que j'éprouve, c'est l'extase. L'extase et lui.

CHAPITRE 51
PETER

Ma ptichka est silencieuse quand je l'emmène dans la salle de bain et la dépose dans le bain moussant que j'ai préparé avant d'aller la chercher. La baignoire est trop petite pour deux, et après une rapide toilette au lavabo, je m'assieds sur le rebord et regarde ses tétons roses pointer entre les bulles. La tête posée au bord de la baignoire, les yeux fermés et ses traits délicats colorés par le plaisir de l'orgasme, elle me tente tellement que j'ai encore envie d'elle.

Ce soir, je me promets.

Dès que Sara aura terminé son bain, nous irons manger, puis elle sera à moi toute la nuit.

Elle a dû sentir mon regard sur elle, car elle ouvre les yeux.

— Merci, murmure-t-elle en passant sa main gracieuse dans la mousse. Je ne me rappelle pas à quand remonte la dernière fois que j'ai fait ça.

Je réprime l'envie de me pencher pour lui prendre la main, de l'attirer à moi et sentir son corps glissant et savonneux contre le mien.

— Tu vas m'épouser samedi, dis-je d'un ton plus rude que je l'aurais voulu. Ce n'est pas négociable.

Elle se raidit ostensiblement et se redresse.

— Peter, ce n'est pas…

— Ou ce soir. Je n'ai rien contre une escapade à Las Vegas après le dîner.

Je m'efforce d'éviter le spectacle des seins blancs et souples exposés à la surface.

C'est trop important pour me laisser distraire par le désir.

Comme si elle percevait mes pensées, Sara s'enfonce dans l'eau et les bulles masquent à ma vue sa poitrine si délicieuse.

— Tu as un avion disponible ?

— Plus ou moins.

Pour l'instant, j'ai laissé notre avion à mes coéquipiers, mais je peux faire venir un jet privé dans quelques heures.

Avec l'argent, tout est possible.

— Peter…

Elle se redresse, prenant soin de ramener son bras mince devant sa poitrine.

— Il faut qu'on parle de tout ça, sincèrement. Tu es rentré hier et je ne sais toujours pas où tu étais ni ce que tu as fait. Où sont Anton et les jumeaux ? Ils sont ici avec toi ?

— Non.

Je prends une inspiration et réfrène le besoin pressant de l'emmener jusqu'à Las Vegas à l'instant même. Sara a raison, il y a beaucoup de choses dont nous devons discuter.

— Ils sont en Europe, mais ils viendront pour assister à notre mariage ! je lui explique en me levant.

Elle suit mon exemple et j'enroule une serviette autour d'elle lorsqu'elle sort de la baignoire. Elle me paraît incroyablement chétive, avec la tête penchée et l'épaisse serviette autour de son corps svelte.

Je prends conscience de sa vulnérabilité, de sa fragilité.

Je me rappelle à quel point j'avais envie de la punir autrefois… et encore parfois maintenant.

— Mangeons, nous discuterons après, dis-je en réprimant mon impulsion obscure. Je vais tout te raconter.

Pourtant, ça ne changera rien au plan.

Avant la fin de cette semaine, d'une manière ou d'une autre, Sara sera ma femme.

CHAPITRE 52
SARA

*C*e soir, notre dîner est un mélange de cuisine russe et asiatique, des *pelmeni* juteux – raviolis russes à la viande – servis en entrée avec de la crème aigre, et une poêlée de légumes avec du tofu mariné au chili en plat de résistance.

Mon déjeuner remonte à loin et notre corps à corps expéditif ainsi que le bain chaud ont achevé mes réserves d'énergie. Je suis affamée et dès que Peter dépose les plats sur la table, je me jette dessus et dévore cinq énormes raviolis et deux portions de poêlée épicée avant de lever les yeux de mon assiette.

— Tu avais faim ? demande Peter avec une ironie désabusée alors que je me sers une troisième fois.

Je rougis en prenant conscience que j'étais trop concentrée sur le repas pour songer à tenir une conversation.

— C'est très bon, dis-je en guise d'excuse.

Il sourit, ses yeux métallisés plus chaleureux que jamais.

— Profites-en, ptichka. J'adore te voir manger ce que j'ai mitonné.

— Tu es un cuisinier hors pair, lui dis-je avec sincérité.

Son sourire s'agrandit.

— Je suis content que tu le penses, mon amour.

— Et si tu ouvrais un restaurant ? je demande sur une impulsion. Tu sais, comme Yulia ? Ou un café ?

Il éclate de rire en secouant la tête.

— Non, ptichka. Ce n'est pas pour moi. Mais je veux bien te faire la cuisine chaque fois que tu en auras envie.

— Non, mais sérieusement… qu'est-ce que tu comptes faire ?

Je pose ma fourchette et le dévisage attentivement.

— As-tu des idées de carrière qui te plairaient ? Tu m'as dit que tu avais démissionné. Je suppose que tu n'es plus un… euh…

Pour une quelconque raison, ce mot reste coincé dans ma gorge. Il hausse les sourcils, manifestement amusé.

— Un assassin ? Non, ptichka. Cette partie de ma vie est derrière moi.

Il pique un morceau de chou chinois du bout de sa fourchette.

— Désormais, je suis un citoyen respectueux des lois.

— Vraiment ?

Je le regarde fixement, à la fois incrédule et pleine d'espoir. Au début, j'ai vraiment cru qu'il s'était rangé, puis nous avons eu cette discussion au sujet de Monica. Aurais-je mal compris ? J'aurais juré qu'il avait promis à mots couverts de faire quelque chose à son beau-père, mais si Peter affirme qu'il s'est racheté une conduite, alors peut-être n'étaient-ce que des paroles creuses, simplement rassurantes comme n'importe quel homme en dirait pour apaiser sa petite amie.

En pensant à Monica, mon humeur s'assombrit aussitôt, étouffant ce qu'il me reste d'appétit, et je repousse mon assiette. Peter sourit et dit :

— Sérieusement. C'est l'une des conditions du marché : plus de crimes à partir de maintenant.

— Oh. Tant mieux.

Une fois de plus, il arque les sourcils.

— Tu n'as pas l'air très enthousiaste.

— Quoi ? Non !

Je chasse la sensation oppressante qui m'étreint le cœur quand je songe à Monica, et j'affiche un sourire éclatant.

— Je suis folle de joie que tu te sois rangé. Le contraire serait impossible !

Et je suis sincère, même si je dois écraser cette infime graine d'espoir teinté de culpabilité à l'idée que le dilemme de Monica aurait pu trouver une solution permanente.

Je ne pouvais pas souhaiter une chose pareille.

Je refuse de le croire.

— Je ne sais pas, ptichka.

Peter penche la tête et me dévisage attentivement.

— Y a-t-il quelque chose qui t'inquiète à ce sujet ?

— Tout m'inquiète, dis-je de but en blanc. Comment vas-tu appréhender ce mode de vie ? Que vas-tu faire de ton temps libre ? Tu dis que tu veux m'épouser samedi, mais ensuite ? Et ta vengeance ? As-tu trouvé ce dernier…

— C'est fini.

Sa voix est tranchante et sans appel. Brusquement, son visage a tourné à l'orage.

— Il n'y a plus rien à dire à ce sujet.

Je le dévisage. Ce que je viens de manger s'est changé en plomb dans mon ventre.

— Que s'est-il passé ?

Il se lève et emporte son assiette à moitié vide, puis la mienne.

— Rien.

Il rejoint l'évier et y dépose la vaisselle avec une telle force qu'elle s'entrechoque, avant de revenir à table pour chercher le reste.

Je me lève à mon tour, les nerfs à vif, et le regarde faire les cent pas dans la cuisine avec une violence à peine contenue.

— Peter…

Je rassemble mon courage et lui attrape le poignet lorsqu'il passe près de moi.

— Que s'est-il passé ? je répète avec douceur, levant les yeux vers son regard d'acier.

Les tendons de son poignet épais se crispent et je sais que ce serait un jeu d'enfant pour lui d'arracher sa main à la mienne.

— Rien, répond-il.

Cette fois, dans son intonation, je perçois le chagrin amer et la fureur.

— Rien de rien, bordel !

J'humecte mes lèvres sèches.

— Comment ça ? Tu ne l'as pas trouvé ?

Sa bouche se tord et il se libère de ma poigne avec délicatesse.

— Laisse tomber, ptichka.

J'en ai envie, mais ce n'est pas possible. Pas si nous voulons bâtir une vie ensemble.

Je refuse d'épouser de nouveau un homme dont les secrets risqueraient de nous détruire.

— S'il te plaît, Peter.

Une fois de plus, je capture sa main et la serre entre mes paumes. Soutenant son regard, je demande d'un ton calme :

— Dis-moi la vérité.

Ses doigts se referment autour des miens et il ferme les yeux, prenant de grandes inspirations. Quand il les rouvre, son amertume a disparu, voilée par un masque inexpressif.

— Je te l'ai dit, il ne s'est rien passé, fait-il d'un ton neutre. Et il ne se passera rien. Henderson retrouvera sa vie normale, sain et sauf. C'est une clause du marché que j'ai conclu.

Alors que je le dévisage, stupéfaite, il ajoute :

— C'est terminé, Sara. Il n'y a rien d'autre à en dire.

Je commence à parler, mais je m'interromps, incapable de trouver les mots. N'importe quels mots, à vrai dire. J'ai l'impression d'avoir le cœur en miettes, et ma poitrine est comprimée à tel point que j'ai du mal à respirer.

Il a laissé passer la chance de venger complètement sa famille.

Pour moi.

Il a fait tout ça pour moi.

— Allons… dit-il, la gorge nouée.

Je me rends compte que mes joues sont humides. Ma vision est brouillée, sans doute par des larmes.

— Je suis désolée.

Je le lâche pour essuyer mes joues du revers de la main.

— C'est juste que… Ce n'est rien.

Il me regarde longuement avant de se détourner pour reprendre le nettoyage de la cuisine comme si de rien n'était.

Comme s'il ne venait pas de m'arracher le cœur pour le mettre dans sa poche.

Je m'accorde quelques minutes, histoire de me calmer, puis je me dirige vers mon sac à main et en sors mon téléphone.

— Qu'est-ce que tu fais ? demande Peter.

Je compose le numéro de mes parents et pose le doigt devant mes lèvres, geste universel pour intimer le silence à quelqu'un.

— Salut, maman, dis-je en entendant sa voix familière. Comment vas-tu ? Tu te sens mieux ?

— Ça va, ma chérie.

Elle a l'air étonnée.

— Qu'y a-t-il ? Tout va bien ?

Je lève les yeux vers l'horloge et fais la grimace en constatant qu'il est plus de vingt-deux heures.

— Oui, tout va bien. Désolée d'appeler si tard. J'étais de garde à la clinique et j'ai perdu la notion du temps. Je ne te réveille pas, si ?

— Moi ? Oh, non. Je lisais avant d'aller me coucher. Mais ton père est déjà au lit. Tu voulais lui parler ? Je peux le réveiller si tu…

— Non, non, tout va bien. Laisse-le dormir.

Je prends une profonde inspiration.

— Maman, qu'est-ce que vous faites demain soir, papa et toi ? Vous êtes libres pour le dîner ?

Du coin de l'œil, je vois Peter s'immobiliser un instant avant de continuer à remplir le lave-vaisselle.

— Eh bien, c'est la soirée Bingo, on pensait peut-être y aller, mais ce n'est pas obligatoire, dit maman. Pourquoi, ma chérie ? Tu ne travailles pas demain ?

— J'ai une journée calme.

C'est presque vrai. Demain, je ne suis pas de garde et je n'ai aucune procédure chirurgicale prévue. Quant à la clinique, je peux remettre mon service à un autre jour.

— Vous voulez venir dîner ?

Un silence s'écoule, puis elle demande :

— Chez toi ?

— Oui. J'aimerais vous présenter quelqu'un, dis-je.

Peter se tourne pour me regarder. Ce ne sera que la deuxième fois que mes parents me rendent visite dans mon nouvel appartement. Je n'ai jamais été très douée pour recevoir, et en temps normal c'est moi qui vais chez eux ou bien nous sortons quelque part pour le brunch ou le déjeuner. Mais avec Peter, j'estime qu'il vaut mieux rester à la maison.

Mes parents se comporteront mieux.

— Oh.

La voix de ma mère vibre d'excitation.

— Oui, bien sûr, ma chérie, avec plaisir. Tu veux qu'on apporte quelque chose, ou on commandera à manger ?

— On s'en occupe, maman. Ne vous préoccupez de rien, dis-je sous le regard scrutateur de Peter.

— À demain, vers six heures, d'accord ?

Je raccroche et il me rejoint. Ses mouvements sont lents et vagues comme ceux d'un prédateur. On dirait la démarche chaloupée d'un chat sauvage.

— C'était ma mère, dis-je en reculant instinctivement. Je les ai invités à dîner demain. Ça ne te dérange pas, si ? On peut commander à manger ou…

Mes paroles se terminent dans un glapissement lorsque Peter me soulève pour m'assoir sur le plan de travail avant d'ouvrir mon peignoir d'un geste brusque.

— Peter, attends…

Je passe la langue sur mes lèvres tandis qu'il fait glisser le peignoir le long de mes bras, me déshabillant intégralement.

— On devrait décider ce que nous allons… aahh…

Je gémis en rejetant la tête en arrière. Il dépose plusieurs baisers sur la peau sensible de ma clavicule en même temps que ses mains envahissent le creux bouillant entre mes jambes. Il enfonce brusquement deux doigts en moi sans la moindre pitié. Comme je ne suis pas encore humide, ça me fait mal, et pourtant mon corps est saisi d'une brusque montée de chaleur, d'un déferlement violent de sensations.

— Tu m'épouses. Ce samedi, gronde-t-il en me baisant avec deux doigts.

J'acquiesce par un gémissement, le corps de nouveau en proie aux flammes.

Ce samedi, ce soir, demain… plus rien n'a d'importance. J'en ai assez de me battre, j'en ai assez de résister.

Il avait raison depuis le début.

Je suis à lui, et il est à moi.

C'était écrit.

CHAPITRE 53
PETER

Elle dort, vaincue par la fatigue, quand je sors du lit avec précaution et regroupe les vêtements que j'ai laissés sur une chaise, bien pliés. Je m'habille furtivement en prenant soin de ne pas la réveiller, puis je sors de la chambre en chaussettes.

Mes chaussures sont dans l'entrée et je les enfile avant de tapoter la poche de ma veste pour m'assurer que mon téléphone s'y trouve.

J'en aurai besoin pour retrouver l'immeuble d'un certain monsieur Samson « Sonny » Pearson, le beau-père de Monica Jackson.

Danny m'attend déjà sur le parking. Je retrouve l'email que m'ont envoyé mes hackers et je lui donne une adresse à quelques rues d'ici. C'est là où vit Pearson – il s'agit de l'appartement de son ex-femme.

Apparemment, la mère de Monica n'a aucun scrupule à laisser le violeur de sa fille dormir chez elle.

Je prends un risque en réglant moi-même la question. J'aurais mieux fait d'engager quelqu'un pour réaliser un coup discret dans quelques mois, quand personne ne pourrait plus faire le lien entre la mort de Pearson et la visite de sa belle-fille dans une certaine clinique associative pour femmes. Mais ma ptichka pleurait aujourd'hui – elle pleurait à cause de cet *ublyudok* – et je ne le supporte pas.

Il va mourir ce soir, et sa belle-fille sera enfin libre.

— Dépose-moi ici, dis-je à Danny quand nous atteignons l'adresse que je lui ai donnée, un immeuble à quelques rues de ma destination.

Ce type est loyal et il accepte de travailler aux frontières de la loi, mais je ne lui fais pas confiance comme à mes hommes.

Mieux vaut agir seul, sans témoins.

L'appartement d'Amira Pearson se trouve au premier étage d'un immeuble délabré de trois étages. Il flotte une légère odeur d'urine et de vomi dans le hall d'entrée, et la peinture des escaliers s'écaille. Ça me fait penser aux bâtiments de l'époque soviétique en Russie. Si ce n'est que la porte devant laquelle je m'arrête est constituée de bois, et non de deux couches d'acier comme c'est monnaie courante dans mon pays miné par la corruption.

Je pourrais briser cette porte par un coup de pied si j'en avais envie.

Je me contente de coller mon oreille contre le bois et d'écouter. J'entends un murmure de voix étouffées. Mes informations sont donc exactes. Sonny a obtenu un boulot – il décharge des camions de supermarché à trois heures du matin – et il partira dans peu de temps.

Je redescends et sors l'attendre dehors. J'aurais pu entrer pendant que ce connard dormait, mais la mère et le frère de Monica se trouvent dans l'appartement. Mieux vaut attendre.

Je préfère surprendre Sonny tout seul et déguiser mon crime en vol qui aurait mal tourné.

Près d'une demi-heure plus tard, il sort enfin. Je reste vif, sur le qui-vive. L'adrénaline pulse à un rythme régulier dans mes veines. Je ne peux nier le frisson d'excitation que j'éprouve. Ma soif de sang me fait le même effet que plusieurs litres de café.

Je suis un prédateur, un monstre, et je le sais.

Sonny Pearson ne va pas tarder à le savoir, lui aussi.

Je suis tapi dans la ruelle. Quand il passe à mon niveau, je tends les bras pour l'attraper par le devant de sa chemise et l'attirer à moi.

— Eh !

Il essaie de me frapper, mais il se fige dès que je pose ma lame contre sa gorge.

— Ne bouge pas… je murmure en me penchant vers lui. Ne respire même pas.

La pomme d'Adam de son cou épais tressaute dangereusement près de ma lame.

— Que… qu'est-ce que tu veux ? J'ai pas… pas de fric.

— Je le sais.

Pas besoin de le voir blêmir pour savoir que mon sourire est glaçant.

— Ce n'est pas ce que je cherche.

Sur ce, je lui tranche la gorge. Son sang chaud me baigne les doigts et la puanteur de ses boyaux qui se vident imprègne l'air. Au moment où la vie quitte ses yeux marron, je dis à mi-voix :

— Monica te salue.

Laissant son corps retomber sur le trottoir, j'essuie ma main et ma lame sur la partie intacte de sa chemise, puis je récupère son portefeuille dans sa poche et je sors de la ruelle pour rejoindre Danny qui m'attend.

Nous nous arrêterons dans un motel en chemin.

J'ai besoin de prendre une douche avant de rentrer à la maison.

CHAPITRE 54
SARA

$\mathcal{J}$e ne suis pas encore prête à porter ma bague au travail, mais pendant la pause déjeuner, quand les stylistes arrivent – deux femmes élégantes de mon âge –, je les escorte dans le hall sans prêter attention aux regards intrigués de la réceptionniste. Nous entrons dans l'une des salles d'examen et elles me mesurent de la tête aux pieds – un procédé qu'elles expédient en quelques minutes grâce à leurs mains rompues à l'exercice.

— Vous êtes très mince, c'est formidable, me dit une femme grande aux cheveux noirs qui s'est présentée sous le prénom de Suzie. Nous avons une splendide robe Monique Lhuillier qui vous ira comme un gant, avec quelques ajustements. Pam, tu as une photo ?

Pam, une petite blonde aux cheveux bouclés, sort son téléphone et me montre une robe sirène très chic présentée sur un mannequin. Toute en dentelle raffinée, c'est une robe bustier au col carré, avec une rangée de boutons en nacre dans le dos – simple, et pourtant si parfaite que j'en baverais presque d'admiration.

— Nous avons beaucoup d'autres modèles, dit Suzie en interprétant par la négative mon silence ébahi. Y a-t-il quelque chose de spécifique que vous…

— Non, c'est magnifique.

Je détache mon regard de l'écran de téléphone.

— Combien ça coûte ?

Suzie cligne des paupières avant de regarder Pam à la dérobée.

— Monsieur Garin nous a dit qu'il n'y avait aucun budget défini, répond Pam avec circonspection. Ce n'est pas le cas ?

— Oh, euh… si. Je pose juste la question par curiosité.

Les finances, voilà un autre sujet que je n'ai pas abordé avec Peter. Je m'efforce de cacher ma gêne derrière un sourire radieux.

— Oh, je vois, fait Pam, rayonnante. Eh bien, soyez assurée que votre fiancé est un homme très généreux. Cette robe est une pièce unique de défilé, avec de la dentelle cousue à la main, et elle se vend à trente-trois mille dollars hors taxes. Mais nos ajustements sont gratuits.

— C'est… très gentil de votre part.

On dirait que ma voix est étranglée, mais c'est plus fort que moi. Je ne suis pas Cendrillon – malgré la réduction de salaire qu'implique mon nouvel emploi, il reste largement dans les six chiffres annuels –, mais trente-trois mille dollars, ça reste une coquette somme pour une robe que je porterai une seule et unique fois.

Et moi qui estimais que la robe à mille deux cents dollars de mon premier mariage était chère.

— Vous aurez également besoin de chaussures et d'accessoires, me dit Suzie en sortant de son sac surdimensionné un catalogue en papier glacé. Voulez-vous le feuilleter ? demande-t-elle en tendant le catalogue. Ou préférez-vous être conseillée ?

— J'apprécierais quelques conseils.

Elles s'empressent de me trouver une paire d'escarpins blancs Louboutin avec des lanières discrètes autour des chevilles, ainsi qu'un collier de perles assorti à deux barrettes à cheveux, en perles et en diamants.

— Bien sûr, il vous faudra une coiffure élaborée, commente Pam en tournant les pages du catalogue pour me montrer quelques modèles sur les mannequins. L'effet d'ensemble sera très joli.

— Merci. J'y veillerai.

Enfin, elles rassemblent leurs affaires et s'en vont. Comme elles l'avaient annoncé, notre entrevue aura duré moins de trente minutes – une infime fraction du temps que j'ai passé à faire les boutiques pour trouver une robe et des accessoires lors de mon premier mariage.

Il y a peut-être un avantage à ce que Peter me force ainsi la main, me dis-je avec une ironie désabusée tout en sortant pour manger sur le pouce dans la demi-heure dont je dispose avant mon prochain patient. Mon premier mariage était un gros événement. George avait invité toutes nos connaissances et dépensé des sommes que nous n'avions pas vraiment. Il y avait deux cents personnes à la réception et il nous avait fallu un an pour tout préparer – à l'époque, accaparée par ma résidence de médecine, j'en avais par-dessus la tête de tous ces préparatifs.

Un petit mariage qui me demande seulement d'être présente, c'est peut-être ce qui me correspond le mieux, tout compte fait.

— Qui étaient ces dames ? demande Annabelle, la réceptionniste, quand je rentre du déjeuner.

Je prends une inspiration, consciente qu'il me reste encore une tâche importante à accomplir. Je dois inviter mes amis et mes collègues, et supporter au passage leurs questions étonnées.

— Elles sont venues prendre mes mesures pour une robe, dis-je, décrétant qu'il vaut mieux se jeter à l'eau tout de suite.

Je glisse discrètement la main gauche dans mon sac et enfile ma bague avant de tendre la main pour montrer à Annabelle le gros diamant.

— En fait, je suis fiancée, et le mariage a lieu…

Un cri excité noie le reste de mes paroles avant même que j'ajoute :

— … ce samedi.

Annabelle, une femme prosaïque de presque soixante ans, qui tient tête aux compagnies d'assurance et aux patients récalcitrants avec le même aplomb, bondit avec la vivacité d'une adolescente et me prend la main pour admirer la bague sans cesser de jacasser.

— Oh, mon Dieu ! Regardez-moi cette pierre ! Qui est l'heureux élu ? Comment l'avez-vous rencontré ? Je ne savais même pas que vous étiez fiancée !

Quand elle prend le temps de respirer, je lui explique que Peter et moi sortions ensemble par intermittence depuis quelque temps, mais que notre relation n'était pas sérieuse à cause de son travail, qui lui demandait de beaucoup voyager à l'étranger. Or maintenant, il va faire autre chose, et nous avons décidé de passer à l'étape suivante en nous fiançant.

— On ne prévoit pas un gros mariage, dis-je avant qu'elle se lance dans une autre salve de questions. Mais nous tenons une petite cérémonie ce samedi. J'aimerais beaucoup que votre mari et vous puissiez y assister. Je sais que c'est à la dernière minute, mais…

Une fois de plus, elle glapit et me serre dans ses bras.

— Oh, merci, ma belle. C'est un véritable honneur ! Nous serons là, soyez-en sûre. Vous l'avez déjà annoncé à Bill et Wendy ?

Je souris devant sa mine réjouie.

— Non, j'allais le faire.

— Oh, alors, allez-y. Tout de suite. Je suis impatiente de voir la tête de Bill quand il apprendra que j'avais raison.

Je hausse les sourcils, intriguée, et elle précise :

— J'ai parié vingt dollars avec lui qu'une jolie fille comme vous avait forcément un petit ami.

Comme j'éclate de rire, elle penche la tête vers la salle d'attente et déclare :

— Je ne vois pas encore votre patiente. Vous avez quelques minutes devant vous.

— Merci, Annabelle.

Elle me houspille d'un geste de la main et je ris de nouveau.

— J'y vais, c'est promis.

Je me dépêche en direction du bureau de mes patrons avant qu'Annabelle m'y entraîne de force, et je frappe à la porte.

— Wendy ? Bill ? Vous avez une seconde ?

Wendy ouvre la porte une seconde plus tard.

— Bien sûr, ma chère. Comment puis-je t'aider ?

Son sourire est aussi doux que les cheveux blancs cotonneux qui encadrent son visage avenant. Chez madame Otterman, tout n'est que douceur, depuis l'intonation caressante de sa voix jusqu'à son habitude d'appeler régulièrement ses patientes pour prendre de leurs nouvelles.

Travailler avec elle est un vrai plaisir, même si elle est toujours flanquée de son mari ronchon.

— Bill est ici ? je demande avant de le voir assis derrière elle, en train de mâcher un sandwich presque aussi volumineux que sa moustache.

Il me lance son éternel regard sévère et pose son sandwich.

— Qu'y a-t-il ?

Si je ne le connaissais pas, je penserais qu'il me déteste. Mais il est comme ça avec tout le monde, y compris les patients, et je ne m'en formalise pas.

D'après les infirmières, plus il a l'air revêche, plus il vous apprécie.

— Eh bien…

Du coin de l'œil, je vois Annabelle qui vient se camper à côté de moi. De toute évidence, elle ne peut pas résister à l'envie de voir de ses propres yeux la tête que fera Bill.

— Je me demandais si vous aviez des projets pour samedi, dis-je en optant pour un ton désinvolte. Je me marie. Ce sera une petite cérémonie en comité réduit et…

— Tu *quoi* ?

La moustache grisonnante de Bill frémit quand son regard se pose sur ma main gauche.

— Tu es fiancée ?

— Ça date d'hier, dis-je en levant la main pour leur montrer la bague. Je sais que c'est précipité, alors si vous avez d'autres projets, c'est tout à fait…

— Oh, non, nous serons là, ma chère. Félicitations.

Wendy me regarde en souriant et me prend la main droite.

— Qui est cet homme chanceux ? demande-t-elle en regardant mon annulaire. C'est une belle bague qu'il t'a offerte.

La moustache de Bill ne cesse de frétiller.

— Tu as un petit ami ?

Il se renfrogne tout en se levant.

— On ne savait pas que tu avais un petit ami.

Je souris et répète mes explications à propos de notre relation en pointillés et des déplacements professionnels de Peter.

— Alors voilà, nous sommes prêts à franchir le cap ! je conclus avant de jeter un œil à l'horloge murale. Oh, regardez. Ma patiente est sans doute arrivée.

Tout sourire, Annabelle détale vers le bureau d'accueil.

— Désolée, je dois y aller, dis-je à mes patrons. Vous viendrez ?

— Avec tambours et trompettes, répond Bill d'un ton maussade.

J'en déduis qu'il est content pour moi et, après avoir salué joyeusement Wendy d'un geste de la main, je m'éloigne, ravie que cette annonce se soit déroulée sans problème.

Maintenant, il me reste à le dire à tout le monde – et à l'expliquer à mes parents.

J'ai une annulation de rendez-vous en fin d'après-midi, et j'en profite pour passer les coups de fil nécessaires.

Simon et Rory ne décrochent pas et je leur laisse un message vocal pour qu'ils me rappellent. Phil, en revanche, doit avoir terminé sa journée de cours, parce qu'il répond à la première sonnerie.

— Tiens, te voilà. On a failli croire que ton mystérieux copain t'avait enlevée, dit-il.

Je ris en espérant qu'il ne remarquera pas la tension dans ma voix.

Il plaisante, mais Peter aurait très bien pu me faire disparaître. C'était d'ailleurs ce que j'imaginais quand j'ai quitté le bar à son bras.

— Je suis toujours là, dis-je enfin. Mais j'ai des nouvelles.

— Ne me dis rien…

Phil feint de glousser en se récriant :

— Tu es en cloque.

— Euh, non…

En tout cas, si c'est le cas, je ne le sais pas encore. Ce n'est pas impossible après deux jours de rapports sans protection, mais il est trop tôt pour le dire.

— Par contre, je me marie.

Un long silence me répond au téléphone, suivi d'un :

— *Quoi ?*

— Oui, c'est une longue histoire, dis-je avant d'entreprendre les mêmes explications que j'ai données à mes collègues, au sujet de notre relation par intermittence et des voyages de Peter.

— Mais pourquoi tu ne nous as pas parlé de lui ? demande Phil, abasourdi. On pensait tous que tu ne sortais avec personne à cause de ton mari.

— C'était parfois un peu compliqué. Et comme je n'étais pas sûre que ça nous mènerait quelque part…

Je ne termine pas ma phrase, espérant que Phil la complètera tout seul.

— Bref, alors on se marie et c'est prévu ce samedi, donc…

— *Quoi ?*

Je souris en imaginant ses yeux exorbités.

— Oui, je sais. Nous n'avions pas envie de faire durer nos fiançailles. Quoi qu'il en soit, je suis consciente que c'est à la dernière minute, alors si tu as d'autres projets samedi, je comprends tout à fait. Mais si tu pouvais te joindre à nous, on aimerait beaucoup que tu sois là. Évidemment, sens-toi libre de venir accompagné.

— Tu te maries. Ce samedi.

— C'est ce que je viens de dire.

Je marque une pause pour lui laisser l'occasion de s'épancher, mais il semble avoir perdu sa langue et je reprends :

— Tu n'es pas obligé de me répondre tout de suite, mais si tu pouvais me prévenir demain, ce serait parfait. Peter a réservé un traiteur et tout le reste, donc ce sera en petit comité, mais très sympa je l'espère.

— Où… commence Phil avant de se racler la gorge. Où aura lieu le mariage ?

— Au country-club Silver Lake, dis-je. Tu connais ?

— Oui, bien sûr. Mon cousin s'y est marié il y a deux ans. Un très bel endroit.

— Oh, tant mieux.

Je souris, même s'il ne peut pas me voir.

— Alors, peux-tu me dire si tu comptes venir ? Ou tu me préviendras demain ?

— Tu plaisantes ? Bien sûr que je serai là. Tu as déjà appelé Rory et Simon ?

— Je leur ai laissé des messages, dis-je en regardant l'heure.

Je ferais mieux de me dépêcher si je veux appeler Marsha avant ma prochaine patiente.

— Merci beaucoup, Phil. Désolée de t'avoir annoncé la nouvelle de but en blanc, lui dis-je. À samedi.

— Oui. À plus, dit-il d'une voix toujours aussi abasourdie quand je raccroche.

Marsha est la suivante sur ma liste. C'est une conversation que je redoute presque autant que le dîner avec mes parents. Je compose son numéro en espérant vaguement qu'elle ne décrochera pas, mais elle répond à la première sonnerie.

— Salut, ma belle.

Je prends une grande inspiration.

— Salut, Marsha. Comment vas-tu ?

— Oh, tu sais. J'allais prendre mon service du soir. C'est Andy qui a tiré la courte paille cette semaine, mais son copain s'est fâché parce que c'est leur anniversaire aujourd'hui. Alors, elle m'a demandé d'échanger avec elle. Et toi, tout va bien ? Qu'est-ce que tu fais ce week-end ? Tonya et moi, on comptait aller boire un verre samedi. Tu veux te joindre à nous ? Tu n'as aucun concert, si ?

— Non, mais justement, à propos de samedi…

J'agrippe le téléphone un peu plus fort.

— J'ai des nouvelles.

— Oh ?

— Il y a un gars avec qui je sors depuis quelque temps. Par intermittence.

— Ah bon ? fait Marsha d'une voix haut perchée. Qui ça ? Pas ce bodybuilder roux de ton groupe, si ?

— Rory ? Non, pas du tout.

— Oh, tant mieux. Parce que Tonya l'apprécie beaucoup et elle espère que c'est réciproque. Qui donc, alors ? Je le connais ?

— Non, pas encore.

Je prends une autre inspiration.

— Mais c'est devenu très sérieux entre nous.

— Vraiment ?

Son intérêt semble monter en flèche.

— Sérieux à quel point ?

Je prends mon courage à deux mains et débite à toute allure :

— On va se marier ce samedi.

— Vous *quoi* ?

Maintenant que la bombe est lancée, je répète le plus calmement possible :

— Je me marie. Ce samedi. Si c'est possible, j'aimerais beaucoup que tu sois là.

— C'est une blague, n'est-ce pas ?

De ma main libre, je me pince l'arête du nez.

— Non. Nous avons décidé de ne pas faire de grande cérémonie et d'inviter juste quelques personnes. Ce sera au country-club Silver Lake. Tu sais, à Orland Park ?

— Hmm, hmm. Et moi, je participe à *Danse avec les Stars*.

— Marsha… Je ne plaisante pas.

Un silence pesant s'installe, puis elle répète :

— Tu vas te *marier* ?

— Oui. Ce samedi.

— Bordel, mais c'est quoi cette histoire ? Tu es sérieuse ? Vous vous êtes rencontrés quand, tous les deux, et comment ? Comment s'appelle-t-il ? Et pourquoi ne m'as-tu jamais parlé de lui ?

— C'est une longue histoire. On se fréquentait en dents de scie depuis quelque temps et…

— Comment ça, *depuis quelque temps* ? Combien de temps ? Des semaines ? Des mois ?

Je grimace intérieurement.

— Euh, des mois. C'est bien ça, des mois.

D'ailleurs, au mois d'octobre ça fera deux ans que Peter m'a martyrisée dans ma cuisine, mais si l'on compte le temps passé ensemble, nous sommes sans doute plus proches des sept ou huit mois au total.

— Waouh. D'accord. Mais… waouh !

Marsha garde le silence pendant une seconde, avant de demander sur un ton un peu vexé :

— Pourquoi n'as-tu rien dit ? Tu sais qu'on pensait tous que tu étais célibataire depuis… enfin, tu sais.

— Je sais. Je suis désolée. Comme c'était en pointillés, au début je ne pensais pas que ce serait sérieux. Il voyageait beaucoup pour le travail. Mais maintenant, il en a terminé avec ça, alors on a décidé de passer à l'étape supérieure.

— Et l'étape supérieure, c'est le *mariage* ? Vivre d'abord ensemble, ça ne vous est pas venu à l'esprit ? Sara, ma belle…

Sa voix prend une intonation soucieuse.

— Que se passe-t-il ? Est-ce que tout va bien ?

C'est le plus difficile, parce qu'à la différence de Phil et de mes nouveaux collègues, Marsha me connaît depuis des années. Elle sait que je fais toujours très attention avant de m'engager, et elle sait aussi ce qui s'est passé avec Peter.

En tout cas, les aspects les plus sombres.

— Tout va bien.

Je réponds sur le ton le plus guilleret possible.

— On est simplement tout excités de pouvoir enfin être ensemble et on ne voit aucune raison d'attendre. Ni lui ni moi ne voulons une grande cérémonie, alors…

— Attends, attends, du calme. Machine arrière. Tu ne m'as toujours pas dit son nom ni ce qu'il fait dans la vie.

Je prends une inspiration. On n'a rien à perdre…

— Il s'appelle Peter Garin. Il était consultant en sécurité, mais il vient de quitter son métier.

— Peter Garin ? Une minute…

La voix de Marsha est tendue.

— Cet assassin russe qui t'a enlevée ne s'appelait pas Peter quelque chose ?

— Sokolov… S'il te plaît, ne me parle pas de ça.

Notamment parce que je n'ai pas envie de mentir plus que nécessaire.

— Quoi qu'il en soit, comme je te le disais, nous faisons une petite cérémonie ce samedi et j'aimerais beaucoup que tu puisses venir. Mais tu as dit que tu avais d'autres projets, donc si tu ne peux pas…

— Voyons, Sara. Bien sûr que je viendrai. Les bars peuvent attendre. Mais je suis toujours perplexe. Le nom de ton homme, c'est aussi Peter ? Et c'est quoi ce nom, Garin ? D'où vient-il ?

Je tambourine des doigts sur le bureau.

— Il vient de… d'un peu partout. Mais il est né en Europe de l'Est.

Je ne peux pas mentir sur ce point. L'accent de Peter, aussi subtil qu'il soit, trahit clairement ses origines.

Ce doit être pour cette raison qu'il a choisi un nom de famille à consonance russe au lieu d'opter pour quelque chose comme Smith ou Johnson.

— Quoi ?

Marsha semble à deux doigts de devenir dingue.

Je ferme vivement les paupières et réponds :

— En Russie.

— Tu te fous de moi, n'est-ce pas ? Dis-moi que tu plaisantes.

J'ouvre les yeux et jette un œil en direction de l'horloge. À mon grand soulagement, il est presque l'heure de mon prochain rendez-vous.

— Écoute, Marsha, je dois y aller. Tu rencontreras Peter samedi et tu apprendras tout ce que tu veux savoir, c'est promis. Maintenant, j'ai une patiente à voir.

— Sara, attends…

— Je t'enverrai tous les détails demain par email.

Je raccroche et coupe mon téléphone avant qu'elle puisse me rappeler.

Déjà quatre invitations, encore quelques-unes.

Je peux y arriver.

Ce n'est pas si terrible.

CHAPITRE 55
SARA

*P*ourtant, *c'est* si terrible ! je décrète quand je sors du travail après avoir parlé à Rory, Simon, Andy, Tonya et mes collègues de la clinique, profitant d'une autre annulation de dernière minute. Après avoir rabâché une dizaine de fois la même conversation, je suis vidée. Et il me reste encore l'apothéose, ce soir.

Le dîner avec mes parents.

— Je m'en charge, m'a dit Peter ce matin, au petit déjeuner, quand j'ai proposé de passer chercher des plats à emporter sur le chemin du retour. Rentre à la maison en temps et en heure, et ne te soucie de rien.

Danny attend sur le trottoir quand je sors du bâtiment. Je monte en voiture. La surprotection de Peter me fait lever les yeux au ciel. Comme il faisait beau ce matin, je n'avais pas envie de prendre la voiture et Peter m'a accompagnée à pied au travail. Et maintenant, je rentre sous bonne escorte.

À ce rythme, je vais vite oublier ce que c'est que d'être toute seule dans la rue.

Sur une impulsion, je compose le numéro de Peter.

— Salut, ptichka.

Sa voix grave est une caresse à mes oreilles.

— Tu rentres ?

— Je suis dans la voiture avec Danny.

Je jette un œil vers le chauffeur, qui se fraie un chemin dans les rues tout en faisant mine d'être sourd et muet.

— Tu le savais déjà, n'est-ce pas ?

— Danny m'a envoyé un texto il y a une minute. Tu as passé une bonne journée, mon amour ?

— Oui. J'ai invité presque toutes les personnes que je souhaitais inviter. Il n'y a que Simon qui ne pourra pas venir. Il a une réunion de famille en Caroline du Sud.

— C'est très bien.

J'entends des tintements en fond sonore, puis de l'eau qui coule, et Peter ajoute :

— Attends une seconde. Je dois égoutter les pâtes.

— Tu prépares le dîner ? je demande quand il récupère le téléphone, une minute plus tard.

— Oui, des plats italiens. Tes parents aiment ça, j'espère ?

— Ils adorent, dis-je en souriant. Je suis certaine qu'ils seront très impressionnés.

— Tu veux dire, une fois que l'envie d'appeler le FBI leur sera passée ? Oui, tu as sans doute raison. Je crois que ce sera délicieux.

J'éclate de rire. Mon anxiété à la perspective du repas à venir se transforme en véritable vertige. C'est réel, c'est vraiment en train de se produire.

Peter et moi, nous devenons un couple normal.

— Tu as passé une bonne journée ? je demande. Qu'est-ce que tu as fait ?

C'est vrai, comment un ancien assassin occupe-t-il ses journées ?

— J'ai fait quelques courses, je suis allé acheter de quoi cuisiner, me dit Peter, sa voix éclairée par un sourire chaleureux. J'ai aussi repéré quelques maisons dans le quartier. On pourra les regarder plus tard. Je n'ai pas eu l'occasion de t'en parler hier, mais cet appartement est trop petit pour nous – surtout cette cuisine. Et si je ne me trompe pas, ils refusent les animaux de compagnie, n'est-ce pas ?

— Oui. C'est l'un des inconvénients majeurs de cet immeuble, dis-je.

Mon cœur fait des claquettes dans ma poitrine. C'est réel, vraiment réel. Une vie ensemble – maison, chien, et tout le reste. Modérant un élan de vertige, je dis :

— Je l'ai choisi parce que c'était à la fois près de chez mes parents et de mon boulot, mais ça ne me dérangerait pas de m'éloigner un peu maintenant que maman va mieux.

— C'est ce que je pensais, dit Peter. Deux des maisons que j'ai repérées ne sont pas loin, et l'une d'elles se trouve à environ deux kilomètres de ton travail. Bien sûr, il y a toujours ton ancienne maison…

— Ils te l'ont rendue ? je demande avant de prendre conscience que c'est une question bête.

Peter n'étant plus un fugitif, le gouvernement n'a pas le droit de conserver la propriété qu'ils ont saisie quand ils ont appris qu'elle lui appartenait.

— Oui, évidemment, répond Peter. Réfléchis-y et dis-moi ce que tu as l'intention d'en faire. Même si on n'y retourne pas, on peut la garder juste au cas où. Ou bien la vendre. À toi d'en décider.

— Oh, vraiment ? Et moi qui croyais que tu prenais toutes les décisions ! je plaisante avant de me rendre compte que ce n'est pas vraiment une blague.

Une fois de plus, Peter a fait irruption dans ma vie comme une tornade, mettant sens dessus dessous ma tranquillité d'esprit et semant le chaos sur son passage. Avec sa force de caractère et son inflexibilité, impossible de faire semblant que je contrôle mon destin, que j'ai mon mot à dire dans l'évolution de notre relation.

Et pourtant... c'est peut-être le cas. Nous sommes ici au lieu d'être cachés dans une partie du monde reculée, je m'apprête à devenir sa femme et non sa captive. Même s'il emploie souvent la manière forte, Peter a clairement prouvé qu'il se souciait de mon avis.

Que mon bonheur comptait pour lui.

— Tu parles du mariage ? demande Peter, prenant ma plaisanterie au pied de la lettre. Parce qu'on peut toujours y apporter quelques changements si un détail ne te plaît pas.

— Comme la date, par exemple ? je demande avec ironie.

Seul un silence me répond. J'ajoute :

— Peu importe. J'ai déjà invité tout le monde. C'est bon.

— Tant mieux, j'en suis heureux.

D'autres bruits retentissent en arrière-plan et Peter dit :

— On se voit dans quelques minutes, ptichka. Je t'aime.

Je t'aime aussi. J'ai les mots sur le bout de la langue, mais au lieu de ça, je réponds :

— À tout de suite.

Puis je raccroche. Je suis certaine que Peter sait ce que je ressens – il est convaincu que nous sommes faits l'un pour l'autre depuis le début –, mais comme je n'ai encore jamais prononcé ces mots-là, je n'ai pas envie de les lâcher au détour d'une conversation.

Pourtant, je l'aime. Je peux enfin me l'avouer, même si rien n'a véritablement changé. C'est toujours un tueur, un monstre qu'une femme saine d'esprit redouterait et détesterait. Mais je dois avoir perdu ma santé mentale, parce que je l'aime et je vais l'épouser.

De mon plein gré, je m'apprête à unir ma vie avec un homme qui me torturait et qui me harcelait autrefois. Dans un sens, il me harcèle toujours – si me faire suivre en permanence correspond à cette définition.

— Nous y sommes, dit Danny d'une voix rocailleuse.

Je regarde par la vitre, étonnée de constater que nous sommes déjà garés devant mon immeuble – et que le chauffeur au visage de marbre vient de me parler pour de vrai.

— Merci, lui dis-je.

Je prends mon sac à main et Danny hoche légèrement la tête tandis que je sors de voiture.

Waouh. C'est un progrès.

Mon chauffeur et garde du corps vient de reconnaître mon existence.

Le vertige que j'avais tenté de chasser revient – jusqu'à ce que j'aperçoive la voiture de mes parents en train de se garer sur le parking d'en face.

Ils sont en avance.

De vingt bonnes minutes.

Fébrile, je rappelle Peter.

— Ils sont là, dis-je en haletant lorsqu'il décroche. Mes parents, ils sont déjà arrivés.

— Ce n'est rien, dit-il sans se laisser décontenancer. Le repas est presque prêt. On se voit dans une minute.

— Oui, d'accord.

Je raccroche et range mon téléphone dans le sac. Je commence à faire glisser la bague de mon doigt pour la dissimuler, mais je me ravise.

Inutile de cacher quoi que ce soit alors qu'ils vont rencontrer Peter dans une minute.

Je prends une grande inspiration et m'approche de leur voiture.

— Salut, maman, papa.

— Oh, bonsoir, ma chérie.

Maman ouvre la portière et sort. La raideur de son corps est à peine perceptible.

— Tu rentres tout juste du travail ? Désolés, on est en avance. Ton père a pensé qu'il y aurait de la circulation, alors nous sommes partis beaucoup trop tôt.

— Il *devait* y avoir de la circulation, d'après le GPS, rectifie papa avant de contourner la voiture pour me serrer dans ses bras.

Je lui rends son étreinte, puis j'embrasse maman sur la joue.

— Tout va bien. Le dîner est presque prêt.

Maman sourit.

— Pas de plats à emporter ?

— Eh, non. L'homme que je voulais vous présenter, figurez-vous qu'il cuisine.

Je jette un œil derrière moi et aperçois Danny, assis dans la voiture noire, qui nous observe en silence. Je me retourne vers mes parents et annonce avec précaution :

— Il y a quelque chose que je dois vous dire…

— Quoi donc, ma chérie ?

Maman me touche la main gauche et ses doigts effleurent ma bague. Aussitôt, son regard se pose sur le diamant et ses yeux deviennent ronds comme des soucoupes.

— Sara, est-ce…

— J'allais y venir, justement, dis-je.

Mon père se fige et regarde mon annulaire gauche d'un air incrédule.

— J'ai d'excellentes nouvelles.

— Tu es fiancée ? demande ma mère en détournant enfin le regard du bijou scintillant pour me dévisager, bouche bée. Comment ? À qui ? Tu n'étais même pas…

— Maman, papa, dis-je en prenant leurs mains à chacun. S'il vous plaît, écoutez-moi et essayez de rester calmes.

Pétrifiés, ils me regardent comme des biches dans les phares d'un camion lorsque je déclare sur un ton assuré :

— Peter, l'homme que j'aime, est de retour. Il a enfin réussi à résoudre son malentendu avec les autorités et il n'est plus recherché pour un interrogatoire. Nous pouvons enfin être ensemble. Et, en effet, nous venons tout juste de nous fiancer.

CHAPITRE 56
PETER

Je regarde de nouveau par la fenêtre, où Sara est en grande conversation avec ses parents sur le parking. Ça fait bien huit minutes qu'ils sont dehors et je regrette de ne pas avoir fait poser de micros sur Sara pour écouter ce qu'ils disent.

D'après leurs gesticulations à tous les trois, je devine que les émotions sont de la partie.

Je devrais peut-être mettre une puce avec micro sur Sara. Et pourquoi pas quelques-unes – dans son téléphone, son sac et ses chaussures préférées. Je piste déjà son portable pour savoir en permanence où elle se trouve, mais un micro, ce serait mieux pour m'assurer un esprit tranquille.

La table est déjà mise, mais j'attends avant de servir. Enfin, l'application de suivi de son téléphone m'indique qu'elle est entrée dans l'immeuble et qu'elle approche de l'appartement. Je vais ouvrir la porte pour la laisser entrer, elle et ses parents.

— Maman, papa, voici Peter, dit-elle tandis que le couple âgé entre derrière elle.

Ils s'arrêtent et me regardent avec méfiance.

— Comme je vous l'ai expliqué, il a coupé tout contact avec ses anciennes relations et se fait maintenant appeler Peter Garin. Peter, voici mes parents, Lorna et Chuck Weisman.

— C'est un plaisir de vous rencontrer, tous les deux, dis-je en tendant la main pour serrer celle de son père.

— De même.

Malgré sa réponse courtoise, la voix de Chuck est aussi sèche que sa poignée de main, et ses yeux d'un bleu délavé se posent avec sévérité sur moi.

Puis je serre la main de Lorna en prenant soin de ne pas écraser ses doigts fragiles.

— Vous avez beaucoup d'explications à nous donner, *Monsieur Garin*, dit-elle d'une voix douce en me regardant.

Je souris en retrouvant un peu de Sara dans les traits élégants de son visage plus âgé.

— Bien sûr. Je serai ravi de tout vous expliquer.

— Le dîner est prêt. Si on passait à table ? propose Sara en venant se camper à côté de moi.

La chaleur se propage dans ma poitrine quand son bras fin se referme autour de mon coude dans un geste possessif.

Ma ptichka. Enfin, elle nous a acceptés en tant que couple.

— Bien sûr. Ça sent très bon, dit Lorna.

Je lui souris une fois de plus, heureux de constater qu'au moins la mère de Sara a décidé de jouer le jeu.

Quand nous entrons dans la cuisine, Sara s'excuse et disparaît dans la salle de bain. Je dispose sur la table la salade César et le plat d'antipasti que j'ai préparés.

— Sara nous a dit que vous aimiez cuisiner, fait Lorna en me regardant m'affairer en cuisine.

Je hoche la tête et prends place en face d'elle.

— C'est l'un de mes passe-temps. Ça me détend.

— Un passe-temps, hein ? dit Chuck en se renfrognant. Alors, que faites-vous dans la vie ? Nous n'avons jamais réussi à obtenir une réponse claire de la part de Sara.

— J'ai occupé divers postes, mais plus récemment, j'ai travaillé comme consultant en sécurité et j'ai créé ma propre société dans ce domaine, dis-je en me levant.

Je m'empare de la pince à salade et regarde Lorna.

— Salade ?

Elle fait oui de la tête avec distinction.

— S'il vous plaît.

Je me penche par-dessus la table et lui sers une généreuse portion de salade avant de me tourner vers Chuck.

— Pas pour moi, merci.

Il pique un cœur d'artichaut mariné au bout de sa fourchette sur le plat d'antipasti et le dépose sur son assiette tout en me regardant d'un œil torve.

— Quel genre de société ? demande-t-il dès que je me rassieds. Sara nous a dit que vous étiez une sorte d'entrepreneur. Il s'agit de votre société de conseil en sécurité ? Qui étaient vos clients et comment se fait-il que vous ayez eu des ennuis avec la loi ces derniers temps ?

Je me retiens de sourire. Décidément, le vieil homme ne prend pas de gants.

— Je viens des Spetsnaz, les forces spéciales russes, dis-je, estimant que je peux leur dévoiler ce détail sans danger. Après mon départ de l'armée, j'ai voyagé dans le monde entier et j'ai conseillé un certain nombre d'organismes et d'individus qui avaient des raisons de se soucier de leur sécurité. Je ne peux pas vous expliquer dans le détail ce qui m'a attiré des ennuis, étant donné que c'est un dossier classifié, mais je peux vous promettre que tout est résolu maintenant.

— Résolu comment ? demande Lorna lorsque Sara revient dans la cuisine.

Je souris tandis que ma ptichka prend place à côté de moi et tend la main vers la salade.

— J'ai passé avec les autorités un accord avantageux pour les deux parties, dis-je alors que Sara commence à manger, visiblement satisfaite de me laisser répondre au pied levé aux questions de ses parents. Alors, maintenant que j'ai un nouveau nom de famille et que la page est tournée, Sara et moi, nous pouvons enfin nous marier.

— La page est tournée ? s'exclame le père de Sara, dont les narines commencent à frémir. Il paraît que des gens ont été tués.

— Je ne peux pas vous en dire plus que ce que vous savez déjà, je le crains.

Je dépose un peu de salade dans ma propre assiette.

— Ça fait partie du marché que j'ai passé.

Le visage de Chuck vire au rouge et, pendant un moment, je suis convaincu qu'il va me poignarder avec sa fourchette. Mais il doit être plus civilisé que moi, parce qu'il se contente de harponner une olive verte sur le plat d'antipasti.

— Monsieur Garin, dit Lorna en posant sa fourchette. J'espère que vous…

— Je vous en prie, tutoyez-moi et appelez-moi Peter. Nous ferons bientôt partie de la même famille.

Ses lèvres soigneusement maquillées se pincent légèrement.

— D'accord, Peter. J'espère que tu comprends que nous avons de nombreux sujets de préoccupation, à la fois sur ton histoire et tes relations. Sans parler du fait que Sara a disparu pendant cinq mois après que tous les deux, vous… eh bien…

— Qu'on ait commencé à sortir ensemble ? propose Sara.

Sa mère fronce les sourcils.

— C'est ça, commencé à sortir ensemble.

Lorna reporte son attention sur moi et je reconnais son cran inébranlable. Sa fille a le même, c'est ce qui a permis à ma ptichka de gérer un traumatisme capable de détruire une personne plus faible qu'elle.

— Écoute-moi, Peter.

La mère de Sara se penche en avant et, bien que sa voix demeure douce, son regard est aussi sévère que celui de son mari.

— Tu as peut-être résolu ton malentendu auprès des autorités, mais nous ne sommes pas convaincus que tu ne représentes pas un danger pour notre fille. Nous ignorons tout à ton sujet, et très honnêtement, ce que nous savons n'est pas rassurant. Sara nous dit que vous êtes amoureux, et qu'elle est partie avec toi de son plein gré, mais nous en doutons sérieusement. Tu n'es pas le genre d'homme que notre Sara...

— Maman, je t'en prie, fait Sara en repoussant son assiette. Je te l'ai déjà dit, Peter n'est pas ce que tu...

— Tes parents ont raison, ptichka.

Je recouvre sa main de ma paume et la serre légèrement, avant de me tourner vers sa mère.

— Madame Weisman, dis-je en employant une formule de politesse pour lui témoigner mon respect. À votre place, je serais tout aussi soucieux, car vous avez absolument raison : votre fille et moi, nous venons de deux mondes différents.

Lorna et Chuck me regardent, de toute évidence déconcertés. Je profite de ce moment pour préparer ce que j'ai à leur dire. Je dois me montrer très prudent, leur donner l'impression de me connaître sans pour autant les terroriser, et la frontière est très mince.

Je décide de commencer par le début.

— J'ai grandi dans un orphelinat en Russie. J'ignore qui étaient mes parents, mais je suis pratiquement certain qu'ils n'avaient rien de commun avec vous. Ma mère était vraisemblablement une adolescente tombée enceinte par accident, mais ce n'est que pure spéculation de ma part. Tout ce que je sais, c'est qu'on m'a laissé sur le seuil d'un orphelinat alors que je n'avais que quelques jours.

Sara pose sa main libre sur nos deux mains déjà jointes, m'apportant sans un mot tout son soutien tandis que je poursuis :

— Ce n'était pas un bon endroit où grandir, et dans ma jeunesse, je m'attirais constamment des ennuis, dis-je sous le regard attentif des Weisman. Cependant, à dix-sept ans, j'ai été recruté dans une unité spéciale de contre-terrorisme des Spetsnaz – j'y ai servi mon pays pendant de nombreuses années.

— Il était très doué, intervient Sara avec toute la fierté d'une fiancée. À vingt-et-un ans, il était déjà chef d'équipe.

Je lui souris. La chaleur se répand dans ma poitrine, même si je sais qu'elle cherche seulement à épater ses parents. Sara sait ce que j'ai fait au sein de cette unité, et je doute qu'elle soit vraiment fière du nombre de terroristes et d'insurgés radicaux que j'ai arrêtés et torturés pour mon pays. Malgré tout, c'est agréable d'avoir son approbation, aussi artificielle qu'elle soit.

— C'est très impressionnant, dit Lorna.

Je me tourne vers Chuck. Il semble un peu moins hostile que tout à l'heure.

— Merci, dis-je en souriant. C'est vrai que j'étais doué, notamment grâce à ma jeunesse tourmentée.

— Alors, pourquoi êtes-vous parti ? demande Chuck en tendant sa fourchette pour piquer une autre olive. Comment avez-vous atterri ici ?

Mon humeur s'assombrit et la chaleur que je ressentais retombe, malgré les mains attentionnées de Sara sur la mienne. Je n'étais pas certain d'aborder le sujet – de réussir à m'y résoudre –, mais à présent, ça me semble nécessaire. Si j'omets cette partie essentielle du récit, les Weisman le sentiront et je perdrai l'occasion de gagner leur confiance.

— Après quelques années de service, le travail m'a amené dans un petit village de montagne, au Daghestan, où j'ai rencontré une jeune femme, dis-je d'un ton régulier en retirant ma main de celles de Sara. Elle est tombée enceinte et nous nous sommes mariés.

Lorna écarquille les yeux.

— Tu as un enfant ?

— J'*avais*.

En dépit de mes efforts, j'ai répondu d'un ton trop sec, presque mordant.

— Pasha, mon fils, et Tamila, ma femme, ont été tués il y a sept ans. On a cru à tort que Daryevo, le village où ils vivaient, abritait des terroristes, et des dizaines d'innocents ont été tués par les frappes de l'OTAN.

Les parents de Sara restent bouche bée. Leurs visages blêmes paraissent incrédules.

— Je ne comprends pas, dit Chuck après un long silence pesant. Comment cela a-t-il pu se produire ? Une terrible erreur de cette ampleur aurait dû être annoncée aux actualités. Ce que vous dites est…

Il secoue la tête et, d'une main tremblante, s'empare d'un verre d'eau.

— C'est difficile à croire, je sais, papa, intervient Sara. Mais je peux te dire que c'est la vérité. J'ai vu les photos de mes propres yeux. C'est arrivé, et c'était horrible.

Lorna regarde sa fille, puis elle se tourne vers moi.

— Je suis vraiment désolée, Peter.

Sa voix se radoucit devant l'expression de mon visage.

— Quel âge avait ton fils ?

— Il aurait eu trois ans le mois suivant.

Une intense détresse me saisit aux tripes. Je me lève, incapable de regarder plus longtemps Sara et ses parents. Je rejoins la cuisinière et prends le plat de pâtes, que je rapporte à table. Je profite de cet intermède pour retrouver ma contenance.

— J'espère que vous aimerez cette sauce marinara, dis-je d'un ton plus calme en déposant une généreuse portion de linguinis recouverts de sauce dans l'assiette de Sara avant de servir ses parents. C'est un peu différent de ce qu'on trouve dans le commerce.

La mère de Sara fait tourner sa fourchette dans les linguinis, puis elle en mange une bouchée avant de m'adresser un sourire timide.

— C'est très bon, Peter. Merci.

— Je vous en prie.

Je sens la main délicate de Sara sur mon genou. Elle le serre tout doucement et, quand je la regarde, ses yeux noisette me paraissent trop brillants. Elle ne dit rien, mais cette chaleur fugace revient, faisant dégeler le bloc de glace que les souvenirs ont formé à l'intérieur de moi.

Le père de Sara se racle ostensiblement la gorge.

— Alors, euh… comment êtes-vous arrivé ici ? Après que… vous savez.

Je prends une inspiration. Je dois faire attention de ne pas trop en dévoiler.

— Il y a eu une enquête, dis-je en croisant le regard de Chuck. Et à la suite de cette enquête, les responsables ont été officiellement blanchis et tout l'incident a été balayé comme « l'un de ces événements qui arrivent souvent dans cette partie du monde ». Je n'ai pas accepté ce résultat et, comme mes supérieurs ont contribué à étouffer l'affaire, j'ai quitté mon travail. Ensuite, j'ai voyagé dans le monde entier en tant que consultant en sécurité. C'est ainsi que j'ai atterri à Chicago, où j'ai rencontré votre fille.

— Et d'où viennent tes ennuis avec les autorités ? demande Lorna en me regardant avec une méfiance teintée d'une touche de compassion. C'est en rapport avec ce qui est arrivé à ta famille ?

— Je crains de ne pas pouvoir vous le révéler. Comme je vous l'ai dit, c'est classifié.

Je marque une pause pour les laisser tirer leurs propres conclusions. Comme ils ne me posent pas plus de questions, je les regarde dans les yeux et je dis d'un ton calme :

— Lorna, Chuck… J'espère que je peux vous appeler comme ça ?

Lorna hoche la tête et je continue :

— Je ne peux pas vous mentir quant au type d'homme que je suis. Je n'ai pas grandi dans un beau quartier et je n'ai pas fait d'études pour devenir médecin ou avocat. Je suis soldat de formation et par choix, et j'ai vu et fait des choses que vous ne pouvez même pas imaginer. Mais j'aime votre fille. Je l'aime de toutes mes forces. C'est la seule personne qui compte pour moi dans ce monde, et je ferais tout pour elle.

Me tournant vers Sara, je prends sa main dans la mienne et ajoute avec la plus parfaite sincérité :

— Je donnerais ma vie pour la rendre heureuse.

CHAPITRE 57
SARA

Je n'avais aucune idée de la manière dont le dîner se déroulerait, mais je n'avais certainement pas imaginé que Peter ouvrirait son cœur devant mes parents, qu'il les désarmerait par sa franchise au lieu de rejeter leurs objections avec arrogance et menaces sous-entendues.

Pendant le reste du dîner, il se montre poli et respectueux, répondant à leurs questions avec suffisamment de détails pour donner l'illusion de la réalité la plus absolue, même s'il passe certains éléments sous silence.

Où nous sommes-nous rencontrés ? Dans un club de Chicago. Était-il déjà en cavale ? Oui. Pourquoi nous sommes-nous fréquentés en secret ? À cause de son statut de fugitif, qu'il ne m'a avoué qu'une fois que j'étais à bord de l'avion avec lui. Pourquoi ne suis-je pas rentrée pendant cinq mois ? Parce que les autorités ont découvert où il était, et que c'était notre seul moyen de rester ensemble. Qu'a-t-il l'intention de faire désormais ? Il y réfléchit encore, mais il a suffisamment d'argent pour nous permettre de vivre à l'abri du besoin pendant le restant de nos jours. Comment a-t-il gagné de telles sommes ? Par sa société de conseil – et, oui, une fois de plus, les détails sont confidentiels.

D'abord, je me contente d'écouter, mais quand je comprends mieux sa stratégie, j'interviens avec mes propres réponses en prenant soin de laisser Peter mener la danse. Quand arrive le moment du dessert – des bols de baies fraîches surmontées de tiramisu maison –, mes parents semblent plus accommodants, même s'ils ne sont pas encore totalement à l'aise avec notre relation.

C'est toujours mieux que leur réaction de panique lorsque je leur ai parlé de nos fiançailles dans le parking. Ils étaient à deux doigts d'appeler le FBI quand je leur ai annoncé que notre mariage aurait lieu samedi prochain, et il m'a fallu déployer tous mes efforts pour les convaincre de monter et de rencontrer Peter en personne.

— Je ne comprends toujours pas pourquoi vous vous mariez si précipitamment, dit maman en sirotant sa camomille.

Je dissimule un sourire en percevant la résignation dans sa voix. Au moins, à présent, le sujet de conversation est l'empressement du mariage, et non plus les risques que représente Peter ni la légitimité de notre couple.

— C'est mon initiative, je le crains, dit Peter en adressant à maman un sourire si charmeur que je suis étonnée de ne pas la voir fondre sur place. Votre fille m'a beaucoup manqué et je lui ai fait ma demande dès que nous nous sommes retrouvés. La vie est trop courte, voyez-vous.

Quand on rencontre la bonne personne, il faut la garder – et je sais que Sara et moi, nous sommes faits l'un pour l'autre. Et puis…

Il jette un œil vers moi et son regard s'enflamme.

— J'aimerais que l'on fonde rapidement une famille.

Mon père manque de s'étrangler avec sa tasse de café.

— Vous *quoi* ?

Peter lui tend une serviette.

— J'aimerais qu'on ait des enfants, dit-il calmement tandis que mon père essuie les gouttes qui ont coulé. Une petite fille et un garçon… ou ce que le destin nous réserve.

Je rougis quand le regard de maman se braque sur mon ventre.

— Sara, ma chérie, tu n'es pas…

— Non, bien sûr que non.

Je sens mon visage s'empourprer lorsqu'elle hausse les sourcils d'un air incrédule.

— C'est trop tôt… Peter vient à peine de rentrer.

— Mais vous essayez déjà ? demande maman avec un sourire radieux.

À mon grand étonnement, je me rends compte que ce rebondissement la réjouit.

Le besoin viscéral d'avoir des petits-enfants doit surpasser ses dernières retenues à propos de Peter.

Papa, en revanche, semble tout aussi mal à l'aise que moi.

— Lorna, je t'en prie. Ça ne nous regarde pas.

— Dès qu'un bébé sera en route, vous serez les premiers à le savoir, promet Peter à ma mère.

Une fois de plus, elle me surprend en hochant la tête d'un air conspirateur.

— Merci.

Puis, baissant la voix, elle se penche vers mon ancien ravisseur.

— Je croyais que ça n'arriverait pas de notre vivant.

Mon visage doit avoir pris la même nuance que les framboises dans mon bol, mais mon père semble curieux. Je crois qu'il vient de prendre conscience que tout cela – depuis le retour inattendu de mon ancien hors-la-loi d'amoureux jusqu'à nos fiançailles précipitées – est de bon augure pour quelque chose dont il ne cesse d'évoquer la possibilité depuis mon mariage avec George.

Comme maman, il a toujours voulu des petits-enfants, mais étant donné son âge avancé, il avait abandonné cette idée.

De mon côté, je suis toujours terrifiée par cette perspective, mais ce n'est pas le moment d'exprimer ces doutes. Et puis, je me rappelle ce que j'ai ressenti la dernière fois que j'ai eu mes règles. La déception était si cuisante qu'elle était proche de la souffrance. J'ai peut-être envie d'avoir un enfant avec Peter, même si mon côté rationnel me hurle d'attendre et de voir comment tout se déroule.

Si je suis vraiment capable de bâtir une vie normale avec un tueur impitoyable.

Tandis que nous terminons le dessert, Peter discute avec mes parents des détails du mariage. Il a la prévenance de leur demander quelles sont leurs préférences en matière de prêtre officiant et combien de personnes ils souhaiteraient inviter. Je les écoute avec circonspection opter pour un adjoint municipal que connaît mon père, puis mes parents expriment le désir d'inviter les Levinson ainsi que quelques connaissances – ce que Peter approuve sans réserve.

— De mon côté, je n'invite que trois amis, dit-il en faisant référence à ses coéquipiers russes.

Voilà qui semble rassurer un peu plus mes parents – le fait qu'il ait des amis le rend sans doute plus humain à leurs yeux.

À la fin du repas, Peter commence à débarrasser la table et mes parents se préparent à rentrer.

— Merci. C'était délicieux, lui dit maman.

— Oui, merci, renchérit papa de mauvaise grâce.

Mon fiancé leur sourit.

— Tout le plaisir était pour moi. Nous espérons vous revoir bientôt, dit-il.

J'enfile mes chaussures pour raccompagner mes parents jusqu'à leur voiture.

— Eh bien, je ne m'attendais pas à ça, dit maman alors que les portes de l'ascenseur se referment. Il est… intéressant, ton Peter.

Je lui souris.

— Tu veux dire qu'il est splendide *et* que c'est un véritable homme d'intérieur ? Oui, je suis d'accord.

Papa bougonne.

— Si c'est un homme d'intérieur, je veux bien manger mon chapeau. C'est un sauvage, cet homme-là. Sans aucun doute.

— Chuck ! se récrie maman.

— Tu n'as pas vu comme il la regardait ? réplique mon père lorsque les portes de l'ascenseur s'ouvrent au rez-de-chaussée. Je suis étonné qu'il ne l'ait pas assommée d'un coup sur la tête, juste devant nous, pour la traîner jusqu'à son lit.

— Papa, je t'en prie.

Le rougissement qui venait à peine de quitter mes joues revient, multiplié par dix.

— Ce n'est pas…

— Bien sûr que j'ai remarqué, dit maman comme si je n'étais pas là. Ce n'est pas forcément une mauvaise chose, tu sais.

— Si, avec un homme de ce genre.

Papa jette un œil par-dessus son épaule, comme s'il craignait que Peter nous écoute – d'ailleurs, étant donné ses tendances au flicage, ce pourrait bien être le cas.

Après tout, j'ignore s'il n'a pas déjà placé des caméras dans l'immeuble et implanté je ne sais quelle puce sur moi.

— Je ne pense pas qu'il soit si méchant, dit maman alors que nous croisons un couple de voisins dans le hall d'entrée. Enfin, bien sûr, ce n'est pas le premier quidam venu, mais…

— Il est dangereux, déclare papa sur un ton impassible. Ne soyez pas dupe. Ce n'est pas parce que cet homme veut une famille qu'il n'est pas capable de faire des choses qui vous hérisseraient les cheveux sur la tête. Ce qu'il nous a dit aujourd'hui, ce n'est que la partie émergée de l'iceberg, croyez-moi.

— Oh, je te crois, dit maman quand nous sortons sur le parking. Mais je pense qu'il l'aime, et si tous ces problèmes avec le FBI sont vraiment terminés…

— Vous voulez peut-être attendre deux minutes pour pouvoir discuter de moi à la troisième personne une fois que je ne serai plus là ? je suggère en traînant des pieds derrière eux. Sinon, je peux aussi remonter et…

— Non, non, ma chérie.

Maman s'arrête et se retourne en m'adressant un regard contrit.

— Désolée, on essaie juste de se faire à cette idée, tu comprends.

— Oui, maman.

Je souris et me penche pour déposer un baiser sur sa joue toute douce.

— Je plaisantais, c'est tout. Je sais que ça demandera un certain temps d'adaptation.

— Sara, ma chérie.

Papa me touche l'épaule et, quand je me tourne vers lui, il dit à voix basse :

— Promets-nous une chose.

— Quoi donc ?

— S'il te fait du mal, s'il te fait peur, ou si quelque chose t'inquiète, viens nous voir. Ne le cache pas et n'essaie pas de gérer ça toute seule, d'accord ?

Je n'ai encore jamais vu le regard de mon père aussi sombre.

— Je sais que tu es amoureuse de cet homme, je le vois bien, mais quand on chasse le naturel il revient au galop. Il est dangereux. Peut-être pas envers toi, mais pour tous les autres. Je le vois dans ses yeux.

— Papa…

— Non, écoute-moi, Sara. Même s'il ne fait pas entrer dans votre vie les horreurs de son passé – ce dont je doute fortement –, il ne sera pas comme George, qui se contentait de rester en marge de ta vie. Ce n'est pas ce genre d'homme, tu comprends ?

— Oui.

Je le comprends mieux que mon père peut l'imaginer, parce que je sais exactement quel genre d'homme est Peter. Avec George, même en faisant partie d'un couple, j'étais capable de rester moi-même, de maintenir le peu de distance mentale nécessaire pour me protéger. Mais Peter est trop dominateur, trop autoritaire pour le permettre. Je serai à lui dans tous les sens du terme, et mon père en a l'intuition.

— Chuck.

Maman pose une main sur le bras de mon père.

— Viens. On ferait mieux de rentrer.

— Promets-le-moi, insiste papa.

Comme il ne bouge pas, je hoche la tête en souriant.

— C'est promis, papa. S'il arrive quelque chose, je me tournerai vers vous.

Papa approuve, satisfait, et nous rejoignons leur voiture. Je les embrasse et les serre contre moi pour leur dire au revoir. Je remarque Danny, toujours assis dans sa voiture obscure. Je souris et lève les yeux vers la fenêtre illuminée de ma cuisine.

Malgré tous leurs avertissements et leurs réprimandes, mes parents ne se doutent pas à quel point mon fiancé est vraiment dangereux et autoritaire. J'ai menti en faisant cette promesse à mon père. Je ne me tournerai jamais vers eux si j'ai un problème avec Peter, parce qu'ils ne pourraient rien y faire, ni eux ni personne d'autre d'ailleurs.

Le monstre que j'ai appris à aimer fait partie de ma vie pour de bon, et je dois trouver le moyen de vivre avec lui.

CHAPITRE 58
SARA

Je pars travailler comme d'habitude le vendredi, mais je passe chaque minute entre deux patients à répondre aux questions que me posent mes collègues au sujet de mon mariage imminent. Pour éviter de paraître aussi ignorante que je le suis à propos de l'événement, je leur explique que les détails seront une surprise et je ne développe pas.

Ils découvriront les fleurs, le gâteau et la robe demain.

Mes parents aussi ne cessent de m'appeler pour me demander tout un tas de petites choses auxquelles je suis incapable de répondre. Je leur donne le numéro de Peter, en leur disant que c'est lui l'organisateur officiel du mariage, mais ma mère m'appelle toutes les heures avec une question ou une remarque. Je les soupçonne d'avoir peur que je disparaisse de nouveau et j'essaie d'être patiente, mais au cinquième appel, je dois me faire violence pour décrocher et leur expliquer une fois de plus que j'ignore s'il y aura des chaises ou des bancs à la cérémonie.

Au travail, c'est une journée chargée. J'ai une césarienne prévue dans l'après-midi pour la naissance de jumeaux et j'ai à peine le temps de déjeuner avant de me rendre à l'hôpital pour la procédure. Afin de ne pas perdre de temps, j'achète un sandwich dans un petit commerce et je l'engloutis dans la voiture.

L'avantage avec un chauffeur, c'est qu'on a les deux mains libres pour manger.

La patiente a déjà reçu la péridurale quand j'arrive dans la salle d'opération, et après un bref examen je réalise la procédure sans plus attendre. Elle commence à se dilater et l'un des jumeaux est positionné dans le mauvais sens. La future mère ne cesse de se tourmenter pendant tout ce temps – elle a une petite quarantaine d'années et elle n'a pas réussi à concevoir avant son sixième cycle de FIV. Quand je dépose dans ses bras les deux garçons, minuscules, mais en parfaite santé, son visage s'illumine avec une telle joie que je dois cligner des paupières pour retenir quelques larmes.

— Merci, docteur Cobakis, dit-elle avec ferveur lorsque les infirmières emmènent les bébés pour les tests de routine. Merci pour tout.

— Tout le plaisir est pour moi, vous savez, lui dis-je en inspectant une dernière fois ses bandages avant de prendre quelques notes sur son graphique. On peut s'attendre à des douleurs et des saignements après la procédure, mais si vous commencez à avoir de la fièvre ou si vous souffrez excessivement, appelez-moi, d'accord ?

Je la regarde avec sérieux.

— J'y tiens. À n'importe quelle heure du jour ou de la nuit.

— D'accord. Vous êtes tellement gentille.

Son sourire larmoyant est épuisé, mais rempli de joie.

— C'est vrai ce que les infirmières racontent ? Vous vous mariez ce week-end ?

Décidément, les rumeurs circulent vite.

Réprimant un soupir, je réponds :

— Oui, c'est vrai. Mais vous pouvez tout de même m'appeler en cas de besoin. Je reste dans le coin, d'accord ?

— Oh, merci ! Et félicitations. Je suis sûre que vous ferez une mariée magnifique.

Elle rayonne et je lui rends son sourire. J'apprécie cet échange sans la moindre complexité.

Contrairement à toutes les personnes qui m'entourent, cette femme ignore que le mariage est une décision inattendue ou encore que j'épouse un homme que la plupart de mes amis n'ont même pas rencontré.

— Reposez-vous bien et profitez de vos fils, dis-je à la nouvelle maman.

Puis je retourne au bureau, où je termine la journée.

Peter a peut-être raison en évitant de faire durer les choses plus que nécessaire.

Avec un peu de chance, la folie autour du mariage sera retombée lundi et la vie pourra reprendre son cours normal – ou du moins, aussi normal qu'il peut l'être quand vous épousez l'homme qui vous a enlevée.

CHAPITRE 59
PETER

J'accorde à Danny sa soirée et je passe moi-même chercher Sara. Je suis trop impatient de la voir pour attendre qu'elle rentre à la maison. Je suis heureux qu'elle ne soit pas de garde à la clinique ce soir ni qu'elle ne donne de concert, car même les heures qu'elle passe au travail loin de moi sont trop longues à supporter.

J'ai besoin d'elle. En permanence.

Elle sort du bâtiment et ses yeux noisette balaient la rue – elle cherche Danny, sans aucun doute. J'ouvre la portière et sors de la voiture.

Aussitôt, elle m'aperçoit et un sourire éclaire son joli visage. Elle s'approche. C'est une chaude journée d'été et elle porte une robe grise sans manches qui épouse à la perfection sa silhouette de ballerine. Ses boucles brunes brillantes rebondissent sur ses épaules fines quand elle marche.

On dirait une starlette d'Hollywood des années cinquante transplantée à l'époque actuelle.

Ma belle ptichka.

Bon sang, je suis impatient qu'elle devienne ma femme.

— Salut, dit-elle en s'arrêtant devant moi, un peu essoufflée. Tu as une nouvelle voiture ? Je ne savais pas que c'était…

Je prends son visage entre mes paumes et plaque ma bouche contre la sienne pour l'embrasser avec ferveur. C'est plus fort que moi. Tout chez elle me fait envie, de son parfum sucré jusqu'à la sensation de son corps mince contre le mien, et ses mains qui n'ont pas d'autre choix que de s'agripper à mes biceps. Je voudrais dévorer sa douceur, y boire jusqu'à étancher ma soif intense – même si je sais que c'est impossible.

J'aurai envie d'elle jusqu'à mon dernier jour.

Prenant conscience d'un gloussement agaçant, je lève la tête et fusille les coupables du regard – deux adolescentes à trois mètres de nous. Elles détalent aussitôt en pâlissant sous leurs épaisses couches de maquillage, et je reporte mon attention sur Sara, qui me regarde en clignant des yeux, ses lèvres souples gonflées et rosies par notre baiser.

— Salut, ptichka.

Résistant à l'envie de prendre de nouveau possession de ses lèvres, je pose les mains sur ses épaules et la serre tout doucement.

— Tu as passé une bonne journée ?

— Oui.

Elle me semble un peu fébrile quand elle ajoute :

— Et toi ?

— Moi aussi. Je nous ai acheté cette nouvelle voiture.

D'un mouvement de tête, je désigne la Mercedes S-560 noire derrière moi. Au premier coup d'œil, on dirait une berline de luxe comme il y en a tant. Mais à bien y regarder, on se rend compte que les vitres sont en verre blindé et que la carrosserie métallique est plus solide que d'habitude.

Elle m'a coûté une somme rondelette, mais ça en vaut la peine. Je ne pense pas qu'on cherchera à nous tirer dessus, mais sait-on jamais. Et puis, cette voiture est indestructible en cas d'accident – c'est très important pour moi après ce qui est arrivé à Chypre.

— C'est joli, dit-elle, les sourcils légèrement froncés. Et ma vieille Toyota ?

— Je l'ai vendue.

Elle se dégage de mes bras, la mine renfrognée.

— Tu n'as pas pensé à me consulter ?

Je suis tenté de l'attirer à moi pour l'embrasser de nouveau jusqu'à lui faire oublier la raison de sa colère. Mais comme nous nous sommes déjà donnés en spectacle devant les passants, je lui demande :

— Tu étais attachée à cette voiture, mon amour ? Je peux la récupérer si elle a une valeur sentimentale.

Ma réponse ne semble pas lui convenir.

— Non, je me fiche de la voiture. C'est juste que…

Elle redresse les épaules et me regarde droit dans les yeux.

— Peter, tu dois m'impliquer dans les décisions qui me concernent – qui nous concernent tous les deux. Tu m'as dit que nous pouvions former un partenariat si je le souhaitais, et c'est ce que je veux. C'est important pour moi.

Je réfléchis à ses paroles et finis par acquiescer.

— D'accord.

Elle cligne des yeux.

— D'accord ?

— Avant de faire quoi que ce soit avec la voiture, je penserai à te le demander, dis-je en ouvrant la portière du côté passager.

Puis je lui prends le coude et je l'aide à entrer. Je me sens soudain trop à l'étroit dans mon jean en apercevant sa culotte bleu clair quand elle glisse ses jambes fuselées à l'intérieur.

Il faudra peut-être penser à modifier les classiques de sa garde-robe de travail.

— Je ne parle pas uniquement de la voiture, dit-elle alors que je m'assieds derrière le volant. Je parle de tout – les préparatifs du mariage, l'endroit où nous habiterons et le tournant que tu comptes donner à ta carrière. Je veux qu'on prenne toutes ces décisions ensemble à partir de maintenant, comme n'importe quel couple marié.

— Je comprends.

Après un coup d'œil dans les rétroviseurs, je m'engage dans la rue.

— Tu veux que je te consulte comme un mari devrait le faire. Je vois.

— Vraiment ?

J'ignore pourquoi, mais elle a l'air d'en douter.

— Je pensais que… Non, laisse tomber. Je suis contente que tu comprennes.

Je souris et pose ma main droite sur sa cuisse mince. J'aime sentir sa peau nue soyeuse sous mes doigts. Si ma

ptichka veut que je la consulte pour des questions aussi tri-
viales que la voiture ou la manière dont j'occuperai mon
temps libre, je veux bien lui faire ce plaisir.

Nous pouvons même prendre toutes nos décisions ensemble, tant qu'elle comprend une simple chose.

Elle m'appartient, pour le restant de nos jours.

CHAPITRE 60
PETER

*Q*uand le jour se lève, samedi matin, le temps est chaud et clair. Le ciel est bleu et sans nuages, tel que je l'aurais commandé dans un catalogue de mariage si c'était possible. La météo était la seule variable incontrôlable, mais par chance elle est de notre côté. L'événement devrait se dérouler sans accroc.

Je m'en suis assuré.

En fin de compte, l'organisation d'un mariage, ce n'est pas très différent de l'organisation d'une mission. Il faut être méthodique d'un point de vue logistique, et se préparer à toutes les éventualités. Bien sûr, les enjeux sont très différents, mais c'est bon de voir que certaines de mes compétences sont également applicables dans la vie civile.

Esguerra avait tort.

Je vais réussir.

Sara et moi, nous serons heureux ici.

Ses rendez-vous pour la coiffure et le maquillage n'ont pas lieu avant dix heures du matin, et comme je l'ai épuisée hier soir, je la laisse dormir tout en préparant le petit déjeuner. Puis je retourne dans la chambre avec une tasse de café fumant entre les mains.

Soit elle m'a entendu, soit c'est l'odeur du café qui l'a réveillée, toujours est-il qu'elle roule sur le dos et tend son bras frêle en travers du matelas. Son autre main forme un petit poing délicat qu'elle porte devant sa bouche pour cacher un bâillement.

— C'est le matin ? murmure-t-elle sans ouvrir les yeux.

Je souris en m'asseyant au bord du lit et je dépose la tasse de café sur la table de chevet.

— Oui, mon amour.

Je me penche et enfouis mon nez au creux de son cou parfumé.

— C'est le jour de notre mariage.

Ses cheveux sentent bon, légèrement fruités comme le shampoing de sa douche. Ça me donne l'eau à la bouche. Spontanément, mes mains se glissent sous la couverture et se referment autour d'un sein rond et doux. Ma queue devient dure et mon souffle s'accélère quand je sens son téton qui pointe sous ma paume.

Merde. Nous n'avons pas le temps – et puis, je l'ai prise trois fois hier soir, elle doit être encore endolorie.

Je me force à me redresser en retirant ma main.

— Ton petit déjeuner est prêt, dis-je d'une voix chargée de tension avant de me lever, ajustant le renflement gênant dans mon jean.

Je dois me détendre de peur de lui sauter dessus séance tenante, et au diable le petit déjeuner et les rendez-vous pour le mariage.

— Hmm.

Elle bâille une fois encore, cachant sa poitrine si attirante sous la couverture. Elle cligne des yeux pour se réveiller totalement, puis regarde la tasse sur la table de nuit.

— C'est du café ?

— Bien sûr. Et le petit déjeuner t'attend dans la cuisine – une quiche aux légumes et des frites maison. Tu auras besoin d'énergie pour tenir toute la journée.

Elle me sourit.

— Tu es formidable.

Mon cœur se serre – et ma queue réagit à son tour – quand elle bondit hors du lit toute nue et file dans la salle de bain. Apparemment, la promesse de la caféine et d'un bon repas l'a redynamisée. C'est ce que je voulais, la raison pour laquelle je me suis battu pendant tout ce temps : Sara, comme ça, taquine et affectueuse envers moi. Nous ne pourrons jamais effacer les ténèbres du passé, mais ensemble, nous pouvons bâtir un avenir plus léger.

Un avenir qui, pourtant, me semble encore terriblement fragile.

J'écarte cette pensée dès qu'elle m'effleure l'esprit. Je n'ai aucune raison de penser que ce genre de matinée n'est qu'occasionnelle, qu'il ne s'agit pas tout simplement du début de notre nouvelle vie.

Aujourd'hui, c'est le jour de notre mariage et je vais faire en sorte que ce soit le plus beau.

C'est bien le moins que ma ptichka mérite après tout ce que j'ai fait.

CHAPITRE 61

SARA

L'invasion commence une fois que j'ai terminé d'engloutir le petit déjeuner que m'a préparé Peter. J'ai l'impression qu'une armée de stylistes, de maquilleurs et de coiffeurs débarque dans mon petit appartement à une chambre, remplissant le salon de produits capillaires, de housses de vêtements et d'un si grand nombre de fards à paupières qu'on les croirait au service d'une quinzaine de mariées – ou de drag-queens. Pam et Suzie, les femmes qui ont pris mes mesures pour la robe, sont venues accompagnées de leurs assistantes, et il y a au moins quatre coiffeurs et maquilleuses. C'est difficile de déterminer leur nombre étant donné qu'ils ne cessent d'entrer et de sortir de l'appartement pour apporter toujours plus d'affaires.

Peter m'abandonne vite à la torture, prétextant qu'il doit superviser les dispositifs de sécurité et autres préparatifs à Silver Lake. Son propre costume lui sera livré sur place et je n'aurai même pas l'occasion de le voir avant que Danny me conduise sur les lieux plus tard dans l'après-midi.

— Ce n'est pas juste que tu n'aies qu'à enfiler un beau costume… je feins de me plaindre en faisant la moue.

Il sourit et dépose sur mes lèvres un rapide baiser qui accélère mes battements de cœur.

— Sois sage, sinon… m'avertit-il, ses yeux argent brillants d'humour.

Je lui pince le flanc pour me venger, ce qui le fait rire et il m'embrasse de nouveau.

— Les cheveux d'abord, m'annonce un jeune homme à la tenue excentrique dès que Peter s'en va.

Je me laisse guider vers le canapé, où tout un assortiment d'outils effrayants est déjà déployé.

Mes cheveux sont encore humides après ma douche du matin, et on les discipline au sèche-cheveux avant de les lisser au fer et de les boucler. Apparemment, la coiffure exige une texture parfaitement lisse que je ne possède pas naturellement. Pendant ce temps, mes ongles sont polis, limés et vernis avec une teinte rose clair. Enfin, c'est le moment du maquillage.

Maman arrive alors qu'on termine d'appliquer le mascara sur mes cils. Elle est déjà élégamment coiffée et vêtue d'une longue robe pêche qui flatte sa silhouette toujours svelte.

— Waouh, fait-elle dans un souffle quand je me lève du canapé.

Je souris en la rejoignant pour la serrer contre moi.

— Tu es magnifique, maman.

Je m'écarte pour mieux l'admirer.

— J'adore cette robe. Quand l'as-tu achetée ?

— C'est ton fiancé qui l'a fait livrer hier soir. C'est une robe Chanel. Tu peux le croire ? Je me plaignais à ton père hier matin que je ne trouverais rien de correct en si peu de temps, et puis, *bam*, cette robe arrive – et elle me va comme un gant. Tu t'en rends compte ? Ton père aussi a reçu un nouveau costume.

Elle a l'air aussi excitée qu'une adolescente en route pour son bal de promo.

— Waouh. C'est merveilleux.

Une fois de plus, Peter a dû faire installer des caméras et/ou des micros chez mes parents – une invasion de la vie privée dont nous discuterons plus tard. Pour l'heure, je lui suis reconnaissante d'avoir englobé mes parents dans son organisation du mariage, particulièrement minutieuse et presque délirante.

Maman adore s'habiller et elle aurait été très déçue d'être contrainte de porter une vieille robe ou une tenue qu'elle ne trouvait pas suffisamment spéciale.

— Comment va papa ? je demande alors que Pam et Suzie chassent tout le monde hors de l'appartement et me demandent de me déshabiller pour mettre la robe.

— Il va bien. Il a encore du mal à s'y faire, mais…

Maman pousse un cri en voyant la robe.

— Waouh, Sara. Elle est splendide !

— C'est une Monique Lhuillier, déclare Pam avec fierté tandis que Suzie m'aide à l'enfiler avant de fermer les boutons dans le dos. En dentelle cousue main… intégralement.

— Sara, c'est…

Maman cligne plusieurs fois des paupières, puis elle renifle sans retenue.

— Ma chérie, tu es tellement belle… irréelle, comme une princesse de conte de fées.

— Vraiment ? Laisse-moi voir.

J'attends que Suzie ajoute les pinces à cheveux, puis je me dirige vers le miroir de la salle de bain.

C'est une beauté saisissante qui me renvoie mon regard. Ses yeux mouchetés de vert sont immenses et mystérieux sur son visage sans défaut, absolument irréprochable. La cicatrice sur le front causée par mon accident – déjà presque invisible ces derniers temps – a complètement disparu et ma peau sans pores est aussi lisse que du verre. Après une heure de maquillage, on dirait que je n'en porte presque pas – si ce n'est que chacun de mes traits est aussi parfait que s'il avait été retouché sur Photoshop.

Ce sont les cheveux qui donnent une impression de princesse. Rassemblé au sommet de mon crâne, c'est un arrangement artistique de boucles et de vagues. Chaque mèche est si brillante et lisse que j'ai du mal à les reconnaître. Même la couleur – d'un brun sombre avec des reflets auburn – est plus riche et plus éclatante grâce aux barrettes en diamant, à moins que ce soit le lustre apporté par tous ces produits.

Pam avait raison au sujet de la coiffure : c'est exactement ce dont cette robe avait besoin. La dentelle confère un aspect éthéré à la somptueuse robe sirène, mais ce n'est qu'en l'associant à la coiffure élaborée qu'elle revêt vraiment cette allure magique et féerique qui fait monter les larmes aux yeux de ma mère.

Alors que je me regarde dans le miroir, ma gorge se noue.

Je vais me marier.

Avec Peter.

Aujourd'hui.

La vague de panique qui me submerge est aussi spontanée qu'irrationnelle. Étouffant un cri, je claque la porte de la salle de bain et m'y appuie sans prêter attention à la dentelle fragile. Mon cœur joue les tambours de guerre dans ma poitrine et j'ai le souffle court et rapide.

Je vais me marier. Avec Peter.

Je ne comprends pas la source de ma panique, mais elle n'en est pas moins intense. Des gouttes de sueur glaciales perlent sur mon front et humidifient mes aisselles. J'ai du mal à rester droite, à ne pas m'effondrer par terre.

Peter et moi, nous allons nous *marier*.

— Sara ?

Maman frappe à la porte et me demande d'une voix inquiète :

— Ça va, ma chérie ?

Est-ce que je vais bien ? Ce serait cohérent. Je devrais être aux anges. J'épouse l'homme que j'aime, qui a fait des miracles pour me prouver son amour… pour me rendre heureuse malgré notre début chaotique.

Est-ce le problème ? Au fond de moi, suis-je encore incapable de surmonter ce que m'a fait Peter ?

Le visage parfait dans le miroir ne me donne aucune réponse et je prends plusieurs inspirations avant de répondre d'une voix assurée :

— Je vais bien, maman. Je suis juste un peu barbouillée.

— Oh, pauvre chérie. Tu as des comprimés ?

— Non, mais je vais bien. Donne-moi une seconde.

Après quelques inspirations mesurées, une fois que mon cœur a cessé de cavaler dans ma poitrine, j'humecte une serviette et m'essuie sous les bras. Enfin, j'applique du déodorant et tapote le haut de mon front avec un mouchoir en prenant soin de ne pas étaler mon maquillage.

Quand le miroir me confirme qu'il ne reste aucune trace de ma crise de panique impromptue, j'affiche un sourire et je sors pour rassurer maman en lui jurant que tout va bien.

Nous retournons dans le salon, brusquement si vide que j'en suis déconcertée.

— Ils sont tous partis, me dit-elle en souriant devant ma mine étonnée. Pendant que tu étais dans la salle de bain.

— Oh.

Je jette un œil à l'horloge et constate à ma grande stupeur qu'il est déjà quatorze heures.

Pas étonnant que Peter ait tenu à ce que je mange un petit déjeuner copieux.

— La cérémonie commence à seize heures, mais Peter a dit que le photographe serait là à quinze heures pour les photos de famille, me dit maman. On devrait y aller. Ton père est déjà en chemin.

— Bon, d'accord.

Je serre discrètement le poing pour cacher le tremblement de mes doigts. J'ai toujours la gorge nouée et cette idée – les photos, la cérémonie, tous les yeux braqués sur nous et les murmures – me semble insoutenable, profondément déstabilisante.

— Maman…

À présent, j'ai le ventre tout retourné et j'y pose ma main.

— Tu sais, je crois que j'ai besoin d'un médicament. Il y a une pharmacie au bout de la rue, je vais…

— Quoi ? Non, ne sois pas folle.

Ma mère me pousse en direction du canapé.

— Tu n'iras nulle part habillée de cette façon. Assieds-toi et détends-toi. Je reviens tout de suite, d'accord ?

— Non, maman, c'est bon. Je vais quitter la robe et…

— Assise, ordonne ma mère sur un ton sans appel. Je suis peut-être vieille, mais je suis capable d'aller au bout de la rue. Je reviens dans quelques minutes. Pendant ce temps, reste assise, d'accord ? Essaie de manger quelque chose – tu fais peut-être de l'hypoglycémie.

Ce n'est pas une mauvaise idée. Dès que maman s'en va, je me rends dans la cuisine pour réchauffer quelques restes au micro-ondes. Je me rappelle que le jour de mon premier mariage, j'étais trop occupée pour manger et j'ai ressenti des vertiges. Cette fois, comme j'ai l'esprit tranquille, car Peter supervise tout, je peux bien m'accorder quelques minutes pour me remplir l'estomac.

Le photographe attendra.

La sonnette de l'entrée retentit au moment où j'ouvre la porte du micro-ondes.

— C'est ouvert, maman ! je lance en prenant une serviette pour ne pas me brûler en sortant l'assiette chaude.

Brusquement, je me rends compte qu'il est bien trop tôt pour qu'elle soit déjà de retour.

Les maquilleuses auraient-elles oublié quelque chose ?

Je repose l'assiette de pâtes et sors de la cuisine. Aussitôt, je me fige sur place.

L'agent Ryson est dans mon salon, et il pose sur ma robe blanche un regard plein de dérision.

CHAPITRE 62
PETER

— Eh bien, tu as réussi ton coup, dit Anton sur un ton admiratif tandis que j'ajuste ma cravate noire devant le miroir. Une vie civile, l'amnistie, la fille et tout le tralala. Putain, je n'en reviens pas.

— Tu devrais.

Je me tourne et souris à mes anciens coéquipiers.

— De quoi ai-je l'air ?

— Pas mal.

Yan me contourne tout en me détaillant d'un œil critique.

— Mais j'aurais choisi une cravate blanche. Plus classe, et mieux adaptée à ton teint.

Anton lève les yeux au ciel.

— Arrête de faire le métrosexuel, bordel. Sérieusement, Ilya, qu'est-ce que ta mère donnait à bouffer à ce crétin ?

— La même chose qu'à moi, répond Ilya en s'avançant devant le miroir pour resserrer sa propre cravate.

Contrairement à son jumeau élégant, qui semble né pour porter un costume, Ilya ressemble à un voyou déguisé. La veste est trop étroite sur ses épaules gonflées aux stéroïdes et les tatouages de son crâne rasé luisent d'un air menaçant dans la lumière du jour.

Le père de Sara risque de faire une crise cardiaque rien qu'en le voyant – et encore, il ne se doutera pas de l'arsenal que renferme sa veste.

Toutes nos vestes.

Bien sûr, il n'y a aucune raison de s'inquiéter, mais je suis toujours mal à l'aise. Dans le bon vieux temps, les événements comme celui-ci, notamment en extérieur, nous fournissaient souvent d'excellentes occasions. Les mariages, les anniversaires, les enterrements – on les affectionnait tout particulièrement, parce que nos cibles, emportées dans l'excitation du moment, oubliaient invariablement un aspect essentiel de leur sécurité.

C'est une erreur que je n'ai pas l'intention de commettre. Voilà pourquoi, en plus de mon équipe habituelle affectée au service de Sara, j'ai engagé vingt gardes du corps supplémentaires et missionné une surveillance aérienne sous la forme d'une dizaine de drones.

Personne ne s'approchera à moins d'un kilomètre des lieux sans que je le sache.

— Alors, comment trouves-tu la vie civile jusqu'à présent ? demande Yan en m'emboîtant le pas quand je sors pour guetter l'arrivée du photographe. Tout est conforme à tes rêves ?

Sa voix est moqueuse, comme d'habitude, mais quand je le regarde, je ne vois aucun humour sur son visage.

— Oui, dis-je en prenant sa question au pied de la lettre. Tu devrais essayer, toi aussi.

Un ricanement sans joie me répond.

— Non, merci. J'apprécie trop cette vie.

Je hoche la tête, pas étonné le moins du monde. Au lieu de profiter de l'amnistie que je lui ai obtenue, Yan a repris les rênes de notre entreprise – les dossiers, les sociétés-écrans, les comptes de l'équipe et tout le reste. Il utilise nos anciens contacts pour s'assurer de nouveaux contrats encore plus lucratifs. Il a pris la relève dès le lendemain de mon départ pour le complexe d'Esguerra, ce qui signifie qu'il en avait l'intention depuis longtemps.

J'avais raison de me méfier.

Si je ne m'étais pas retiré quand je l'ai fait, l'un de nous aurait fini par mourir.

Comme je m'y attendais, Ilya s'est joint à son frère dans cette nouvelle aventure, mais Anton hésite toujours.

— Je suis déjà tellement riche, tu sais, m'a-t-il dit au téléphone il y a deux semaines, quand Yan l'a de nouveau sollicité. Le frisson risque sans doute de me manquer, mais je n'ai pas besoin de plus d'argent que ça – pas comme Yan, en tout cas.

Il a marqué une pause avant de me demander avec précaution :

— Tu ne lui en veux pas, n'est-ce pas ?

— Non, ai-je répondu à Anton.

J'étais sincère. J'ai dit aux gars qu'ils pouvaient reprendre l'entreprise s'ils en avaient envie, alors quand bien même Yan aurait prévu de prendre ma place depuis le début, quelle importance ? Nous ne sommes pas des anges, et au fond, j'ai toujours su qu'Yan ne se contenterait pas longtemps de suivre les ordres.

Même en Russie, je le pressentais déjà – un drapeau rouge dont je n'ai pas tenu compte quand j'ai proposé aux jumeaux Ivanov une place dans ma nouvelle équipe.

Dans le contexte de mon ancien monde – *notre* monde –, Yan Ivanov s'est montré suffisamment loyal et, comme nous avons évité l'affrontement final, ça me semble logique de rester en bons termes avec lui.

Après tout, on ne sait jamais quand on peut avoir besoin d'un service.

— Qu'est-ce que tu vas faire ? demande Yan alors que je finis de compter les chaises devant le kiosque de jardin. À part organiser des mariages ?

— J'ai quelques idées, dis-je en terminant mes calculs.

Il nous manque une chaise – le personnel de la salle doit tout de suite y remédier.

— Pour l'instant, l'organisation de mariage, ça me va bien.

— Tu sais que tu te berces d'illusions, n'est-ce pas ?

La voix d'Yan n'a rien de narquois, et quand je me tourne pour le regarder, j'aperçois une gravité toute particulière dans ses yeux verts si froids.

— Ce n'est pas pour toi – pas plus que ça ne le serait pour moi.

Il a lu le même script qu'Esguerra ou quoi ?

— Qui essaies-tu de convaincre ? je demande avec curiosité. Moi, ou toi ?

Il soutient mon regard avant de hocher la tête, comme s'il comprenait quelque chose qui m'échappe.

— Bonne chance, dit-il à mi-voix. Je te soutiendrai.

Puis il tourne les talons et s'éloigne, me laissant attendre tout seul le photographe.

CHAPITRE 63
SARA

Mon pouls rate un battement avant de monter dans les tours.

C'est impossible.

Ils ne peuvent pas arrêter Peter le jour de notre mariage.

— Agent Ryson.

Je suis fière de ma voix inflexible.

— Que faites-vous ici ?

Il me répond avec un petit sourire.

— Oh, ne vous inquiétez pas, docteur Cobakis – à moins que ce soit la future docteur Garin ? Je ne suis pas ici en mission officielle.

Les battements frénétiques de mon cœur se calment un peu.

— Dans ce cas, pourquoi êtes-vous venu ?

— Pour vous présenter mes félicitations, naturellement, dit-il avec un rictus. Vous nous avez bien bernés
avec votre amant russe.

Je garde le silence. Que pourrais-je dire ? Je comprends de quoi cette histoire doit avoir l'air de son point de
vue – du point de vue de quiconque la suit depuis le début.
J'épouse le meurtrier de George, l'homme qui m'a torturée,
qui a envahi ma vie et qui m'a enlevée.

L'homme que Ryson a passé les deux dernières années
à traquer.

— Dites-moi une chose, docteur Cobakis, poursuit
l'agent avec amertume. À quel moment avez-vous décidé,
Sokolov et vous, de vous débarrasser de votre légume de
mari ? Était-ce avant ou pendant sa soi-disant agression ?

J'étouffe un cri d'horreur. C'est donc ce qu'il pense vraiment ?

— Vous vous trompez. Je n'ai jamais…

— Jamais menti ? Jamais prétendu que vous aviez besoin d'être protégée contre l'homme que vous êtes sur le
point d'épouser ?

Il me foudroie du regard avant d'ajouter :

— Oui, c'est bien ce que je pensais.

J'ai le cou en feu.

— Ça ne s'est pas passé comme ça. Pas au début.

— Ah, vraiment ? Alors, dans ce cas, comment ça s'est
passé ? Il vous a fait un lavage de cerveau au Japon ? Il vous
a éblouie par ses prouesses dans la chambre à coucher pour
vous faire oublier le sang qu'il a sur les mains ? Vous vous
fichiez peut-être de l'alcoolique à qui vous alliez demander
le divorce – oui, nous savons tout –, mais votre amant a

aussi tué les gardes de Cobakis. Des hommes droits, des hommes honnêtes. Il leur a grillé la cervelle – vous ne l'avez pas oublié ?

Je ravale la bile qui monte dans ma gorge.

— Bien sûr que non.

— Ah, non ? fait Ryson en s'approchant d'un pas. Et les agents de police dans l'hélicoptère qu'il a abattu alors qu'ils essayaient de vous sauver de cet enlèvement supposé ? Et tous ceux qu'il a tués et torturés au nom de cette justice malsaine il cherche à rendre ? Vous aimeriez que je vous donne une liste de toutes ses victimes, pour que vous puissiez les accrocher au mur, au-dessus de votre lit conjugal ?

À présent, je suis toute tremblante et j'ai le ventre en vrac. L'odeur des pâtes réchauffées qui me donnait l'eau à la bouche il y a une minute me donne envie de vomir. Je soutiens tant bien que mal le regard de Ryson, résistant à l'envie de me recroqueviller sur le sol en une petite boule de honte.

C'est vrai. Tout est vrai.

Peter est un monstre, et je le suis aussi parce que je l'aime.

Devant mon absence de réaction, l'agent renifle avec mépris.

— Rien à dire ? Eh bien, laissez-moi vous donner un petit avertissement.

Il s'approche. Bientôt, je n'ai pas le choix et je dois reculer. Il se penche alors sur moi et dit d'une voix mielleuse :

— Je ne sais pas qui a tiré les ficelles pour vous permettre de tourner la page, mais si j'ai appris une chose au cours des années, c'est que les psychopathes comme

Sokolov ne changent pas. Il commettra un autre crime, et quand il le fera, l'accord qu'il a passé avec ma hiérarchie sera nul et non avenu. Nous attendrons… et maintenant, docteur Cobakis, nous avons aussi *votre* numéro.

Il recule et s'éloigne, comme pour s'en aller, mais il s'arrête et ajoute par-dessus son épaule :

— Oh, et encore toutes mes félicitations. Vous êtes une mariée magnifique. Je vous souhaite tout le bonheur du monde.

Puis il sort en claquant la porte derrière lui. J'ai à peine le temps de rejoindre les toilettes avant que mon estomac se retourne, expédiant son contenu au fond de la cuvette.

CHAPITRE 64
PETER

Elle est en retard.

La cérémonie doit commencer dans quarante-cinq minutes, et Sara n'est toujours pas là.

Je lance un regard cinglant au photographe quand il consulte sa montre d'un air exaspéré, et il blêmit aussitôt avant de détourner les yeux, puis il se met à triturer ses boutons de manchettes, comme si c'était ce qu'il faisait depuis le début.

D'après les gardes du corps qui surveillent l'appartement de Sara, ainsi que les dispositifs de suivi que j'ai installés sur elle, je sais que la mariée est toujours chez elle avec sa mère. Je leur ai déjà parlé plusieurs fois, mais seule Lorna a décroché.

— Sara a mal au ventre, m'a-t-elle informé sèchement avant de raccrocher – depuis, mes appels sont redirigés sur son répondeur.

Inquiet et de plus en plus agacé, je balaie du regard les invités qui forment de petits groupes autour du kiosque de jardin en buvant du champagne et en dégustant les canapés élaborés de manière artistique. Presque tout le monde est déjà là. Apparemment, ils passent un bon moment même si certains invités – notamment les amis de Sara et ses anciens collègues – me dévisagent comme si j'étais Oussama ben Laden. Yan bavarde avec les nouveaux collègues de ma future femme, tandis qu'Ilya semble fasciné par les anecdotes de concert que racontent ses amis musiciens. Anton parle de son enfance en Russie au père de Sara, et je repère même Joe Levinson, l'avocat qui aime un peu trop ma fiancée. Il avale des verres de tequila au bar et regarde dans ma direction d'un air mécontent.

Il a du culot de se montrer ici. Il ne sait pas que je suis au courant de son intérêt pour Sara, mais tout de même. Au moindre regard déplacé, il n'aura même pas le temps de le regretter.

Cela dit, si elle n'arrive jamais, il n'aura peut-être aucune occasion de la regarder.

J'attends encore cinq minutes en consultant l'application de suivi toutes les trente secondes, puis j'appelle Danny, que j'ai affecté à la surveillance personnelle de Sara aujourd'hui.

— Je veux que tu montes à l'appartement, dis-je quand il décroche. Donne ton téléphone à Sara et ne repars pas avant qu'elle m'appelle.

— Compris.

Il raccroche et, cinq minutes plus tard, mon téléphone m'annonce un appel provenant du numéro de Danny.

— Sara ?

— Peter, je…

Elle déglutit.

— Je suis vraiment désolée. J'ai encore besoin d'un peu de temps.

Mon angoisse s'accentue.

— Qu'y a-t-il ? Il s'est passé quelque chose ?

— Non, rien. J'ai juste mal au ventre.

— Tu veux que je t'envoie un médecin ? Quelque chose ?

— Non, je…

Elle s'interrompt avant d'ajouter avec prudence :

— Écoute, Peter, je sais que c'est un mauvais timing, mais…

— Tu essaies de te dérober ?

Ma voix reste calme et ne trahit pas le tumulte qui s'empare de moi.

— C'est ça ?

— Non, pas du tout. J'ai juste besoin de temps. Ton retour, le mariage… Tout se passe très vite. Je ne dis pas qu'on ne devrait pas le faire, mais c'est peut-être trop tôt, on devrait essayer de vivre ensemble d'abord, voir si c'est seulement…

— Seulement quoi ?

Le métal froid du téléphone s'enfonce dans ma paume.

— Seulement possible ? Tu crois vraiment que ça va se passer comme ça ?

Une fureur chauffée à blanc me traverse, mais je garde une voix sereine et une mine impassible. Je m'écarte derrière un petit bosquet, à l'abri des regards et des oreilles indiscrètes.

— Peter, s'il te plaît. Je te demande juste un délai supplémentaire. On peut dire la vérité aux gens : que je ne me sens pas bien, et puis…

— Je vais t'expliquer ce qui va se passer, ptichka, dis-je d'une voix encore plus posée. Tu peux suivre Danny et venir tout de suite sans plus de retard, ou c'est moi qui viendrai te chercher. Mais dans le deuxième cas, on ne reviendra pas ici. D'ailleurs, il n'y aura plus personne ici, car je n'ai pas l'intention de garder des témoins de cet événement malheureux.

Je marque une pause avant de demander sur un ton conciliant :

— Tu comprends ce que je dis, mon amour ?

Un silence pesant me répond, puis elle ânonne dans un murmure rauque :

— Tu ne ferais pas ça.

— Ah bon ? Essaie pour voir.

J'attends quelques instants avant d'ajouter :

— Bien sûr, je ne considère pas tes parents comme des témoins. Je sais qu'ils comptent beaucoup pour toi, alors nous les emmènerons. Ça te convient ? Ils seront enchantés par une petite escapade exotique, tu ne penses pas ?

Elle garde le silence pendant longtemps. Je suis presque certain qu'elle croit que c'est du bluff. Mais je ne plaisante pas. Je me fiche complètement de ces gens, à l'exception des parents de Sara. Si elle me pousse à bout, je mettrai ma menace à exécution, même si je dois abandonner l'amnistie pour laquelle j'ai pourtant déployé tant d'efforts.

Sans Sara, ces conneries n'ont aucune importance.

Si je ne peux pas l'avoir, autant mettre ce monde à feu et à sang.

— Tu es fou, murmure-t-elle enfin.

À sa voix, je comprends qu'elle capitule et un sourire sinistre me vient.

— Oui, c'est vrai, ptichka. Ne l'oublie pas. À tout de suite.

Après avoir raccroché, je reviens me mêler aux invités.

CHAPITRE 65
SARA

Je tremble toujours lorsque je sors enfin de la chambre, serrant le téléphone de Danny dans une main et lissant la dentelle souple de ma robe de l'autre.

— Je suis prête à partir, maman, dis-je quand elle se lève du canapé, manifestement étonnée de me voir.

— Tu en es sûre ? Ma chérie, tu es vraiment très pâle.

— Non, ça va, maman.

Je parviens à esquisser un petit sourire.

— Les médicaments commencent à faire effet.

Ma mère est revenue avec les cachets alors que je sortais de la salle de bain après avoir vomi, et j'en ai avalé deux en lui annonçant que j'allais m'allonger pendant quelques minutes. J'ai cru qu'elle avait accepté cette explication, mais en la voyant froncer les sourcils, je me rends compte que je me suis trompée.

Maman me connaît trop bien.

ANNA ZAIRES

— Sara, ma chérie… tu sais que tu n'es pas obligée de le faire, n'est-ce pas ? dit-elle en se campant devant moi. Si tu hésites, tu as le droit de changer d'avis. Tout le monde comprendrait. Tu n'es pas forcée de l'épouser si tu n'es pas prête.

Elle se trompe. Je n'ai pas le droit de changer d'avis – pas si je veux que nos amis survivent à cette journée. Peter ne mettrait peut-être pas ses menaces à exécution, mais je ne peux pas prendre un tel risque.

Cet homme est capable des pires monstruosités.

Si le but de Ryson était de me faire sentir plus bas que terre, il y a parfaitement réussi. Chaque mot qu'il m'a lancé m'a percutée comme une balle de revolver, parce que tout était vrai. Les crimes que Peter a commis sont atroces, impardonnables, et je le sais. Je le sais depuis le début, et pourtant je me suis laissé tomber amoureuse de lui.

J'ai accepté ce mal, je l'ai adopté au point d'être prête à l'épouser de mon plein gré. Même après la visite de l'agent, je ne comptais pas rejeter Peter, et pourtant c'est l'interprétation qu'il en a faite. J'étais encore sous le choc de l'agression verbale de Ryson et j'ai instinctivement cherché à gagner du temps.

J'aurais accepté de me marier – mais un autre jour.

— Ce n'est pas ça, maman, dis-je lorsque son regard s'attarde sur mon visage à la recherche du moindre signe de doute. J'aime Peter et j'ai envie de l'épouser. C'est simplement que je ne me sentais pas bien.

Son regard se pose sur le téléphone que je tiens.

— Qu'est-ce qu'il t'a dit ?

Je cligne des paupières.

— Quoi ?

— Ce grand chauffeur qui est venu, il t'a donné ce télé-phone. Je suppose que c'était pour appeler Peter, n'est-ce pas ? Alors, que t'a dit ton fiancé ?

— Rien. Il m'a juste rappelé l'heure. D'ailleurs, en par-lant de ça…

Je regarde avec insistance l'écran du téléphone encore allumé.

— Il faut vraiment y aller.

Maman me dévisage quelques instants, puis elle hoche la tête.

— Très bien, ma chérie. Si c'est ce que tu veux, allons-y. Un mariage nous attend.

CHAPITRE 66
SARA

Je dois avoir perdu la notion du temps, parce que le trajet jusqu'à Silver Lake ne semble durer que quelques secondes. En clignant des paupières, je sors de la voiture sous les acclamations de plusieurs invités et mon regard se pose aussitôt sur une silhouette grande et ténébreuse, à quelques mètres de là.

Peter.

Mon ennemi.

Mon harceleur.

Mon amant.

Mon futur époux.

Ses yeux sont gris comme du goudron. Ils ne reflètent rien, mais je décèle un tourbillon d'émotions volatiles en lui. Je sens la violence tapie sous son masque de prédateur immobile. Et pourtant, je ne peux m'empêcher de le dévorer du regard. Je laisse glisser mes yeux sur les lignes puissantes de son corps. Je ne l'avais encore jamais vu habillé de manière aussi élégante, mais ça lui va bien. Son costume droit met en valeur la forme en V de son torse, et la chemise d'un blanc immaculé fait ressortir sa peau bronzée.

Il est majestueux, d'une beauté de star de cinéma, et malgré le tourment qui m'habite, je sens la chaleur se propager sur ma peau. Cette réaction est aussi instinctive et incontrôlable que le frisson de peur qui l'accompagne.

J'ai peut-être sauvé tout le monde en me montrant, mais je paierai ce retard.

Peter ne laissera pas impuni un tel moment de faiblesse.

Je soutiens son regard en avançant et il tend le bras, un demi-sourire moqueur aux lèvres. Je pose ma main dans sa grande paume et en ressens la chaleur jusque dans mes orteils – je me rends compte qu'ils sont aussi glacials que mes doigts.

— Bonjour, ptichka, murmure-t-il en penchant la tête pour déposer un tendre baiser sur mes lèvres.

Autour de nous, j'entends quelques « oh » émus – sans doute mes nouveaux collègues, qui n'ont aucune raison de soupçonner autre chose qu'un simple mariage d'amour. Du coin de l'œil, je vois Marsha qui nous observe, le visage fermé et livide. Derrière Peter, on dirait que Joe Levinson assiste à un enterrement… où le cercueil serait bourré d'explosifs.

— Bonjour, je réponds faiblement, m'efforçant d'ignorer les regards autour de nous. Le photographe est là ?

— Oui, mon amour. Allons-y.

Il pose une main possessive au creux de mon dos et me dirige vers un endroit pittoresque au bord d'un lac, où un homme muni d'un appareil est en train de prendre Phil et Rory en photo.

Mon père aussi est déjà là et ma mère est en chemin. Elle marche aussi rapidement que le lui permettent ses chaussures à talons hauts. Ça me réchauffe le cœur de la voir si forte et en bonne santé. Dans mes cauchemars, je la revois à l'hôpital, entourée de bandages comme une momie.

Quand nous sommes presque arrivés au lac, hors de portée d'oreilles des autres invités, je lève les yeux vers Peter et murmure :

— Je suis désolée.

Sa mâchoire se crispe.

— Nous en discuterons plus tard.

Je déglutis et baisse les yeux, m'efforçant de ne pas trébucher sur le sol inégal avec mes talons hauts. Je n'ai pas menti : je *suis* désolée. Maintenant que j'ai retrouvé le giron de Peter, je ressens le caractère inévitable de notre relation, l'attraction des liens sombres qui nous unissent. Mes doutes me semblent à présent bien infondés et naïfs, irrationnels aux limites de la folie. Quelle importance si notre mariage a lieu aujourd'hui, demain ou dans un an ? Mon tourmenteur sera toujours le même homme, le même tueur fatal dont je suis tombée amoureuse.

Dès l'instant où j'ai rencontré Peter, j'ai su qu'il n'y avait aucune échappatoire possible, et ce qui s'est produit aujourd'hui le confirme.

Bientôt, je repère les coéquipiers de Peter, rassemblés sur le côté. Je leur fais signe. Je suis ravie de voir qu'ils me répondent. C'est étrange, mais eux aussi m'ont manqué.

Pour moi, ce sont comme les frères de Peter.

Nous atteignons enfin le lac et le photographe – un homme barbu et potelé, sorte de père Noël aux cheveux noirs – nous fait prendre diverses poses. Tour à tour, nous nous regardons dans les yeux d'un air languissant, puis nous nous asseyons sur un banc, et enfin Peter me tient dans ses bras. On prend des photos de couple, chacun séparément, puis de nous deux avec mes parents, et tous nos amis. Les permutations n'en finissent pas. Une fois que j'ai présenté Peter à tout le monde, je continue en pilote automatique et prends la pose sans y prêter attention.

Peter aurait-il mis sa menace à exécution ?

Aurait-il tué tous ces gens rien que pour me punir de lui avoir posé un lapin ?

J'ai envie de croire que la réponse est non, mais mon instinct me dit le contraire. Il en est capable et son obsession pour moi a toujours revêtu un aspect noir, comme nos jeux érotiques.

Peter m'aime et me chérit, il ferait tout pour moi.

Y compris commettre une tuerie de masse.

C'est une pensée terrifiante – ou du moins, elle devrait me terrifier. Et c'est le cas… pour la plupart. Malgré tout, une infime partie de moi trouve dans ce degré d'obsession quelque chose d'enivrant, d'aussi excitant qu'un plongeon dans une mer agitée depuis le sommet d'une falaise.

— Tu es prête, mon amour ?

La grande main possessive de Peter se referme autour de mon coude et je lève les yeux, un peu hébétée.

— Pour la cérémonie, précise-t-il.

J'acquiesce et me laisse conduire vers le kiosque de jardin.

Nous y sommes.

Vie conjugale, nous voilà.

CHAPITRE 67
PETER

Ma ptichka est pâle et d'une beauté à couper le souffle quand elle me rejoint. Nous écoutons le laïus de l'adjoint municipal. Il parle d'amour et d'engagement, de soutien mutuel en toutes circonstances. Une vague de sombre satisfaction déferle sur moi lorsqu'il pose à Sara la question traditionnelle, à laquelle elle répond avec sérénité :

— Oui, je le veux.

Puis il se tourne vers moi.

— Et vous, Peter Garin, acceptez-vous de prendre Sara Cobakis comme légitime épouse, promettez-vous de l'aimer et de la chérir, dans la santé comme dans la maladie, jusqu'à ce que la mort vous sépare ?

— Oui, dis-je à haute voix pour m'assurer que tout notre auditoire m'entende. Je le veux.

— Vous pouvez embrasser la mariée, déclare alors le juge.

Je me tourne vers Sara.

Elle lève vers moi ses grands yeux, et ses lèvres souples se séparent. Je penche la tête et j'effleure doucement sa bouche si attirante. Je dois absolument rester sage. Le moindre écart de conduite pourrait laisser libre cours à la colère qui bouillonne à l'intérieur de moi. Je ne peux pas le permettre.

Pas tant que nous ne serons pas seuls.

Je perçois des applaudissements et des cris de joie, puis un air familier se fait entendre derrière le kiosque.

Le groupe que j'ai engagé – celui pour lequel Sara était si enthousiaste – est arrivé. Il s'est installé pendant la cérémonie. Je n'ai pas lésiné sur les moyens pour ces deux heures de concert, mais à en juger par la réaction des invités, ça en valait la peine.

— Tu viens ?

J'offre mon bras à Sara tandis que la majeure partie des invités parmi les plus jeunes se précipitent vers la musique en poussant des cris émerveillés à l'idée de pouvoir écouter leurs idoles en concert privé.

— Bien sûr.

Sa petite main se glisse au creux de mon coude et elle m'adresse un sourire timide.

— Allons-y.

Nous n'avons préparé aucune danse, mais devant l'insistance des nouveaux collègues de Sara, je la prends dans mes bras et nous nous balançons sur une chanson lente et romantique que je reconnais. Ce n'est pas une composition du groupe, mais la reprise d'un air classique. Une fois de plus, je dois faire attention et garder la main légère et souple pour maintenir la distance appropriée, de peur d'attirer Sara à moi et de lui arracher son élégante robe blanche pour la prendre sans plus attendre sur cette pelouse verte moelleuse.

Heureusement, le slow se termine avant que je perde le contrôle et le groupe entonne l'un de ses morceaux les plus populaires. Les musiciens de Sara et d'autres invités se joignent à nous, en riant et en tapant des mains, et nous finissons par danser tous ensemble. Bientôt, l'amie de Sara, Marsha, l'entraîne pour danser avec elle et deux des autres infirmières.

J'attends que la chanson soit terminée, puis je fais signe au personnel du traiteur de commencer à apporter les canapés.

Comme nous ne sommes que deux douzaines de convives, nous avons trois tables : une petite ronde pour Sara et moi, et deux tables ovales pour le reste des invités. Je n'ai pas pris la peine d'attribuer des places et les parents de Sara s'assoient avec leurs amis. La majeure partie de ses connaissances et de ses collègues sont réunis à l'autre table.

La cuisine est remarquable – le chef mériterait huit étoiles au Michelin. La plupart des invités semblent passer un excellent moment. C'est également l'avis de Sara, parce qu'elle dit d'un ton serein :

— Merci d'avoir tout organisé. C'est l'un des plus beaux mariages auxquels j'aie assisté.

Je lui souris avec calme, même si je meurs d'envie de la pencher par-dessus la table.

— J'en suis content, mon amour. Je veux que tu sois heureuse.

Et elle le sera, une fois qu'elle aura surmonté les doutes qu'elle nourrit à notre égard. Je m'en assurerai. Je ferai tout mon possible pour faire son bonheur.

La seule chose que je refuse, c'est de lui rendre sa liberté.

Quoi qu'il en soit, je ne pense pas qu'elle le souhaite – pas au fond d'elle-même, dans le secret de son cœur. Je ne sais pas ce qui l'a effrayée cet après-midi, mais j'ai des soupçons.

Aurait-elle pu apprendre la mort de Sonny Pearson ?

Je ne vois pas comment, car elle n'est pas retournée à la clinique depuis quelques jours, mais c'est la seule chose qui me paraît logique. Quoi qu'il en soit, je compte bien découvrir le fin mot de l'histoire.

Ce soir.

Dès que nous serons seuls.

Après avoir goûté à tout, Sara et moi, nous coupons le gâteau – une splendide pièce montée avec un glaçage à la crème pâtissière – et tout le monde se remet à danser et à prendre des photos. Manifestement, les brèves présentations de Sara avant la cérémonie ne suffisent à personne et je suis bientôt entouré et bombardé de questions par des invités dont le courage semble proportionnel à leur consommation d'alcool.

— Comment vous êtes-vous rencontrés tous les deux ? demande Marsha.

Elle titube sur ses pieds et avale un autre verre de champagne.

— Sara m'a dit que vous êtes sortis ensemble par intermittence pendant un moment… ?

— Oui, exactement, intervient Joe Levinson, sa mâchoire contractée avec pugnacité. Quand et comment vous êtes-vous rencontrés ? Aucun de nous ne savait que Sara était en couple.

Je m'efforce de me rappeler que le couteau attaché à ma cheville ne doit pas servir à trancher la gorge de cet homme.

— Nous nous sommes rencontrés dans un club de Chicago il y a quelques mois… je réponds d'un ton calme avant d'adresser un signal discret à Anton. Comme je voyageais beaucoup pour le travail, nous avons décidé de garder notre relation secrète jusqu'à ce que nous soyons certains qu'elle nous menait quelque part.

— Et vous venez de Russie ?

Andy, l'infirmière rousse, m'observe en fronçant les sourcils avec perplexité.

— C'est-à-dire le même endroit que…

— Te voilà, toi ! s'exclame Anton en me gratifiant d'une tape dans le dos. Je t'ai cherché partout. Les gars ont besoin de toi un petit moment.

— Excusez-moi, dis-je poliment aux invités avant de suivre Anton au bord du lac, où mes coéquipiers se sont installés avec une bouteille de vodka hors de prix.

— Merci de m'avoir secouru, dis-je une fois que nous ne sommes plus à portée d'oreilles des amis de Sara. Je ne suis pas d'humeur à répondre à leurs questions aujourd'hui.

— Il faudra bien que tu le fasses, dit Anton.

Je hausse les épaules, mais je sais qu'il a raison. Si je veux m'intégrer à ces gens, je vais bien devoir leur donner des réponses.

— Alors, ça fait quel effet d'être de nouveau un homme marié ? demande Ilya en me servant un petit verre de vodka.

Je l'avale d'un seul coup au lieu de lui répondre et savoure la brûlure familière dans ma gorge. Je ne bois pas beaucoup – je n'ai jamais beaucoup bu –, mais aujourd'hui ça me tente. J'aimerais oublier ce que j'ai ressenti en entendant la voix hésitante de Sara au téléphone, quand elle m'a annoncé qu'elle avait besoin de temps.

— Sers-moi encore, dis-je en tendant mon verre vide.

Ilya obtempère. Je l'écluse, puis je lui rends le verre.

— Encore ? demande-t-il d'un ton sec, mais je secoue la tête.

— C'est bon, merci.

Ça devrait suffire pour me calmer les nerfs. Je suis déjà à deux doigts de perdre le contrôle et je ne compte pas prendre le risque de faire du mal à Sara quand je me retrouverai enfin seul avec elle.

Je ne suis pas un monstre à ce point.

— Alors, c'est ça ? fait Anton en désignant les invités qui se mêlent les uns aux autres près du kiosque. C'est ce que tu veux ?

— C'est *elle* que je veux.

Je m'assieds sur l'herbe et regarde Sara aller de groupe en groupe, en riant et en bavardant, imitant à la perfection l'heureuse mariée.

— Et il se trouve que tout ça l'accompagne.

— Peut-être, dit Yan en tendant la main vers la bouteille.

Il dévisse le bouchon et avale une rasade à même le goulot.

— Peut-être pas, ajoute-t-il.

Je lui décoche un regard noir.

— Tu es un expert au sujet de ma femme, c'est ça ?

Il hausse les épaules et boit une autre gorgée.

— Et pourtant, elle pourrait te surprendre. Tu trouves qu'elle est très différente de nous ? Qu'elle n'est que bonté, douceur et lumière ? Tu crois que ces gens – il embrasse d'un geste tous les invités sans lâcher sa bouteille – ne sont que douceur et lumière ?

Je reporte mon attention vers Sara au lieu de répondre, et il soupire.

— Ça m'étonne que toi, plus que quiconque, tu ne t'en rendes pas compte. Elle veut vivre avec toi, n'est-ce pas ? Elle t'aime, même si elle sait quel genre d'homme tu es ?

Je ne réponds toujours pas, et il poursuit :

— Pourquoi crois-tu qu'elle est attirée par toi ? Parce qu'elle voit du bon en toi ? Ou parce qu'au fond, c'est le mal qui l'intéresse ?

Anton renifle.

— Oh, pitié. Ne recommence pas avec ces conneries. Chaque fois que tu bois de la vodka…

— Moi, je parie sur la dernière option, dit Yan comme si Anton n'avait pas parlé. Elle te ressemble plus que tu l'imagines, et toutes ces conneries – une fois de plus, il tend sa bouteille vers le kiosque –, elle croit que c'est ce qui la rendra heureuse parce qu'elle a été éduquée pour ça, mais ce n'est pas ce qu'elle désire réellement.

Je me lève en époussetant mon pantalon pour faire tomber quelques brins d'herbe.

— Il reste encore de la vodka à notre table, dis-je à Ilya qui regarde avec envie son frère vider la bouteille. Tu ferais mieux d'aller la chercher si tu en veux. On ne va pas tarder à tout remballer.

Aussi agréable que ce soit d'écouter Yan débiter ses élucubrations d'ivrogne, je préférerais ramener ma nouvelle femme chez nous et la mettre au lit.

CHAPITRE 68

J'ai l'impression que Peter et moi évoluons dans une pièce de théâtre, chacun de nous jouant le rôle qui lui est échu. Lui, c'est le marié affable, réservé, mais excessivement courtois, tandis que je suis la mariée rayonnante, pleine de vitalité et enthousiaste. Ou du moins, c'est le cas après trois coupes de champagne. C'est très utile pour l'aspect vitalité et enthousiasme, ce qui m'aide à éviter les questions exagérément insistantes de mes amis.

Je peux toujours m'envoler en riant vers un autre groupe d'invités et pousser tout le monde à danser – ce qu'ils sont heureux de faire, étant donné le groupe qui se produit sur scène.

— Comment te sens-tu, ma chérie ? me demande maman quand je rejoins leur petit cercle pendant une minute. Encore mal au ventre ?

— Non, tout va bien.

J'affiche mon sourire le plus éclatant.

— Et vous, ça va ?

Maman sourit en prenant la main de papa.

— On passe un très bon moment, comme tout le monde. Ton Peter a vraiment bien fait les choses.

— Merci, maman.

Je leur souris à pleines dents. La réaction de mes parents était ma principale crainte et je suis franchement soulagée de constater qu'ils ont accepté ma relation – du moins, en apparence. Je ne leur ai pas laissé le choix, naturellement, mais c'est toujours agréable de savoir qu'ils sont prêts à donner sa chance à Peter.

— Te voilà, murmure alors une voix à l'accent familier, tandis qu'un long bras se referme autour de ma taille.

Je lève les yeux pour rencontrer le regard argenté de mon mari et souris, oubliant temporairement ma méfiance.

— Salut. Où étais-tu ?

— Là-bas, avec les gars, dit-il en désignant la rive du lac d'un geste de la tête.

Je ris en voyant les trois Russes faire tourner ce qui ressemble à une bouteille de vodka.

— Alors les stéréotypes sont vrais ? demande papa en suivant mon regard.

Peter hoche la tête en souriant.

— Pour l'essentiel. Personnellement, je préfère la bière, mais parfois on a besoin de sentir sa gorge brûler.

Il baisse les yeux sur moi sans se départir de son sourire.

— Comment te sens-tu, ptichka ?

Ma respiration s'accélère quand je perçois la nuance sombre de ce sourire sensuel.

— Oh, je… je vais bien.

— Tant mieux.

Il se tourne entièrement vers moi et les jointures de ses doigts effleurent tendrement mon menton.

— J'étais inquiet.

Je déglutis et les battements de mon cœur redoublent. Nous approchons du moment de vérité, je le sens.

— Pourquoi ne lancerais-tu pas le bouquet ? Ensuite, nous pourrons prendre congé des invités, propose-t-il comme s'il lisait dans mes pensées. La journée a été longue et tu es peut-être encore malade.

— Oui, ma chérie, intervient naïvement maman sans se douter des sous-entendus. Et si vous rentriez, tous les deux ? C'était une fête magnifique, je suis sûre que tout le monde a suffisamment mangé et bu.

Je jette un œil en direction du soleil qui se couche sur le lac.

— Mais…

— Viens, mon amour.

Le bras de Peter se resserre autour de ma taille comme pour me prévenir, même si son sourire demeure inchangé.

— Allons-y.

— D'accord.

Je regarde mes parents.

— Au revoir. À très bientôt.

— Au revoir, ma chérie.

Maman fait un pas vers moi et Peter me libère pour me permettre d'enlacer mes parents.

— Encore une fois, félicitations.

— Merci.

Je leur adresse un autre sourire éclatant, et Peter m'entraîne pour lancer le bouquet et dire au revoir aux autres invités.

— Alors, on déménage ? je demande lorsque nous sortons de la voiture au pied de mon immeuble.

Ma voix est encore un peu faible, et le courage que m'a donné l'alcool est retombé pendant le trajet. Au fur et à mesure que l'on se rapproche de l'appartement, mon cœur bat de plus en plus fort.

— Tu en as envie ?

Peter me regarde et ses yeux se voilent légèrement tandis que nous rejoignons l'immeuble.

— Comme je te l'ai dit, j'ai trouvé quelques endroits intéressants, mais je ne voulais pas franchir le pas sans te consulter.

Sa voix n'a rien de moqueur, mais je décèle néanmoins une certaine raillerie. Si cette journée m'a prouvé quelque chose, c'est qu'il a toujours le pouvoir – et qu'il édicte toutes les règles.

Je décide de donner le change.

— Oui, je crois que j'aimerais déménager. Cet endroit est trop petit pour nous deux – et ce sera plus agréable de ne pas avoir autant de voisins.

— Je suis d'accord.

Ses yeux s'illuminent et sa voix est grave quand il murmure :

— Je veux t'avoir pour moi tout seul.

En rougissant, j'ouvre la bouche pour répondre, mais au même moment il se penche et me soulève dans ses bras sans tenir compte de mon petit cri étouffé.

— La tradition, dit-il avec un sourire sombre.

Il entre dans le hall en me portant avec son aisance habituelle.

Nous croisons mes jeunes voisines en rejoignant l'ascenseur et je cache mon visage contre le cou de Peter tandis qu'elles glapissent et s'exclament :

— Félicitations !

Il faut vraiment déménager dans un quartier moins fréquenté.

— Tu peux me poser, dis-je à Peter une fois que nous sommes dans l'ascenseur, mais il se contente de me regarder, les yeux sombres.

— Pourquoi ? chuchote-t-il en resserrant son étreinte. J'aime bien te porter comme ça.

Mon pouls s'accélère et je sens ma nervosité revenir. Je repousse les épaules de Peter.

— Non, vraiment, pose-moi par terre, s'il te plaît.

— Pourquoi ?

Sa mâchoire se crispe et son expression retrouve toute sa gravité.

— Pour t'enfuir ? Te terrer quelque part et mentir en me faisant croire que tu es malade ?

— J'*étais* malade !

Je le fusille du regard, l'anxiété cédant le pas à la colère.

— Demande à ma mère si tu ne me crois pas. J'ai vomi et j'ai dû prendre des cachets antiacides.

Il fronce ses sourcils noirs.

— Quoi ?

— Maman te l'a déjà dit. Au téléphone – je l'ai entendue.

Une fois de plus, je repousse ses épaules tandis que les
portes de l'ascenseur coulissent. Il sort et me porte dans le
couloir.

— J'avais mal au ventre.

Il se renfrogne encore davantage en s'arrêtant devant la
porte de mon appartement.

— Oui, elle me l'a dit, mais je pensais…

Il me dépose avec précaution et glisse la main dans sa
poche pour prendre les clés.

— Tu as cru que c'était une excuse ? Non, c'est arrivé.

Cela dit, ce n'est pas parce que j'étais malade. Je me
mords la joue, mais je n'ai pas envie de commencer notre
vie conjugale par un mensonge – même par omission.

J'attends que nous soyons à l'intérieur pour déclarer
d'un ton plus calme :

— Peter… tu dois savoir quelque chose. L'agent Ryson
est venu ici aujourd'hui, juste avant mon départ.

Il se transforme en statue et pivote pour me dévisager
avec incrédulité.

— Quoi ?

— Il n'était pas en mission officielle ! je m'empresse de
le rassurer. Il voulait juste me parler.

Ses grandes mains se crispent convulsivement le long
de son corps.

— Pourquoi ?

— Je crois... Je crois qu'il était contrarié. Par la tournure des événements. Il pense que je lui ai menti et que nous...

Je déglutis, la gorge en feu.

— ... que nous avons comploté pour tuer George. Que je voulais que tu le tues à cause de ses lésions cérébrales et parce que c'était un alcoolique dont j'avais déjà l'intention de divorcer.

Peter pousse un juron.

— Ce sale *ublyudok*. J'aurais dû...

Il s'interrompt et prend une inspiration pour se calmer. Sa voix est plus douce quand il demande :

— Il t'a troublée, ptichka ?

Il s'approche et prend délicatement mon menton entre ses doigts pour me forcer à le regarder.

— C'est pour ça que tu voulais te dérober ?

J'esquisse un bref hochement de tête.

— Je suis désolée. Sincèrement. Tout arrivait si vite, et puis il est venu et...

Je ferme vivement les yeux avant de les rouvrir pour rencontrer son regard orageux.

— Je suis désolée. J'ai mal réfléchi.

La main de Peter me caresse la joue avec douceur et tendresse.

— Que t'a-t-il dit, mon amour ?

— Rien. Il était juste... Oh, il m'a dit que si tu commettais le moindre crime, le marché serait nul et non avenu... et il a ajouté qu'ils avaient aussi mon numéro désormais.

Une fois de plus, le regard de Peter se durcit.

— Je vois.

Il recule en laissant retomber son bras, et je me rends compte qu'il est fâché – plus fâché que je ne l'ai jamais vu.

Soudain inquiète, je m'avance et prends sa main entre les miennes.

— Tu ne vas rien lui faire, n'est-ce pas ? Je te l'ai dit parce que je ne veux aucun mensonge entre nous, pas parce que je veux que tu punisses Ryson.

Il ne répond pas, mais je trouve ma réponse dans sa mâchoire contractée et la rigidité de sa paume entre les miennes.

— Peter, non. S'il te plaît. Écoute-moi…

Je lui serre la main.

— C'est un agent fédéral et il *veut* que tu dérapes. En fait, je ne serais pas étonnée que ce soit pour cette raison qu'il est venu aujourd'hui : pour te provoquer et faire en sorte que tu enfreignes les conditions de l'accord. N'entre pas dans son jeu. Ça n'en vaut pas la peine.

L'expression de Peter ne change pas.

— C'est pour lui ou pour moi que tu as peur ?

Je lui lâche la main.

— Les deux, évidemment. Je ne veux pas que tu lui fasses du mal – et je ne veux surtout pas que tu t'attires des ennuis à cause de lui.

— Hmm.

Peter s'est remis à me caresser la joue.

— Je me le demande.

Je m'humecte les lèvres.

— Tu te demandes quoi ?

— Tu serais heureuse si je partais pour te laisser mener ta vie ? Si je m'attirais des ennuis et si je devais m'en aller pour de bon ?

Je cligne des paupières.

— Mais… tu ne ferais pas ça. Tu m'emmènerais, n'est--ce pas ? Si tu devais partir ?

Son regard s'assombrit.

— Peut-être. C'est ce que tu aimerais, ptichka ?

Mon cœur se serre et j'ai du mal à respirer.

— Peter… Je…

— Tu n'arrives toujours pas à le dire, n'est-ce pas ?

Il prend de nouveau mon menton dans sa main pour me contraindre à soutenir son regard. Sa voix prend un accent étrange.

— Tu es incapable d'avouer que c'est réciproque, que je ne suis pas le seul à être fou.

Je déglutis péniblement et recule en me dégageant de sa poigne.

— Ce n'est pas ça.

— Ah bon ?

Il me suit, aussi impitoyable qu'un requin.

— Dis-moi pourquoi tu as failli t'enfuir aujourd'hui, dans ce cas. Dis-moi ce qui t'a tellement touchée dans la visite de Ryson.

Je continue de reculer jusqu'à ce que mon dos rencontre le mur.

— Je te l'ai déjà dit. Je t'ai tout dit.

— Pas tout.

Il plaque ses paumes de part et d'autre de mon corps, m'emprisonnant une fois de plus. Son intonation est à la fois cruelle et tendre quand il murmure :

— Pas vraiment tout, mon amour.

Je lève les yeux vers lui, sentant mon cœur battre la chamade dans mes tempes. Je ne comprends pas ce qu'il cherche ni ce qu'il attend de moi.

— Peter, s'il te plaît. Je suis désolée pour aujourd'hui. Vraiment, sincèrement désolée. J'étais tellement remuée que je n'ai pas réfléchi, mais ce n'est pas une excuse. Je n'aurais pas dû…

Je secoue la tête.

— Non, tu n'aurais vraiment pas dû, acquiesce-t-il.

Ses yeux s'assombrissent encore plus et, sans prévenir, il referme la main sur le corsage de ma robe et tire d'un coup sec, avec une violence inattendue, arrachant la dentelle cousue main et envoyant les boutons de perle rouler sur le carrelage.

Je tressaille et retiens le haut de ma robe déchirée, mais Peter me retourne et plaque mon visage contre le mur.

— Tu n'aurais vraiment, vraiment pas dû ! gronde-t-il dans mon oreille.

Il tire vivement sur la robe, qui tombe autour de mes genoux.

Je reste à moitié nue, avec mon soutien-gorge blanc sans bretelles et mon string – des sous-vêtements sexy en dentelle que j'ai choisis pour accompagner la robe. Mais ils ne durent pas longtemps, car Peter les arrache, me laissant complètement nue.

En haletant, je pose les paumes contre le mur. Je m'attends à ce qu'il m'écarte les jambes d'un coup de pied pour me baiser, mais au lieu de ça, son bras puissant glisse autour de ma cage thoracique et il me soulève pour me faire quitter le reste de ma robe. Mes chaussures restent à leur place, avec leurs fines lanières autour de mes chevilles, même si mes jambes s'agitent quand il m'emporte sans ménagement jusqu'à la chambre.

Il me jette face contre le lit et j'essaie de me retourner tandis qu'il recule pour se déshabiller. J'aperçois un éclat de métal et j'entends un bruit sourd quand il jette sa veste – *était-il armé à notre mariage ?* – avant de reporter mon attention sur un détail bien plus inquiétant.

L'expression de son visage.

Il plisse les yeux et ses narines frémissent lorsqu'il détache sa ceinture. À ses mouvements brusques, je constate que le désir violent est toujours là, ce besoin sauvage et sombre qui palpite aussi en moi.

Ce soir, il va me faire mal, je le sens, et une vague de peur et d'envie mêlées me noue l'estomac. Je devrais courir, je devrais protester, mais mon corps agit de sa propre initiative. Mes jambes me propulsent hors du lit et je m'agenouille sur le tapis devant lui. Mes mains trouvent la fermeture de son pantalon.

— Oui, c'est ça, viens ici, marmonne-t-il tout bas.

Ses mains se referment avec vigueur dans mes cheveux tandis que je baisse la fermeture et tire sur son pantalon, libérant son érection. Il est déjà très excité. Sa queue longue et épaisse est si dure que les veines ressortent sur toute sa longueur. Ce sexe est une arme, mais également l'outil d'un plaisir incommensurable, et à le contempler l'eau me vient à la bouche. Je me rappelle comme il s'en servait pour m'étouffer – et combien ça m'enflammait.

Il rapproche mon visage et me frappe la joue avec sa queue. Une fois, puis deux, puis trois. J'ouvre la bouche à la quatrième gifle et le prends dans ma bouche pour me mettre à le sucer tout en le regardant. Son goût musqué m'enflamme de nouveau et ma main gauche se fraie un chemin entre mes jambes tandis que la droite se pose sous ses bourses.

Son visage se contracte sous l'effet d'un plaisir féroce quand j'exerce une légère pression, et il s'enfonce encore plus profondément dans ma gorge, les poings serrés dans mes cheveux.

— Putain… gronde-t-il d'une voix grave et gutturale. Continue, oui, comme ça.

J'obéis et me laisse faire tout en lui massant les bourses. En même temps, avec la main gauche, je me frotte le clitoris et mes cuisses frémissent, au comble de la tension, quand je trouve le bon rythme. Ses pupilles se dilatent et ses hanches accélèrent. Je touche au but, mais il prononce quelques mots en russe, les dents serrées, et me repousse violemment.

Stupéfaite, je tombe à la renverse. Avant que je puisse me ressaisir, il m'empoigne et me jette de nouveau sur le lit.

— Tu ne t'en tireras pas aussi facilement, gronde-t-il.

Je prends une inspiration hésitante lorsqu'il passe sa ceinture autour de mes poignets pour les attacher à la tête de lit, avant de descendre le long de mon corps, m'écartant les jambes de ses grandes mains puissantes.

— Qu'est-ce que tu fais ?

Les battements de mon cœur sont si rapides que j'ai du mal à parler.

— Peter, je t'en prie, tu n'es pas obligé de…

— Chut, souffle-t-il contre ma cuisse.

J'étouffe un cri lorsque ses dents effleurent mon entre-jambe, avant que sa langue pénètre entre mes plis, trouvant immédiatement mon clitoris endolori.

L'embrasement est presque instantané. Le feu se propage dans mes veines et je me cambre en hurlant, tirant sur la ceinture alors que l'orgasme tant retenu déferle sur moi dans un spasme qui m'ébranle tout le corps. Mais mon tourmenteur n'a pas terminé. Sa langue se radoucit juste assez pour me permettre de résister au contrecoup, puis deux doigts s'enfoncent brusquement en moi, trouvant mon point G en un instant. Je pousse un cri et le plaisir remonte en flèche lorsque sa langue reprend sa danse diabolique. Il ne me faut pas longtemps avant de jouir de nouveau.

Ses lèvres se posent sur les miennes au moment où l'extase me saisit et je gémis dans sa bouche. Il approfondit notre baiser. Je peux sentir mon propre goût sur sa langue. J'ai l'impression que mes muscles se sont liquéfiés. Mes poignets sont à vif à force de tirer sur la ceinture, mais il continue de me baiser avec deux doigts impitoyables, pendant l'orgasme et encore après.

Je suis sur le point de jouir une fois de plus, mais il lève la tête et retire ses doigts pour les diriger un peu plus bas, étalant ma moiteur sur leur passage. Je me trémousse en comprenant ce qu'il a l'intention de faire, mais il est implacable et j'étouffe un cri en fermant vivement les yeux lorsque son majeur trouve mon orifice. L'humidité de mon sexe tient lieu de lubrifiant quand il enfonce son doigt, faisant céder la première résistance de mes muscles serrés.

Il m'a déjà prise de cette façon, mais ça fait plus de neuf mois et son doigt me semble aussi énorme que sa queue. Le bord de son ongle érafle mes tissus tendres. Mon pouls monte en flèche et mon souffle reste coincé dans ma gorge quand il retire lentement son doigt envahissant, pour en ajouter un second.

— Peter !

— Chut…

Il m'embrasse de nouveau et, tandis que ses deux doigts se pressent contre mon orifice, me crispant de panique, son pouce trouve mon clitoris encore engourdi. L'orgasme qui ne l'avait jamais quitté revient en force et la tension augmente avec une puissance explosive. Au moment où je jouis en gémissant éperdument, les deux doigts s'enfoncent jusqu'au bout.

Une fois de plus, je me raidis, mais il est trop tard. La seule chose dont je suis capable, c'est de respirer en tremblant tandis qu'il étire les parois de mon passage étroit, provoquant brûlure et picotement. La sensation est insoutenable, je suis envahie et remplie, mais sous l'inconfort de son geste, je décèle la promesse d'autre chose, et mon corps tout entier se contracte sous le contrecoup de l'orgasme, chassant toute sensation négative.

— Oui, c'est ça, ptichka, fait-il dans un souffle contre mes lèvres.

Je frémis en sentant de nouveau son pouce sur mon clitoris. Je ne peux pas jouir une fois de plus, c'est impossible, mais mon corps ne semble pas se rendre compte qu'il a atteint ses limites. La tension remonte et je vacille, au bord de l'orgasme. Je tremble de tous mes membres, à bout de souffle, mais les doigts intrusifs quittent soudain mes fesses.

Je pousse un gémissement de frustration en tirant sur la ceinture et en cambrant les hanches. Il se met à rire tout bas, d'une voix rauque et sinistre. Le matelas s'enfonce sur ma gauche.

Étonnée, j'ouvre les yeux, mais il est déjà de retour avec un flacon dans la main.

— Ne t'inquiète pas, ptichka. On y vient, me promet-il avec gravité.

Je tressaille lorsqu'il incline le flacon, faisant couler le liquide froid sur mon sexe gonflé. Il ruissèle plus bas, jusqu'à la fente entre mes fesses, et mon pouls s'accélère quand nos regards se croisent.

Dans ses yeux, je lis l'avidité et un sentiment encore différent, une exigence à la fois muette et féroce. Il glisse ses avant-bras sous mes genoux et me cale les jambes contre ses épaules, tout en avançant mes hanches. Mes tendons s'étirent lorsqu'il dirige sa queue vers mes fesses.

— C'est ce que tu attends ?

Ses yeux brillent lorsqu'il s'appuie contre moi.

— C'est ça que tu veux ?

Il s'enfonce. Je gémis en sentant une légère douleur. La sueur coule le long de mon dos lorsque mon sphincter cède lentement. Les jambes sur ses épaules, je suis incapable de contrôler la profondeur de pénétration et il s'insère jusqu'au bout, me remplissant tout entière. Mon ventre se noue, mon souffle n'est plus qu'un halètement frénétique.

— Je ne…

Je prends une grande inspiration et réprime un début de vertige.

— Je ne comprends pas.

— Vraiment ?

Sa bouche se tord et une lueur malfaisante éclaire son regard métallique quand il se retire à moitié pour mieux s'enfoncer de nouveau.

— Ce ne serait pas plutôt que tu n'arrives pas à le dire ?

La brûlure se fait toujours sentir et la sensation d'invasion est aussi extrême qu'avant, mais lorsque son pouce se pose sur mon clitoris, une délicieuse tension succède à la douleur. Ses hanches bougent lentement, faisant glisser son énorme queue un peu plus loin à chaque coup impitoyable, et l'orgasme reprend son ascension. Cette fois, le plaisir est différent, il est plus puissant et plus sombre, aussi insoutenable qu'exquis.

C'est trop, trop intense. Je m'entends supplier et implorer, remuant dans les limites imposées par ma position. Mais la lueur cruelle ne quitte pas ses yeux. Son rythme reste soutenu, même lorsque des gouttes de sueur apparaissent sur son front.

— Réponds-moi, dit-il d'une voix rauque en se penchant encore plus, me pliant presque en deux.

Je hurle lorsque la douleur déclenche une étincelle, provoquant un feu qui me consume tout entière. L'extase se déploie dans mes terminaisons nerveuses et une lumière blanche explose derrière mes paupières closes. Les frissons de plaisir déferlent le long de ma colonne vertébrale, la jouissance se répercutant dans tout mon corps, faisant trembler et capituler chacun de mes muscles.

Je l'entends gémir et je sens une pulsation chaude tout au fond de moi. Je prends conscience avec hébétude qu'il est en train de jouir, lui aussi, et j'ouvre les yeux pour découvrir la même crispation de plaisir sur son visage.

La respiration lourde, il s'effondre sur moi, et nous restons ainsi, le souffle à l'unisson. J'ai l'impression que mes tendons vont se déchirer sous son poids. J'ai les fesses en feu tandis que sa queue s'assouplit progressivement à l'intérieur, mais je n'ai pas envie de bouger.

Je voudrais rester ainsi, mon corps à jamais uni au sien.

— Oui, dis-je calmement quand il lève lentement la tête et se redresse pour apaiser la tension dans mes jambes.

Nos regards se rencontrent et une victoire sombre illumine ses yeux. Je répète d'un ton las :

— Oui, c'est ça.

À présent, je comprends sa question, et je connais la réponse terrifiante. C'est exactement ce que j'attends de lui – et c'est précisément ce que je veux. La douleur, la punition, la force – c'est ce que je lui réclame, presque autant que l'amour et la tendresse.

J'ai besoin de la totale, aussi tordu que ce soit.

Il tend les mains, libère mes poignets et se retire avec précaution avant de me nettoyer à l'aide d'un mouchoir. Je ferme les yeux, trop épuisée pour bouger, et ses bras puissants glissent sous mon corps pour me soulever du lit.

Il m'emmène dans la douche et me lave, essuyant le maquillage étalé et dénouant les boucles et les vaguelettes complexes de ma coiffure. Enfin, il m'enveloppe dans une serviette et me ramène dans le salon, où il s'assied sur le canapé en me gardant pelotonnée sur ses genoux.

Je pose la tête sur sa large épaule et place une paume sur son cœur. Je sens le rythme régulier sous ses pectoraux, tandis qu'il me masse délicatement la nuque. Ses doigts vigoureux parviennent à apaiser des nœuds de tension dont j'ignorais l'existence.

— Alors, dis-moi.

Sa voix est un grondement doux et grave sous mon oreille.

— Dis-moi pourquoi tu as failli te défiler aujourd'hui.

— Parce que…

Parce que Ryson m'a rappelé la réalité de la situation et m'a fait sentir plus bas que terre – c'est ce que je commence à dire, mais je me ravise. Ce n'est pas un mensonge, mais ce n'est pas non plus toute la vérité. Je paniquais déjà avant la visite de l'agent, avant qu'il me force à regarder la triste réalité en face.

— Parce que quoi ? insiste Peter en suspendant son massage.

— Parce que…

Un nœud m'obstrue la gorge et je ferme vivement les yeux avant de les rouvrir, m'écartant de lui pour bien le regarder. Il est temps que je cesse de faire semblant et que j'accepte enfin la vérité. Après une inspiration, je déclare d'un ton hésitant :

— Parce que tu avais raison. Au Japon, quand tu as dit qu'il était trop tard pour moi, tu avais raison.

J'ai de plus en plus de mal à formuler ma pensée, mais je m'efforce de continuer.

— Il était déjà trop tard à l'époque, et ça l'est encore plus maintenant. Je ne sais pas quand c'est arrivé, mais à un moment ou à un autre de ce parcours tourmenté, je suis tombée amoureuse de toi. Seulement, je…

Je m'arrête, la gorge complètement nouée.

Ses yeux gris se radoucissent et sa main reprend son massage discret.

— Seulement quoi ?

— Seulement, je ne le supporte pas.

Cet aveu me donne l'impression d'avoir du gravier dans les cordes vocales.

— J'ai besoin…

Je m'interromps, incapable de le prononcer entièrement, mais il comprend.

— Tu as besoin de ça.

Il lève la main et me caresse la joue.

— Tu as besoin que je te fasse souffrir parfois, que je prenne le contrôle et que je te force. Que je balaye tous les autres choix pour te permettre d'accepter le seul que tu désires vraiment.

Je hoche la tête par à-coups, à la fois honteuse et soulagée. C'est mal et lâche de ma part, mais en perspective avec tout le reste, c'est la seule chose qui me paraisse juste. Notre relation ne sera jamais comme celles des autres… parce qu'elle ne devrait pas exister. Le bourreau et la victime, le tueur et la veuve de sa cible – notre couple est aussi impossible qu'un prédateur et sa proie, mais grâce à Peter, nous sommes là.

C'est son obsession qui nous a créés.

Il comprend. Je le vois dans la chaleur argentée de son regard.

— Alors aujourd'hui, quand je t'ai appelée depuis le lac, murmure-t-il en glissant une mèche de mes cheveux mouillés derrière mon oreille, tu avais besoin de ça, n'est-ce pas, ptichka ? Tu avais besoin de savoir que la fuite n'était pas une option… que tu devais m'épouser, sinon gare.

Je déglutis avec peine, luttant contre la tentation de détourner le regard.

— Je crois. Peut-être. Je…

Une fois de plus, je m'interromps, incapable de formuler le troublant mélange d'émotions que j'ai ressenti. Sa menace m'a terrifiée, comme il le souhaitait, mais à présent je me rends compte qu'elle m'a également soulagée.

Au fond, je comptais sur lui pour le faire, pour chasser ma honte et ma culpabilité les plus ancrées.

Sa main chaude se referme sur ma mâchoire et son pouce me caresse tout doucement la joue.

— Tout va bien, ptichka. Ne t'en veux pas. C'est ainsi, et tu as le droit de l'admettre.

Je le regarde dans les yeux.

— Tu ne trouves pas que je suis… une mauvaise personne ? je demande.

— Parce que tu m'aimes ou parce que tu n'arrives pas à l'accepter pleinement ?

— Oui. Les deux.

Son sourire est sensuel et triste.

— Non, mon amour. Tu es le produit de ton éducation, et moi, de la mienne. Tu avais raison, toi aussi, à la clinique suisse, quand tu as dit que dans un autre monde, dans une autre vie, tout aurait été différent. Si je le pouvais, j'efface-rais le passé, je réécrirais l'histoire entre nous, mais au lieu de ça, je te donnerai ce dont tu as besoin – ce dont nous avons besoin tous les deux, pour être honnête.

Je soutiens son regard, les yeux brûlants. Il comprend, parce que c'est mon miroir sombre et terrifiant. Ses envies sont à la fois inverses et parallèles aux miennes. Il m'aime, il l'a prouvé de bien des manières, mais une partie de lui a besoin de me faire mal, de me punir pour la souffrance du passé.

De me contrôler, afin que je ne puisse plus le quitter.

Afin qu'il ne me perde pas comme il a perdu Tamila et son fils.

— Je t'aime, dis-je d'une voix douce.

Les mots me viennent plus facilement la deuxième fois.

— Je t'aime, Peter, de toutes mes forces. Et j'apprécie ce que tu as fait pour moi… ce que tu as abandonné.

Il m'a préférée à sa propre vengeance.

Il a préféré notre amour à son désir de punir la mort.

Son sourire retombe – le rappel de Henderson doit toujours être douloureux –, mais il se penche enfin et dé-pose un tendre baiser sur mes lèvres.

— Je le sais, ptichka. Je sais que tu m'aimes – et d'une manière ou d'une autre, nous allons y arriver. Il le faut… parce que je ne te laisserai pas partir.

Je repose la tête sur son épaule, ferme les yeux et sens son cœur battre dans sa poitrine musclée.

Il a raison.

Nous allons y arriver.

Notre amour n'est peut-être pas simple et clair, mais la façon dont il a commencé ne le rend pas moins fort. Ce mariage ne sera pas facile, mais c'est pour toujours.

Quoi qu'il arrive, nous serons là l'un pour l'autre.

Aussi longtemps que nous vivrons.

ÉPILOGUE
HENDERSON

Je regarde fixement mon écran d'ordinateur et clique pour passer d'une photo clinquante à une autre. J'ai la gorge nouée et ma main tremble d'une fureur qui me soulève le cœur.

Ils sont beaux, jeunes et en bonne santé, vêtus des parures de mariage les plus raffinées que peut acheter l'argent sale. Sur une photo, il la tient dans ses bras, contre son torse ; sur une autre, ils sont main dans la main et se regardent dans les yeux.

Je clique une fois de plus et sens l'amertume de la bile dans ma bouche. Ils se sourient sur la photo, à côté de leur famille et de leurs amis.

Ces gens sont-ils seulement au courant ?

Ont-ils conscience de ce qu'il est ?

Elle le sait. Je n'en ai pas le moindre doute. Je le vois dans ses yeux, dans son joli sourire trompeur.

Elle le sait, et elle l'aime.

Elle l'a épousé en sachant toutes les monstruosités qu'il a commises.

Je roule la tête sur mes épaules en essayant vainement de soulager la tension insoutenable. Les injections de stéroïdes ne font plus effet et la douleur me ronge, m'empêche de fermer l'œil la nuit, accentuant mes cauchemars et mes insomnies.

Trois ans à fuir.

Trois ans à craindre pour la vie de mes enfants.

Trois ans à savoir que tous ceux que j'ai connus risquent d'être tués ou torturés… et que personne parmi les êtres qui me sont chers ne sera jamais vraiment en sécurité.

Je bascule sur l'onglet de mon navigateur et consulte la page Facebook de ma fille. Il n'y a plus rien depuis trois ans, rien non plus sur les réseaux sociaux de mon fils. Eux aussi ont vécu dans la peur pendant tout ce temps.

Dans la peur du monstre qui sourit à sa jeune mariée.

Il croit qu'il a gagné.

Il croit que c'est fini.

Il est convaincu qu'ils vont pouvoir laisser derrière eux son règne de la terreur.

Détournant les yeux de l'ordinateur, j'ouvre le dossier sur mon bureau en m'efforçant de rester calme, et je passe en revue la liste de noms – ma propre liste, cette fois.

Julian Esguerra, le monstre allié à la CIA.

Son fidèle associé, Lucas Kent.

Yan et Ilya Ivanov.

Anton Rezov.

Et bien sûr, Peter Sokolov lui-même.

Ils pensent qu'ils ont réussi, ils se croient intouchables.

Ils se trompent cruellement.

Il est temps que le monde entier sache que ce sont des terroristes.

D'une manière ou d'une autre, ils vont devoir payer.

EXTRAITS EN AVANT-PREMIÈRE

Merci d'avoir lu ce livre ! Si vous pouviez laisser un avis de lecture, je vous en serais très reconnaissante. L'histoire de Peter et Sara continue avec *Mon Éternité*. Si vous souhaitez être informé de sa parution, veuillez-vous abonner à ma liste de nouvelles parutions à www.annazaires.com/book-series/francais/.

Si vous aimez cette série, vous aimerez aussi les livres suivants :

- *Trilogie L'Enlèvement* – L'histoire de Julian et Nora, où Peter apparaît comme personnage secondaire pour obtenir sa liste
- *Trilogie Capture-Moi* – L'histoire de Lucas et Yulia
- *La trilogie Mia et Korum* – Une romance sombre de science-fiction
- *La captive des Krinars* – Une romance de science-fiction autonome

Collaborations avec mon mari, Dima Zales :

- *Série Les Dimensions de l'esprit* – Fantastique urbain
- *Trilogie Les Derniers Humains* – Science-fiction dystopique/postapocalyptique
- *Le Code arcane*– Fantastique épique

Tournez maintenant la page pour un aperçu de *L'Enlèvement*, *Capture-Moi* et de *La captive des Krinars*.

EXTRAIT DE
L'ENLÈVEMENT

Note de l'auteure : *L'Enlèvement* est une trilogie érotique sombre sur Nora et Julian Esguerra. Les trois livres sont maintenant disponibles.

Kidnappée. Séquestrée sur une île privée.

Je n'aurais jamais cru que cela puisse m'arriver. Je n'ai jamais imaginé qu'une rencontre fortuite la veille de mon dix-huitième anniversaire pourrait ainsi changer ma vie.

Désormais, je lui appartiens. J'appartiens à Julian. Un homme aussi impitoyable que beau. Un homme dont les caresses me consument. Un homme dont la tendresse me fait plus de mal que sa cruauté.

Mon ravisseur est une énigme. Je ne sais ni qui il est ni pourquoi il m'a enlevée. Il y a des ténèbres en lui, des ténèbres qui me font peur tout en m'attirant.

Je m'appelle Nora Leston, et voici mon histoire.

AVERTISSEMENT : Ce roman n'est pas un roman traditionnel. Il traite de sujets troublants comme le consentement discutable et le syndrome de Stockholm et les scènes de sexe y sont explicites. Ce roman est destiné à des lecteurs âgés de plus de dix-huit ans. L'auteur n'approuve ni ne tolère le comportement de ses personnages.

—————————

C'est le soir maintenant. Chaque minute qui passe accroit mon anxiété à la pensée de revoir mon ravisseur.

Le roman que je lis ne m'intéresse plus. Je l'ai posé et je tourne en rond dans la pièce.

Je porte les vêtements que Beth m'a donnés tout à l'heure. Ce n'est pas ce que j'aurais choisi de porter, mais c'est toujours mieux qu'un peignoir de bain. Un panty sexy en dentelle blanche et un soutien-gorge assorti, voilà mes sous-vêtements. Et une jolie robe d'été bleu qui se boutonne sur le devant. Étrangement, tout est exactement à ma taille. Est-ce qu'il m'a espionnée pendant un certain temps ? Et tout appris de moi, y compris la taille de mes vêtements ?

Cette pensée me rend malade.

J'essaie de ne pas penser à ce qui va arriver, mais c'est impossible. Je ne sais pas pourquoi je suis convaincue qu'il va venir me voir ce soir. Peut-être a-t-il tout un harem dissimulé dans cette île et qu'il rend visite à une femme différente chaque jour de la semaine comme le faisaient les sultans.

Et pourtant je sais qu'il va bientôt arriver. La nuit dernière n'a fait qu'aiguiser son appétit. Je sais qu'il n'en a pas fini avec moi. Loin de là.

Finalement, la porte s'ouvre.

Il entre en maître des lieux. Ce qui est précisément le cas.

De nouveau, je suis frappée par sa beauté virile. Avec un visage comme le sien, il aurait pu être modèle ou acteur de cinéma. S'il y avait un peu de justice dans ce monde, il aurait été petit ou il aurait d'autres imperfections en contrepartie de ce visage.

Mais non. Il est grand et musclé, parfaitement proportionné. En me souvenant de ce que j'ai ressenti quand il était en moi, mon excitation se réveille bien malgré moi.

De nouveau, il porte un jean et un tee-shirt. Gris cette fois-ci. Il semble préférer s'habiller simplement et il a raison. Il n'a pas besoin que ses vêtements le mettent en valeur.

Il me sourit. Un sourire d'ange déchu, à la fois sombre et séducteur.

— Bonsoir, Nora.

Je ne sais que lui dire, alors je laisse échapper la première chose qui me vient à l'esprit.

— Combien de temps allez-vous me garder ici ?

Il penche légèrement la tête sur le côté.

— Ici, dans cette pièce ? Ou sur cette île ?

— Les deux.

— Beth te fera visiter demain, elle t'emmènera nager si tu veux, dit-il en s'approchant de moi. Tu ne seras pas enfermée, sauf si tu fais une bêtise.

— Quel genre de bêtise ? ai-je demandé, le cœur battant en le voyant s'arrêter près de moi et lever la main pour me caresser les cheveux.

— Essayer de faire du mal à Beth ou de te faire du mal. Sa voix est douce, son regard hypnotique quand il baisse les yeux sur moi. Étrangement, sa manière de me caresser les cheveux m'aide à me détendre.

Je cligne des yeux pour tenter de rompre le charme.

— Et sur cette île ? Combien de temps allez-vous m'y garder ?

Sa main caresse mon visage, se pose sur ma joue. En m'apercevant que je me frotte contre sa main comme un chat que l'on caresse, je me raidis immédiatement.

Ses lèvres dessinent un sourire entendu. Ce salaud sait l'effet qu'il a sur moi.

— Longtemps, j'espère, dit-il.

Sans savoir pourquoi, ça ne m'étonne pas. Il n'aurait pas pris la peine de m'amener jusqu'ici pour me baiser deux ou trois fois. Je suis terrifiée, mais pas surprise.

Je prends mon courage à deux mains et pose la question qui s'ensuit logiquement.

— Pourquoi m'avoir kidnappée ?

Il cesse de sourire. Il ne répond pas et se contente de me regarder, ses yeux bleus restent mystérieux.

Je commence à trembler.

— Vous allez me tuer ?

— Non, Nora, je ne vais pas te tuer.

Sa réponse me rassure, mais évidemment c'est peut-être un mensonge.

— Allez-vous me vendre ? J'ai du mal à le dire. Comme prostituée, ou alors quelque chose de ce genre ?

— Non, dit-il d'une voix douce. Jamais de la vie. Tu es à moi et rien qu'à moi.

ANNA ZAIRES

Je suis un peu plus calme, mais il reste encore quelque chose que j'ai besoin de savoir.

— Allez-vous me faire du mal ?

Il ne répond pas immédiatement. Une lueur obscure traverse son regard.

— Probablement, dit-il à voix basse.

Alors il s'est penché sur moi et m'a embrassée, ses lèvres sur les miennes étaient douces, douces et ardentes.

Pendant un instant, je suis restée figée, inerte. Je croyais ce qu'il disait. Je savais qu'il disait la vérité en disant qu'il allait me faire du mal. Il y a quelque chose chez lui qui me terrifie, qui m'a terrifiée depuis le début.

Il ne ressemble pas aux garçons avec lesquels je suis sortie. Il est capable de tout.

Et je suis entièrement à sa merci.

Je pense essayer de lui résister de nouveau. Ce serait normal dans ma situation. Ce serait courageux.

Et pourtant je ne le fais pas.

Je sens les ténèbres en lui. Il y a quelque chose de mauvais en lui. Sa beauté extérieure dissimule quelque chose de monstrueux.

Je ne peux pas lui permettre de donner libre cours au mal. Je ne sais pas ce qui arriverait si je le faisais.

Alors je m'immobilise dans ses bras et je le laisse m'embrasser.

Et quand il me soulève et me porte sur le lit, je n'essaie nullement de lui résister.

Au contraire, je ferme les yeux et m'abandonne à mes sensations.

L'Enlèvement est déjà disponible. Allez visiter mon site http://www.annazaires.com/book-series/francais/ pour en apprendre plus et vous inscrire sur ma liste de diffusion.

EXTRAIT DE
CAPTURE-MOI

Note de l'auteur: *Capture-Moi* est le premier volume du sombre roman d'amour de Yulia et de Lucas. L'extrait que vous allez lire est écrit du point de vue de Yulia. La scène a lieu à Moscou où Lucas et Julian se sont rendus pour rencontrer de hauts fonctionnaires russes.

Elle a eu peur de lui au premier coup d'œil.

Yulia Tzakova a l'habitude des hommes dangereux. Elle a grandi avec eux. Et elle a survécu. Mais quand elle rencontre Lucas Kent, elle comprend que cet ancien soldat risque d'être le plus dangereux de tous.

Une nuit a suffi. C'était l'occasion de se rattraper après avoir raté sa mission et d'obtenir des renseignements sur le patron de Kent, un trafiquant d'armes. Quand son avion est abattu ce devrait être la fin de l'histoire.

Alors qu'elle ne vient que de commencer.

Il la désire au premier coup d'œil.

Lucas Kent a toujours aimé les blondes aux longues jambes et Yulia Tzakova est de toute beauté. L'interprète russe a eu beau essayer de séduire son patron elle arrive dans le lit de Lucas et il fera tout pour l'y retrouver.

Puis son avion est abattu et il apprend la vérité.

Elle l'a trahi.

Elle doit payer.

Il entre dans mon appartement dès que la porte s'ouvre. Ni hésitation ni salutation, il se contente d'entrer.

Prise au dépourvu, je recule d'un pas, tout à coup l'entrée me semble si petite qu'elle en est oppressante. J'avais oublié à quel point il est grand, à quel point ses épaules sont larges. Je suis grande pour une femme, du moins suffisamment pour passer pour un mannequin si un contrat le demande, mais il me domine d'une tête. Avec le gros anorak qu'il porte, il prend presque toute la place dans l'entrée.

Toujours sans dire un mot il ferme la porte derrière lui et s'avance vers moi. Instinctivement, je recule, j'ai l'impression d'être une proie traquée.

— Bonsoir, Yulia, murmure-t-il en s'arrêtant quand nous arrivons dans la pièce principale. Son regard pâle fixe mon visage. Je ne m'attendais pas à vous voir comme ça.

J'avale ma salive, mon pouls s'accélère.

— Je viens juste de prendre un bain. Je veux paraitre calme et sûre de moi, mais il me déconcerte complètement. Je n'attendais personne.

— Effectivement, je m'en rends compte. Un léger sourire apparaît sur ses lèvres et en adoucit la dureté. Et pourtant vous m'avez laissé entrer. Pourquoi ?

— Parce que je ne voulais pas continuer à parler avec la porte fermée. Je respire pour retrouver mon calme. Puis-je vous offrir du thé ? C'est idiot de dire ça étant donnée la raison de sa présence ici, mais j'ai besoin de quelques instants pour reprendre une certaine contenance.

Il hausse les sourcils.

— Du thé ? Non merci.

— Alors voulez-vous me donner votre veste ? Je n'arrive pas à cesser de jouer la carte de l'hospitalité, la courtoisie me permet de cacher mon anxiété. Elle semble très chaude.

Ses yeux glacials ont un éclair d'amusement.

— Bien sûr. Il enlève son anorak et me le tend. Il n'a plus qu'un pull noir et un jean sombre glissé dans des bottes d'hiver noires. Son jean est moulant et révèle des cuisses musclées et des mollets puissants, et à sa ceinture je vois un revolver dans son étui.

En le voyant, ma respiration s'affole et je dois faire un véritable effort pour empêcher mes mains de trembler en prenant sa veste pour la mettre dans ma minuscule penderie. Il n'est pas surprenant qu'il soit armé, c'est le contraire qui le serait, mais son arme me rappelle brutalement qui est Lucas Kent.

Ce qu'il fait.

J'essaie de me dire que ce n'est pas grave pour calmer mes nerfs à vif. J'ai l'habitude des hommes dangereux. J'ai été élevée parmi eux. Cet homme est comme eux. Je coucherai avec lui, j'obtiendrai les informations que je pourrai et puis il disparaîtra de ma vie.

Voilà, c'est ça. Plus vite, ça sera fait, plus vite ça sera fini.

En fermant la porte de la penderie, j'affiche un sourire d'emprunt et me retourne pour lui faire face, enfin prête pour jouer le rôle de la séductrice sûre d'elle.

Sauf qu'il est déjà près de moi, il a traversé la pièce sans un bruit.

De nouveau, mon pouls s'affole, la contenance que je viens de retrouver me fait défaut une fois de plus. Il est si près que je peux voir les stries grises de ses yeux bleu pâle, si près qu'il peut me toucher.

Et une seconde plus tard, il me touche.

En levant la main, il caresse ma joue.

Je le fixe, la réaction de mon propre corps me trouble. Ma peau s'embrase, mes tétons se durcissent, ma respiration s'accélère. Il n'est pas logique de désirer cet inconnu dur et impitoyable. Son patron est plus beau que lui, plus frappant, et pourtant, c'est Kent qui provoque mon désir. Et il n'a encore touché que mon visage. Ce devrait être sans importance et pourtant c'est intime.

Intime et très déconcertant.

De nouveau, j'avale ma salive.

— M. Kent, Lucas, vous êtes sûr que je ne peux pas vous offrir quelque chose à boire ? Peut-être, un café ou… ma phrase s'interrompt et la surprise me faire perdre le souffle, quand il attrape la ceinture de mon peignoir et tire dessus, aussi nonchalamment que s'il ouvrait un paquet.

— Non. Il regarde tomber le peignoir qui révèle mon corps nu. Pas de café.

———————

Les trois livres de la trilogie *Capture-Moi* sont maintenant disponibles. Pour en savoir plus, veuillez visiter mon site web à http://www.annazaires.com/book-series/francais/.

EXTRAIT DE
LA CAPTIVE DES KRINARS

Note de l'auteure : *La captive des Krinars* est une longue histoire d'amour autonome qui se passe environ cinq ans avant la trilogie *Les Chroniques Krinar*.

———————————

Emily Ross ne pensait jamais survivre à sa chute mortelle dans la jungle costaricaine, et elle ne pensait jamais qu'elle s'éveillerait dans une insolite demeure futuriste, captive de l'homme le plus magnifique qu'elle ait jamais vu. Un homme qui semble plus qu'humain...

Zaron est sur Terre pour préparer l'invasion des Krinars... et pour oublier la terrible tragédie qui a déchiré sa vie. Pourtant, lorsqu'il découvre le corps brisé d'une jeune humaine, tout change. Pour la première fois depuis des années, il ressent autre chose que de la rage et de la souffrance, et Emily en est la cause. La laisser partir compromettrait sa mission, mais la garder pourrait le détruire à nouveau.

Je ne veux pas mourir. Je ne veux pas mourir. Je vous en prie, je ne veux pas mourir.

Elle répétait sans cesse ces mots dans sa tête, une prière désespérée qui resterait à jamais sans réponse. Ses doigts glissèrent un autre centimètre sur la planche en bois brut, ses ongles se brisant alors qu'elle tentait de raffermir sa prise.

Emily Ross s'accrochait par ses ongles, littéralement, à un vieux pont brisé. Des dizaines de mètres plus bas, l'eau se ruait contre les rochers, le torrent de montagne en crue après les dernières pluies.

Ces pluies étaient en partie la cause de sa situation actuelle. Si le bois du pont avait été sec, elle aurait pu éviter de glisser et de se fouler la cheville. Et elle ne se serait certainement pas écrasée contre la rambarde, celle-ci cédant sous son poids.

Seule une dernière tentative désespérée de s'agripper l'avait empêchée de chuter vers sa mort. En tombant, sa main droite avait agrippé une petite saillie sur le rebord du pont, la retenant dans les airs à des dizaines de mètres au-dessus de rocs durs.

Je ne veux pas mourir. Je ne veux pas mourir. Je vous en prie, je ne veux pas mourir.

Quelle injustice ! Ça ne devait pas se passer ainsi. Elle était en vacances, sa période de récupération. Comment pouvait-elle mourir maintenant ? Alors qu'elle n'avait pas encore commencé à vivre ?

Des images des deux dernières années s'imposèrent à son esprit, comme les présentations PowerPoint qu'elle avait passé tant de temps à réaliser. Chaque longue soirée, chaque week-end au bureau… ça n'avait rien changé. Elle avait perdu son emploi au cours des mises à pied et elle était maintenant sur le point de perdre la vie.

Non, non !

Emily battit des jambes, ses ongles s'enfonçant davantage dans le bois. Son autre bras s'étira vers le pont. Ça ne se passerait pas comme ça. Elle ne se laisserait pas faire. Elle avait travaillé trop durement pour se laisser vaincre par un stupide pont en pleine jungle.

Du sang coula le long de son bras alors que le bois dur arrachait la peau de ses doigts, mais elle ignora la douleur. Sa seule chance de survie était d'attraper le rebord du pont de son autre main, pour pouvoir se remonter. Personne ne viendrait l'aider, personne ne la sauverait si elle échouait.

La possibilité de mourir seule dans la forêt tropicale n'avait pas effleuré Emily lorsqu'elle s'était lancée dans cette randonnée. Elle était une habituée des randonnées et du camping. Et, même après l'enfer des deux dernières années, elle était encore en bonne forme, forte de la course à pied et des sports qu'elle avait pratiqués tout au long du lycée et de l'université. Le Costa Rica était considéré comme une destination sûre, avec un faible taux de criminalité et une population conviviale. C'était également un endroit bon marché, un facteur plus qu'important pour ses économies à la dérive.

Elle avait réservé ce voyage *avant*. Avant que le marché décline, avant une autre série de mises à pied qui avait touché des milliers de travailleurs de Wall Street. Avant qu'Emily ne retourne au bureau le lundi, l'œil hagard après un week-end à travailler, pour en ressortir le jour même avec toutes ses possessions dans une minuscule boîte de carton.

Avant que sa relation amoureuse de quatre ans ne s'effondre.

Ses premières vacances en deux ans, et elle allait mourir.

Non, ne pense pas ainsi. Ça n'arrivera pas.

Emily savait pourtant qu'elle se mentait. Elle pouvait sentir ses doigts glisser, la douleur cuisante de son bras et de son épaule droits forcés de soutenir le poids de tout son corps. Sa main gauche n'était qu'à quelques centimètres du rebord du pont, mais ces centimètres auraient tout aussi bien pu être des kilomètres. Sa poigne n'était jamais assez solide pour qu'elle puisse se soulever avec un seul bras.

Vas-y, Emily ! Ne pense pas, vas-y !

Rassemblant toutes ses forces, elle balança ses jambes dans le vide, utilisant son élan pour soulever son corps pendant une fraction de seconde. Sa main gauche agrippa la planche saillante, s'y accrochant… et le délicat morceau de bois se brisa, la faisant crier de terreur et de surprise.

La dernière pensée d'Emily avant que son corps ne percute les rochers fut l'espoir que sa mort serait instantanée.

L'odeur de la végétation, riche et âcre, taquinait l'odorat de Zaron. Il inspira profondément, laissant l'air humide emplir ses poumons. L'air était propre ici, dans ce coin reculé de la Terre, presque aussi propre que sa planète.

Il en avait besoin. Il avait besoin de l'air frais, de l'isolation. Au cours des six derniers mois, il avait tenté de fuir ses pensées, de vivre dans le moment présent, mais il avait échoué. Même le sang et le sexe ne lui suffisaient plus. Il pouvait se distraire en s'envoyant en l'air, mais la douleur revenait toujours après, aussi puissante.

Finalement, cela s'était révélé trop pour lui. La saleté, la foule, la puanteur de l'humanité. Lorsqu'il n'était pas perdu dans un brouillard d'extase, il était dégoûté, ses sens submergés par trop de temps passé dans les villes humaines. C'était mieux ici, où il pouvait respirer sans inhaler de poison, où il pouvait respirer la vie, et non des produits chimiques. Dans quelques années, tout serait différent, et il tenterait peut-être à nouveau de vivre dans une ville humaine, mais pas tout de suite.

Pas avant qu'ils ne soient établis ici.

C'était la tâche de Zaron : superviser les colonies. Après plusieurs décennies à étudier la faune et la flore sur Terre, il n'avait pas hésité lorsque le Conseil avait demandé son aide pour la prochaine colonisation. Tout était mieux que de rester chez lui, où la présence de Larita se faisait sentir partout.

Il n'y avait pas de souvenirs ici. Malgré toutes les similitudes avec Krina, cette planète était étrange et exotique. Sept milliards d'*Homo sapiens* sur Terre, un nombre inconcevable, et ils se multipliaient à une vitesse vertigineuse.

Leur courte existence et leur manque de vision à long terme les amenaient à brûler les ressources de leur planète sans égard pour l'avenir. À certains égards, ils lui rappelaient une espèce de criquets, *Schistocerca gregaria*, qu'il avait étudiée plusieurs années plus tôt.

Bien sûr, les humains étaient plus intelligents que des insectes. Certains, comme Einstein, se rapprochaient même des Krinars dans certains aspects de leur raisonnement. Ça ne surprenait pas vraiment Zaron ; il avait toujours pensé que c'était possiblement l'objectif de la grande expérimentation des Anciens.

Marchant à travers la forêt costaricaine, il se prit à penser à sa tâche. Cette partie de la planète était prometteuse ; il était facile d'imaginer des plantes comestibles de Krina fleurir ici. Il avait mené des tests poussés sur le sol et il avait quelques idées sur la manière de le rendre encore plus hospitalier pour la flore Krinar.

Alentour, la forêt était luxuriante et verte, emplie de la fragrance des héliconies en floraison, du bruissement des feuilles et des cris des oiseaux natifs. Au loin, il pouvait entendre le cri d'un *Alouatta palliata*, un singe hurleur natif du Costa Rica, et autre chose.

Les sourcils froncés, Zaron écouta attentivement, mais le son ne se répéta pas.

Curieux, il se dirigea dans cette direction, ses instincts de chasseur en alerte. Pendant une seconde, le son lui avait semblé être un cri de femme.

Se déplaçant avec aise à travers la végétation dense, Zaron accéléra la cadence, sautant par-dessus une petite crique et les arbustes sur son chemin. Dans ce coin reculé, loin des humains, il pouvait se déplacer comme un Krinar sans devoir s'inquiéter d'être aperçu. En quelques minutes, il fut assez près pour détecter l'odeur. Âcre et cuivrée, l'odeur lui mit l'eau à la bouche et il sentit son sexe remuer.

Du sang.

Du sang humain.

Une fois à destination, Zaron s'arrêta, observant la scène devant lui.

Devant lui se trouvait une rivière, un ruisseau de montagne gonflé par les pluies récentes. Et sur les larges rochers noirs au milieu, sous un vieux pont de bois traversant la gorge, se trouvait un corps.

Le corps brisé et tordu d'une jeune humaine.

La captive des Krinars est maintenant disponible. Veuillez visiter mon site web à
http://www.annazaires.com/book-series/francais/ pour en savoir plus et vous abonner à ma liste électronique de nouvelles parutions.

À PROPOS DE L'AUTEUR

Anna Zaires est une auteure à succès international du *New York Times* et du *USA Today* de romances de science-fiction et de romances érotiques sombres contemporaines. Elle a découvert son amour des livres à l'âge de cinq ans, quand sa grand-mère lui a appris à lire. Depuis elle a toujours vécu en partie dans un monde de fantaisie dont les seules limites sont celles de son imagination. Elle habite actuellement en Floride et vit heureuse avec son mari Dima Zales, qui écrit des romans de science-fiction et des romans fantastiques, et avec qui elle travaille en étroite collaboration pour chacune de leurs œuvres.

Pour en savoir plus, veuillez visiter
http://www.annazaires.com/book-series/francais/.

www.ingramcontent.com/pod-product-compliance
Lightning Source LLC
Chambersburg PA
CBHW060609100726
47907CB00006B/1558